程青 | 作品

发烧

程青 著

文化发展出版社
Cultural Development Press

图书在版编目（CIP）数据

发烧 / 程青著． -- 北京：文化发展出版社，2016.12
ISBN 978-7-5142-1589-2

Ⅰ．①发… Ⅱ．①程… Ⅲ．①长篇小说－中国－当代
Ⅳ．① I247.5

中国版本图书馆 CIP 数据核字（2016）第 294547 号

发烧

程 青 ／著

策划编辑：肖贵平	责任设计：侯 铮
责任编辑：肖贵平 罗佐欧	封扉设计：纸墨春秋设计工作室
责任校对：岳智勇	李天晴 谭 龙
责任印制：孙晶莹	排版设计：金 萍

出版发行：文化发展出版社（北京市翠微路 2 号 邮编：100036）
网　　址：www.Wenhuafazhan.com
经　　销：各地新华书店
印　　刷：北京新华印刷有限公司
开　　本：889mm×1194mm 1/32
字　　数：280 千字
印　　张：14.75
印　　次：2017 年 3 月第 1 版 2017 年 3 月第 1 次印刷
定　　价：39.00
ＩＳＢＮ：978-7-5142-1589-2

◆ 如发现任何质量问题请与我社发行部联系。发行部电话：010-88275710

纸上的世界

程青

不时听到有人说,写作是多么辛苦的一件事,每次听到这样的话,我都不由一怔,感到无从应答。我既无法说是,也无法说不是。

对我来说,通常一部长篇小说写完初稿之后,需要扎扎实实修改两遍,第二稿是往纵深走,做出起伏;第三稿是去除瑕疵,尽力做到逻辑自洽首尾呼应。这还没有完,之后至少还要修改三五遍,这三五遍或许才可以叫作"润色"。我的体会是,写小说是非常耗费时间的,尤其是长篇,经常是写一稿就得几个月,一本书写上一到数年很正常。我读到过一位美国女作家写的创作心得,她说她并不知道一篇小说什么时候完成,只有当她觉得这篇小说不再需要修改时,这个小说才算写完。我和她有类似的感触,我同样认为小说是在结束修改时才最终完成,而不是在写出结局时就完成的。可以说我写每一篇小说,当我写下第一个字起,心里就在企盼那个不再需要修改的时刻到来,或者说就是在朝那个时刻努力。这段时间或长或短,但几乎每时每刻都需要聚精会神全力以赴,用"跋山涉水"和"披荆斩棘"形容丝毫也不过分。而且，说不定辛苦一场，到头来却是颗粒无收一无所获。有时候一个貌似不错的构思，甚至是让你激动不已的灵感，真等落到纸上，很可能与你最初想的大相径庭。我的电脑里就有不少长长短短的小说弃稿，它们有的是先天不足，有的是发育不良，也有的就像是中了病毒，还有的就像是偏离了轨道，总之一句话，我没有办法把它们塑造成我想要的样子，或者说它们没有达到我的预期也没法达到我的预期，因此我只能放弃它们。无论这种放弃多么心痛和不舍，却只能这么做，别无他法。因为在我看来这是一个正确的态度，是写作者不能改变的自我要求，也可以说是写作者基本的自律。我曾经一次次让那些我无法挽救和挽留的文字沉入忘却的水底，尽管我也曾为它们苦思冥想耗费心血，但我的夜以继日废寝忘食的工作却无法让它们屹立纸上，成为纸上世界的一部分，我只能平静地接受这样的失败，然后重整旗鼓从头再来。而即使有幸写完小说，甚至它们就是想象中的那个样子，你也无法断定它们是不是真正意义上的好作品。即便它们真的是好作品，当它们完成，就会像长大的孩子一般离你而去。你无论是在璀璨的灯光下谢幕，还是一个人孤独地留在暗影里，都阻止不了它们与你的分离。完成一个作品，犹如结束了一场演出，假如运气足够好，还有新的、更多、更难的演出在等着你——这要说不辛苦肯定不是真话。可是，这是一种乐在其中的辛苦，就像养育孩子，许许多多的时候，乐趣远远超过了辛苦。同样就像生育孩子使种群得以延续一样,这样苦心孤诣和匠心独运地一个字一个字记叙描述,也使人类的经历、感触、悲喜、梦想及精神风貌得以记载和传承。我暗自以为这是上天的一种巧妙安排,是造物设计中的精彩亮点。

在我看来,小说的绝妙在于它虚构的本质。它无中生有,却具备无与伦比的生命力和感染力,令人着迷并相信它给出的对人性和世界的解答。比如以子之矛攻子之盾的事情在现实生活中被视为逻辑有问题,而在小说里它却是成立的,不仅可以作为合理的存在,甚至能够堂而皇之地成为经典——在文学世界中,貌似你可以不必那么清晰精准地去区分正义与非正义,也无必要明白无误地去判定对与错,你可以支持强者,也可以同情弱者,你既可以站在鸡蛋一边,也可以站在石头一边,甚至可以既站在鸡蛋一边又站在石头一边,因为这个世界遵循的一条更高的法则叫人性。小说可以表现种种在我们现实世界里被认为是最疯狂、最不可理喻的事情,并给出最宽容最通达的所谓合理解释。小说可以使黑暗、荒唐、残酷变得明亮、爽朗、欢畅,并让我们为获得了这样的体验而饱尝人生的丰饶,为之倍感欣慰。

我一直惊叹小说中那些从来没有发生过并且永远也不会发生的事情为什么那样撼动人心,在我们心里引发的震动甚至超过真实发生的事情。我曾经在一篇文章里写道:"从我个人来说,我最期盼的就是一个作家写出用全新的口吻讲述世界和人的书——对我们身居其间的世界充满了怀疑和质疑,对人生充满了透彻的感悟，却不故弄玄虚。作者不是告诉我们发生在这个世界上的某一件事，而是那种从未发生过的事和从来没有可能发生的事，它们对我们的生活竟然一样能够起着如此巨大的影响，并不亚于那些真正发生的事。我想这可能就是文学经久不衰的魅力和意义，是文学无法估量的力量。"在我还是个孩子的时候，八九岁的样子，刚刚认识一些字，我读到了一生中第一本小说，我旋即被那个既朴素又绚丽的纸上世界深深吸引。从此我迷恋这个世界，也相信这个世界，甚至依赖这个世界。这个世界对于我就是一个和我生活其间的现实世界平行的世界，它和现实世界同样真实有力，它比现实世界更加直击心灵。

从写作第一篇小说起，我实际上就是尝试在纸上构建自己的世界，或者说是在给那个对我产生非凡吸引力的迷人世界添砖加瓦。对我来说，这个世界无形，却又应有尽有；它无色无味，却又色彩斑斓；它一秒长于一万年，而千百万年却又是一瞬间；它包藏着人类和万物最大的秘密，却又可能瞬间揭开谜底，令真相大白；它亘古矗立，却又能顷刻瓦解，烟消云散，不留痕迹。因为有了这个世界，或者说因为感知和触碰到了这个世界，使我具有了穿透力的眼光，我可以看到世界和人心的微妙之处。也因为具备了这样的目光，使我能够看到事情的边界在哪里，突破口又在哪里，或者说能让我洞见可能性和毫无可能性。我说不清写小说的时候何以在一个句子之后接上另一个句子，在一个词语之后接上另一个词语，并最终完成那个想象中的呈现，对我来说这简直就是上帝和写作者之间的秘密，甚至可以说是秘密奇迹。我不是要把写作这件事故意神秘化，对我而言它本身就是一件神秘之事。我在马尔克斯的书里看到，不少拉美作家有一个迷信，他们正写着的小说初稿都是秘不示人的，我自己也是如此，而且在没有写完之前也不会跟别人讲述自己正写着的东西，讲出来之后很可能就再也写不下去，就像开了瓶盖酒会走味一样。我一向认为能够把比鸽子还轻盈的小说捕捉到手，是一件很不容易的事。因此我个人认为，小说作为虚构文本，理应得到更大的尊重。

对我个人来说，小说提升了我的认知能力，不仅令我变得聪明、敏锐、犀利和目光精准，更多的时候它帮助我机智地掩盖了自己的不聪明、笨拙、混沌、愚蠢以及无知与无能。就像张爱玲《天才梦》里写的："当童年的狂想逐渐褪色的时候，我发现我除了天才的梦之外一无所有——所有的只是天才的乖僻缺点。"然而，她因为懂得怎么看七月巧云，懂得享受微风中的藤椅，懂得欣赏雨夜的霓虹灯，当然最主要的是因为她会写作，她留给了世人那么多精彩的小说，因此她在我们心里总是像明珠一般熠熠生辉。我当然也很高兴能亲手来构建这个纸上的世界，用自己的经历、体验、感悟、灵性来浇灌那些芬芳的花草，并看着这个世界繁花似锦。

2016 年 9 月 19 日

临下班前小陶接到表姐电话,表姐问他:你不会不去吧?

他说:我没说不去啊。

表姐说:这个条件是不算特别好,不过也是挑来挑去挑花了眼才挑出来的,你去跟她见一面,成不成也都无所谓,反正你闲着也是闲着。

他说:行,我听你的。

表姐说:出门多穿点儿,天气预报说寒流快要来了。

他说:我知道了。

他拿着听筒站起身向窗外望去,地上的树叶纸屑沙土被风卷成一团,正在院子里快速地打着旋儿,所有的树枝都向一个方向弯过去,看上去风刮得不小。他想寒流大概已经到了。

五点多钟天就黑下来了,药房到了这个钟点基本就没什么人来领药了,因为大夫一般提前半小时到二十分钟就收摊儿了,除非赶上那两三个特别敬业的,比如简大夫、李大夫他们,只要是门诊时间,他们早一分钟都不会提前下班,所以药房这边就是没人来拿药也不敢早早关门。但是小陶的两个女同事谢红和方芳每天五点一到或者五点不到就要走了，她们都有上幼儿园的孩子要接。他单身一人，无牵无挂，每次都让她们先走，自己留下来再盯会儿。谢红和方芳也都领他的情，有时候从家里做点鱼呀肉呀的装在饭盒里带给他吃。她们跟他的关系一向挺不错，见面都要问他：今天吃什么了？要不就是：又跟谁去见面了呀？他都是实情相告。他觉得她们亲切，跟他不见外，一点也不觉得她们干涉他的私事。

谢红和方芳跟他都是同一年出生的，她们两个生日比他还小，在他面前却都是大姐的姿态，说出的话也是大姐的口气。只要听说他又跟谁见了面，或者又跟谁没发展下去，她们少不了要劝他几句，比如"别看谁都不达标，找个大概齐的赶紧结婚吧，你也老大不小了"，要不就是"结婚就是一块儿过日子，你就是挑个天仙来，回头柴米油盐一折腾也就成黄脸婆了，等结了婚你就知道其实跟谁过都一样"。两个人同样用权威的口气说：甭挑了，挑来挑去也不见得下一个就比上一个强，随便抓张牌能和就赶紧和了吧，我们都是过来人，听我们的没有错！他听她们这么说，脸上笑嘻嘻的，心里很不以为然，他认为她们人虽然不错，但见识都很不够。

小陶不喜欢相亲，他心里其实挺烦这件事，也挺怵这件事的，每次都没结果，他早就不抱希望了。可是他还是隔三岔五地出去相亲——都是别人要他去的，他不想去，可是不好意思开口拒绝，有的是拒绝也拒绝不了。他一次一次地在心里发誓以后再也不去相亲了,可是事到临头扛不过又一次一次地违背了自己的誓言。他觉得自己就像是一个意志不坚定分子,很容易就叛变革命了,而且是一而再再而三地叛变。他发现那些劝他去相亲的人都比他有办法,他们三绕两绕就能说服他,他只得承认自己就是当叛徒的命。

这回让他去相亲的不是别人,而是表姐,他就是能拒绝这个世界上的任何人,也不能拒绝她。何况这个世界上任何人他都难以拒绝,所以更不可能拒绝她了。

表姐是他最亲的人,她比他大十五岁,从五岁起他就跟着她,可以说是她一手带大的。在他五岁那年家里出了一件说不出口但就像天塌下来一样的事情,他妈妈跟表姐的爸爸也就是他的姑父突然离家出走了,成了当时他们住的那一片轰动一时的新闻,被街坊四邻念叨了好多年还不时会说起,他们余下的这些家庭成员也成了邻居们指指戳戳的对象。就连当时年仅五岁的他都朦朦胧胧地意识到家里出了叫人笑话的事情。不过,当时他显然不明白那件事真正的破坏性。他只看到爷爷奶奶成天唉声叹气,姑妈一天到晚哭哭啼啼,把自己关在房间里不肯出来,爸爸十万火急从青海赶回来一进门就破口大骂那两个不要脸的负心人。姑妈和姑父原先都在邮局工作,出了这件事之后姑父被单位双开。后来他往返于北京和广州两地,做起了倒卖服装和电子手表的生意,成了北京最早的一批个体户。姑妈觉得面子都让丈夫丢尽了,再没脸在原单位待下去,她走关系调到了一家小储蓄所。因为这件事她精神受了强烈的刺激，原先爱说爱笑的一个人一下子变成了一个沉默寡言的人，行动也变得迟顿缓慢。别人跟她说的事她记不住，别人跟她说话她也经常要啊啊啊地问上几遍才能明白。几个月之间她的头发就白了一大半，四十多岁的人看上去已经是老态龙钟。小陶的爸爸妈妈是师范的同学，爸爸毕业之后分去了青海，结婚以后他们一直是两地分居，也一直在托关系走门路办调动，礼没少送，钱没少花，可是费尽周折也没有办成。出了那件事之后自然也就没必要再办了。他爸爸一怒之下速战速决把婚离了，回青海找了一个农村妇女成了家，不到一年就生了一对双胞胎女儿，从此跟这边家里几乎断绝了往来。只在奶奶临终前和爷爷去世后回来过两趟，而且都是一个人回来的，其余时候音信杳无，对儿子也是不闻不问，连生活费也没有给过一分钱。他妈妈原先在一家小学校做代课老师，本来就不是正式职工，扔下一走也没人管她。那个时候在郊区插队的表姐正好回家复习准备高考，她刚满二十岁，青春年少，做事很冲，一副敢作敢当的大妞脾气。一看全家哭的哭骂的骂乱作一团，她不声不响就把小表弟领到了自己家里，一家老小没有一个人反对，当然也没什么好反对的。

小陶从此跟着表姐，如影随形，就像是她的一条小尾巴。表姐疼爱他简直到了溺爱的地步。自从到表姐家，每天晚上他都要跟表姐一起睡觉。很快表姐考上了技校，学校有宿舍她不住，每天都赶回家来，宁可第二天起大早再赶回学校上课。毕业之后她分到百货公司做财务，家里的经济宽裕了不少，从此日子好过起来。表姐什么都肯给小陶买，自己不舍得吃的也会买给他吃，有点好东西都要留给他。

表姐到二十五岁还没有谈恋爱，难得开口的她妈妈有一天终于开口说了一句话：你是大姑娘了，成天跟个小孩儿裹在一起算什么？你该办自己的正经事了。表姐垂着眼皮听着，一言不发。不当着人的时候她婉转地跟表弟商量，让他晚上自己睡。小陶听了不吭声，就像没听见一样。到了晚上他早早地爬上床，睡在表姐的床里边。表姐看他小心翼翼的可怜样儿，也不忍心撵他。过了一段她又跟他说，他磨叽半天，勉强答应了。头一夜自己睡，睡到半夜他就像猫一样轻手轻脚下了地，光着脚丫跑去要钻她的被窝儿。表姐醒过来，伸出胳膊挡着他，推他回去。他不肯走，低着头默默地站在她的床边上。她摸到他冻得冰凉的小手，心就软了，连拖带抱把他拉上了床，让他自己睡的话又放下不提了。又过了五年，她终于要结婚了。她把这个消息告诉他，他眼睛望着别处，眼泪慢慢涌上了眼眶。表姐看了，一把搂住了已经十五岁、一米七五的他，眼泪哗哗直流。

表姐夫老郭是肉联厂的工人，他皮肤黝黑，脸上凹凸不平，似麻非麻，俗称橘皮脸，加上身材粗短，长得实在是其貌不扬。表姐跟他认识有点戏剧性，那天她看鸡蛋票快要到期了，就去副食店买鸡蛋。她从店里买了五斤鸡蛋出来，刚骑上车没一会儿就让一辆自行车兜头撞上了,挂在车龙头上的尼龙兜顿时湿了一大片,滴答滴答往下流汤。那时一个月一家就五斤鸡蛋的计划,她火从心头起,跳下自行车,一把抓住了那个人的车龙头,问他怎么个赔法。那人没有逃跑,也没有跟她争吵,倒是和颜悦色地说巧了:我刚好要去买鸡蛋,你等一下,我买了跟你换一下就是了。表姐一想这也算是个不错的解决办法,就在外面等着他。不一会儿他出来了,手里提着五斤鸡蛋。他把鸡蛋换给了她,本来可能发生的一场纠纷就这么轻而易举地化解了。几天以后表姐下班回家在街上有人跟她打招呼,她想了一下才想起来就是那个跟她换鸡蛋的人。她想都在一家副食店买东西,估计他住得也不远。打完招呼那人没有马上走,而是从街对面走过来,笑呵呵地跟她聊了起来。

但两个人当真谈恋爱是五年以后的事,这五年他们分头都跟别人谈,各自绕了一圈之后才算又接上了头。他们在大街上相遇的那会儿表姐根本就看不上老郭,那时候她的条件远比他要好得多。她人长得白净水灵,一根大辫子又黑又长,编得光光溜溜垂在小腰后面,不言不语也很招人。周围的老街坊都夸她是一等一的女孩儿,又麻利又乖巧,不知将来哪一个有福的娶了她。她又是上过学的,虽然学校不算太好,可是上班就是国家干部,挣得不少,心气又高,根本不会看上街上偶然遇到的这么一个相貌不怎么样的人。她先是跟自己的一个高中同学谈恋爱,但是两个人怎么也热不起来,也不知道是害羞还是胆小还是压根儿就没感觉，几个月过去了那男的也没有拉过她的手，半年之后他们就彻底分手了。不久她又跟单位里的一个同事谈起了恋爱，前一两个月两人进展顺利，手也拉了，吻也接了，恋情正在逐步升温。但是不知怎么那个男的忽然就冷淡了下去，在她的追问下他吞吞吐吐地说出听人说了什么，她再问他都听说了什么，他却怎么也不肯说出来。她猜测他可能就是听说了她家里的那件事，她想解释，但是觉得也没什么可解释的，那事发生在上辈人之间，也不是发生在她身上，她觉得实在没有解释的必要。再说这种心里装不下一丁点儿事情的男人她也不敢托付终身，她心想一辈子长着呢，保不齐有个风风雨雨，这样的人哪儿指得上他遮风挡雨？她痛下决心跟他吹了。

连着两次失恋，她情绪低落，有一两年时间没有再找朋友。别人跟她提这件事她一副爱搭不理的样子，她妈妈早几年就说过她已经开始有老姑娘脾气了，到这会儿无疑已经成了地地道道的老姑娘了。眼见着奔三十了，她自己也觉得不能再拖下去了。有人给她介绍了一位中学老师，她差不多跟他是一见钟情，头一个星期就见了三次面，第二个星期恋爱关系就确定下来。两个人长相般配，性格合得来，而且一个说出来的常常是另一个正想说的话，很快他们好得就像一个人似的。就在他们进入谈婚论嫁阶段，甚至连一部分结婚用品都买好了，她发现未婚夫忽然有点不对劲起来，人跟她在一起，眼神却是散的，后来连行踪也诡秘起来。她去看他老是扑空，问他去了哪里也不肯说，

发烧 7

多问两句他就发急。她正犹豫这个婚到底还要不要结,未婚夫忽然向她摊牌,说不打算跟她结婚了。在她逼问之下他承认自己爱上了别人。当时两边的亲戚朋友都知道他们快要结婚了,已经是箭在弦上,忽然变卦,不说别的,就是脸面上也过不去。她本来心里是犹豫的,到了这会儿反倒不犹豫了,一心就是想把这个婚结成。

这时候她那不言不语的妈妈忽然又开口了,对她说:你不知道强扭的瓜不甜呀?

她听了正撞着心头的病痛,嘴里却倔倔地说:不甜我也要吃这一口。

她妈妈不动声色地说:是啊,反正结了还能离呢。

她听出了妈妈话里的挖苦,但还是硬邦邦地回她说:就是离我也要先结了再离。

她妈妈就没有再说什么,木着一张脸走开了,一副随她去的表情。

不过到了喜事还是没有办成,中学老师是个有头脑的人,他的理由是不能拿婚姻当儿戏,于是她又一次失恋了。

就在她这风风雨雨的五年间,有一个人似乎一直在她身边,低头不见抬头见的,什么时候出门好像都能看见那张憨厚老实的笑脸。经历了三次失恋,尤其是跟中学老师这一次,简直是伤筋动骨,跟离次婚差不多。表姐深受重创,对人对事的看法也改变了不少,她变得悲观了,不再自信,用她妈妈的话说是"变得现实了"。所以当有一天老郭迎面拦住她慌慌张张地塞给她一张揉得皱皱巴巴的电影票约她看电影时,她立刻就欣然答应了。

她很快嫁给了老郭,从约会到领证不到三个月时间,就是放在今天也能算是"闪婚"了。当时她看重的是老郭人厚道,觉得嫁给他自己这辈子就踏实了。她认为不管怎么说老郭至少比那个满嘴爱情、翻脸不认人的中学老师要靠得住吧。当然主要也是因为她受了几次打击没有心气了,只想快快把自己打发出去,老郭是她手边最容易捞到的一根稻草。从老郭这边说自然是十分惊喜,他根本就没想到这么个大馅饼这么容易就砸在他这个要相貌没相貌要家底没家底的大龄青年头上。他不过就是花了四毛钱买了两张电影票仗着胆子去试探一下,没想到这一试就试成了。不过虽然得来容易,他也知道自己是捡了个大便宜,所以对老婆特别好,把她捧在手心里,什么都肯听她的。表姐说你不要在肉联厂当工人了,每天弄得油乎乎的一身猪膘味儿,我想办法把你调到我们单位开车吧。他说好,没过多久她就真把他调到百货公司当了小车司机。表姐说你别没事总往你妈家里跑,结了婚你跟我才是一家人。他说好,平常没事不再往他妈那里去。表姐说我不要孩子,我不想生。他咯噔一下愣住了,就像吃了什么噎着了一样,张着嘴巴好半天说不出话。片刻之后他说好,没有问她为什么不要小孩儿,只说你说怎样就怎样吧。

不过他妈妈那一关却不好过。老太太看儿媳妇肚子总没有动静，拐了弯儿拿话试探儿子，老郭不想瞒着老娘就如实说了。老太太一听这个气啊，对儿子说：你问问她不生孩子她结这个婚干嘛呢？谁家的媳妇娶进门是供起来看的呀？

老郭把这话传过去，表姐一听也是气得不行，拉下脸说：她管得着你管不着我，难道说我生不生孩子还得听你老娘的？

老郭没敢再把话传过去，但婆媳两个在这件事上有了别扭，关系从此没有好转过。

老郭家人口多房子小，八口人才三间半房，上面两个哥哥下面一个弟弟，两个哥哥结了婚都住在家里，占了两间房，老两口儿一间房，他和弟弟就挤在临时加出来的跟隔壁邻居合着的半间房里。两个嫂子跟婆婆不和，妯娌之间是面和心不和，反倒都跟对方的丈夫眉来眼去的，有些掰不开镊子。家里人看着就有点不像样，不过都是瞎子吃馄饨没人说什么。弟弟谈了个女朋友没房子结婚正急得火烧火燎，经常在家摔锅砸碗闹脾气。所以他结婚之后就住在表姐家这边，就像是一个倒插门的女婿。他对小陶这个表小舅子非常不错，拿他就当亲弟弟一般，甚至比对自己亲弟弟还要好。表姐还是很惯表弟，一直把他当孩子看待，好吃的好用的样样都紧着他，除了不再跟他睡在一起，别的一点都没有变。

扛了三四年，表姐还是怀孕了，据说是意外的，她在要和不要之间犹豫了好长一段时间。这回她婆婆倒是啥意见也没发表，知道了也只当没这回事一样。老郭也不发表意见，也只当没这回事一样。这时候的老郭已经不像刚结婚时那样什么都听老婆的，他给领导开了三年多小车因为恭顺听话有眼力劲儿加上手脚勤快，领导看着喜欢，提拔他当了采购科的副主任，成了副科级领导，出去也是有头有脸的一个人。他吃香的喝辣的，还时不时能拿点回扣回家，正是春风得意的时候，兴奋点在外头不在家里，对家务事并不热心，也不上心，乐得丢给老婆做主。

表姐心里清楚自己到了这个岁数，要孩子也就要了，不要恐怕这辈子也不会再要了，不过就是拿不定主意到底要还是不要。她犹豫来犹豫去，肚子一天一天膨胀起来，还没等她彻底想好，孩子已经呱呱落地了。老郭家里虽说一溜儿兄弟四个，但上上下下都盼着男孩儿。听说老三家生了一个女儿，都很失望。但是当他们看见那个粉雕玉琢的小人儿，又都喜欢得了不得。倒是表姐自己不怎么喜欢这个孩子。女儿荷荷长大之后也是跟爸爸亲，跟爷爷奶奶亲，跟伯伯叔叔亲，也跟表舅舅亲，就是不跟妈妈亲。表姐最疼的人还是小陶，小陶心里清楚，家里别的人也清楚，但知道也只做不知道，基本上对此都是默认的。

小陶从上学到工作都是表姐为他操心，他的婚姻大事表姐同样也没少操心。她四处托人为他介绍过不下十来个女朋友，他都是看一眼就否定了，连第二面都不肯见。表姐说他：你至少也得跟人家姑娘接触接触再说吧，哪能看一眼就不看第二眼了？

小陶回她说：第一眼都看不过去，你要我怎么看第二眼？

表姐说：感情是需要慢慢培养的。

小陶说：我没耐心跟她们慢慢培养，我也不想跟她们慢慢培养。

表姐说：你都三十二了，再拖下去我心里都发毛了。

这一次她给他介绍的对象是她大嫂的妹妹的小姑子的同事，拐了几道弯儿找来的，是一个重点中学的音乐老师，离异，带着一个四五岁的小男孩儿。早几天表姐就已经提前给他吹过风了，她把他叫家里，对他说：说心里话她的条件我不是太称心，岁数比你还大两岁，离婚又有孩儿，在我这里就通不过。不过人家费劲巴力帮咱们找来的，不去见一面不合适。再说你多见见也没坏处，有枣没枣打两竿子，有鱼没鱼撒几网，也没指着谈谁就成，多积累点经验总有好处。他不想见，说懒怠出门，表姐劝他说：你不能成天窝在宿舍里呀，早晚要闷出毛病来的。只当是遛弯儿呢，你也出去走一趟。

他还想说什么，话到嗓子眼儿里又咽回去了。表姐都说到这份儿上了，他不好再拒绝。再说表姐看他的眼神也让他没法拒绝。表姐的眼神既疼爱又宽容，啥都是为他好，巴心巴肺的都是为了他。他被她看着，就像晒在冬天的太阳底下，浑身暖洋洋的，人就像一捆柴火一样散了架。

小陶在高高的电视塔底下等着约会的对象，这个地点是事先说好的。北风呼呼地刮在他脸上,就像小刀片拉一样,没多久他就感到自己快冻僵了。他心想要是没有一点毅力根本就没法在这里坚持下去。

他抬眼四处睃巡了一番,目光所及之处没有一个像是来赴约的,甚至连人都没几个,个个都是缩着脖子快步疾走,不是奔向建筑物就是奔向汽车,目标都是暖和些的所在,只有他一个人孤零零地站在没遮没挡的冷风里。他等了大约十分钟,已经彻底冻透,心里暗骂缺心眼的对方介绍人定了这么个鬼地方。一扭头,看见一个女的正朝他这边款款地走过来。他想这大概就是自己等的那个人了吧,否则谁会在这么个鬼天气跑到电视塔底下来吹西北风?除非是神经病十三点二百五抽风吧。

他远远地打量着这个朝他走过来的女人,他对她的第一印象一点也不好。她个子不高,长了一张大圆脸,看上去有点胖,不是他喜欢的那种清秀苗条的长相。他不喜欢的还不止是她的长相,她打扮得也让他看着十分别扭。这么冷的天她居然穿了一条很短的裙子,外面裹了一件黑白格子的风衣,风衣没系扣子,只束了一条腰带,被风一吹衣摆敞开来,露出丰满的胸脯和两条穿了黑丝袜的浑圆的大腿,让他觉得眼光都没处落。走近一点他看清她戴着一副橘红色的墨镜,边框又方又宽,十分夸张,还抹着鲜艳的红嘴唇,简直不像是一个良家妇女。他心里强烈的冲动就是立刻转身走掉,不过他没有这么做,他想到表姐的恳求,觉得不能那样不给面子。

他心里本来有两套计划：如果看得顺眼，就请她去吃晚饭；如果看不顺眼，那就对不住啦，跟她简单聊几句走人。现在看来他只能采取第二套方案了。

那个女人朝他走了过来，她犹豫了一下，仰起脸问他：你等人啊？她没有停下脚步，走得离他更近一点，就像见到熟人那样嘻嘻一笑，说一句：你瞧瞧，这风刮的！

小陶忽然有点糊涂，心想：不会是过来搭讪的吧？又想：这么冷的天还出来搭咕，那荷尔蒙水平得多高哇？

正胡思乱想着，那女的问他：你是陶望成，没错吧？

她歪着头打量着他，一副成竹在胸的表情。

小陶心里顿时涌过一阵答案揭晓后的失望，他点了点头说：是。

女人眯起一双水波眼，很有风情地微笑着说：我是谁你肯定知道了吧？

他又点了点头说：是。

女人微侧过身，对他说：那你能说一下我叫什么名字吗？

小陶觉得她这个要求就好像是为了验证他一样，有点可笑，可是他又觉得不回答也不好。他略微愣了一下，说道：浦虎妮。他一边说着一边觉得舌头在嘴里有点拐不过弯儿来，这三个字让他觉得怪怪的，而且也让他觉得眼前的一切叫人尴尬。

浦虎妮却像特务对上了暗号一样放松下来，连笑容都亲切了几分。她两只手插在衣兜里，好像在等着小陶拿主意下一步干什么。可是他脑子却是一片空白,什么主意也没有。他心里想的是赶紧各走各的吧,别在这里耽误工夫还受冻,可是这样的话他又说不出口。站了一会儿浦虎妮拢紧了风衣,开始不住地捯脚,就像憋不住尿一样。他知道她是冻的,因为他自己也一样。

要不我们走吧。浦虎妮终于忍不住开口了。

那我们去哪儿呢?小陶下意识地问了她一句,其实他想的是能尽快回家最好。

去我家吧。浦虎妮十分干脆地说。

他有点犹豫,问她:合适吗?

她说:没事,我家里就我和小孩儿,没别人。刚才我出来的时候没有找到人看孩子,现在他就自己在家,我正不放心呢。我本来想打电话给你说不来的,又怕你有别的想法,所以我才赶过来……

小陶一听不再犹豫,打断她说:那就去你家吧。

她对他一笑,两个人朝公共汽车站方向走去。

他们上了公共汽车,正是下班高峰的尾声,车里人还是不少。汽车拐弯的时候小陶无意中碰到了浦虎妮的手,她手指冰凉,他心里说不清地涌过一阵歉意。他们乘了三四站,浦虎妮招呼他下车,他不辨方向,跟着她穿街过巷进了一座黑乎乎的居民楼。进楼门的时候他看见外墙上用红漆刷着几个大字"谁在此处小便是乌龟",往上每一层这样的字都有,但是楼道里仍然有一股股浓烈的尿臊味儿扑鼻而来。

浦虎妮在前面走得很快,小陶在后面看着她裹在风衣里的屁股一扭一扭的,圆乎乎的小腿肚子一闪一闪的,他能感觉到她心里的着急。他想这女人也真够缺心眼的,黑灯瞎火的把小孩子放在家里自己就出去了。又想到她是为了跟自己见面,心里不由得有一点感动。他跟着她上到六楼,她掏出一串钥匙,哗啦啦声音很响地打开了防盗门,又打开了里面的门,然后一头就扑了进去。

他站在门口,没她招呼也不好意思进去。他听见屋里传出她跟小孩儿说话的声音,先是她叫孩子,没有回应,他心里莫名其妙地一阵紧张,生怕孩子出了什么事。马上他就听见孩子奶声奶气的回答,他心里一阵轻松,甚至涌起了幸福感。

他终于听到她在里面一迭声地招呼他:进来吧,进来吧,你怎么还不进来?

他慢吞吞地走了进去,看见她已经脱了风衣,摘了墨镜,怀里抱着一个只穿着秋衣秋裤的四五岁的小男孩儿。她神情轻松,和刚才在外面火急火燎的样子完全像是两个人。

他不知道怎么哄小孩儿,又想跟孩子表示一下亲近,他伸出手去试探着想摸一摸他的小脸蛋,可是孩子十分机敏地一偏头躲开了。他问孩子:你叫什么名字?他自己也觉得有点没话找话说。

孩子不说话,浦虎妮替孩子回答说:叫喜凯。又对孩子说:

快叫叔叔呀!

喜凯搂着妈妈的脖子,把脸埋在她的头发里,很快又把脸转了过来,望着小陶一笑,又把脸转了过去。小陶发现孩子的脸很圆,眼睛也很圆,鼻子翘翘的,长得和浦虎妮一模一样,简直就像是单细胞繁殖的。孩子的神情非常活泼,尽管跟他不熟,但已经跟他逗上了。他心想这孩子倒是不认生啊。

浦虎妮把孩子放在床上,对他说:我还没吃饭呢,你吃了吗?

他不好意思说没吃,又不想撒谎,迟疑了一会儿,最后还是老老实实地摇了摇头。

浦虎妮爽快地说:那你就在这儿随便吃一口吧。说着就扎起围裙进了厨房。

他看她打开冰箱,又打开吊柜,里面除了几瓶酱油醋什么的没什么东西,肉呀菜呀等等一样也看不见。他不清楚她拿什么做饭,也不知道该不该帮她,有点手足无措,就退到厅里去坐着。

喜凯从床上溜下来,赤着脚走到厅里,在桌子上玩儿起了小火车。小陶不知道跟他说什么,也不知道怎么跟他玩儿,只好对他视若不见。可是看他光着两只小脚丫,心里总是放不下,担心他会着凉。他看墙角里有一双棉拖鞋,赶紧拿来给孩子套上。等他再坐下来,孩子把小火车对着他猛地开过来,他伸手去拦,小火车还是驶出了桌面掉到了地上,发出很响的哐当一声。

浦虎妮迅速地从厨房里探出头来，看了一眼又马上把头缩了回去，继续忙自己的。小陶赶紧把小火车捡起来查看有没有损坏，喜凯却在一旁咯咯咯地大笑起来。笑过之后他要小陶把小火车开给他。小火车虽然掉了一个轮子，但勉强还能开起来。

两个人正玩儿着，浦虎妮一只手端着一盘蛋炒饭，另一只手端着一盘饺子从厨房里噔噔噔走出来，看孩子对着小陶乐，笑着说：这孩子最挑人了，刁得很，不怎么肯跟人玩儿的，你真有本事，拢得住他！他心里也在感慨，心想这女人真有办法，什么都没有也能变出吃的来。不过他没有说出来。

浦虎妮把两只盘子放在桌上，又进去拿了碗筷出来，有点不好意思地对他说：只有蛋炒饭和速冻水饺，都是主食，你就凑合吃一口吧。小陶一看金黄的蛋炒饭里还放了葱花和切得方方正正的黄瓜丁儿，看着就很有食欲，马上就感到肚子是真饿了。

他指了指孩子问浦虎妮：他不吃？

她笑着说：他早吃过了，还能饿着他呀。

两个人面对面坐在小桌子两边吃饭，小陶觉得浦虎妮炒的饭很香，连速冻水饺也很好吃，都不像是他平常吃的味儿，不知不觉就狼吞虎咽起来。两个人把蛋炒饭和饺子吃得干干净净，一点没剩下。吃完饭浦虎妮麻利地收了桌子，给他沏了一杯茶。他似乎被提醒自己是客人，不由得为刚才那么不见外感到有点难为情。

让他没想到的是浦虎妮比他还要不见外。她带着孩子进了里面房间，把他一个人扔在客厅里。他想走又不好意思说，忍了一会儿站起身对着房间门咳嗽了一声，里面一点反应也没有。他只好又在椅子上坐了下来，等她出来再说。二十多分钟之后她从房间里闪身出来了，朝他一笑，轻声说一句：着了。

他知道是说孩子，心里松了一口气。

孩子睡了，没有了干扰，他觉得这会儿急着走好像不太合适。浦虎妮往他茶杯里续了开水，一屁股坐在椅子上，长长地舒出一口气说：你不知道做个单身妈妈有多累人，又要上班又要带孩子，从早到晚没个停的时候，连个心疼你的人都没有！他想安慰她，却找不到话说，说深说浅好像都不合适。

浦虎妮话头一转问他：刚才你吃饱了吗？他点点头。她十分温柔地望着他，笑嘻嘻地说：你不会说话呀？他顿时脸红起来，她把椅子朝他这边拉了拉，突然弯下身子倒在他腿上。他相过那么多回的亲，还从来没遇到过这样的，心嘭嘭地跳起来，想就势抱住她，又想把她推开，矛盾了一阵什么也没有做。

她在他腿上趴了一会儿，抬起了头。他以为她肯定会很尴尬，结果人家不但没有一丝尴尬的神色，还柔媚地朝他一笑，看不出有一点不高兴的意思。他反倒尴尬起来，脸红心跳手足无措。为掩饰局促他端起茶杯一口气把里面的茶全喝光了，只剩下杯子底下一撮茶根儿。

她握住了他的手，大腿靠着他的大腿，身体软软地贴着他，他就像被打了麻药一样，被她靠着的半边身体麻酥酥的，头脑也是一片麻木。突然她轻轻地拉了他一下，他就像受到暗示一样不由自主地站了起来，跟着她进了里面的房间。

她和他坐在床沿上，他感觉得到她呼吸急促。他自然明白这个时候等于是机会摆在了眼前，但是他心里却有一种冰封的感觉，而且连一点化冻的迹象都没有。他坐着一动不动，眼睛看着长沙发上睡得正香的孩子，心想看来她是早作了安排的。她注意到了他的目光，起身去把一块布帘子拉了起来，正好把长沙发隔到了另一边，这边马上就成了两人世界。

他仍然木然地坐着，好像打算要一直这么坐下去。她主动抱住了他，不过她的动作很轻，好像随时准备撤退一样。他觉得自己再没有表示不太好，也抱住了她。她马上把脸贴在他脸上，她的脸热乎乎的，很光滑也很细腻，可是他却没有一点心动的感觉。她抱了一会儿放开了他，他以为这就完了，没想到她简短地说：脱了吧。他觉得她真猛，他一直以为这句话是要等男的先说的。她话音没落立即就行动起来，脱掉了短裙，长丝袜，身上就剩一件藕荷色的针织衫和一条黑色的带蕾丝边的三角裤。看他还没有动，笑着催促他说：快脱呀。他还是没有动，心里有一种说不清的空虚感袭来，就像漂泊在外的那种孤苦无依。她侧过脸，在半明半暗的灯光里对他说：你还不好意思啊？然后开玩笑地问他：要不要我帮你脱呀？

他开始解衣扣，一粒一粒，解得很慢，就像是被迫的一样。她突然说：你要是不愿意就不要勉强了，我们说说话也是一样的。她一边说着,又随手拉了一条牛仔裤和一件毛衣套在了身上。他没想到她脱和穿都这么利索,而且这样收放自如,心里不但一点不反感她,反而觉得她性格不错。

她穿好了衣服盘腿坐在床边上跟他说话。她问他几点上班,几点下班,上班都做些什么,下班都做些什么,等等,都是些平常得不能再平常的话。他的心情松弛下来,也问她类似的问题。她一边回答,一边有意无意地用肩头和胳膊肘蹭着他,他没有躲避,只是心里毫无感觉,身体也没有一点的反应。聊了一会儿,他发觉她的声音非常好听,就像树林里的小鸟一样婉转悦耳,而且她语速极快,听了让人不容易犯困。他想如果不是为了找对象跟她聊聊闲天儿还是挺不错的。这么一想,听她说什么都觉得还是蛮有意思的。

浦虎妮就像敏感的小动物一样感应着他的情绪,显然她察觉到了他的放松和愉快,马上把身体更加实在地向他靠了过去。他伸出一只手搂住了她的腰,他怕不搂住她两个人会向后倒下去。

他刚搂住她,她就有了反应,她就像树熊一样从侧面绕在他身上,他感觉自己就像是一棵树,被她抱得紧紧的,都有点喘不上气来。他很想把她的胳膊掰开,可是不好意思这么做,就停在那里没有动。

她抱了一会儿,热乎乎的脸蛋就又靠到了他的脸上,紧跟着嘴唇也贴了上来。他闻到一股类似松木的清香,糊里糊涂就和她吻在了一起。他感觉她的嘴唇又湿又软,而且奇怪地带着一种凉意,他下意识地想到好像含有薄荷的成分。他正在努力辨识,她搂着他倒在了床上,趁势压在了他的身上。她抱住他的脑袋忘情地吻着,呼吸变成了喘息。他本能地想躲,可是根本躲不开。他发现自己可笑地成了被动的角色,而且她又向他发起了新的进攻,她的手伸进了他的衣服,大胆地抚摸他的身体。突然她的手掉头向下,摸向他的肚子,他赶紧一把抓住,不让她有进一步的动作。但是她却没有停止的意思,跟他暗暗地较了一会儿劲,最后两个人同时软了下来。

她没有一句话,飞快地脱光了自己。她示意他也脱,看他脱得慢,转过身来二话不说帮他脱了起来。她提起他的衬衣就从头顶上拉扯下去,就像给孩子脱衣服一样,没有一点调情的意思,似乎根本就没当他是一个男人。她的这个举动让他在她身上看到了一个熟悉的影子,心里莫名其妙地非常感动。他顺从地让她把自己脱光,然后和她在被子底下紧紧地搂抱在一起。

他不记得自己跟哪个女人认识时间这么短就上床的,他并不觉得这样做有什么不妥,只是觉得太突然了一点,尤其是女人这么主动,让他有点无所适从。

她的胳膊绕在他脖子里,让他有一种痒痒的和透不过气来的感觉,但他没有让她改变姿势,心甘情愿地让她这么勒着。他抱紧了她,一只手伸下去摸她的屁股。她的屁股圆圆的,他想起了几何课上学过的那些圆弧,心想现在自己可是满手的弧线。他往上一点摸到了她的腰肢,她的腰非常细,比看上去的要细得多。他的手继续往上,放在她丰满的乳房上。他心里觉得非常安慰,心想:这就是女人啊!可是他就是激动不起来。

她把他抱得更紧,呼吸也更加粗重。他觉得好像从来没有一个女人跟他贴得这么紧过,他知道她想要什么,可是自己的身体毫无反应。他无能为力,心里觉得有点对不起她,不过这种感觉并不强烈,没有到让他自责和沮丧的地步。他慢慢地松开了她,不想再这样继续下去。可是她却不肯停手,拼命地吻他,吻得热情洋溢,舌头在他嘴里翻江倒海,手顺着他的小腹移到了大腿,毫不犹豫地放在了他两腿之间。他想推开,但是她却反过来把他的手推开了。她温柔地抚摸着他,摸了好一会儿不见动静,她把被子一掀,弯下身子,把脸埋在了那片草丛之中。

他想拉她起来,可是她机敏地躲开了。他去拉她的胳膊,她的胳膊十分滑腻,一下子勾起了他记忆深处对女人的印象,他的意志松懈了,闭起眼睛由她折腾。他觉得自己就像是一只在大海上随波逐流的小船,在惊涛骇浪里漂流颠簸,他的心里又一次感觉到了那种没有来由的孤独无依。他其实非常渴望自己能激动起来,能坚硬起来,可是他盼望中的那种感觉却像一个总也不到场的客人那样令人失望。过了好一会儿,他终于不想再忍下去。他抚摸着她的头发说:算了吧。她飞快地摇了下头表示拒绝,伏下身去继续努力。

还是不行。她做了各种尝试最后都是徒劳。

她抬起乱蓬蓬的脑袋,问他:你不想要?

他含糊地说：不是。

她问：你累了？

他还是含糊地说：不是。

她有点疑惑地问：那怎么回事啊？

他不知道该怎么回答，伸出胳膊抱住了她，满心的歉意。她挣脱了他的搂抱，还想再做努力，但他死死地拉住了她。她一脸的困惑。他把脸转到一边，不去看她。

两个人重新躺回到被子底下。再躺下去跟先前已经大不一样了，他们谁也没有靠到谁，就像两条平行线一样。他直挺挺地躺着，觉得自己就像一条躺在河滩上的垂死的鱼。她静静地蜷曲着，纹丝不动，连呼吸声都听不见，就像一条冬眠的蛇。他心情复杂，不是用"尴尬"、"沮丧"、"歉意"等等能形容的，他更多地感觉到的是一种被遗弃的委屈。

突然她支起身子，一抬手把灯关了，屋子里一片黑暗。

你为什么关灯？他愣愣地问了她一句。他感觉她关灯的动作就像是一种抗议，但是他却没有办法安慰或者补偿她。他躺在这个黑暗而陌生的房间里，旁边是一个基本上也是陌生的女人，连外面马路上开过的汽车声也是陌生的，他心里那种漂泊无依的感觉更加强烈。

在黑暗中躺了好长时间，再躺下去似乎快要睡着了，他从被子下面把手伸过去，拉住了她的手。他不想让她生着气自己从她家走出去，毕竟她是好心好意邀请他来的。她没有拒绝，不过也没有回应，就那么松松地让他拉着。

时间一分一秒地流过，也不知过了多久，他问她：几点了？

她说：不知道。过了片刻又说：家里的表没一个是准的。说着朝上努了努嘴。

他抬头看见墙上的一只钟两根发着荧光的指针指向两点五十分，就像一个人伸着两条胳膊在做广播体操。他从掉在床下的裤子兜里掏出手机一看，十点半已经过了。他开始穿衣服，她拉住他说：就住这里吧。他十分坚决地摇了摇头。

他把掉到床下的裤衩衬衣等等一件一件拾起来套到身上，她比他更快地穿好了衣服。

临出门的时候她从后面抱住他，问他：你没有不高兴吧？

他听了心里一震，觉得应该是自己这样问她才对。他握了握她的手，用小得几乎听不见的声音说：谢谢你！

她打了一支只比手指头粗一点的小手电一直把他送到楼下，豆大的一缕光似有若无的，他走得十分小心，生怕一脚踏空滚下楼梯。楼道里的尿臊味儿仍然非常浓烈，风一刮直朝鼻孔里灌。出楼门前她笑眯眯地对他说：你也认得家门了，以后高兴了常来玩儿。她看他的眼神和说话的口气就像是老朋友一样，他心想可不是吗，连床都上过了，还不是老朋友吗？他亲昵地轻轻拍了拍她的后腰让她赶紧回去，别吹了风着凉，她十分听话地嗯了一声，露出一个亲切的笑容。

两个人各自转过身去，不约而同都加快了脚步。

第二天一大早小陶还没有起床表姐的电话就打来了。

表姐急急地问他：见得怎么样？

他还没有醒透，含含糊糊地应一句：不怎么样。

表姐似乎立马松了一口气，在电话里笑了几声，又问他：啥叫不怎么样？

他困得很，眯着眼看了一下床头的小闹钟，才五点四十分，离他平常起床的时间还有一个半小时。他想这表姐真够操心的，自己不睡觉，这么早就来关心他。他没心思好好回答她，随口说：不怎么样就是不怎么样嘛。

表姐释然地说：其实吧，我一看她那个条件就知道你不会看上她的，见一面也就踏实了，不见面又怕真把好的给错过了。她问他：那你是不打算再见她啦？

他想都没想就说：嗯。

表姐的声音一下子明亮起来，听上去有点兴高采烈的。她说：不见就不见了，回头再找比她好的吧。她说话的口气就像拿着大把的钱到商店里去买东西一样。

他听了想笑，接过她的话头说一句：上哪儿去找比她好的呀？

表姐一听，疑惑地问他：那你还是对她有好感？

他不耐烦地说：我说对她有好感了吗？我还困着呢，你别跟我说她了好不好？

表姐笑着说：见了一面你就这么烦啊？好好好，我不跟你多说了，你赶紧接茬儿睡个回笼觉吧。

挂了电话小陶却怎么也睡不着了。他不想起来，裹着暖和的被子躺在床上，浦虎妮那张圆圆的脸在他脑子里十分清晰地浮了起来。昨天睡觉前他已经决定忘了这个女人，可这会儿他发现根本就没有做到。朦朦胧胧之中他想到她盘腿坐在床沿上有意无意一次次蹭着他的肩膀，心里就有像雾一样迷迷蒙蒙的感觉升起来，整个人也跟着轻飘飘的。他想到她穿着藕荷色衬衣和黑色三角裤的样子，觉得她那个样子十分性感。他又想到她替他从头上拉去衬衣的样子，心里忍不住又是一阵感动，而且还混杂着一些激动……那些画面就像电影一样在他脑海里一遍一遍反复播放着，没头没尾，想从什么地方开始就从什么地方开始，而且还能在他最喜欢的地方定格，给出大大的特写镜头。平常他就喜欢这段半睡半醒的迷糊时光，这会儿就更加喜欢，因为难得感到身心如此陶醉。他的心里就像有什么东西在发芽一样，昨天在浦虎妮家里他期待到来但是怎么也没有到来的那种感觉突然就不期而至了。他尽量克制着不把手伸到下面去，可是身体里那种膨胀翻腾的说不清楚是轻飘飘还是沉甸甸的感觉让他控制不住自己。他忍了一会儿，竭力抵抗着那种像是被羽毛撩拨，又像是被火焰炙烤的躁动，右手还是不受意志支配地伸了下去，迟疑而又坚定地抓住了那个要命的地方。那个部位早已经像一柄出鞘的剑一样昂然挺拔,让他既高兴又绝望——为什么几个小时前就不行呢?他责问自己,可是他清楚这毫无意义。眼下他的一切就是它这个中心,别的都只能暂时忽略,换句话说是根本就顾不上。他闭上眼睛,把自己的右手想象成是浦虎妮的纤纤玉手,是她在抚摸它,是她在揉搓它,是她在蹂躏它。她像一个天使一样要带它飞进天堂,又像一个魔鬼一样要把它送进地狱。他在幻想当中加快了手指的节奏,血液很快就沸腾了。

　　巅峰的感觉就像烟花一样腾空而起,也像烟花一样随着爆炸烟消云散。他已经好久好久没有体会过这种感觉了,在那个瞬间他说不清是快乐还是痛苦,他觉得就像是让他去死一样。他掀掉被子,擦干净自己,重新倒在床上,就像经过了长途跋涉那么疲倦。他苦恼地想着昨天需要它的时候它罢工,刚才它却又那样活跃,它好像根本不属于他,他也完全做不了它的主人。他万分沮丧,禁不住想到浦虎妮,将心比心,他觉得自己真是很对不住她。

　　他看着时钟的指针移向了七点整,心里一片空虚。

　　他从床上起来,走到窗前拉开窗帘,迷茫地朝外望去,铅灰色的天空阴沉沉的,好像要下雪的样子。

　　他穿戴整齐去药房上班,脸上比平常更加平静。

　　谢红和方芳两个比他先到,她们已经拖了地擦了桌子还打好了开水,他一进药房就有一股清洁的气息扑面而来。

两个女同事好像在等他，看见他走进门，她们都有一点兴奋。打过招呼之后，谢红憋不住问他：哎，跟我们说说，昨晚上约会怎么样啊？

方芳马上也凑了过来，用古怪的眼神盯着他看了一会儿说：气色怎么这么差？看看两个眼圈乌青的，遇见狐狸精了吧？

谢红也凑过来盯着他看了看说：是啊，刚才我没好意思说，看来真是碰到狐狸精了！说完，自己先忍不住咯咯咯地笑个不停。

他不说话，径直走到自己办公桌边，坐下埋头忙自己的事。

谢红端着茶杯走过来，笑嘻嘻地对他说：怎么，不高兴了啊？没人惹你吧？

方芳一边整理着药品柜一边说：你这不就在惹他吗？

他听了一下笑了。

看他笑了，谢红和方芳两个立马话多了起来，她们顺着他昨晚相亲的话头说开去，嘻嘻哈哈地闲扯起来。他一边忙着手头的事情，一边不费脑子地听着她们絮叨。

谢红说：现在找对象可不像我们那会儿容易了，也不知道是眼界儿高了，还是真心的人少了，反正要找个满意的不容易着呢。我小姑子的一个朋友，做房地产的，赚了好多的钱，算是个富婆吧。年纪不算太大，三十五六吧，自己有别墅，开一辆红色的小跑车，甭提多美啦。可就这么一个人吧，居然一直找不到对象。人家都说她眼光太高了，其实她眼光高是一回事，

发烧　29

她本人条件也太好了，一般的人配不上她，让她找谁去？去年她总算找到了一个男朋友，比她小九岁，听我小姑子说那小伙子长得又高又帅，比明星还拿得出手，人又聪明，又会为人，她把他当个宝贝似的，给他买这买那，买一块手表都十好几万，没事就带他出国去转一圈，一会儿巴黎，一会儿洛杉矶的。这小伙子就是职高毕业，也没有正经工作，听说只在王府饭店还是中国大饭店当过两天的门童，嫌站着腰疼不干了。傍上她之前他也傍过别人，当然是有钱的女人，不过人家跟别人只说是谈恋爱，当然不会说是傍款啦。到她手上之后她当然也不让他工作，心甘情愿养着他，反正她有的是钱。不过她觉得光养着也不是个事儿，毕竟他也不是个小猫小狗，还得让他有个发展吧。那男孩儿啥也不会，对啥也没兴趣，除了吃喝玩乐就是喜欢听点儿歌，她就出钱给他开了一家音响店，说到底其实也就是让他玩儿。可是还没过到一年，两个人就拜拜了，因为她发现她这个小男朋友跟他以前的女朋友，就是他从前傍过的那个富婆有来往。她一生气就把他给扫地出门了。结果你们知道怎么着，这个小男孩儿也没有跟原来那个富婆好，转脸跟她的一个姐们儿搞上了。那女人是开包子铺的，开得门脸儿多了，弄了个连锁，也挣了不少钱，不过钱没她多，岁数比她还要大，快五十的人了，整天浓妆艳抹捯饬得跟个老妖精似的。这个卖包子的姐们儿一直对她挺上赶，她呢从来也没把她看在眼里，结果没想到人家一伸手把她的男小蜜给包了，把她气得干瞪眼。

方芳打断她说：我给你们说个近的，就发生在我们家。我表哥和表嫂前年不是离婚了吗，本来他们俩关系挺好的，我表哥人老实本分，表嫂是他大学里的学妹，是他们学校出了名的才女，我表哥好容易才把她追到手，谁也没想到他们会离婚。离婚的原因特俗，我表哥跟他的学生好上了，我表嫂一点都没察觉，她对我表哥放心着呢，根本也没怀疑过他。那个女学生给她写了一封信，告诉她我表哥在外面如何如何，还告诉她某月某日某时他会在哪个饭店跟人约会。信是匿名的，我表嫂先是不信，以为谁跟她闹着玩儿。后来一想男人花心的多，宁可信其有，去实地侦察一下，没这事也好把心放下来。到了那天她就去了，她心里还是不相信自己老公会做这种事，所以她就不当回事地坐在饭店大堂里，都没找个隐蔽点的地方藏起来。到了信上说的时间，她没见到老公出现，心里就大大地松了一口气，准备打道回府。就在她走到饭店门口，正要从转门出去，她看见一个熟悉的身影正好进了转门，不是别人，正是她老公。他们两口子就一个转门这边一个转门那边相互看着，我都想象不出他们是什么心情。回到家里在我表嫂的逼问下我表哥就全招了，估计他是以为能坦白从宽的。没过几天就听说他们两口子要离婚了。熟悉我表哥的谁都说他是个好丈夫，那样一个人也在外面有人，所以说现在让我们相信谁啊？我表哥其实是不想离的，但我表嫂非离不可，谁劝都不听，结果就离了。没出半年我表哥就结婚了，娶的就是他那个女学生，我看她除了年轻一点真的啥都没法跟我原来的表嫂比，全家上下都不喜欢这个人。这也就不说了，好赖婚也算结上了。我那前表嫂就惨了点儿，找了一两年都没找到合适的。她在一家外国银行上班，人长得挺漂亮的，三十刚出头，自己有房有车，没有孩子，这个条件算不错吧，应该也有资本挑挑拣拣。我跟她关系不错，她跟我表哥离了婚我们也经常见面。每次我问她有男朋友了吗，她都说没有。我说你都有什么条件呀，怎么这么难找？她说也没什么条件，只要看着顺眼带得出去就行。我说这应该不难吧，结果你们知道她说什么，她说当然还得有爱情。我跟她说这就难了，你要是挑人品、相貌、金钱、地位什么的还好说，你要寻找爱情那就不太容易了，这年头上哪儿找爱情去？她说就是啊，要不不就不难了吗？可还别说，还愣是让她给找着了。大概半年前吧，她认识了一个大学的老教授，跟他飞快地好上了，两个人爱得死去活来的。老教授比她大了三十多岁，六十好几了，她说他长得精神着呢，一点也不显老，他经常锻炼，喜欢爬山跑步，每天早起都要慢跑十公里，西服一穿，看上去顶多五十来岁。她跟这老教授说得到一块儿，吃得到一块儿，喝得到一块儿，玩儿得到一块儿，什么都好，可是吧——得了，你们也不是外人，跟你们说说没关系。这老教授阳痿，跟她过不了性生活。她这个痛苦哟，放弃吧，舍不得，好下去吧，天长日久的怎么办啊！现在她整天就带着老教授跑医院看病，盼着遇到一个能妙手回春的医生。你们说这叫什么事啊？

说着方芳爆出一阵分贝很高的笑声，谢红也爆出一阵分贝很高的笑声，只有小陶没有笑。

谢红说：你说完了吗？我刚才的故事还没讲完呢。那小帅哥不是又傍上开包子铺的姐们儿了吗，可是没半年，有一天他在商店里买东西遇到了我小姑子的那个朋友，就是他那个前情儿，两个人喝了一杯咖啡，叙上了旧，也不知哪根神经又搭上了，两个人跑去酒店开了房。这时候我小姑子的这个朋友已经有男朋友了，是她的同学，从外地来这儿工作，他没什么钱，不过追她追得很使劲。她也说不上有多称心，但跟他已经住到一块儿了，也有结婚的打算。她跟小帅哥都说了，当时男孩儿听了没说什么，过了几天就找她去了。他对她说他和她来往的事让他的女朋友知道了，就是那个开包子铺的姐们儿，他说她不依不饶的，一定要跟他分手。她问他她怎么会知道的，男孩儿吞吞吐吐的。她又问那你怎么打算，男孩儿说我没有打算，我听你的。她就明白了他的意思。她对男孩儿说：我已经有男朋友了，不可能让你回来了。那男孩儿一听就哭了，一把鼻涕一把眼泪跟她谈感情，说他多么多么爱她呀，多么多么离不开她呀，等等等等，反正是把她说晕了算。最后他承认是他把这事说出来的，不管她这边让不让他回来，他都要从她那边离开了。

方芳笑着说：他这么来来回回都跑顺了腿儿，估计他以为是搬张椅子晒太阳，太阳挪哪儿他挪哪儿呢。就跟人家笑话里说的，猪上了流水线出来成了香肠，他这是成了香肠还想倒着出去变成猪!

  谢红呵呵笑了几声说:你别打岔,听我说完。这小帅哥还真从开包子铺的姐们儿那里搬了出去,说是借住在一个朋友那里,其实他到底住在哪里没人知道。他每天做的一件事就是打电话给她要跟她约会,她不是已经有男朋友了吗,当然就不方便啦,拖着不跟他见面。小帅哥百折不挠,电话、短信一直不断。她没办法,就跟他去见面。两个人一见了面,小帅哥自然就有办法了。做了什么她没说,不过我们也都能想象得出来。小帅哥又是跟她谈感情,说自己怎么怎么爱她,怎么怎么离不开她,到了又是哭戏,把她的心都哭软了,她拿了一万块钱给他,意思是到此为止了。小帅哥不肯拿钱,大概是嫌少吧,不过最后还是拿了。她以为这就没事了,可是刚过了一个月,他又打电话给她,又要约她见面,她实在被他缠不过,跟他又见了一面。他又是跟她谈感情,又是演哭戏,这回她也没准备,没有钱给他。他干脆就直截了当跟她说自己经济很困难,租不起房,也没什么钱了。她的心又软了,拿了信用卡又提了一万块钱给了他,跟他明说下不为例,而且以后不能再见了。男孩儿拿了钱走了,可是——你们猜到了吧,过了一个月又来找她了。她跟我小姑子说她都快疯了,她哪儿有这么多一万一万的给下去呀,就是有也没这样的!我小姑子说干脆你报警算了,她说我怎么忍心啊。

  方芳说:没办法,她让那孩子给吃住了。她感叹地说:女人就是心软!

小陶笑了，说：这男孩子也不容易啊，我听了半天，人家吃了回头草，一大把子青春才卖了两万块现金。

谢红不理会他们的感慨，一本正经地总结道：看来这小的和老的都不能要。

方芳马上就跟上她说：是啊，我也这么说呢，掐头去尾只能要中段的。她把眼光转向小陶，小陶知道她要捎带上自己了。果然她的话就拐到他这儿了：要找就应该找我们小陶这样的，年纪不大不小……

谢红笑呵呵地抢着补上一句：人长得帅，人品又好。

方芳笑嘻嘻地说：可惜我们都生生把他给错过了。

小陶皱起眉头笑着说：你们两个真话多！

两个女的又是一通分贝很高的大笑。

谢红说：好了，我们别骚扰他了，显得我们仗着人多欺负他。

方芳说：有我们骚扰骚扰他不错啦，要我们都不骚扰他，他都没人骚扰。

小陶半真半假地长叹一口气说：我混得就这么惨！

三个人说笑了一通谢红和方芳到一边交流起做菜的心得，她们打开饭盒，相互观摩从家里带来的饭菜，津津有味地讨论起油焖茄子和干烧鱼的做法，完全把小陶撇在了一边。小陶闻着满屋子的饭菜香，套上工作服，打开窗子。窗口已经有领药的人在排队了。

中午的时候表姐忽然跑到医院来了,她总是这样说来就来,连个电话都不打。小陶正准备拿饭盒到食堂打饭,看到取药的窗口一张笑脸一晃,很快表姐就推门进来了。谢红和方芳早早吃完饭出去逛街了,药房里就他一个人。表姐拉把椅子坐下来,开口就问他昨晚上相对象的事。

小陶笑着说:一早上你不是问过了吗?

表姐说:电话里几句话哪儿说得清楚,我得当面问问你才放心。

表姐问得很细,浦虎妮长什么样子,皮肤白不白,有多高,胖不胖,长头发还是短头发,穿什么衣服,见面聊点什么,去了哪里,她的性格怎么样,等等等等。小陶回答得却很粗,三言两语一带而过。有的问题他也回答不上,比如表姐问她皮肤白不白,他觉得她不白,好像黑乎乎的,可他也疑惑可能是天黑看不清楚。有的问题他没法回答,比如见面的经过,如果真的实话实说,让他怎么说得出口?就是他好意思开口说他也得替她留点面子,所以他随口回答了几句就故意做出不耐烦的样子,其实倒不是不耐烦表姐,要不这样表姐还会问个没完没了。再说他也不想在表姐面前多说那个女人,他实在觉得没什么好说的。表姐仰着头笑起来,自言自语一般地说:哎,说这几句就嫌我烦,都是我惯的你!

聊了一会儿他和表姐出了药房,他把钥匙给了表姐,让她先回宿舍歇着,自己到医院后门的小街上去买菜。本来他就想在食堂对付一口的，但表姐来了他就不能凑合了。表姐关照他：别买太多，简单点就行。他点点头，快步朝医院后门走去。

医院后门长长的一条街上都是一家紧挨着一家的小店铺，从鱼肉蔬菜水果鲜花日用百货到药品医疗器械寿衣寿盒花圈应有尽有。小陶转了几个摊位，买了一条牛里脊，两个洋葱，一根莴笋和一斤手擀面，出了店门又折回去买了点葱姜蒜。回到宿舍他和表姐一起点了煤油炉，做了一个洋葱炒牛肉片和一个莴笋炒鸡蛋，然后下了面条，把两个菜做浇头。

表姐把菜拨了很多在他碗里，自己却拨得很少。

他说：你多拨点呀！说着，他抢过碗给表姐拨。

表姐又抢过去，说：留点你晚上吃。

他说：晚上我用莴笋叶子做汤面。他努努嘴，刚才扒下来的莴笋叶子整整齐齐地放在一张报纸上。

表姐笑着说：你倒比我还会过。

表姐低下头吃面条的时候他伸出手替她捋了捋额头上滑下来的一缕头发，对她说：你有不少白头发露出来了。

表姐把他的手轻轻一推说：都这么大了，还这样！她自己利索地把那缕头发撩起来别在耳朵后面说：多一半都白了，真成老太太了，等我有空来染一染。

他赶紧说：不要染，染发剂对身体不好。他端详着表姐说：其实这样也挺好看的，远看是灰的，近看是白加黑。

表姐扑哧笑了，说：你哪儿来这么些淘气话？就知道跟我贫，留点机灵话对外面的女孩子说去，恐怕你后头早就跟孔雀尾巴一样了，我跟着摘都摘不过来！

他含糊地笑了笑，不说话了。

表姐看他一眼说：在我看来多容易的事情怎么到你那儿就那么难呢？我这头发多一半是为你白的，你的事情不解决，我的头发白得还要多。

他怕她一唠叨开又没完没了，赶紧把话头岔开。他问她：他在家吗？这个"他"指的是表姐夫老郭。他很少问起表姐夫，提到他的时候从来不称姐夫，也不叫他名字，只用一个"他"字代替，表姐一听就知道这个"他"指的是谁，从来不会弄错。

表姐的脸色立马阴了下来，说：不在家，出去了，走了一个多星期了，一个电话还没往家打过呢。家里有老婆有孩子的，他一个不惦记，都五十多的人了，你说他靠谱不靠谱？真是年纪活在狗身上了。

他说：他不老是这样吗？

他有劝表姐别当回事的意思，可是表姐却说：年轻的时候不这样。

他说：他不给你打电话你就给他打。

表姐提高了声音说：凭什么我给他打？浪出去的是他又不是我。他跟我说出差去，我问他去哪里，他一会儿说去广东，一会儿说去新疆，也没个准谱。后来我回过神来一想恐怕他又在蒙我呢，自己撒谎自己没记住，所以一会儿说东一会儿说西的。

指不定这会儿他在哪个旮旯里猫着呢，我都懒得去管他。

他听表姐这么说心情十分复杂。一方面他希望老郭别在家，最好出去了永远不回家才好；另一方面他又恨他不顾家，对老婆孩子不闻不问，家里家外的事情都要表姐一个人操心。所以提到表姐夫他言语之间总有一种不满和轻蔑。

他说：原来他不是挺老实本分的嘛，这把年纪了倒在家里待不住了。

表姐鼻子里哼了一声说：就是因为上了年纪才在家里待不住呢。我听人家说男人二十不闹腾三十就得闹腾，三十不闹腾四十就得闹腾，四十不闹腾五十就得闹腾，五十不闹腾多老都得闹腾，越老闹腾得越厉害，除非死得早没机会闹腾。

他说：都这岁数了，有啥可闹腾的？

表姐鄙视地说：到了这岁数就不这么想了，秋后的蚂蚱还蹦跶几下子呢，抓住青春的尾巴梢垂死挣扎呗。

表姐捞完了碗里的最后一筷子面条，抬起头说：有件事我还没跟你说呢，我有个小学同学叫王秀娟的你认得吗？有一天她在公共汽车站碰到我，张口问我老郭还是你老公吧？我听她这话说得怪，马上问她怎么啦，她紧着说没什么没什么。王秀娟跟我们是前后脚结的婚，住得也不远，上班下班坐车总遇到。我问她你是不是撞见老郭跟谁在一起了，她说没有没有没有。我说你跟我有什么不说实话的呢，她这才说看见他跟一个女的在一起，而且碰见过不止一次了。她对我说：我还以为你们班

发 烧　39

子换人了呢！我说没换，还是原班人马。我问她那女的长啥模样，王秀娟说那人长了个鞋拔子脸，瘦得跟个细棍子似的，除了岁数小点看不出有什么好，一眼看上去就特俗。我听了差点没笑出来，王秀娟那么俗的一个人还说别人俗，那得俗成什么样子啊？不过她这人爱管闲事爱闲扯倒不爱撒谎，所以她说的话我还是相信的。你说说他们多明目张胆，都到了招摇过市的地步了。

他听了也很气愤，说：这个家还对不起他？他还在外面搞这些污七八糟的名堂，真不知道他是怎么想的！

表姐说：现在男的不着家的也不是一个两个，社会风气就是这个样子，估计他也不想落空吧。

他说：他怎么不跟人家比比事业有成，官当得大，钱挣得多呀？

表姐冷笑道：还说这个呢，他放着一个好好的公家单位不干了，自己出去跟人折腾什么商贸公司，酒没少喝牌没少打，乱七八糟的事情没少沾，就没见他拿过大钱回家，脾气倒是见涨，就跟一个月真能挣个十万八万那样，他这德性我看还是少回来的好！荷荷还说呢，我爸爸怎么跟同学的爸爸不一样啊？我问她什么意思，她说爸爸不管家，没有责任心。我听了吃了一惊，这么大小孩儿已经会说这样的话了。我都没法跟她说跟你爸讲责任心那不是白扯吗？其实我早想开了，就当是大年三十捡个兔，有他没他都过年。谁离了谁还不活了？我不跟他掰完全就是看在孩子面上，我不想让荷荷跟我一样从小没有爹，我自己根本啥也不指着他。

他听了心里酸酸的,一只手放在表姐的膝盖上说:你就是苦你自己!

表姐平淡地说:也没什么,要说这么多年不都忍过来了?说句那什么的话,当初找他就是凑合,现在就是更加凑合罢了。

他笑着说:你倒是挺想得开。

表姐说:我想不开又能怎样?就说咱们这个家,上一辈人就够折腾的,让人背后说三道四戳脊梁骨多少年,那些日子不也过来了吗?她突然笑起来,说:当初我将就着找他就是图他人老实本分,没想到这年头连老实本分的男人也靠不住。

表姐收拾了桌子洗了碗就要走,他说:急什么,喝口热茶再走不迟。

表姐喝了茶,放下杯子,从钱包里掏出两张一百块钱的钞票放在桌上,他抓住她的手说:你干嘛?

表姐笑着说:我怕你不够花。

他说:我怎么会不够花?说着拿起两张钞票塞回到她包里。

表姐说:你交女朋友别不舍得花钱,男的小气女的最看不上,你要省也得等结了婚以后再省。

他认真地说:我知道的。

说完两个人都笑了。

他送表姐到医院门口坐车,两个人一前一后走着,表姐紧走几步,从后头追上他,捏了捏他的胳膊问他:你冷不冷?

他看见她眼睛里流露出慈爱,就像被烫了一下甩掉她的手,有点不耐烦地说:不冷!

表姐嘟囔一句:小孩子脾气!

她放慢了脚步,又落在了后面。

一阵寒风卷着尘土刮过来,两个人都背过身。等风过去,他伸手要拦出租车,表姐马上把他的胳膊挡住了。风把她呛得说不出话来,她指了指公共汽车站,他会意她是不愿意打车。他站在原地僵持了一会儿,但表姐已经十分坚决地朝车站走去,他只好跟着她迎着风走过去。表姐让他回去,他就像没听见一样。

他们站在公共汽车站牌下,被风吹得站立不稳。好不容易公共汽车像吃得快撑破肚子的蟒蛇一样晃晃悠悠地开来了,里面装满了穿得鼓鼓囊囊的人。医院门口这一站上下车的人特别多,表姐最后才挤上去。他在下面用力顶了她一下,车门才在她的身后缓慢地关上了。他看见表姐枣红色的羽绒服被车门夹住了一块,直到汽车开出很远她也没有回过身来。

周末只要没什么事情小陶都要狠狠地睡两天懒觉,把一星期欠的和没欠的觉都补回来。他喜欢睡觉,一天最好要睡足十小时才舒服,一般人的所谓八小时睡眠对他来说根本不够,就像能吃半斤饭的人只吃了四两,肚子里还空着一截子呢。只要睡足了觉他的心情就很好,不过他心情很好也就是情绪平稳而已,并不是兴高采烈那种。相反，如果睡不好或者睡不够，他老会感觉到失落和沮丧，人也萎靡不振，就像做错了什么事，或者是做了什么对不起别人的事，心里会有那种混杂着自责和负疚的颓丧感一股一股地冒出来，自己都拿自己没办法，所以他总是尽量让自己睡足。

星期六早晨他睡得正香，电话铃响了起来。在睡梦中他无法判断突然响起的是什么声音，他做梦正跟表姐在厨房里，他以为是水烧开了铝壶发出的声音。等他从梦境中挣扎着醒过来，眼睛没睁开就把手伸向了电话。他把话筒握在手里，口齿含糊地喂了一声。他以为是表姐，话筒里传来的却是一个娇娇柔柔的女声，有点有气无力的，显然不是表姐。他迷迷糊糊地问一声：谁啊？

你连我都听不出来啦？电话里的那个声音透出抱怨和委屈。

他这才听出是他的前女友李芸儿。他问她：这么早，你有事吗？

没事就不能给你打电话啦？李芸儿的声音听上去很不开心。

我不是这个意思！他刚解释一句就不想再说什么，他觉得连这都要解释很没劲。

李芸儿马上带着一点娇嗔责问他：那你什么意思？

他听她这个口气，仿佛一下子回到了过去，就好像她还是他女朋友，对他还有那种特殊的权利。他问她：你到底有什么事？

李芸儿在电话里轻轻一笑说：你怎么还是这么冷冰冰的？

怎么到现在还没有人把你改造过来？

他声音干巴巴地说：你一大清早打电话吵醒我就是为了跟我说这个？

当然不是啦！李芸儿的娇嗔里带上了温柔，细声细语地说：我真有事要跟你说，不过你这么个态度让我怎么说？

他柔和了口气说：你说吧，我听着。

李芸儿迟疑了一下说：我去你那儿当面跟你说吧。

他觉得拒绝她不好，便说：好吧，你来吧。

其实他心里是十分勉强的，他并不想见李芸儿，尤其不想在这个时间见，比起舒舒服服睡个回笼觉他认为自己的牺牲太大了。可是因为是李芸儿，即使是要他做出巨大的牺牲他也只得硬着头皮上，因为他不能让她觉得他对她无情无义，他不能再去伤她的心。扪心自问他也确实觉得自己对不起她，现在不说弥补什么，至少不能再雪上加霜了。

李芸儿是他恋爱史上唯一的正牌女朋友。他在上护校时就认识她了，断断续续跟她谈过四五年的恋爱。上学的时候因为他一直没有女朋友，他的一个同学就把自己的中学同学介绍给了他。当时李芸儿在读大专，学的是旅游管理。在他们恋爱期间，吵架怄气的日子倒比和睦高兴的日子多得多。他们经常没有任何原因就会闹别扭，两个人一两个月不联系是常事，分分合合藕断丝连转脸又雨过天晴闹过无数回。要不是介绍人除了热心还负责任，经常为他们穿针引线铺路搭桥他们恐怕散得还要早。

不过到了他们还是分了手。为了表示那一次分手是当真的,不会再像以前那样过些时候又稀里糊涂地回到原来的状态里,李芸儿率先找了一个男朋友,没过多久他也经人介绍找了一个在报社做排版的女孩儿。他跟那个女孩儿见了两三面之后就没有再见面,他觉得她远远比不上李芸儿,原来没有看到没有体会到的李芸儿的优点全让这个不相干的女孩子给衬托出来了,他发现自己爱的还是李芸儿。所以尽管跟她分手了,他也没法忘记她。李芸儿跟他谈恋爱的时候并不热情洋溢,更谈不上激情澎湃,一副随遇而安的样子,见面也要等着他约。他又不是个积极的人,拿表姐的话说就像是算盘珠子,不拨不动,要努了一股子劲儿才给她打电话约一次。在他们关系稳定的时候他跟她说定一个星期见一次,省得每次再定日子。她也同意,就是顺水推舟的意思。他们一般是星期六的下午或者晚上见,如果有事就顺延到星期天见,渐渐地约会也成了例行公事。所以从形式到内容都决定了他们两个人一直是温温吞吞的,从来也没有达到过那种朝思暮想一日不见如隔三秋没你不行的要死要活的境地。倒是分手之后两个人的关系反而比谈恋爱的时候还要热一些,主要是李芸儿对他似乎更加依恋,她经常打电话跟他说这说那,甚至连自己跟男朋友的事情也跟他说,偶尔还会让他帮着出主意。他本不想掺和她的事,尤其不想掺和她跟她男朋友之间的事,可是她跟他这么不见外,他也不能辜负了她。他该发表意见还是发表意见,而且心里怎么想的嘴上就怎么说,不会因为自己是她的前任男朋友这一特殊的身份而说一些模棱两可的话,他认为这是自己跟她的情分,不这样反倒对不起她。她显然也是清楚的,所以跟他更加推心置腹,无话不说。他觉得自己跟她的关系有点怪,恋爱没有谈成倒成了她的知心朋友。他在心里嘲笑自己:真是生意不成仁义在啊!

李芸儿很快就到了。他问她路上顺不顺,她说这么冷的天没什么人出来,公共汽车都是空的。他看她的脸红通通的,以为是冻的,再看她两只眼睛也是红通通的,敏感地意识到她哭过。他仔细地盯着她看了一会儿,婉转地问她:你不高兴啊?

李芸儿摇头否认,但马上就承认了。

他问她:怎么啦?

他其实并不想知道,只是觉得不问一下不合适,显得不够关心她。他太了解她了,以前他们好着的时候她也是这个样子,动不动就会不高兴,自己哭上一鼻子,有时候要他哄了才会好,有时候他哄了也不会好,有时候他不哄她自己也会好,他早已经都习惯了。

李芸儿听他问,眼圈即刻又红了,两只水汪汪的大眼睛望着窗外不说话。

他赶紧说:你不想说就不要说了。

李芸儿缓缓地转过脸来,脸上挂着两道泪痕,无比委屈地说:我就想跟你说这个呢。

他意识到这回估计真是有什么事了,因为他看她一副心事重重的样子。他耐心地等着她开口。

她沉默了好一会儿，才说出一句：老侃要结婚了。

老侃是她现任的男朋友，确切地说是她的未婚夫，小陶跟他还见过一面，是李芸儿非要拉着见的，事后他一直后悔，认为这一面根本就不该见，除了添堵没有任何其他意义。李芸儿很想让他们两个成为朋友，她甚至天真地认为这肯定做得到。小陶平常待人接物态度温和，没什么火气，他跟李芸儿谈了四五年恋爱两人尽管也吵架闹别扭，但他从来没有对她发过火，所以李芸儿也就认为他是一个没有脾气的人。大概因为如此，她觉得他是可以跟她的男朋友和睦相处的。有一天她事先没有通知他就把老侃带到了医院，然后跑进药房对他说你出来一下让你见个人。他以为就是他们共同认识的同学或者熟人，医院本来就是个人来人往的地方，什么人都有可能来找，所以也没有太当回事，没有问她是谁就跟着她出去了，结果就有了他认为是自己一生中最尴尬的十来分钟的跟老侃的会面。他不知道李芸儿是怎么说服自己的男朋友来跟他见这个面的，也不知道她为什么要安排这样一次见面，他觉得她除了傻简直让他说不出别的。那天十多分钟从头到尾都是老侃一个人在说话，竟然没有冷场的时候。小陶对他印象不佳，觉得他夸夸其谈，碎嘴唠叨，不像是一个靠得住的人。不过他也清楚因为他自己的身份和心理显然也不会拿他当朋友看待，对他也不太容易认同，所以之后李芸儿在电话里几次三番追问他对老侃印象如何，他只说还行。她问他看没看出他有什么毛病,他一口回说没有。他心里清楚不管自己说什么她都会认为他是出于天然的敌意,况且她正跟他热恋,何苦去泼她的冷水?不过,他还是承认这个老侃一看就是很自信很有办法的人,处事相当老练,沉稳果断,显然在江湖上没少混,这些都是比他强出太多的地方。李芸儿恰恰是那种凡事都不想自己做主最好能依赖别人的人,所以他觉得其实他们应该说还是合适的,所以他不明白既然老侃提出结婚李芸儿为什么还这么闷闷不乐的。

他不咸不淡地说:这不是很好吗——难道不是你希望的吗?

李芸儿皱起眉头说:你让我怎么跟你说呀?

他温和地笑了笑,做出洗耳恭听的样子。他想既然她来找自己倾诉,就要让她高兴。

李芸儿叹了几声,才说:我真的是不想跟他结这个婚。他那个人让人害怕……她低下头,脸上飞起两朵红云。

看她欲言又止的样子,他大概猜到是那方面的事。

李芸儿继续吞吞吐吐地说:我真的挺愿意他出差的,他一出去我立刻就觉得轻松自在,他一回家我就紧张得要命,特别是到了晚上,我都不知道这一夜该怎么过去。就是那种被人追着没处躲没处藏的感觉……

果然没出乎他的意料,是那方面的事,但是他却不知道该说什么。他觉得于情于理这都不是他应该过问的事情,反过来他觉得这种事情李芸儿根本就不应该跟他说。

他突然不耐烦地说一句：你不是自由恋爱嘛，又没有人逼你！

李芸儿显然没料到他会这么说，她呆呆地望着他，随即赌气地扭过头去说：不理你！

他看见她两道泪水缓缓地流下来，无声无息，如果不是亲眼看见他根本就不会想到她在哭。他心里莫名其妙地一酸，赶紧拿了纸巾递给她，嘴里说道：好好的哭什么？

她没有接他手里的纸巾，一下子扑在了他的怀里，湿湿的脸贴在他的脸上，毛茸茸的头发蹭着他的脸和脖子，他不好意思把她推开，只好轻轻地拢了她一下。没想到她把他抱得更紧了，就像抱着一根救命稻草一样不撒手。他感觉到她身体在颤动，果然她伤心地抽搐了起来。

他轻轻地拍着她的后背，叫她不要哭，就像当年跟她谈恋爱时做的一模一样。他心里有点腻烦，但不知道不这样又能怎样。好容易等她平静下来，他认真地对她说：以后你不要说哭就哭，你搅得我很心烦你知道不知道？

她用泪汪汪的大眼睛瞪着他说：那我不是把你当朋友才这样的嘛！

他用强调的口气说：可我只是你的朋友不是你的男朋友。

她扑哧一声破涕为笑，说：噢，我知道了，你就是为这个过不去吧。

他觉得跟她掰扯不清楚，就不吭声了。李芸儿的心情显然有了相当的好转，她从包里掏出一瓶润肤霜，对着墙上一

发烧 49

面有点模糊的镜子在脸上抹来抹去，抹完了她转过脸来问他：怎么样？

他看也没看就说：挺香的。

她撅起嘴说：是让你看的，又不是让你闻的！说完朝他嫣然一笑。问他：今天你有事吗？没事你陪我去买东西吧。

小陶最怕逛店买东西，尤其怕跟她一起逛。以前他们谈恋爱的时候他在她软磨硬泡之下实在没辙才会陪她去，通常也就是她提出十次他顶多陪她去五次，打一对折还是当成政治任务去完成的，现在他们早没那一层关系了，他发现自己反倒不好果断地拒绝她了。他尽管心里不情愿，但还是答应了她。

他问她：你要买什么？

她很无所谓地说：看上什么买什么吧。说完又补充一句：看不上就什么也不买。

他心里直叹气，知道这又是一次无目的的漫游，自己的任务艰巨。他问她最想买什么，她想了想说那就去看看电暖器吧。他们出门坐上车直奔一家新开张的家电城。

家电城有八层，每一层都拉着红条幅和红气球在促销，不同的厂家在喇叭里介绍着自家的产品，看的人又多，大家挤来挤去，就像春节赶庙会那么热闹。他们一前一后走着，小陶不时回过头去看李芸儿有没有跟上。李芸儿是逢摊儿必停，看什么都津津有味，他生怕她走丢。

逛了几层小陶已经是头晕眼花膝盖酸软，但李芸儿却是两眼放光兴趣盎然。小陶印象中女的是不怎么喜欢看电器的,可是李芸儿是什么都喜欢看。他心里暗想好在自己只是临时客串陪她一下,假如这是终身任务可真够自己受的。

看了一圈之后李芸儿没有挑到中意的电暖器,要么嫌样子不好,要么嫌价钱太高,反正都不合适。她想换一家看看,小陶不愿意再挤车去另一家逛了,他劝她说:都是差不多的东西,你随便买一个算了。

她立马翻他一眼说:这是摆在家里天天看见的东西,怎么能随便买一个算了呢?

他听了,鼻子里哼地一笑。

她问他:你是不是不耐烦了呀?

他当然不能说是,只好说:你想去哪里我们就走吧。

两个人坐车去了另一家家电城。小陶实在是没有兴趣,拖着脚步走在后面。李芸儿还是兴致勃勃地一个摊位一个摊位逛过去,她不光看电暖器,从电视机、音响、冰箱、洗衣机、录像机、照相机到电饭煲、榨汁机、电吹风、电熨斗没一样是她不看的。小陶心里无奈,不过并不催她,只当是舍命陪君子。

李芸儿大概是怕冷落了他,自然而然地挽住了他的胳膊,就像他们恋爱期间一样。小陶犹豫了一下,还是挣脱了她,半真半假地说:你注意点影响哦。

李芸儿斜他一眼,眉毛一挑说:管着吗?她笑呵呵地问他:你说人家看我们俩是什么关系?

小陶装没听见，她又问了一遍，还顺手在他肋骨底下挠了一下，他没法再装下去，有点为难地说：我哪儿知道！

李芸儿凑到他耳边问他：你说人家会觉得我们是老夫老妻吗？

他一愣神的工夫，她笑嘻嘻地又挽住了他。他没辙，不好意思再挣脱，只好由她挽着。

小陶早饭没吃就出来了，两个家电城逛下来肚子饿得咕咕叫。他提议去吃午饭，两个人到了楼下的快餐店，那里中西合璧，东西还不少，只是油烟味儿很大，有点烟熏火燎的。他问李芸儿想吃什么，吃面条还是吃牛排饭，或者汉堡什么的。李芸儿看了一圈，皱着眉头说什么也不想吃。

小陶说：那我吃你不吃多不合适？

李芸儿说：你吃你的，我减肥呢。

小陶说：你这么瘦减什么肥？

李芸儿说：我要是不减不就不这么瘦了吗？

小陶劝她说：你还是吃点吧，饿过了会头晕。

李芸儿要了一个酸奶，她要抢着付钱，小陶把她挡开了。他自己没舍得买牛排饭，也没舍得买汤面，而是买了一盒最便宜的方便面。两个人在一张塑料小圆桌旁坐下来，风从大门口一阵阵地往里灌，他跟她换了一个位子，替她挡着点儿风。

李芸儿一边吱吱地吸着酸奶，一边笑眯眯地望着他说：你想过咱俩要是结了婚会是什么样子吗？

小陶一听又是这种不靠谱的问题，硬邦邦地回她说：我没想过。

李芸儿一点不受打击，还是笑眯眯地说：我就想过。

她故意欲言又止，好像在等他问，但是他根本就没有这个兴趣问，飞快地吸溜着面条，对她说的充耳不闻。李芸儿有点扫兴，不再说话，把脸扭过去看着门外。他埋头吃着，大口喝汤，心里感叹难得有这么片刻的松快。

吃完饭他问李芸儿是回去还是继续逛，李芸儿说不想逛家电城了想去逛百货店。小陶说那你电暖器不买了？李芸儿说我配结婚礼服的鞋还没买呢，还是先去买鞋吧。他其实已经有点累了，最主要的是吃了点东西困劲儿上来了，非常想回宿舍美美地睡个午觉，可是他看着李芸儿期待的眼神又不忍心拒绝她，也不好意思拒绝她。

他们出了家电城，外面的风刮得比他们来时大得多，天气也更冷了，太阳挂在天空就像一面没有多少光泽的小圆镜子，白惨惨的，没有一丝的热力。公共汽车站离得很远，他们顶着风走了一会儿不约而同停住了脚步，因为被风吹得实在受不了。小陶当机立断拦了一辆出租车。

他们下了出租车立即冲进了购物中心，里面的暖气扑面而来，让他们仿佛一下子走进了春天。

跟刚才庞大嘈杂堆满了实用品的家电城相比，这里柔和的灯光动听的音乐时髦的商品简直就像是换了天地。李芸儿一进门眼睛便熠熠放光,她拉着小陶飞快地登上滚梯,穿梭在各楼层之间,从衣服、鞋子、箱包一直看到锅碗瓢盆甚至运动器材,不买的东西她也同样看得有滋有味。小陶陪得疲惫不堪,只想早点结束这份苦差。

突然李芸儿十分兴奋地指着特价区的一个摊位,没顾上说话就加快了脚步朝那边走去。小陶一看那里正在进行电暖器促销,广告牌上硕大的字体写着"电暖器七折优惠"。走到摊位前面,两个人算了一算,比刚才家电城的特价还要便宜,李芸儿毫不犹豫地买了一个。

买了电暖器就没法再继续逛下去了。李芸儿刚才没挑到称心的鞋子,本来是要换一家店继续逛下去的,这下手里拿了东西,逛店活动只好告一段落。小陶心情顿觉轻松。电暖器不算沉,但还是有点分量,他自然得帮她送回家。

两个人打车到了李芸儿家楼下,小陶把东西替她拿到电梯门口就想告辞,她一把拉住他说:你别走,都到家门口了,至少上去坐一下吧!他不想上去,她在他耳边轻声说:他不在家。

她说话的口气里有一种心照不宣,或者说暧昧不明,让他觉得不上去好像辜负了她,所以就答应了。

进屋之后李芸儿叫小陶拆了纸箱把电暖器插上,不一会儿屋子里就暖和起来,一暖和他又犯起困来,脑袋晕乎乎的,觉得人很乏。

他提出要走,李芸儿说:吃了饭再走也不迟,你都好久没吃过我做的饭了。

他只好实话实说自己困了,她马上说:那就进屋去睡吧。她朝卧室努了努嘴,他幅度很大地摇了摇头。她嘟囔一句:又不是没睡过!说完自己先有点尴尬。

他也顿时有点尴尬,他感觉到跟她确实是有点生了。李芸儿把遥控器递给他说:要不你看会儿电视吧,我去弄饭。

他打开电视看着,听着厨房里哗哗的水声和切菜声,眼睛不由自主就合上了。等他醒过来,一时竟然不知身在何处。他闻到一股饭菜的香味儿,看见桌上已经摆上了几个菜。他走进厨房,李芸儿腰里扎着围裙正在炒菜,他进去她吓了一跳。

他问她:做这么多菜干吗?

她甜甜地一笑说:慰劳你呀!

他说:就因为陪你逛街?

她笑而不答。

她叫他出去,说厨房里空气不好。他听话地出去了,想起从前跟她好的时候只要到她这里做饭也总是她一个人忙,心里不由得一阵发酸。

不一会儿李芸儿叫他去吃饭。她做了一个萝卜丝拌海蜇,一个酸辣粉皮,一个海带烧排骨,一个红烧带鱼,一个鱼丸虾仁玉米笋杂烩,一个干煸四季豆,还有一个西红柿黄瓜榨菜汤,上面漂着切得碎碎的香菜,都是以前他们在一起时常吃的,而且连味道都跟以前一模一样。他心里不由得一阵惆怅。

他夸奖她说：你还真是一个贤妻良母啊！

李芸儿笑着说：这话从你嘴里说出来我怎么听着有股子吃饺子的味儿啊。

他嘿嘿一笑说：你说我吃醋啊？

她瞟他一眼说：我哪儿值得你吃醋？又说：你不还看不上我吗？

他赶紧分辩说：我怎么看不上你？你可别瞎说。

李芸儿直来直去地说：那你为什么不娶我？

他马上张口结舌起来，好容易找着一句话说：是你先有男朋友的。

李芸儿又翻了他一眼，有点无奈地叹了口气。她就像是自言自语一样嘀咕说：到现在我也不知道我们那会儿究竟是怎么一回事，怎么就真的分手了？

他看着她，眼神很茫然。

李芸儿说：你别装得这么无辜！

他马上反问：我怎么装得无辜啦？

李芸儿说：算了，不说这些了，好像要跟你秋后算账一样。这样的账上哪儿算得清？说了也没意思。

她回身从后面的柜子里拿出一瓶白酒，问他喝不喝。

他说：你知道我是不喝酒的。

李芸儿说：今天破例一回。

他没有反对。

李芸儿倒了两杯，跟他碰了一下杯，一口就灌了下去。她又给自己倒了一杯，转眼工夫又见底了。

　　他看了有点吃惊，问她：你什么时候变得这么能喝？

　　两杯白的下去她的脸上浮起了淡淡的红晕，她随口说道：我就是心情不好的时候喝点，不过今天我是特别高兴。她望着他，眼波流转，他像怕烫一样赶紧躲开了她的目光。

　　李芸儿又把自己的杯子倒满，他劝她说：你少喝一点吧，别喝醉了。

　　她笑了两声说：人生难得几回醉！说着，又喝干了一杯。

　　他接一句：醉了可是自己难受，而且还伤身体。

　　她笑着说：宁伤身体不伤感情，我就想一醉方休。

　　他拿过她的杯子说：我看你已经有点醉了。他柔和了声音哄她说：别喝了！

　　她听话地点了点头，又是眼波流转地望着他。他慢慢地把眼光转了开去。

　　吃完饭，小陶要帮忙收桌子洗碗，以前他也总是这么做的。李芸儿却拦住了他，她拉住他的手进了卧室。等他反应过来，他已经跟她一起坐在了床沿上。

　　她对他娇媚地一笑，他已经很久很久没有看到过她这样的笑容了，不由得心头一热，回报了她一个十分灿烂的笑容。她马上就势靠到了他的身上，他用胳膊抵挡了一下，对她说：别这样！但她干脆向他身上倒了过来，身体的重量几乎都压在他身上。

她转过身，搂住他的脖子问他：今晚你别走了好吗？

他立刻摇头。

她撒娇地说：我不让你走！

他想掰开她的手，可是她十指交叉搂得太紧了，他试了两次都没有掰开。他只好求她说：别闹，我真的要走。

她沉默着，还是不松手。

两个人正较劲，突然间她的眼泪扑簌簌地滚落了下来。她这样说哭就哭，让他很心烦，也很没办法。

她一抬手擦掉了眼泪，一句话不说拉他靠在床头上。

从前他们恋爱的时候也经常这么靠着，但小陶觉得现在情况不一样了，她已经是快要结婚的人了，这个样子算是怎么回事？他勉强靠了一会儿就要下去，她及时地拽住了他，半开玩笑说：你想逃啊？他被她说中了，只好又靠回到床头。

上了床似乎到了李芸儿的地盘，她就像一个水性极好的人到了水里一样，身体变得异常灵活。她的两条胳膊就像藤蔓一样绕到小陶的脖子里，胸脯软软地压在他的胸口上，他想躲开她，可是床就那么大，他根本就无处可躲。他想推开她，可是他又害怕伤害她。他僵硬着身子，由她搂着，心里盘算着如何脱身。

他还没有想出办法，她的嘴唇已经柔柔地贴了上来。他闻到了那股熟悉的雨后青草地一般的气息，心一下软了。她的湿滑的舌头在他一愣神工夫伸进了他的嘴里，他觉得自己就像一只迟钝的飞虫一样没来得及做出反应就成了她的俘虏。他被动地被她吻着，只觉得晕眩和麻木。

他进退两难，但是她却没有一点退的意思。她呼吸加快，变成了喘息。也许是因为刚才喝了几杯烈酒，她面孔绯红，跟平常苍白文弱的样子完全不一样。他觉得她这个样子十分性感，是他以前从来没有看到过的。他明显地觉出了她身上的改变，他说不清是好还是不好，或者根本无法用"好"和"不好"来评判，却让他忍不住地想到她背后的那个快要成为她老公的男人，他的心就像被烧灼了一下，快速闪过一阵疼痛。

他被她疯狂地吻着，身体却是风平浪静，一点也激动不起来。在这个当口他居然还走神了，想到了另一个女人和另一张床。本来他已经忘记了三天前发生的那件事，没想到三天前的历史竟然又重演了——他奇怪自己怎么连着遇到几乎是同样的事情。他想换个男人也许会当作是艳遇，也许还会觉得得意，可他却一点也得意不起来，相反，他感到既无奈又厌烦。

她抱着他，在他怀里扭得跟麻花一样。他被她弄得痒痒的，心里掀起了一点波澜，身体却还是毫无动静。他抬起手轻轻地抚摸了一下她的脸，算是对她的安慰。他虽然心里略有歉意，但还是想快点结束眼前的情景。

可是她却突然脱掉了身上的套头衫，对他说：你也脱。他不想脱，但就像被她催眠了一样，顺从地脱掉了毛衣、衬衣和裤子，身上只剩下背心和裤衩。她也脱得只剩胸罩和三角裤，坐在被子上朝他嫣然一笑。她的笑容就像一股清水流进他的心里，在他的胸腔里溅起一片温柔的浪花，让他忍不住又想起以前跟她在一起的时光。他发现她的胸罩和三角裤色彩十分艳丽，上面有凹凸的刺绣，还有镂空的花边，而且还是上下成套的，跟她以前穿的那些普普通通的白棉短裤和肉色胸罩完全不一样，一看就是已经进入了另一个层次，或者说时代。他心中不无醋意地想：她是为了他才穿成这样的吧？这么一想，刚刚有点热起来的一颗心又迅速冷了下去。

她却还是热情不减，她歪着头笑眯眯地看着他，对他说：你脱呀！他不动，她自己先脱光了，一头钻进被窝儿。她从被窝儿里探出头来说：快脱，要不我动手啦！虽然听着就是玩笑话，他想她以前可不是这样的，她一直都是很羞涩的，这个变化可真是太大了。

他刚一脱光她就紧紧地和他搂抱在一起。他忽然有了昔日重来的感觉，其实他一点也没有想过要昔日重来，他甚至从来也没有盼望过昔日重来，但是昔日就这么一下子重来了。

他感到脸上湿湿的，发现原来是她在流泪。她把脑袋扎在他的脖子里，让他想到刚刚出生的小动物，心中的怜爱之情油然而生，往事也像潮水一般涌上心头，他不由自主地抱紧了她。

他的心完全被过去的潮水泡软了，可是身体也同样是软的。她耐心地抚摸他，可是没有任何效果。他先是忍耐着，想配合她，可是后来再也不想忍耐和配合了，他一把推开她，翻身坐了起来。

她赶紧用被子围住他，怕他着凉。他反手掀掉被子，光着身子坐在床上。他拉着脸，就像跟谁赌气一样。她倒是不动声色，至少情绪很平静。她跳下床去倒了一杯水，自己喝了两口，随手递给他。他并不想喝水，但还是接过去喝了一口，似乎为了不拒绝她，也似乎向她表明并不是在生她的气。她回到床上，趴在他的后背上，两只小小的乳房贴着他，用自己的身子暖着他。他看着她绕到他胸前的纤细的胳膊，白白的比纸还薄的皮肤，心里充满了懊丧和自责。他轻轻地推开她，飞快地穿上了衣服。

她看着他，目光有点涣散，就像是一个面对节目突然中断的观众，似乎一下子有点回不过神来。他把她的衣服拿过来堆在她面前，对她说：穿上吧，别着凉。她这才很不情愿地慢吞吞地穿了起来。

他套上外衣，走到门口，打开门刚准备出去，一回头看见她的眼泪又像珠子一样滚落下来。他一阵心烦，带着埋怨的口气说：你又怎么啦？

他害怕又要弄得不欢而散，心里十分焦躁。

她抽了张纸巾摁在脸上，吸掉流下来的泪水，突然，她哭着说：我不想跟他结婚！

他无话可说，他觉得自己实在是无能为力，既帮不上她，也不知该怎么劝她。他一脚门里一脚门外站着，走也不是，留也不是。她走过来挽住他的胳膊，带着哭音埋怨道：你对我一点也不好！他在心里叹了一口气，知道这样的话不能接。他抬起手温柔地摸了摸她的头发，算是对她的回应。

她突然扑到他身上，在他耳边说：我爱你！

他就像条件反射一样用力地搂了她一下，她反问他：你爱我吗？

他没有回答，他觉得没法回答，也觉得说什么都没有意义。

她没有再追问他，只是说：外面太冷了，要不今晚你别走了吧？

他非常坚决地说：不，我要回去。

他刚走到大街上就看到公共汽车远远地开过来。他往车站紧跑了两分钟才赶上。车里没有几个人，个个都昏昏欲睡。他想这应该是末班车吧，心里很庆幸自己没把这趟车错过。

回到宿舍他十分疲惫，没有洗漱就躺在床上。他把早晨没看完的报纸草草翻完，随手扔在床下。他抬头看了看桌上的电子表，正好是零点零分零秒。这一排整齐的六个零让他无端地露出了笑容。他熄了灯，重重地倒在枕头上，觉得这一天过得真是漫长。

一连好几天小陶不管忙着闲着有意无意总是会想到李芸儿，她的一颦一笑，她的忽喜忽悲，她撒娇的样子，她温柔的样子，她想玩儿点小伎俩的样子，还有她对他那种毫无防备心的好和一点拐弯儿都没有的热情都让他一想起来心里就一揪一揪的，说不清楚是负疚还是自责。两个人结束恋爱关系也有好几年了，他没想到自己心里对她的感觉还跟以前差不多，甚至更加强化了。尽管和她分手之后他也有过别的女人，但他觉得跟她们总像是隔着一层，不如跟李芸儿亲。他心里好像有一个模子，他老是会下意识地用这个模子去套别人，他清楚这个模子实际上就是从李芸儿身上翻下来的。其实要说他有多么爱她也说不上，就是谈恋爱的时候跟她也是一路吵吵闹闹下来的，可是他心里对她的那种感觉却是跟别的女孩子没有的。李芸儿是他上床的第一个女孩子，所以他认为跟她的关系是非同寻常的。出于一种几乎是发自内心的责任感，他想过如果自己要结婚的话肯定是跟她结。但是他却一点也没有结婚的想法和打算——实际上他是认为自己根本就不具备结婚的能力。李芸儿曾经跟他说过她不在乎，她看中的是他这个人。但是他在乎，他不想毁了她一辈子。他对结婚有一种天生的恐惧，他想过即便自己在性上没有任何障碍也不想结婚，至少不想眼下就结婚。只要一想到要跟一个女人一块儿吃饭一块儿睡觉早早晚晚裹在一起就像连体婴儿一样他就觉得要崩溃。所以他认为分手对两个人都好，至少可以各取所需。分手之后他也没感到有多么难过，相反他觉得好像放下了一个包袱，自己可以轻装前进了。不过实际上跟他想的还是有一定的距离，李芸儿虽然名义上不再是他的女朋友了，但她并没有跟他中断来往，有事没事还经常来找他，向他诉说，要他支招，甚至比从前更加依赖他。

已经无数次他痛下决心不再跟她搅和在一起，可是她一跑来他立刻又忘记了自己下的决心。他分析自己就是太空虚了,还有就是心太软。他认为像李芸儿这样一个娇弱的人是应该有一个强有力的人呵护她的,可是他自己并不是这样一个人,不过她现任的男朋友也算不得是这样一个人——那个人倒是长得五大三粗,也能煽乎,但据他观察还有听李芸儿说的一些事情,他觉得那是一个粗人,根本就不懂得女人的心,也不会照顾女人的情绪,想要指望他呵护实在是对他要求高得离谱了。所以他觉得李芸儿挺可怜的,遇来遇去遇到的男人都靠不住。所以他也觉得自己对李芸儿这样多多少少关心一点也是应当应分,算是给她一些援助性的安慰。但是有时候他想想自己跟她这样藕断丝连对她可能不太好,对她的生活也不太好,可是他怕自己对她情断义绝让她更加受不了。他不知道究竟怎样做才好,才算是在一个合适的分寸上。以前有几次他跟她聊得情投意合,缠绵的气氛不知不觉包围了他们,他忽然意识到情况危险,害怕自己一糊涂跟她又回到了"从前"——他早已经看清了结局,知道那是一个陷阱。那几次他都成功地控制了局面,没有让不该发生的事情发生。可是这一次似乎有点不一样,他感觉到心里的思念格外强烈,而且好像还在逐步地加剧,有变得越来越强烈的趋势。他想也许是被她快要嫁人这个消息刺激的吧,心里格外放不下她。他想那天夜里虽然没有在她家里留下来,但心里显然还是留下"后遗症"了。好几次他忍不住拿起电话,想打给她约她见面,或者哪怕只是在电话里听听她的声音也是好的。有一次他拨出了五个数字,在拨第六个数字时才强迫自己放下了话筒。他对自己说不要冲动,冲动是魔鬼。但是跟这个魔鬼抗衡对他来说实在不是一件容易的事。

他终于想明白其实自己对李芸儿还余情未了,或者干脆说还爱着她,而她好像也还爱着他——他觉得难以面对,也不知如何去面对,除了逃避他也没有别的选择。他精神萎顿,一天一天混着日子,好像病了一样。他当然清楚自己没有病,要说有病也就是心病而已。每天他还是吃三顿饭,睡十个小时,上班发药,下班发呆。相比之下他更愿意上班,因为上班能分散注意力,比他一个人待着至少时间要好打发得多。谢红和方芳都是爱说话的女人,俗话说三个女人一台戏,她们两个就够一台戏了。平常她们有事没事就家长里短地闲扯,自己遇到的、别人遇到的、电视里看来的、随便哪儿听来的,她们逮什么说什么,道听途说捕风捉影无中生有她们都能说得有鼻子有眼就跟真的一样,少不得还要发些着三不着两的评论和感叹。他早习惯了她们的这种说话方式,就跟每天晚上看天气预报一样,从来不计较说得对还是不对。谢红和方芳两个跟他也不见外,什么话都当着他说,比如谁谁跟谁谁好了,谁谁跟谁谁掰了,谁谁跟谁谁妍上了,谁谁跟谁谁败露了等等。她们妒忌谁,不满谁,跟谁有矛盾,看谁不顺眼,有时甚至痛经或者该来还不来这样的女人之间的私房话也都不背着他说。他在她们闲聊的时候除了偶尔插几句嘴经常是默不作声,她们说什么他听什么,也不专门去听,一句一句飘进他耳朵里他就听见了,没飘进他耳朵里他就没听见,有的话听了也只当没听见。有她们这种唠叨的声音在耳边响着他心里觉得十分踏实,似乎世界总还是这个世界,亘古不变。

这天方芳红着眼睛来上班,他想问又觉得不好问。谢红见了马上开口问道:哎哟,一大早晨的你怎么啦?

方芳把包往桌子上重重地一放,双手捂着脸就哭了起来。她抽动着肩膀,哭得十分伤心,好一会儿才哽咽着说是跟老公吵架了。他先还以为她出了什么大事,替她揪着心,一听是这么回事马上就不当回事了。

谢红的反应跟他差不多,听说不过是两口子吵架,她尖着嗓子说:哎哟喂,我当是多大个事呢,夫妻吵架算什么?还不是今儿吵了明儿好了,再正常不过了。

方芳在抽噎的间隙大声说了一句:这日子算是过到头了,我不想再跟他过下去了!

谢红劝她说:哪儿有吵一架就不过的?婚姻专家还说了,世界上最恩爱的夫妻一生当中至少也会有两百次离婚的念头,五十次恨不得掐死对方,等消了气你就不会这么想了。

他在边上不咸不淡地说一句:你从哪儿听婚姻专家这么说的?

谢红理直气壮地说:我从报纸上看来的,报纸上还能瞎说吗?她接着劝方芳说:要我说能凑合就凑合,实在不能凑合再不凑合。

他又不咸不淡地说一句：你这话等于什么也没说。

谢红回过头给他一句：那是你没听懂！

方芳一边流着眼泪一边愤愤地说：他家务活一样不干，不做饭，不洗衣服，不管孩子，除了上班就是跟他一帮子狐朋狗友混着。半夜都不回家，我给他打电话也不接，我一遍遍打，他干脆就把手机关了，回家还要对我发脾气，说我干涉他的自由。我说你要自由你就别结婚，娶什么老婆生什么孩子呀？他骂我歇斯底里神经病更年期，还摔杯子砸碗的，就这人你们说还能要吗？

谢红说：这有什么呀？你以为我家那口子省心呀？那也一样是个甩手掌柜，饭要盛到他碗里，茶要端到他手里，就这样还见天埋怨我钱花多了，家没收拾干净，看我还不顺眼呢。要换了他恐怕你更没法过了。

方芳仍然火气很大地说：他玩儿就玩儿了，还要骗我是在工作，装得跟个劳模似的！昨天明明是打了一通宵的牌，今天早晨天快亮了才到家。我问他干嘛去了，他撒谎说是加班。其实昨天夜里我找他已经打电话到他单位问过了，他同事说晚上不是他的班，而且说他下午就走了，他请假说家里有事情。他就是这么两头骗，你们说气人不气人？

谢红嘻嘻一笑说：他两头骗不过就是去打把牌，又不是去干别的，这就算不错啦。多少女人连自己老公夜里睡在哪儿都不知道呢，跟她们比比你就知足吧。

他插话说：知足者常乐。

谢红和方芳都笑了。笑完方芳又拉着脸，气乎乎地说：当初也有不少人追我，我挑过来挑过去挑上了他，就是看中他人老实本分，知道照顾人，谁想到他是这么一个浑人！谈恋爱的时候装得可像个人儿似的，让你觉得他是这个世界上对你最好的，而且一辈子都会这样，一百年不动摇，一结婚就原形毕露了，心里只有他自己，没有别人，早知道这样我不如挑个长得英俊的呢！

谢红听了哈哈大笑，带着几分有所发现的神情说：以前吧我也是觉得长得丑的靠得住，实际上不管长什么样男人这东西你就别指望靠得住！她转过脸对他说：不包括你在内啊。她转回脸去继续开导方芳说：你们孩子都有了，你就委屈一点吧。

方芳气恼地反问她：凭什么要我委屈啊？我委屈得还不够哇？

谢红一听，有点不悦，停了片刻说：那你要是不肯委屈你就跟他离了。你这么年轻，这么漂亮，性格又好，不说挣得多少至少工作稳定，还愁找不到个把好的？她扭过脸对他说：哎陶，咱芳儿要是离了你接着她好不好？

他没回话，药房里顿时异常安静。

谢红就像找到了一条新思路一样十分兴奋，她打破沉默，大大咧咧地说：芳儿你不是不想跟你老公过了吗？咱陶不也总找不到合适的吗？我看你们两个挺说得来的，年龄又相当，相貌又般配，不如咱们内部解决算了！

他听她这么说，霎时脸就红了，方芳也是愣在那里，回不过神来的样子。

谢红还继续往下说：你们两个只要这一个不嫌那一个是二婚，那一个不嫌这一个是老大难，两个人凑成一对儿，不比各人到外头去找强？外面找的哪儿有我们这里朝夕相处的了解深，哪儿还有比这更知根知底的？我看你们俩太合适了，真要是能走到一块儿要我说连磨合都能省了，以前我怎么就没想到呢？真是灯下黑啊！

他和方芳都忍不住大笑。

方芳说谢红：您这叫乱点鸳鸯谱。

他朝方芳说：别理她，她脑子被福尔马林泡了。

一晃到了中午，谢红和方芳照例又是用微波炉热从家里带来的饭菜，药房里充满了洋葱炒牛肉的香味儿。

她们一边热饭一边逗他，一个说：陶啊，赶明儿你找着媳妇就有人给你做饭了，你也带饭，中午我们就可以一块儿吃了。

另一个说：别想着有人做饭，说不定是他给人家做呢。

他说：你们真够操心的。

他正要出门，看见有个女的在窗口往里张望，他觉得有几分面熟，但一时没想起她是谁。那个女的跟他眼光一对上立刻露出虎牙冲他一笑，他还是没有认出她。转眼药房的门被轻轻推开一条缝，那女人探进头来冲他笑。谢红和方芳从饭盒上抬起头打量了她一番,同时把目光投向了他。他感觉这个女人是来找自己的,突然门被推开了,他看见她站在门口,手里拉着一个四五岁的小男孩儿,他脑子一亮,反应过来这个女人是浦虎妮。

他心里一阵羞愧,想到跟人家床都上过了,见面竟然认不出来,真够荒唐的,脸微微有点发烫。

他镇定了一下,笑着问浦虎妮:你怎么有空到这里来?

浦虎妮也笑着说:我到这边办点事,顺路过来看看你。

他看谢红和方芳两个正对他挤眉弄眼,便对浦虎妮说:要不去我宿舍坐坐吧?

其实他并不真想请她和孩子去自己宿舍,只是觉得不知道带他们去哪里。就这样让他们走也不合适,让他们在药房坐的话说什么话都得当着谢红和方芳两个,虽说也不见得有什么不能让她们听的内容,可是在她们四只滴溜溜的眼睛注视下不说浦虎妮可能不自在,就是他自己也不自在。他想要是她说不去那就正好顺坡下驴,可是她立刻就点头答应了。

他走出药房发现没有拿钥匙,只好又折回去。

谢红悄声问他:这谁啊?

他没回答,拿起钥匙就往外走。

方芳贼贼地朝他一笑说:是不是给你做饭的人来了?

他不理她,快步出了门。刚到走廊里就听到后面爆出一通大笑,他知道她们肯定又在背后编排自己什么了。

他把浦虎妮和孩子领到宿舍,想找点东西给孩子玩儿,可是宿舍里没有什么给小孩儿玩儿的东西。他灵机一动,拿了几张白纸给孩子,让他折着玩儿。孩子一个人安静地玩儿了起来。

浦虎妮一坐下就直截了当地问他:刚才我在药房外面跟你打招呼第一眼你都没认出我来是不是?

他心说怎么哪壶不开提哪壶呀。他不想撒谎,没说是,也没说不是,只是呵呵笑了一下。

浦虎妮还是直截了当地说:我们俩见过面也快一个星期了,你一直没给我打电话,我来就是想问问你是怎么考虑的。

他被她这么一问,不知该如何回答才好。

浦虎妮马上换了一个问法:那你对我印象如何呢?

他扪心自问,自己对她的印象很一般,甚至可以说不怎么样,可是他却不能这么直截了当地说出来。

他含糊地说:还可以吧。

浦虎妮显然对他这个回答不满意,她说:"还可以"就是不怎么样,我觉得好像我根本就没给你留下什么印象对不对?

他想了想的确是这个意思,可是他还是不能这么直截了当地说出来。他赶紧摇头否认说:你给我的印象挺深的。

她望着他笑起来,问他:真的?

他赶紧点点头,心里有点发虚。他仔细想了想,其实她留给他的印象真不能说不深,见第一面就有胆把男人拉上床,没几天自己又颠儿颠儿地找上门,这样的女人他反正是从来没有遇见过。她身上的那股子骚劲儿还真给他留下了相当深刻的印象，不过他倒也并不把这看成是坏事，他觉得她这个人总体上并不讨厌，她直爽、火辣，简直跟三伏天一样热浪扑面，不像有的女人那样装腔作势假模假式，要不就是腻腻乎乎纠缠不清，那才是他不喜欢的。

他正胡乱地想着心思，听她问道：那你觉得我们还能继续处下去吗？

这个问题又是哐当一下搁在了他的面前，他很想回答她没有这个必要了，但他仍然还是开不了口。他吭哧了几秒钟，什么也没有说出来。

她立刻毫不拐弯儿地说：不处就不处了，你也用不着这么为难，弄得就像我找不着人似的！

她虽然这么说，倒也没有生气的样子。

他心里松了下来，羞怯地笑着，对她说：其实你这个人挺真实的，也挺实在的，当然也挺漂亮的，这个，长眼睛的都看得见。我这个人能力挺弱的，别人轻易做得到的，我费好大劲都不容易做到。真的是这样的。所以，我觉得自己配不上你。

他总算把话说完了，自己觉得竟然说得很清楚很到位，而且说得还算婉转，至于她怎么想那就是她自己的事了。

浦虎妮听了，很平静地说：其实我对你印象挺好的，我想你肯定是知道的。她停了一下，略带腼腆地一笑，接着说：离婚以后我也见过几个人，跟你说实话我对他们印象不怎么样。有的人大概觉得自己是成功人士吧，或者就因为他是个男的，自我感觉好得都不正常,有的人油滑得一塌糊涂,就像在油缸里浸过的,谈恋爱就像谈生意,满脑子想的就是要赚别人的,还有的人就是出来玩儿的,根本就没有结婚成家的打算,基本就是打两枪换个地方,所以我找来找去也难遇到有真心的。那些人我看一眼就不想看他们第二眼,说心里话我害怕他们,只想躲他们远点儿。你跟他们不一样,你的眼睛干干净净的,真的,那天我见到你一下子就被你吸引了。我喜欢干干净净的人,真的,这样的人现在很难找。

他听了她的这番话,想到那天自己的表现,心里有点不好意思。他喃喃地说:我配不上你,真的,我配不上你。

她显然听明白了他的意思,淡淡地一笑,轻声说:那不是第一次吗?那不算什么的,我都忘记了,你没必要放在心上。

他的脸腾地红了,尴尬之外又有点模糊的悔恨。他想那天要是坚决不跟她上床就好了,至少还能让她保留一份幻想。

她看他不说话,继续说:本来我应该去找介绍人来跟你说的,但我觉得绕那么个弯子没意思,我想我们俩都见过了,还是直接跟你说更好些吧,而且我也怕人家把话转来转去再把意思给传拧了,所以我想还是当面跟你谈。反正这事是你说了算,问谁都不如问你好对不对?

他不置可否地笑了笑。

她看他这样的表情,大概齐明白了他的意思。她微微一笑说:你可以再考虑考虑,当然这事谁也不能勉强谁的。

她站起身，拉起孩子要走。孩子正专心致志地玩儿纸，突然被打断，目光有点迷离，但他马上顺从地拉住妈妈的手往外走。他看着孩子，忽然心里一酸，好像有什么久远的记忆被触动了一下。他拉住孩子另一只小手，问他妈妈：你们吃饭了吗？

浦虎妮说：我们回家去吃。

他说：路上还有那么长时间，孩子不饿吗？要不就在这里吃一口吧。

她犹豫了一下，也没有客气，问他有没有方便面，说孩子最爱吃方便面了。他说孩子吃方便面不好，防腐剂太多。说完之后有点后悔这么说，好像连方便面也不肯拿出来招待客人一样。好在浦虎妮也没有多心，她接着他的话头说可不是嘛，平常很少让他吃，不过偶尔吃个一次两次也不会有什么事。他马上点了煤油炉煮方便面。

吃完方便面浦虎妮就领着孩子走了。临走前她在他书桌的台历上写下了自己的电话号码，让他闷的时候给她打电话。他说你的电话号码我有，她说写这里你不是一眼就能看得见吗？他问她为什么要闷的时候才能给她打电话，她说你不闷的时候恐怕不会想到我吧，说着眼神飘飘地瞥了他一眼。他觉得她脸皮真厚，不过也佩服她胆大。

浦虎妮和孩子走了之后他回去上班，走到药房外面就看见谢红和方芳正站在窗口朝外面张望。见他进去，两个人脸上挂着古怪的笑容一个劲儿地盯着他看，他被她们看得很不自在，有点不耐烦地问她们：你们又怎么啦？

那两个异口同声地说：我们还没问你呢！

他说：我怎么啦？

谢红笑嘻嘻地说：不错啊，背着我们搞了这么一个！

方芳也笑嘻嘻地说：身材很惹火啊，要是个子再高点还真算得上是个大美女！

他听她们这么说心里还是挺高兴的，忍不住嘿嘿笑了两声。

谢红凑上来问他：这回真有戏了吧？

方芳也凑上来说：这个不错，就她了吧？

他不置可否。

两个女人又一唱一和，一个说：别看他蔫不出溜的，蔫人出豹子，看不出来找对象上头还挺有一手的。

另一个说：可不是，包子有肉不在褶上，这下真把我们给雷着了。

说完她们又爆出一通大笑。

又到了周末。小陶的感觉是日子越过越快，刚还是星期一呢，星期三一过就到周末了，然后就该关门休息了。星期六这天他一个人清清静静地在宿舍里待了一天，没去表姐家，就是睡睡觉，看看书，自得其乐，整整一天连电话都没响一下，他觉得这种没有一点打扰的生活真是舒服。可是第二天他就待不住了，早上起来觉得十分空虚，心里就像长了毛一样，坐立不安，又找不到事情可做。他决定去表姐家，看看她在做什么，这么一想，生活似乎立刻有了方向。

他出门去乘公共汽车，医院门口有两趟车是往表姐家那个方向的，但都要倒车，他嫌麻烦，宁可过天桥到斜对面商场门口去乘直达的车。他慢悠悠地走着，天气已经回暖，阳光照在身上暖融融的，他走了一会儿脊梁后面就冒出汗来，棉毛裤裹在腿上，有点迈不开步子。和前几天寒流来的时候比起来，好像是一下子到了春天。

刚走上天桥，他远远地看见简医生夫妇迎面走来。那是医院里公认的郎才女貌的一对儿，他们一边走一边说说笑笑，十分亲热。简医生两只手里提着好几只袋子，一看就是去买菜了，他的太太空着手，什么也没有拿。简医生是留美的医学博士，呼吸病方面的专家，是医院里出了名的好医生，也是医院的招牌菜，经常有来头很大的人请他去看病和会诊，他也经常被请到各地去讲课，还经常在电视上做健康讲座，简直说得上是明星医生。他的太太是电视明星，原来她是京剧团的演员，后来去演了几部电视剧，虽然还没有到大红大紫的地步，但已经很有名气，走在街上经常会被人认出来，甚至还有粉丝要求签名合影。她长得很漂亮，高挑身材，丰胸细腰，眉眼非常妩媚，配上白得透明的皮肤，看上去真是冰清玉洁，比在电视剧里还要清纯动人。他暗自感叹这两个人在一起该多么幸福啊。

他正要跟简医生打招呼,有一只手从后面伸过来拍他的肩膀,他回头一看是医院的电工老松。老松拍着他的肩膀却亮开嗓门对走在对面的简医生夫妇说:嚯,大医生一大清早就陪夫人买菜去,真够模范的啊!

简医生矜持地笑着,朝老松点点头,没有说话。他太太在边上不冷不热地说一句:别搞错了,是我陪他去买菜。说着,从口袋里掏出手机低头玩儿了起来。

简医生马上附和老婆说:是这样的,她说得没错。

老松有点尴尬,哈哈笑着说:简医生就是模范!

简医生微笑着说:应该做的,说不上模范。

打完招呼老松大踏步地往前走了,很快从天桥上消失了。

简医生的目光转到小陶身上,亲切地对他一笑,说:我正要去找你呢,没想到在这儿碰上了。有两件事,上次那个丙肝病人的药快吃完了,等药房有了你告诉我一声。还有,哪天你有空找你杀几盘?

简医生说的"杀几盘"指的是五子棋,去年春节联欢会上工会不知从哪里弄了好多的围棋当奖品发给大家,医院真会下围棋的人并不多,不久就刮起了一股下五子棋的风,他和小陶都是这方面的高手,不过他们没有交过手。小陶一直把简医生看作是自己的偶像,当然不是下五子棋这个方面。医院里有那么多医生,有本事的人很多,但他最崇拜、最喜欢的就是简医生。他自己也说不清是因为什么,他刚到医院就听说了简医生,第一次见到他就觉得非常符合自己对他的想象，所以只要是简医生的事情他会特别放在心上，跟简医生有关的消息他也特别关注，比如看到医院贴出的海报上有简医生的名字或者他的成果又得奖了他都替他高兴，有时听别人夸奖简医生他会觉得比夸他自己还要高兴。尽管实际上简医生除了药品方面的事情跟他几乎没有来往，邀他下棋这还是头一回。想到有机会接近自己心目中的偶像，他还真有点受宠若惊。

　　他连忙对简医生说：下班以后我都有空，您什么时候想下棋叫我就是。

　　简医生说：太好了！别忘了我托你找的药。

　　他答应了，和简医生夫妇朝相反的方向走去。走出几步，忍不住回过头去看他们，简医生正腾出一只手去挽太太的胳膊，两个人的背影是那样地挺拔优美，而且还是那样地恩爱亲密，他真是从心底里羡慕他们。他边走边想，简医生两口子真说得上是绝配。

　　到了表姐家楼下，表姐刚买了菜从外面回来，老远看见他就把自行车的铃铛打得丁零零一阵响。她笑着说：我猜到你今天会来，看我买了你爱吃的牛腱子，还有虾和鱼。

　　他往她尼龙兜里一看，一个牛腱子十分新鲜，虾在塑料袋里蹦跶，另一只塑料袋里是两条个头很大的鲫鱼，还有些蘑菇呀辣椒呀青菜呀萝卜呀和葱姜蒜香菜什么的。他伸出手想接表姐手里的东西，表姐一扭身躲开了，说：不用你拿！他还是坚持把她手里的尼龙兜和塑料袋拿了过来。

两个人到了家里,他问表姐:他呢?

表姐木然地说:不在。

他就没有再问。

表姐不当回事地说一句:家里就像有刺扎他。又说:指不定他看外面都是鲜花呢。

他接一句:他恐怕也分不清鲜花毒草。闪身进屋去看荷荷。

荷荷睡得正香。表姐蹑手蹑脚跟进来,在他耳边轻声轻气地说:我给你做了一碗醪糟汤圆,就剩那么一点儿糖桂花了,你快趁热去吃了吧。一会儿小丫头醒了看见了又该跟我闹了。

他也轻声轻气地在她耳边说:那就留给她吃吧。

表姐把眼一瞪说:干嘛?啥时候亏着过她!

他跟着表姐走出来,桌上放着一碗热气腾腾的醪糟汤圆,他半个屁股坐在椅子上,还是踌躇着不想吃。

表姐把一把小瓷勺塞到他手里说:吃了吧,又不是什么稀罕东西。

他拗不过,正好没吃早饭也饿了,就端起碗吃了。糖桂花的清香让他想起小时候跟着表姐一起去公园看桂花的情景,仿佛就在眼前一样。

他吃完表姐把碗收了,一边放水洗着,一边跟他闲聊。

表姐说:还没告诉你呢,前两天我又跟他干了一架。那天他跑回家来拿存折取钱,我就气不打一处来,不知道他是赌输了还是又弄上什么骚货了,我叫他跟我说清楚,他一个字不肯说,我就不让他拿,骗他说我把密码改了,你到银行也取不出来。他一下就急了,抬手打了我一巴掌,我也狠狠踹了他两脚。他拿起一个玻璃杯就朝我砍过来,好在我躲得快,要是稍慢一点脑袋恐怕就开了瓢了,不过头皮还是擦着了点儿。

她伸过头,扒开头发让他看。他看见她头顶偏左边果真青了一大块,还结了一道血痂,跟头发纠结在一起。

他伸出一根手指在上面轻轻按了按,问她:疼吗?

她说:不怎么疼了。

他心疼地埋怨她说:你当时就该跟我说的!

她笑了笑说:跟你说就是让你跟着生气。

他生气地说:他怎么下得去手?

她说:他有什么下不去手的,本来就是大老粗一个,时间长了本性就暴露出来了。

他叹了口气,无话可说。

表姐突然变得谈兴很好地对他说:对了,还没有跟你说起因呢。要是平常他回来拿钱我也就让他拿了,你知道我为什么跟他急成那样吗?就是那天下午,我下班回家又碰到王秀娟了,就是上次我跟你说过的我那个小学同学,她看到我就一把拉住我,神秘兮兮地跟我说她又碰到老郭了,胳膊里又挎着一个女的,大模大样在商场里逛呢,而且绝对不是上回那个鞋拔子脸。我一听这个气啊!倒不是生气他又换人了,他爱换谁换谁,我懒得去管，管也管不了。我就是想他今天这个明天那个，得花多少冤枉钱啊？这不就跟那些贪官一样，提一个捞一把，换一个还得捞一把，他就是挣了钱不都在外头造光了？

她越说越火，脸都气红了。

他不敢火上加油，把话扯开去说：这王秀娟也是根倒霉蒿子，什么事偏偏都让她撞见。

表姐笑了一下说：按老话说这样的人长了一双鬼眼睛。又说：王秀娟还关照我呢，她说到我们这个岁数真得把老公看紧点，要不然他们就跟偷腥的猫走出去哪能放心？再说外面的小姑娘也厉害着呢，豁得出去的人越来越多，男人成功一点，再有点钱，就有人跟飞蛾一样往上扑，你不严防死守一不留神老公就成了别人锅里的肉了。我心说我就是严防死守也不管用啊，估计他早被炖别人锅里了，没准连骨头都炖烂了。我当然不会跟王秀娟这么说，不过我听她这话心就灰了，我这上头可是一点招都没有，你是知道的。跟王秀娟比我都比不上，我不像她那么有心计，也不像她那样下得了手，又没有她那种跟男人缠的本事，想想我做女人真是做得很失败！

他劝表姐说：他也不是一天两天这样了，你也看开点，别老放在心上。你心里生气，对你自己不好。

表姐说：就是啊，这些事想了也没意思。一人一个命，反正也这把年纪了，就这么过着吧。

他听了又觉得表姐太软弱了，便说：你也没必要这么忍让，你也可以问问他嘛。

表姐说：我问了，他一百个不承认，就跟被国民党抓去的革命者一样啥都问不出来，还骂我神经病，乱猜疑。我说王秀娟都看见了，他说她嚼舌头，他清清白白一个人，在外面别说养人了，连条狗都没有养。反正他就是死活不承认。

他说：那你不问他为什么不回家？

表姐一摆手说：他根本就是一句真话也没有。王秀娟虽然是个大嘴巴，她跟他无怨无仇，没必要诬陷他，我哪儿能相信他那些抵赖的话？跟你说心里话，他要是敢站出来承认倒还好一点，至少还有点男人样儿，他把头往脖子里一缩不肯认账，真让我打心眼儿里瞧不起他。这上头他还不如我老爹呢。

他听她提自己的爹，鼻子里哼了一声说：快别提那老东西，看他把一家人祸害的！

表姐呆了一下，赶紧附和他说：可不是吗？大人作孽弄得我们家都家不成家！

他不吭声。

表姐接着说：所以啊，我想来想去还是忍着不跟他提离婚，离婚最可怜的是孩子。

他点点头。

表姐想起什么似的微微一笑说：吵完架他走了，我跟荷荷一块儿睡，我跟她说我不跟他离婚就是为你留一个爹，你得对我好点。你猜小丫头怎么说？她说你的心也不在我身上。

他听了忍不住扑哧笑起来,说:你不问问她心不在她身上那在谁身上?

表姐说:我问啦,小丫头不说,贼着呢。

他说:她真是人小鬼大。

表姐说:保不齐是她奶奶背地里跟她叨咕了什么,那老太太也是不说别人心里就不痛快,所以平常我不大愿意让荷荷到那边去,怕把她拐带坏了。不是我说啊,这个家里除了你,一家子都是我的敌人。

他听了心一沉,十分伤感。但还是劝她说:至少荷荷不会是你的敌人,她可是你亲生的。再说了,孩子的心比大人要干净。

表姐叹口气说:你说得也对,不过我自己的苦衷只有自己知道罢了。

她神情黯然,他心里也跟着难过起来,说她:我劝你倒把你劝得不高兴了,那你就当我白说。

表姐很勉强地笑了一下说:这些话我也就是跟你说说,跟别人没法说。

他点点头说:我知道的。

忽然他看见表姐悄悄地朝他摆了摆手,他回过头去,看见荷荷正蹑手蹑脚地走到他身后,他吓了一跳,假装呵斥她说:小丫头鬼鬼祟祟干吗呢?把舅舅吓坏了你怎么赔呀?

荷荷的小把戏被妈妈拆穿,又笑又气地嚷嚷,一边亲热地趴到他的身上。他把她抱起来放在腿上,小姑娘就势倒在他怀里,

发烧　83

撒娇地说：你就是跟我妈有说不完的话，你来了也不进来看看我！

他说：我一来就进去看过你了，不信问妈妈。你睡得跟个小猪一样。

荷荷说：你才睡得跟个小猪一样呢！

妈妈马上喝住她说：你怎么跟舅舅说话呢？没大没小的！

荷荷噘起嘴，斜了妈妈两眼。

妈妈目光凶狠地盯着她，说：你还坐在舅舅身上不下去，以为自己还是小孩子呀？赶紧该干嘛干嘛去。

荷荷一脸的不高兴，一看妈妈火气很大没敢回嘴，只是皱起鼻子表示抗议，站起身大步流星地走了。他想笑，怕表姐以为他纵容孩子，忍着没敢笑。

荷荷一走表姐就喋喋不休地抱怨上了，说这孩子怎么不听话，一天到晚只想吃好的穿好的，上了初中以后又添新毛病了，跟同学攀比，她看上的鞋至少要四五百块一双，贵的一千块钱都打不住。还想要买手机，买CD机，买游戏机，当家长都是印钞机。

他说：现在的孩子不都这样？

表姐说：那也得看看自己家的条件吧？家里有钱当然无所谓，她也没有托生到富裕的人家，也跟着一样不落地要，不是勒她爹妈的脖子吗？

他替荷荷辩解说：小孩子哪儿懂这么多。

荷荷洗漱完从卫生间走出来正好听见，大声说道：又说我什么呢？我怎么总不合您心意啊？

妈妈的脸色又变得很难看,他赶快笑眯眯地拉住荷荷说:跟妈妈好好说话。

荷荷说:都是她惹我的,你不都看见了吗?

妈妈马上提高了嗓门说:这孩子惯得一点样子都没有了!

荷荷也提高嗓门说:那是谁惯的呀?

妈妈说:你还来劲了是不是?我都懒得搭理你。

荷荷说:你更年期,我青春期,本来我们就是谁也别搭理谁的好。

妈妈正要发作,荷荷赶紧钻进了房间,还顺手把他拉了进去。

荷荷反手关上房门,把妈妈的骂声关在了门外。她拉他在椅子上坐下,让他看电脑里的游戏,一边告诉他怎么个玩儿法。他看了一会儿兴趣就上来了,动手打起来。只要是动手的事情他都很有天赋,玩儿了一会儿积分就很高了。荷荷在旁边看了对他十分佩服,说自己练了一个星期还没他头一把打的分高。两个人兴致勃勃地你一把我一把玩儿了起来。

不知不觉到了吃午饭的时候,表姐在外面叫吃饭,他们正玩儿在兴头上,都没应声。表姐把门敲得嘭嘭响,粗声大气地说:叫你们都听不见,耳朵里塞鸡毛啦?饭做好了,你们吃还是不吃?说完厨房里又响起一阵锅铲翻动炒锅的声音。

他想快点结束游戏,进攻得很急躁,一会儿几条命就没有了。荷荷在旁边不紧不慢地说:好好打,甭理她!他稳定了情绪,又成功破了一关。

发 烧 85

表姐又在门外叫起来：饭菜都上桌了，你们怎么不上桌啊？我跟你们说话你们到底听见没听见？

他心里发毛，手里不由自主停了下来。荷荷一把推开他，自己坐下去接着玩儿。表姐还在外面嚷，他赶紧走出去。

表姐火急火燎地埋怨说：怎么还没完啊？你们不吃饭说一声，也省得我做了！

他什么话没说，快步走到厨房里帮着拿碗拿筷子。

荷荷也从房间里出来了，嘴里嘀咕道：又催得跟失火似的，至于嘛！

妈妈生气地说她：你就是我侍候得太好了，把自己当个千金小姐，过着饭来张口衣来伸手的日子，这么大了只知道玩儿，凡事不操心。我要是不管你，你有苦日子过呢。

荷荷一听也来气了，说：那你趁早别管我好了，看我就过苦日子了。

妈妈说：你别我说一句你倒有好几句等着我。

荷荷说：是你话多还是我话多？我都是被你烦得受不了才回敬你一句呢。

妈妈气得大骂：你还有一点规矩没有？我供你吃供你喝你还气我，养条狗还知道摇摇尾巴呢，真是畜生不如！

荷荷飞快地回一句：我是畜生那你是什么？

他一看表姐气得浑身发抖，赶紧拦住荷荷不让她再说下去。

三个人坐在桌子边吃饭，都低着头只吃不说话。他觉得好好的一顿饭吃得这么闷真是没意思，他发觉表姐真的是脾气越来越大了，而且经常会无名火起，弄得别人也跟着她不开心。他想改变一下气氛，可是一看母女两个都拉着脸，想好的话也没情绪说了。

吃完了饭，表姐把荷荷轰到房间里学习，自己收拾了碗筷和他坐在桌子边说话。两个人也没有什么新鲜的话题说，自然而然又说到了他找对象的事情上面。

表姐问他：你后来跟那个浦什么妮还有联系吗？

他马上想到前几天浦虎妮还来医院找过他，但他觉得事情已经过去了，自己也没想跟她有下文，就不想跟表姐细说，主要也是提不起兴趣来说，就随口敷衍道：跟她没联系。说完又觉得不应该在这种芝麻绿豆大的小事上骗她。

表姐点点头，两只眼睛却十分专注地盯着他看了好一会儿，脸色凝重，若有所思的样子。有一瞬间他觉得表姐已经看出他没有说实话，只是不点穿而已，后脖颈不由得冒出一片热汗。

表姐沉默了片刻说：这样下去总不是个事儿，你都成我一块心病了。

他呵呵一笑说：我自己都不急，你急什么？

表姐说：是啊，你要是自己急了，我不就不急了吗？又说：那个浦什么妮我看就别勉强了，她是个二婚，就这一条我就看不上她。再说她还带着个四五岁的孩子，就是本人条件再好，也得打点折扣。当初介绍人跟我说我就说我们就是跟她见一面，现在面子也给了，不行倒干脆。反正一句话，要找就找个好的。

他不紧不慢地说：谁都想找好的，哪儿那么多好的？

表姐用强调的口气说：别人是别人的事，反正你找一个好的就是了。

他说：找了多少个了，也没个合适的。

表姐说：不合适就接着找呗。

他突然提高了一点声音说：我看别急着找了，让我喘口气吧。

表姐笑着说：又不是干重活，还要歇口气？

他说：对我来说比干重活还费力。

表姐软了口气说：那就歇一阵吧，我知道你脾气，要是不高兴谁也勉强不来你。

他看表姐有些困倦，叫她去睡个午觉。表姐还想留他吃晚饭，他说想回去看看书，好应付职称考试，表姐就没有再留他。

他出了表姐家，一个人往公共汽车站走。天气不知什么时候阴了下来，早上暖融融的阳光没有了，风吹在身上冷嗖嗖的。虽然才下午三点来钟，天色昏暗，看着已经是五六点钟的光景了。他的心情莫名其妙地变得阴郁起来，心头隐隐地有一种挥之不去的挫败感。他想想自己，又想想表姐，心里感叹真是谁都不容易。

没过几天简医生果真来找他下棋了。

那天刚到下班时间，简医生就出现在药房门口，小陶见到他的一刹那真是又惊又喜，他以为在天桥上碰到他只是随便一说呢，没想到真的这么快就来了。谢红和方芳正好都走了，他们就在办公桌上摆开棋盘下了起来。

医院里的五子棋有自己的一套规则，技法上也有一些所谓的"本院特色"，他们一交手马上就大概知道了对方的水平，两个人基本上是旗鼓相当。他们默默地下棋，偶尔交谈也是只言片语。他们的注意力都在棋上，两边的棋咬得非常紧，始终难分上下。前五盘下来，小陶赢三盘，险胜。后五盘还是他赢三盘，仍是险胜。

十盘棋下完，简医生说：总听他们说你的棋下得好，确实是非同一般。我感觉你下棋很讲整体感，好像是成竹在胸，一步一步心里早都有了想法。你的棋给我的印象是虚中有实，实中有虚，虚的地方很飘忽，不好捉摸，实的地方又很有力道，杀得凌厉，而且拐弯儿拐得非常快，常常是我还没发现，你的阵势已经摆开了。总之一句话，我感觉你已经到了高手的境界。

小陶听了羞涩地一笑说：您说得我都不好意思了，我就是没事瞎琢磨，其实也没什么章法，就是瞎玩儿。

简医生认真地说：我觉得每种游戏都有自成一套的东西，不同的人达到不同的境地，这跟学术有相似之处。就说这棋，我也下了不少时间了，但我的水平就是明显不如你。

小陶谦虚地笑着摇摇头。

简医生说：虽然这只是玩儿，但同样能看出一个人的禀赋，我觉得你是一个禀赋相当好的人，别的我不太了解，至少在下棋方面非常聪明。

小陶说：从小到大还没有人夸过我聪明呢，我自己一直认为自己挺笨的。

简医生说：我不知道为什么没有人夸你聪明，但我能十分肯定地说至少你不笨。跟你下棋对我来说是一种享受，我喜欢跟比我水平高的人下，有挑战而且能学到东西。他看了看手表说：不早了，我得走了。这可是难得的一个轻松的夜晚。

他说完就走了，来去匆匆就像一阵风一样，小陶觉得他真是很酷。

小陶发现除了自己喜欢和崇拜简医生，药房里还有一个人也喜欢和崇拜他，而且喜欢和崇拜的程度比他还要有过之无不及。

有一天他走进药房，看见谢红正趴在窗台上朝外张望，他经过她身边跟她打招呼她眼神迷离好一会儿才回过神来。他顺着她张望的方向看去，只见一个穿白大褂的身影一闪而过。医院里这样的身影很多，他没有认出那人是谁。

他刚扭过头来一眼看见方芳笑嘻嘻地朝他使眼色，暗示他注意谢红。她经过他身边的时候悄声说：刚才她的偶像来了。

他悄声问她：谁啊？

方芳故意卖关子说：这你还不知道？地球人都知道不说，

连外星人都知道。

他说：我真不知道。

方芳说：简医生啊！

他一听是简医生，马上正了脸色说：你可别瞎说啊。

方芳说：我瞎说干嘛？那可是她的白马王子、梦中情人！人家走了老半天了，你没看她还在那儿含情脉脉地目送他的身影呢。

他被她逗乐了，说：你这张嘴真是越来越损了。

方芳做出一本正经的样子说：我说的可都是真话，没一句是瞎编的。

谢红去厕所的时候他忍不住好奇问方芳：你说她跟简医生……他欲言又止。

方芳说：我可没说她跟简医生怎么样，她就是暗恋他。

他说：噢，是这样啊。

他自己都很奇怪竟然松了一口气。

下午下班后谢红没有像往常一样和方芳一起去接孩子，她说这个月的药品统计还没有做完，让方芳先走。方芳刚一走，她马上转向小陶说：她都跟你嘀咕我什么了？

小陶听她问得这么直截了当，赶紧掩饰说：她没说你。

谢红嘿地一笑说：你这么老实的一个人还不跟我说实话？她不就是说我跟简医生吗？我隐隐约约听见了。

小陶说：你听见了还问我？

谢红带了一点娇憨的表情说：那我得看你是跟我近呢还是跟她近。

小陶被她这把娇撒得脊梁后面冒起了一串的鸡皮疙瘩，他看了她一眼，发现她两颊飞红，眼睛水汪汪的，那种神情跟她平常的样子完全不一样，心里不由暗暗吃惊。他马上想起方芳告诉他的那些话，心中暗想：女人心里有没有人真是不一样啊！他赶紧把眼光从她脸上挪开去，他都有点不好意思看她。

谢红却是大大方方的，或者说是大大咧咧的，她把椅子朝他这边拉近了些，用一种推心置腹的口气对他说：你们俩鬼鬼祟祟的我就猜到她要跟你说什么了，她一副等着看别人笑话的模样其实我挺烦的，不过，让你知道我倒觉得没什么。

他不知道该怎么表示，他并不想听她的秘密，也不想跟她太近，可是却不好意思阻止她说出来。

谢红面含春色地说：其实这在医院里早不是什么秘密了，那会儿你还没有来，所以你不知道。我刚来这里的时候也长得跟朵花儿似的（她羞怯地一笑，他觉得她这样的笑容跟她直率的口气很不相配），那会儿我心可高呢，一般人根本不在我眼睛里。我认识一个阿姨，是卫生局副局长的夫人，有一天她把我叫到家里，对我说小谢我给你介绍一个男朋友好不好，你知道她要给我介绍的是谁吗？就是简医生！那时候简医生也是刚来医院不久，可没有现在这么大的名气。不瞒你说，我跟他见了一面还真没怎么看上他。那会儿我年纪轻，虚荣心强，就是以貌取人嘛。我喜欢高大英俊的帅哥，最好长得像年轻时代的周润发，两个人手拉手走出去回头率百分之一百，那是什么劲头啊！当时我身边正好有那么一个帅哥，我们还没开始谈恋爱，不过已经有那么点意思了，他总在我前后左右晃着，对我也挺殷勤的，所以我对简医生也就没有太上心，没想到就生生把他给错过了。现在想想我真的是肠子都悔青了哟！给我们介绍的阿姨后来还问过我想不想再见面，我就支支吾吾的，说随便吧。阿姨一听我这么说就说那就别勉强了。没过多久，顶多也就一两个月吧，简医生就找了那个电视明星。我没想到两个人手拉手走出去回头率百分之一百的是他们两个。再说我这边，跟那个帅哥终于也挑明了，我心里才稍微平衡了一点。可是好景不长，我跟他谈了不到三个月就吹灯了。是我跟他吹的，那人一身的毛病，不讲信用，谎话连篇，抠门，爱占小便宜，还不爱洗澡。主要是他对我不起劲，有一搭没一搭的，喜欢了约一下，不喜欢一放两三个星期都不理我。我琢磨大概是他得到我太容易了吧，所以不珍惜，不拿我当回事。我想这才是刚刚开始谈恋爱，要是结了婚我这不是更加没意思了吗？要说也是怪我当时心态不好，因为看到简医生找了那样一个，我心里就有点急了，一急我对帅哥就有点上赶。回过头想想，我急什么呢？我跟简医生去比个什么劲呢？根本就不相干嘛！其实谈恋爱的时候女人是不能急的，真的是一点急不得，该端着就要端着，该拿劲就要拿劲，这叫矜持。男人其实是很贱的，该折磨他们就要狠狠地折磨他们，一定要下得去手，你不折磨他们，他们就折磨你，你别心疼他们，他们才有可能心疼你。真的，这都是经验之谈。不过跟你说没有用，你用不上。当初我就是太着急了，戏没做足，本来咬钩的鱼又脱钩了。不到半年的时间我经受了两次打击，我真是太痛苦了。我心灰意冷，整天昏头昏脑，没精打采，我老公就是在这个时候趁虚而入的。说他趁虚而入真没有一点贬低他的意思，你看看他，要长相没长相，要能耐没能耐，什么都没有你就对老婆孩子好点儿也行吧，他连这一条都做不到。我跟你说吧，跟他结婚这五年，我都是忍过来的，要不是看孩子的面上，我早就跟他分了。可是在外头我还要装得跟他恩恩爱爱的，我这个人就是好面子！年轻的时候我吃的是虚荣心的亏，现在大了几岁吃的还是虚荣心的亏，你说我这个人是不是没药治了？

　　他听她说了这么多掏心窝子的话，就像听了一堂内容很多的课一样，需要慢慢消化。他发现虽然跟她在一起做同事几年了，实际上对她的了解还是相当少的。比如他一直以为她老公对她特别好，差不多每天下班前他都会打电话来请示她买什么菜，要怎么做等等。他见过她老公几次，长得的确不算英俊，但长相过得去，对谁都笑眯眯的，对老婆态度也特别好，一副言听计从的样子，看不出有什么毛病，他怎么也没想到她对他的评价会这么低。而她这么坦然地告诉他她跟简医生的旧事，也让他吃惊不小。他一直认为一般人是不会把自己的情事随便告诉别人的，尤其还是这种受挫失意的事情，没想到她在他面前如此坦率，让他心里有点感动。

谢红忽然甜甜一笑，问他说：你跟他熟？

他知道她说的是简医生，回答说：下过棋。

谢红惊讶地问：他还会下棋？

他不当回事地说：这有什么？医院里大部分的人都会。

谢红说：我以为他只会看病呢。

他笑说：下棋比看病总要容易些吧。

谢红说：不一样嘛！她脸上放光，十分由衷地说：那我就更加崇拜他了。

他听了忍不住哈哈大笑，心里也顿时明白了她刚才的甜甜一笑其实不是冲他的，而是冲不在场的简医生的。

他看外面天色黑了下来，催促谢红说：你不是要做药品统计吗？快做吧，别耽误了回家。

谢红说：我早做好了，在抽屉里放着呢。我故意那么说是让她先走，我好单独跟你说话。

他心头一热，觉得她信任自己。不过他还是宁可不听她这些私房话，他知道只要听了一个开头后面还会有滔滔不绝的等着他，他隐隐约约觉得是一种麻烦。药房里两女一男这样一个局面也让他下意识地尽量跟她们两个保持不远不近的距离，他知道女人都很敏感，她们曲折细致的小心思他弄不懂，也不想弄懂，所以他多一事不如少一事，格外地谨慎小心。

发 烧　95

第二天早晨他刚到药房方芳就进来了，她从提兜里拿出一个饭盒，满脸笑容地对他说：今天中午你不要去食堂吃饭了，我给你带饺子了。

他接在手里，饭盒沉甸甸的。他打开盖子，里面整整齐齐地码着两排饺子，个个肥嘟嘟的，一看就是皮薄馅大的。

他夸奖说：好漂亮的饺子！

方芳嘻嘻一笑说：饺子漂亮顶啥用？好吃才是真的。

他说：我刚来得及看一眼，怎么知道好吃不好吃？

方芳说：你还是吃了再说，没准是中看不中吃的。

逗了两句，方芳突然凑近他说：昨晚上我走了以后她跟你说什么了？

她问得单刀直入，好像他就应该把昨晚跟谢红聊的一切都告诉她一样，他心里立刻有一点反感。原来他跟她似乎要比跟谢红更近一些，可是昨天谢红跟他说了那么多掏心窝子的话，他知道她是拿自己当知心人的，感情的天平也就不由自主地向她倾斜了过去，所以一听方芳这种打探别人隐私的口气，心里就很不舒服，自然也不想顺着她的话茬儿往下说。

他很平淡地回答她说：没说什么，就是瞎聊天。

方芳两眼盯着他说：瞎聊天要那样偷偷摸摸的干吗？

他立刻辩解说：谁偷偷摸摸啦？

方芳从胸腔里呼出一口气说：连你都对我撒谎，我太伤心了！

他不吭声,她又说:让我说着了是吧?昨天我看她憋了一肚子话的样子,又一句不跟我说,那肯定就是想跟你说呗。其实她要说什么我不听也知道,不就是跟简医生怎样怎样吗?都是些陈芝麻烂谷子,好几百年前的事了,说来说去有个什么劲?

他还是不吭声,方芳说:我就是气不过这么点子破事你们都要背着我。

她说着一边换上工作服忙自己的,手底下发出乒乒乓乓的声音。他知道她不高兴,觉得她完全是莫名其妙,却又不知道怎么能让她高兴起来。他的心情也跟着有点烦闷,因为他根本就没想惹她不开心。

没多久,他发现药房的气氛明显没有以前好了,谢红和方芳不像以前那样叽叽咕咕有说不完的话,她们也不像以前那样一上班就相互展示厨艺,也不像以前那样连用什么牌子的卫生巾都相互交流。他不清楚她们怎么忽然就远了,他不希望是跟他有关。他本能地害怕矛盾,不想卷到她们之间的任何矛盾当中。他对她们小心翼翼的,既不敢跟她们近,怕她们来跟他倾吐心声,也不敢跟她们远,怕无意中又得罪她们。他尽量跟她们等距离交往,避免引起任何一方的误会和不愉快。而谢红和方芳只要在他面前一开口就免不了捎带上对方几句,有时并不明说,只是话里有话,夹枪带棒,让他附和也不是,不附和也不是,十分为难。其实他希望三个人还是见面说说笑笑就像一家人一样,可不知道怎么一转眼工夫那种气氛就荡然无存了。

上班对他来说也成了一件乏味的事。平常他绝大部分的话都是在药房说的,虽然他话不多,现在一整天连说话的机会都没有,他才发现日子真是沉闷。

他给表姐打电话,表姐很意外,开口就问他:你怎么啦?没出什么事情吧?

他说挺好的,没出任何事情。

表姐说:你忽然来个电话,吓我一大跳。

他才想起来平常都是表姐给他打电话,他确实很少打电话给她。

表姐几句话就又说到了他找女朋友的事,他透着不耐烦说:不是说好不说这事儿了吗?

表姐说:谁跟你说好的?

她用一种兴高采烈的口气告诉他有个同事家的表妹最近刚离婚,她已经替他约她见面了。

他一听就烦了,说她:你现在是一见到闲张就不放过,有你这样的吗?

表姐说:我不是心里着急嘛。

他说:我都不急你急啥呀?

表姐说:所以人家不是说皇帝不急太监急嘛。又说:这个女孩儿是做装修设计的,听我同事说她哥哥是个包工头,有钱得很,买了好几套大房子呢。

他哼了一声说：她哥哥有钱跟她有什么关系？

表姐说：这你就不明白了，他们一个造房子，一个做装修，兄妹联手，多好的买卖！再说了，她哥哥有钱总不会亏待自己亲妹子吧，比如我有钱，我怎么也会让你过好啰。

他呵呵笑起来，说：人家未必都会像你这么想。

表姐说：那也总比她有个穷哥哥要强吧？咱们自己没钱，穷怕了，所以找对象除了要挑挑人还得挑挑她有没有钱。跟你说句大实话，要不是听说她家里富裕，我也根本不会让你跟她见。

他知道表姐是替他想，但还是说：我不见。

表姐软了口气说：你是嫌她离婚的吧？其实我也觉得不中意，不过见一面也不是让你跟她定终身。

他说：我不是这个意思。

表姐说：那你就跟她见一面，好不好？又说：你人也不爱见，怎么能找到个可心可意的？

他应付地说：等我有时间再说吧。

表姐说：你一个人又没孩子，又没家务，见女朋友还说没时间，你的时间哪儿去了呀？你就是心里不想见。

他说：你知道还逼我干什么？

表姐赌气地说：那我就不管你了，你自己等着天上掉馅饼吧。

没想到，很快还真有"馅饼"从天上掉下来了。

某一日他接到浦虎妮打来的电话，她已经三四个星期没动静了,他以为跟她画上句号了呢,没想到她又来电话问他考虑得怎么样。他一直认为自己给她的信号足够明确,拒绝得也足够干脆,没想到她还是这么百折不挠。他不知道自己在她面前表现得那么差,对她也不热情,她怎么还对自己不死心。想来想去,他得出的结论是她可能有点傻。看她的模样却不像是一个傻人,相反倒是那种又聪明又麻利的人,他很怵这种人,觉得自己跟不上,也一直躲避着这样的人。所以她的傻倒像是她身上的一个优点,跟她身上爽利的东西正负抵消,至少让他放松了心里的戒备,觉得她未必真就那么可怕。正因为如此,浦虎妮在电话里说晚上想顺路过来看他一下他也就没有拒绝。

他刚吃过晚饭浦虎妮就来了。让他有点意外的是她不是一个人来的,还带着孩子。虽然上次来她也带着孩子,但他以为这次不一样,她是来跟他约会的,虽然她说是"顺路",他知道那也就是个借口。他心里想:既然你来约会还带着个孩子干什么呢?这不是随身携带了一个小电灯泡吗?他实在不明白她是怎么想的,更加认定她有点傻。

浦虎妮和他眼光对上的一刹那脸上的表情很复杂,似乎有点不好意思,又似乎有话很难说出口,她连说话都有一点结巴。他不由本能地紧张起来,害怕她说出让自己不好表态或者让两个人都陷入尴尬的话,可是听她说了几句开场白之后他马上判定她并不是要让他表态,而是她晚上有事情想把孩子在他这里放一下。

他虽然感到意外,但还是觉得这件事比让他表态什么的要好接受一点，甚至比跟他约会还要让他觉得轻松一些，他立刻点头答应了。

浦虎妮似乎有点难以启齿地向他解释说：我们单位临时要开会，我没法带着他，我实在是找不到合适的人，想来想去就想到了你。

他伸手试探地搂过孩子，孩子竟然顺从地靠在他身上。他摸了摸孩子的头发，孩子飞快地躲到了一边，歪过头朝他一笑。

浦虎妮说：我问过他的，他说肯跟着你。他挺乖的，答应的事情他会做得很好。你带他玩儿一会儿让他睡觉就行了，开完会我就过来接他。

她对孩子挥挥手说了声"拜拜"，孩子也朝她挥挥手说了声"拜拜"，母子俩很有默契的样子。告别完了她转身朝门外走去，孩子平静地站在原地。他估计这样的事情大概不是头一回了。

浦虎妮走了，他才回过味儿来，意识到自己责任重大。他想不通她怎么会把这么小的一个孩子交给一个并不了解的人看管，他不由又想到了她身上的那种傻，但这次他并不觉得这是她身上的优点，而是觉得她有点缺心眼。他心里惴惴的，怕孩子不听他的话，也怕孩子哭闹，不知道后面几个小时该如何打发。

好在孩子挺乖的，妈妈走了以后他一个人不声不响地坐在床沿上，仿佛在默默地等待着什么。小陶看他就像是一个准备出远门的人坐在候车室里耐心等着发车一样，不由有点心疼他。

他拿出仅有的一个苹果问他吃不吃,他摇摇头。他在屋子里转了一圈,实在找不到什么更好吃的东西。

他没有哄孩子的经验,不知道怎么哄小孩儿高兴,他紧挨着孩子坐下来,跟他聊天。

他问喜凯:你几岁?

喜凯扑闪着大眼睛,伸出一只胖胖的小手,竖起四根指头,过了一会儿又竖起一根指头。

他笑起来,问他:你到底是四岁还是五岁?

喜凯也笑起来,好像这正是他要的效果。

一瞬间他下意识地想到自己四五岁时的情景,觉得那时候自己就像在一个光线暗淡的早晨或者傍晚行走一样,所有的记忆都是影影绰绰的,而且都是一些似是而非的片断。但是他忽然想到了五岁那年家里发生的那件事,心头就像被锤子重重地砸了一下,感到一阵闷闷的疼痛,心情顿时就坏了——他不知道是因为那件事对他的刺激太大,还是后来表姐跟他不断提起让他加深了印象,反正在他的脑海里是异常清晰的,即使想忘记也无法忘记。不过看着眼前的孩子,他还是强压下了心中涌起的那股子怨恨。

他接着跟孩子聊天。他问他:你上幼儿园了吗?

喜凯点点头。

他问他:你喜欢上幼儿园吗?

喜凯说:不喜欢。

他问他：为什么不喜欢？

喜凯想了想说：老师不给我吃牛肉丸子。

他问他：为什么不给你吃牛肉丸子？

喜凯说：老师不喜欢我。

他愣了一下，没有再问，怕惹他伤心。

他不知道再跟孩子聊什么，问他想不想睡觉，他想等他一睡着自己就算大功告成了，可是喜凯却摇头。

他问他：你不困？

喜凯马上笑嘻嘻地点头。

他哄他说：睡吧，躺在床上多舒服啊，闭上眼睛就能做美梦。

喜凯还是不肯，他奶声奶气地说：我要等妈妈来。

他听了心里有点发酸，不再催他。

突然，喜凯的注意力被放在书架顶上的一个盒子吸引住了，他从床沿上滑下去，走近去看。那是一个老式的带八音盒的饼干盒，椭圆形，盒盖顶上有两个跳舞的小人，拧紧发条这两个小人就会转着圈儿跳舞，估计他就是看见了这两个穿着艳丽的小人以为这是一个玩具。盒子在他的头顶上方，他踮起脚伸出手想够到它。

小陶取下盒子，吹去上面的尘土，递给了他。这个饼干盒还是他四岁那年的新年礼物，是爸爸不知托什么人也不知从什么地方带来的。他印象中好像是外国的东西，盒顶上的两个小人也是外国孩子的长相和装束，但是他不清楚是哪个国家的。

这是他童年时代收到的很少的礼物中的一件,也是他保存至今的仅有的一件爸爸给他的礼物。他记得当时这个饼干盒里装满了又甜又香的宝塔形状的饼干,奶油味儿很浓,是他从来没有吃过的好吃的饼干。他还记得那时候妈妈还没有走,妈妈还和他一起吃过这个饼干盒里的饼干。但是好像没过多久家里就出事了,好好的一个家顷刻之间就破碎了。就像经历了一场大地震,如今只有这么一个饼干盒成了过去生活的唯一一件物证了。

喜凯把饼干盒接在手里,一副爱不释手的样子。在他低头打量盒子的时候小陶却在仔仔细细地打量他,他发现他的眉毛长得十分漂亮,就像两把锋利的剑一样,斜斜地插进鬓角,眼睛很大很有神,跟他妈妈简直一模一样,作为一个小男孩儿他觉得他长得有点过于漂亮了。他感叹遗传的力量,也感叹他居然有如此的美貌,将来不定要迷倒多少女孩子。

喜凯好容易打开了饼干盒,发现里面什么也没有,有点意外,也有点失望。

他问小陶:怎么是空的?

小陶说:就是空的。

他又问:东西呢?

小陶笑着说:早没有了。又说:还是我小时候的东西呢。

喜凯像是自言自语地说:时间太长了。

小陶吃了一惊,他没想到这么小的孩子竟然已经有了这样的概念。

玩儿了一会儿喜凯就打起了哈欠,小陶替他脱了鞋,让他上床睡觉。他不肯睡,说要等妈妈。小陶一看桌上的电子表,已经快十点了,哄他说:你躺下来等妈妈吧。

他听话地躺了下去,小陶拉过一条毯子盖在他身上,他一把推开说:我不睡!

小陶说:盖着毯子也可以不睡的。

他还是不肯。他向小陶提要求说:你给我讲故事好不好?

小陶搜肠刮肚只想得起龟兔赛跑的故事,刚讲了几句,发现他已经睡着了。他轻轻地替他盖好被子,大大地松了一口气。

他拿起一本杂志靠在床头翻着,等着浦虎妮来接孩子。十一点过了,她没有来,十一点半过了,她还是没有来,甚至连一个电话也没有打来。十二点差五分,楼道里响起高跟鞋清脆的声音,他想大概是她来了,果然,敲门声随之响起。他打开门,浦虎妮一头扑进来,嘴里说着"对不起",冲到床前去看儿子。她看到喜凯好好地睡在被窝里,回过脸朝他感激地一笑。

他发现她跟离开时有点不一样,想了一下才反应过来她来送孩子的时候头发梳得光溜溜的盘在脑后,现在是乱蓬蓬地披着,出去时她脸上的妆好好的,现在眼圈黑乎乎的,鲜艳欲滴的口红也没影儿了,嘴唇上只剩下浅浅的红印子。他顿时意识到她恐怕不是去开会而是去约会吧。这个念头让他心里一震,他想这个女人真狠啊,自己跑去约会,竟然把孩子放他这里,还要骗他是去开会,真亏她想得出来!他仔细地回想了一下她

发 烧   105

前后的话语和神色,更加证实了自己的猜测。他心想还以为她傻呢,自己才是真傻,直到这会儿才反应过来。

浦虎妮对他说了一连串感谢的话,他心里正回不过劲儿,嘴上勉强地敷衍说:你用不着客气,孩子挺乖的。

浦虎妮突然没头没脑地说:别看这孩子人小,心可深了。

他听了很有同感,他的确觉得这孩子身上有一种跟别的小孩儿不太一样的东西,到底是什么他也说不清楚。他顺着她的话头说:好像他老在琢磨什么似的。

浦虎妮古怪地一笑说:他跟他爸爸太像了,那个人就城府特别深,能把人玩儿死。

他没吭声,他不想跟她谈论她的前夫。

浦虎妮也很识趣地收住了话头,向他告辞。她弯腰从床上抱起熟睡的儿子,用自己的外衣裹着他。

小陶说:我来吧,我送你们下楼。

浦虎妮没有推辞,让他抱着孩子。

外面风小多了,但温度却相当低。他送他们上了出租车,目送着出租车在半夜空旷的街道上开走。一个人往回走的时候他心里感到异常孤独。

几天之后,又一个"馅饼"从天上掉了下来。

那天他去书店给荷荷买复习资料,一抬头看见李芸儿正在款台结账。两个人在书店邂逅彼此都很惊喜,以前他们谈恋爱的时候可是从来不逛书店的。他看李芸儿买的是两本家居装饰的书,笑着问她:怎么想起买这个?

李芸儿娇羞地一笑,带点自嘲地说:准备做贤妻良母呗!

他并没有立刻领会她话里的含义,他发觉有一阵不见她变得更漂亮了,穿得也比以前讲究多了,以前冬天她总是穿着羽绒服和运动裤,现在居然穿着薄呢大衣和羊毛短裙,脚上是一双鞋跟细细的长筒皮靴,居然还是亮橙色的,在他看来时髦得有点过分。

他对她的变化暗暗惊奇。李芸儿显见地感觉到了他目光的异样,笑着说:对了,忘告诉你了,我结婚了。她露出小牙一笑,做出一个天真无辜的表情。

他还是一愣,好像这个消息很出乎意料。慢了两拍之后他才说:恭喜你啊!

李芸儿淡淡地说:有什么好恭喜的?

他勉强地笑了笑,心里有一种说不出的滋味。

沉默了片刻李芸儿说:我正要找你呢,没想到在这里碰到了。

他问她:啥事?

她有点难以启齿地说:回头在电话里跟你说吧。

他笑了下说:什么事情当面不能说还要在电话里说?

她忽然变得扭捏起来,红着脸说:那是人家的隐私嘛。

他笑了一声说：那电话里说就不是隐私了吗？

她捂着嘴笑了。

两个人一起出了书店，小陶不知道该各走各的还是陪她走一段。这种时候通常他总是没有主意，不知道该怎么办才好。李芸儿侧过脸望着他，好像在等他拿主意。他有点慌神，心里木木的，没有头绪。两个人下意识地往前走了一段，他还是不说话，李芸儿开口了，声音很轻地说：要不去我那里坐会儿吧？

他想问她去她那里方便不方便，话到嘴边还是没有说出来。他想反正是她提出的，不方便她就不会叫他去了。他默默地跟着她往公共汽车站走去。

他们上了车，车里所有的人都有座位，就他们两个站着。他忍不住低声说了一句：这一趟车就多我们两个。

李芸儿斜他一眼，抿着嘴乐了。

他从她脸上看到了自己预期中的表情，心里一暖，仿佛从前的时光一下子又回来了。可是他一想到她已经是别人的老婆了，刚扑腾了一下的心立刻又凉了。

公共汽车开得很猛，拐弯儿的时候李芸儿站立不稳靠到了他的身上，他赶紧用一只手托住她的后腰，把她扶稳。站好之后李芸儿移了一步，轻轻地靠在他身上，若即若离的那种。他觉得就像有羽毛撩着他，心里毛毛的，痒痒的，那种感觉既熟悉又陌生，他心里的潮水又涌动起来。他把脸转过去，望着车窗外，直到车到站再没有看她一眼。

他跟着她下了车。她走在前头，步子很快。上了楼，她开了防盗门，又开了房门，两扇门开得有点费劲，他想帮她，又担心被邻居看见，站在楼道里等着，自己都觉得自己有点做贼心虚。

进了屋他才问她：没别人？

她点点头说：出差了。

他松了一口气，觉得自己问得多余。

李芸儿沏了茶，拉他坐在沙发上，自己紧挨着他坐下来。他下意识地往旁边挪了挪，李芸儿故意朝他那边靠了靠，他装着没觉察，端端正正地坐着。

李芸儿突然朝他妩媚地一笑，问他：刚才没说完的话，你还想听吗？

他茫然地望着她，一时没反应过来她说的是什么。

李芸儿提醒他说：隐私。

他不温不火地说：随便你。

李芸儿显出有点失望，想说又没有说。她站起身端起茶壶往他杯子里续茶，茶倒进去的时候微小的水珠溅到他脸上，热热的，随后就凉了。他没有抬手去擦，仍是拘谨地坐着。

李芸儿放下茶壶，没有坐下，她站在桌子前面，后腰抵着桌沿，微低着头，过了一会儿才说：我可能生不出孩子。

他听了有一种忧心忡忡的感觉，就好像听说一个亲近的人生病了一样，他赶紧调整了情绪，宽慰她说：不会吧？你结婚

发 烧　109

才多长时间，这么快怎么能断定生不出孩子？

　　李芸儿用强调的口气说：恐怕真的是这样。

　　他问她：你找医生看过吗？

　　李芸儿说：还没有。

　　他说：你没看过自己怎么能下结论？

　　李芸儿有点不耐烦地说：我跟你说不清楚。她坐回到沙发上，离他很近。她望着他说：你怎么就跟个没事人一样？

　　他忍不住笑了，说：你啥意思？这有我什么事吗？

　　李芸儿也笑了，说：你一点也不同情我！

　　他说：情况还没弄清楚，你要我瞎同情你什么？

　　李芸儿不吭声，半真半假地赌气。

　　他看她脸泛桃红，和几年前没有任何变化，还是那么年轻秀丽，甚至还更水润了一点，心里感叹时间在她身上好像不留痕迹。

　　她看他发愣，伸出一根手指在他眼前晃了晃，问他：想什么心事呢？在想别人吧？

　　他也望着她，实诚地说：我在想你呢。

　　李芸儿摇着头不相信地说：不会的！

　　他说：为什么不会？

　　他说出这句话觉得很轻松，以前他可是从来不会这么说的。

　　李芸儿用那种对家里人说话的口气说：我结婚都三个月了，什么措施没采取，一点动静都没有。

他说：不才三个月吗？

李芸儿说：加上以前那就远不止三个月了。

他听得明白，心里不舒服，嘴上说道：书上说要超过两年以上才算不孕呢。

李芸儿说：也差不多吧。

他觉得十分尴尬，李芸儿觉察到了，小心翼翼地问他：你不高兴啦？

他说：没有，我干吗不高兴？

李芸儿白了他一眼，忽然站起身扭着小腰进了房间，倒在了床上。

小陶觉得又是昔日重来，心里说不清是郁闷还是惆怅。以前好多次闹别扭他们就是这样，两个人一个在客厅，一个在房间，最后总是他先妥协。他想这一次自己是不是不用去向她投降了，因为已经没有这个必要了。他坐着，喝着茶。茶已经凉了，喝在嘴里味道有点苦。他心里猛然觉得很没有意思，想回去了。可是走之前总得跟她打声招呼吧？他犹豫了一下，走进了房间。

李芸儿听见脚步声睁开眼睛看了他一眼，又把眼睛闭上了。他在她面前默默地站了一会儿，她没有动静，他在床沿上坐了下来。李芸儿马上翻个身，正好卷到他身上，两条胳膊搂住了他的腰。他心里是抵抗的，可是没有马上动，怕再惹她不高兴。他就想快点走，不想把局面弄得不好收拾。

李芸儿抱了他一会儿，声音很小地抱怨说：你对我越来越不好了。

他反问她：我怎么对你不好啦？但是心里还是承认女人真是敏感。

李芸儿坐起身，神情抑郁地说：我要是不能生孩子多惨啊，他特别想要孩子，他家也是，他妈妈都催过我们好多次了。有一天他喝多了跟我坦白，说他跟以前的女朋友就怀过孕，所以问题肯定不在他那里。我听了彻底崩溃了，你说我嫁的是一个什么人呀？可是我已经上了贼船，我想想好恨你啊！

他听着不对，觉得女人的思路就是怪，这么拐着弯儿都能拐到他这儿来。他不快地说：怎么又扯上我了？

李芸儿嘟着嘴说：我要是嫁给你有他什么事呢？

他简直说不上话来。

李芸儿突然气恼地说：我知道你不愿意我旧事重提，我也知道说这些话没有意思。

他忍不住说：知道没意思还说它干什么？

李芸儿狠狠地叹了口气说：你对我真的是一点情意也没有了。

他不想跟她纠缠，只好毫无原则地妥协了。他柔和了口气对她说：第一你未必就肯定不能怀孕，第二就是真的怀不上孩子也不能百分之百肯定问题就出在你身上，那要检查之后才能下结论。你也是读过书的，怎么这么不讲科学？

李芸儿听了笑起来，说：到底是在医院里泡的，说话像个专家。

他说：我说的不过是常识。

李芸儿说：你不就是想说我连常识也不懂吗？

他说：你看你又胡搅蛮缠了，我可没这么说。

李芸儿调皮地用脑袋去顶他的肩膀，她的头发扫在他的脸上，他感觉毛茸茸的，心里有点痒痒的。

李芸儿像树熊一样从侧面抱住了他，声音嗲嗲地说：要是我嫁给你多好啊！

他呆了一下，挣脱了她。他站起身说：我走了。

李芸儿从床上跳下来，拉住他说：那你抱抱我！

她就像一个孩子一样天真无邪而且蛮横，不容他拒绝。

他一本正经地说：不行，我不能这样。

她问他：为什么不行？

他说：你已经结婚了。

她说：结婚了怎么啦？

他说：我不想跟你搞婚外情。

她说：婚外情又怎么啦？

他看她眼睛里泪光一闪，心忽地软了，勉勉强强地搂住了她。她像一个委屈的孩子扑进他的怀里，把他抱得紧紧的。

他感觉到她咚咚的心跳，就像激动的时候跳得那么快。她的发香一阵一阵钻进他的鼻子，都是熟悉到不能再熟悉的感觉。他紧紧地抱了她一下，然后松开了。

他套上外衣,快步走到门口。她没有再挽留他,只是说:你帮我找个医生看看好吗?声音听上去有点绝望。他嗯了一声,逃一般地走下楼去。

第二天刚上班他就接到她打来的电话,问他有没有帮她找医生,他心里马上想到的是跟她还是没有完。他说医生这会儿刚上班,查房啊术前准备啊门诊啊开会啊肯定是忙成一锅粥,等他们稍空一点就去说。她说反正你不能忘了,他赶紧说不会忘的放心吧。

放下电话他把妇科的医生想了一遍,毫无疑义地锁定了李医生。李医生是妇科主任,也是妇科最权威最有名气的专家,而且看不孕不育正是他的强项。可是他最怵的就是他,在他眼里李医生是个非常清高的人,不苟言笑,走路带着一股冷风,不是一个容易接近的人。所以平常他看见他都尽量绕着走,连招呼都不敢跟他打。他曾下意识地想过好在李医生是个妇科大夫,自己永远也不会犯到他手里,没想到为了李芸儿他还是绕不过他。他也想过是不是另外找一个大夫,可是放着专家不找显然对不住李芸儿,那还不如不帮她这个忙呢。思想斗争了一上午,他还是决定替前女朋友去找李医生。

中午他坐在办公桌前发呆,心里盘算着怎么给李医生打这个电话,谢红和方芳两个走过来关切地问他怎么啦。他说挺好,没怎么。

谢红问他:不是跟谁生气吧?

方芳问他：没失恋吧？

他朝谢红摇了摇头，朝方芳吐出一个字：切！

那两个嘻嘻笑着吃饭聊天去了。

他想如果有个人能替自己去跟李医生打个招呼就好了，可是眼前这两位显然是不行的，先不说她们是不是肯帮这个忙，他也不敢把这档子事跟她们说。什么事情要是让她们知道了，就跟上了报纸差不多，而且是那种地摊小报，越是隐私越是张扬得众所周知，所以他是怎么也不能跟她们说的。想来想去他脑子一亮，突然想到了简医生。

医院里医术和声名跟李医生旗鼓相当的也就是简医生了，而且他们都是科室主任，他想简医生跟李医生肯定说得上话。可是他自己跟简医生也就是下过几盘棋，他同样也不太好意思跟他开口。再说如果是找简医生看病还好说，请他拐了弯儿去找别的大夫，这似乎又复杂了点儿，以前他也从来没做过这样的事，不知道犯不犯忌。他在心里掂量来掂量去，拿不定主意到底是直接跟李医生说还是请简医生跟李医生说。

他知道自己有优柔寡断的毛病，可这个毛病发作起来他自己也毫无办法。他发现经常是别人很容易解决的问题或者根本不当回事的事情，到他这儿就成了迈不过去的坎儿甚至是艰难险阻，比如说找人，这是他最惧怕最不愿意做的一件事情。

他在很大的心理压力下吃完中午饭，吃得无滋无味。他刚放下碗，手机响了一下，是李芸儿发来的一条短信：我的事你办了吗？他想回正打算办，但是觉得这么说就跟没说一样，犹豫了一下还是没有回。不一会儿他收到她发来的第二条短信：你得放在心上啊！他清楚要是拖延下去她就会这么没完没了地催他。他没辙，硬着头皮拨了简医生的电话。

拨号的时候他的手指在发抖。电话通了，简医生喂了一声，急匆匆地说一句：现在我正忙，过会儿给你打回去。话没说完电话就断了，他手里握着话筒，心情顿时十分沮丧。他意识到自己打扰了简医生，非常后悔给他打了这个电话。

过了大约十来分钟，电话铃响了，他连忙接起来，确是简医生打来的。他惊喜交加，都有点语无伦次。简医生向他道歉，说刚才家里自来水阀门爆了，忙着抢修。他信以为真，简医生忽然在电话里笑起来，说：我跟你开玩笑的，刚才我太太在跟我吵架，现在她出去了。他不知道该说什么，简医生说：家务事，不说它了。他马上转入正题，问他有什么事。简医生简洁的口气让他没有犹豫地说出了想请他帮着找李医生的事，简医生一口答应。说完就挂了电话，干脆利落。

放下电话他就像完成了一场考试从考场出来，身心顿感轻松。他正要打电话把这个消息告诉李芸儿，谢红从药柜后面冒出来，伸着头笑眯眯地问他：你刚才是不是给他打电话的？说到"他"她粉面含春，不胜娇羞，他都替她感到难为情。

他点点头说：是啊，是给他打的。他说"他"字时故意加重了语气。

谢红朝他一笑,问他:你让他帮你找李医生?

他不想跟她多说,勉强地点了点头。

她突然哈哈大笑起来,说:你要找妇科的李医生啊?她斜着眼望着他说:是为你女朋友找的吧?

他心里不耐烦她这样刨根问底,没有回答。

她突然正了脸色说:你让简医生替你找李医生,你傻呀!

他吓了一跳,问她:啥意思?

她说:这你都不懂?说完扭身要走。

他赶紧叫住她说:你给我说说好吗?

她一屁股坐下来说:他们两个是天敌。

他反问她:谁说的?

她说:你真不知道啊?

他摇着头说:我真不知道。

她瞪他一眼说:你问问医院里谁不知道?你真是个木头!

他自责地说:这下我把事情弄坏了!

她说:你不知道不要紧,你等于是把难题给他做了。

他听她的口气完全是站在简医生那边的,心里顿时觉得很不舒服。本来他就懊悔,被她这一说就更加郁闷了。不过他嘴上还是说:没你说的那么严重吧。

她皱着眉头无奈地摇摇头,一副不想跟他多说的样子。可没一会儿,她压低了声音对他说:他们彼此妒忌,任何时候都要争个高低,让院长为难得要命。前一阵我还听说医院要提一个主管医疗的副院长,就在他们两个人之间考虑,这不成心让他们打架吗?

他说:我怎么啥都没听说呢?

谢红笑话他说:别说别人的事你不知道,你自己的事也没见你捣鼓清楚的。

她这句话正说着他的痛处,他干咳了一声,不再跟她说下去。

下班之前他接到简医生发来的短信:我跟李大夫说好了,他让你明天下午带病人去门诊找他。他接到这条短信如获至宝,心想这下对李芸儿可有交代了。他马上给她打电话,没想到李芸儿竟然老大不乐意地说:怎么这么快啊?

他说:快还不好?你不是着急吗?

李芸儿嘟囔一句:我害怕。

他说:检查一下有什么好害怕的?

李芸儿不屑地说:跟你说了你也不懂。

他就不说话了,在电话里沉默着。好半天才憋出一句:那我也替不了你啊!

李芸儿听了扑哧笑了。

第二天下午他陪李芸儿去妇科见李医生。一路上李芸儿闷着头走,脸色苍白,一句话没有。他能感觉到她心里的紧张,他安慰她说:别害怕,没什么的。

李芸儿一撇嘴说:你当然不害怕啦。

他觉得自己讨一没趣，就闭上嘴不说话了。

快到妇科门口，李芸儿问他：你替我找的大夫是女的吧？

他说：不是。

李芸儿瞪大了眼睛看着他：那是男的呀？

他本来还想跟她开句玩笑，他想说不是女的自然是男的啦，但他想了想还是没有说。只是简单地说：是啊。

李芸儿咧着嘴不知是哭还是笑，很夸张地啊了一声，然后说：那我不看了！

他只好安慰她说：李大夫是我们医院最好的妇科大夫，名气很大，来找他看病的人很多，而且他的专长就是治疗不孕不育的。

李芸儿嘀咕一句：那他也是个男的呀。

他说：男的怎么啦？你不是要找一个好医生吗？

李芸儿还在说：反正吧，我觉得吧……

他没理她，快步走到分诊台前，问护士小张李医生在几诊室。小张指了指第一诊室，对他说：里面有病人，你们先坐，一会儿我叫你们。

他在候诊的椅子上坐下来，李芸儿站在他边上，他示意她坐，她皱了皱眉头不肯坐，他明白她是嫌脏，没有勉强她。等了一会儿旁边诊室的人出来了，第一诊室的门还是紧闭着。李芸儿站在窗口，面无表情地向外张望着。他顺着她的目光朝外看了一眼，灰蒙蒙的天空，还有离得很近的对面的大楼，所有的窗户都方方正正像火柴盒一样,而且配着统一的浅蓝色窗帘,看上去很单调,很阴森。他的目光转回到李芸儿身上,发现她双眉紧锁,嘴唇一点血色都没有,心里不由得可怜她。

他们等了半个多小时,第一诊室的门终于开了,但好一会儿也不见有人出来,只是隐隐约约听见里面有说话声。李芸儿斜着身子靠在窗台上,好像快要支持不住了,就在这时护士小张叫他们进去。

他带着李芸儿往里走,小张兀自忙着自己手里的,头也不抬,嘻嘻地笑着说:你不认字啊?

他看两扇玻璃门上,一扇门上写着"妇科门诊",另一扇门上写着"男宾止步",他赶紧收住了脚步。李芸儿无助地看了他一眼,僵着身子走了进去。

李芸儿进去之后第一诊室的门又关上了,他就像去车站送人车开走了一样心里有点发空,又有点轻松。

他回过身,看见小张正朝他笑。

小张神秘兮兮地问他:谁啊?

他说:朋友。

小张噗地一笑说:废话!你还会陪敌人来看病?

他笑了。

小张问他:你女朋友?

他老实地说:我以前的女朋友。

小张诡异地笑着说:你还挺浪漫的嘛。

他不解地问她：你这话怎讲？

小张坏笑着说：你倒是喜新不厌旧啊。

他一脸正色地说：她结婚了，我们早没关系了。

小张娇俏地一笑说：我又不是纪检的，你用不着跟我解释。说完迈着两条好看的长腿去送病历了。

小张走了之后，他又回到候诊的椅子上坐下。他无事可做，扭过身望着窗外。窗外还是那片灰蒙蒙的天空，离得很近的对面的大楼，那些配着统一的浅蓝色窗帘、方方正正的像火柴盒一样的窗户，令人厌倦。他转过身来，目光空洞地望着第一诊室的白门，等着那扇门打开。

也不知过了多久，那扇门终于开了，李芸儿从里面走出来，她脸色红润，神情自如，跟刚才进去时判若两人。他不由暗暗松了一口气。

他走上前去，跟李医生打招呼。

李医生主动对他说：目前看来没有什么大问题，具体情况我已经跟她本人说了。我让她隔几天再来做几项检查，她直接来找我就可以了。

他对李医生连说了几个谢谢，李医生微笑着说：分内之事，不必言谢。

他第一次这么近距离地面对李医生，也是第一次看清楚他的脸，他觉得他长得相当周正俊秀，眼睛炯炯有神，加上他举止优雅，眼神纯净而又庄严，偶尔一笑很能打动人心，真是极富魅力，和他印象中那个总是板着脸、从来没有笑容的李医生很不一样。

出了妇科，李芸儿也是跟他大赞李医生如何细致如何体贴，让她没有心理障碍。

他开玩笑地说：哟，你是不是爱上他啦？

李芸儿马上伸手打了他一下。

到了楼下，他对李芸儿说：吃了饭再走吧？

李芸儿犹豫地说：还是不吃了吧，想早点回去。

他说：如果有事你就回去吧，别影响你回家去做贤妻良母。

李芸儿听了笑了，说：今天我用不着做饭，他不在家。想了想又说：要不我就跟你一起吃饭吧。

他听她勉强的口气觉得十分扫兴，好像自己就是一个替补队员，一腔的热情顿时冷却了。李芸儿丝毫没有觉察出他的不快，她也没有多少注意力放在他身上，她兴高采烈地提议去吃火锅。

他趁着回药房脱工作服的时候看了看自己的钱包，里面只有一张五十块钱，剩下的就是一些毛票了。他每个月一般只花预算之内的钱，剩下的全部存起来。这个月还有十天才到头，本来不买什么东西的话勉强也够了，这顿饭一吃显然就要超出预算了。可是他也不好意思不请她吃这顿饭。他拉开抽屉，从工资口袋里抽出一张一百元的钞票放进了钱包，怕一会儿结账的时候不够。

他们去了医院对面的那家火锅店，这家火锅店是原来的肉饼店改建的，离得很远就闻到一股子辣油味儿，从透明的大窗户往里看，里面座无虚席，人气很旺的样子。他们坐下之后要了一个鸳鸯火锅，锅里一半是清汤，漂着鲜嫩的生姜和葱段，另一半是红红的辣油，漂着厚厚的一层辣椒和花椒，看着就让人很有胃口，一尝果然味道相当不错。

　　吃到一半，李芸儿忽然说想喝点酒，他问她想喝白的还是啤的，她说要喝就喝白的。她要了一个小二，他替她斟上，她说：你也喝！他不想喝，但还是给自己倒了半杯，陪她喝。李芸儿喝了酒之后两眼放光，一张脸在灯下红扑扑，亮晶晶的，话也多了起来。他喜欢她高兴的样子，他凝视着她，似乎又回到了他们谈恋爱的时候。

　　李芸儿在他的注视下忽然羞涩起来，问他：看什么嘛？

　　他笑笑没说话。

　　李芸儿娇娇地说：有什么好看的嘛！

　　他还是笑笑没说话。

　　李芸儿身体前倾，靠近他问他：你说人家会怎么看我们？

　　他嘀咕一句：你怎么老喜欢问这种问题。他回答她说：我怎么知道？

　　李芸儿想了想又问他：那你们医院的人会怎么看我们？

　　他停下筷子说：等我空了替你去问一问吧。

　　李芸儿立刻噘起嘴说：讨厌！

　　他知道她想听什么，就是不朝那个方向说。

终于李芸儿憋不住了，问他：你说人家会以为我们是一对儿吗？

他干脆利落地说：会。

李芸儿听了一愣，似乎没料到他会这么说。他回答得这么没有悬念，她似乎反而没有兴致了。也许是她觉得再说下去自己太有失风范，就不再跟他起腻。

李芸儿转了话题，开始对他倾诉，这也是她喝了酒之后的传统项目。

她说：你不知道前一阵子我有多焦虑，真的是吃不下睡不着的，半夜老是做噩梦惊醒。我特别害怕到医院看病，想起来心里就发抖。一进医院我没病都觉得有病，可是不看吧又不放心。为了下这个决心我已经被折磨得死去活来了。她喝了口酒继续说：其实检查没我想的那么难受，咬咬牙就过去了。李医生真的很不错，我以为男医生肯定特别吓人，我没想到他比女医生还细心，他非常当心你，动作很轻，真的是把你当女人。他是我遇到的妇科医生当中最好的一个。李医生对我说我应该没有问题，我心里大大地松了一口气。你想啊，一个女人要是不能生孩子，这是多大的打击啊！也许别人觉得没什么，不能生就不生呗，还少受些罪呢，但是我做不到。我知道老侃特别想要孩子，他家也特别想要孩子，如果我生不出孩子，我想可能跟他都过不长。有时候我想想心里真的觉得特别害怕，我的生活怎么这么没有保障啊？跟你说句心里话，我跟他在一起很没有安全感,以前跟你在一起的时候我从来没有这种感觉,我也从来没有担心过什么。

她双眼凝视着他,目光就像火锅里的汤料一样火辣辣的。他心里的滋味很复杂,他拿了一把勺子在锅里捞了肉和菜放进她的碗里。她低头吃了几口,又说:不过话又说回来,如果我和他真有一个人不能生孩子的话,我宁可那个人是我。他是那种心很大的男人,觉得自己很强大很了不得,他跟我说得最多的话就是他今后肯定会发达的,肯定会做出一番大事业的,肯定会挣到好多好多钱的。不过我是很了解他那个人的,虽然他走出去很爷们儿,实际上呢,有时候也挺脆弱的,比如他特别说不得,我要是说他一句他可放在心上了,还特别容易伤心。你想啊,要是他这么个大男人不能生孩子,他该有多受不了!所以非要有个人有问题,我宁肯是我不是他。

听到这里他实在忍不住了,说:你真有牺牲精神啊。

李芸儿竟然没有听出他口气里的讽刺,还当他是恭维呢。她端起杯子跟他碰了碰说:他也这么说我,说我很女人,很温柔,看见我就想保护我,所以我心里特别地不踏实,我想也许他根本不爱我,就是因为可怜我才跟我在一起的。

他心里忽然升起一股怒气,冷笑一声说:我没看出来你嫁的那个人有什么好,要我说你就是鲜花插在牛粪上。

李芸儿听了,扑哧一声乐了,说:你就是啥啥眼里出啥啥嘛。

他勉强咧嘴笑了一下说:随你怎么说吧。

他叫店里的伙计结账,伙计把账单送上来,一共六十二块钱。他一项一项看过去,发现他们把退掉的一盘糖蒜也算了进去,他皱起眉头说:没吃的菜你们也算钱?

小伙计嘴里咕噜一句:算错了。

他说:你们怎么就知道往里错不往外错呢?

小伙计一声不吭拿着账单走了。

他愤愤地说:连句对不起都不会说。

不一会儿伙计把账单送了回来,他木着脸把钱付了。他把找回的一把钞票收回到皮夹子里,皮夹子立时厚了许多,不过一张整钱也没有了,气恼之外他又有点心疼。

吃完饭他送李芸儿去车站。外面的风又大了起来。一股灰尘打着转扑面而来,他想都没想就拉着她转过身去,立时听到一阵沙砾打在羽绒服后面的窸窣声。等那阵邪风过去,他发现自己还拉着她的手。他赶紧放开,但那种柔滑的感觉却像是沾在了手上一样,他心里说不清地有一丝惆怅。

他们站在马路边的站牌下等车,风把他们吹得站立不稳。他站在李芸儿的后面替她挡着风,从前他们谈恋爱的时候他也是这么做的。李芸儿回过头朝他一笑,他却觉得她这个笑容里透着疲惫,甚至透着勉强,仿佛只是安慰性的。

车终于来了,李芸儿快步走了上去。他看着她找了一个靠窗的座位坐了下来,他以为她肯定会转过脸来跟他告别的,没想到她坐下之后竟然没有再回过头来看他一眼。

公共汽车开走了,他在冷风里往回走。他想自己替她找医生陪她看病还请她吃饭,她却不肯多看他一眼,他又失望又灰心,觉得自己真是傻得不能再傻了。

小陶做梦也没想到的是就在带李芸儿找过李医生没几天,他又得为另一个女人去找李医生。

那天上班不久他接到浦虎妮的电话,她开口头一句话就说自己完蛋了,活不下去了,她的声音听上去有气无力的,好像生了大病。虽然跟她没有多深的关系,他还是不由得替她担心起来。他问她到底怎么啦,浦虎妮声音沙哑地说自己怀孕了。她吞吞吐吐的口气就像一个纯情少女被迫向家长坦白一样,他立刻本能地反省了一下,确定这事跟自己并无关系,一时反应不过来她干吗要把这样的事情告诉自己。

浦虎妮在电话里说:要光是简简单单怀个孕也就罢了,四个月前我刚做过一次人流,一年之内这已经是第三次了。昨天我去了上次那家医院,医生都认得我了,她们不肯收我,说像我这样的属于高危人流,做手术说不定会发生子宫穿孔,还可能会感染什么的,她们说她们医院太小了,真出了事抢救条件也跟不上,让我找这方面的专家做。我听了吓得半死,我想你在医院,认识的医生多,所以想托你帮我找个好大夫。

他马上一口答应,不过心里却很烦。他很想对浦虎妮说你怎么犯这么低级的错误，可是这样的话他有什么资格说？他还想说你怎么这么不爱惜自己，可是说这话他又是她的什么人？冲到嘴边的话他一句也不能说，只能拿着电话听她说。浦虎妮就像祥林嫂一样，唠叨个没完，说了半天就是要跟他说她自己也不知道怎么会怀孕的。他觉得这个女人真是没头脑而且脸皮厚，连自己怎么怀孕的都不知道，还好意思对别人说。他心里有一种非常不舒服的感觉，就像被一堆刺扎着一样。可是他又做不到把她的电话一挂了之，只好忍着心烦听她说。

浦虎妮说：要说打个胎也算不了多大个事儿，你到妇科门口看看每天都是排大队做人流的，可是医生一吓唬我，我怕万一真出点事，喜凯还那么小，说心里话就是放不下他，所以就只好麻烦你。

他真不知道是不是该庆幸她在这样的时候想到他，不过想想她对自己一直都很热情，虽然这期间也没耽误她跟别人怀孕，自然没有不帮她的道理。

他对她说：我帮你去找李医生，联系好了给你打电话。

浦虎妮叮嘱他说：你得快点啊，已经两个多月了，没日子再拖了。

放下电话他觉得脑袋发涨，他想自己一个未婚男人，一趟一趟地带人，而且还不是带同一个人去妇科看病，多难为情。可是难道他能看着浦虎妮焦虑不帮她这个忙吗？当然不能。他只好硬着头皮又拿起了电话。

他给李医生办公室打电话,李医生不在。一上午他打了好几次,一直没有人接。中午他又打,还是没人接。电话没打通他心里不踏实,不时放下手头的事情打这个电话,大半天没有消停过。直到快下班前电话才终于打通了,听见李医生的声音他的心情又紧张又激动,好像找到了大救星。他把浦虎妮的事情简单说了,李医生说那就让她明天来看门诊吧。

第二天下午浦虎妮来了,也就十来天没见,小陶发现她跟上次大不相同,一眼看上去十分憔悴。她脸色黄巴巴的,嘴唇很苍白,连眼神都是黯淡的。虽然腰身没有任何变化,但一眼看上去却是一副地地道道的孕妇相。他看见她连平常见面的那点愉快都没有,很不起劲地跟她打了个招呼,面无表情地领她去了妇科。

护士小张在分诊台后面笑嘻嘻地看着他,同时目光犀利地扫了一眼他身边的女人,朝他递过一个眼神,然后弯起嘴角一笑。他明白她眼神里传递过来的意思,知道她是嘲笑他又来了,而且还换了人。他没法跟她解释,当然也没必要向她解释。

他朝她走过去,对她说:找李医生,已经跟他约好了。

小张水灵灵的大眼睛一翻说:没问题,交给我好了。

她让浦虎妮在候诊的椅子上坐下,说过会儿叫她。

浦虎妮十分听话地一屁股坐下去,就跟到了自己家里一样。小陶下意识地想到上次带李芸儿来她嫌脏不肯坐的样子,再看看眼前的这个女人,觉得她就像一个没人疼的孩子。不过他对她的同情心显然不足以让他留下来陪她,他让她看完之后到药房去找他,说完就走了。

直到快下班,谢红和方芳两个都走了,浦虎妮才来到药房。小陶问她怎么看了这么久,她说护士一直不叫她。小陶心想这小张也忒势利了点儿,上次自己陪着李芸儿,她马上就安排她看上了,这次自己没陪浦虎妮,她就让她排这半天队。不过,他觉得小张看上去是个挺阳光的姑娘,不像是个小心眼的人,估计确实是看病的人多,他也就没有多想。

他看浦虎妮嘴唇爆起了一层皮,赶紧把自己的杯子洗了洗给她泡了一杯茶,她端起来顾不得烫就喝了起来,仓皇的样子让他觉得很可怜。

喝了几口茶之后浦虎妮告诉他李医生约她下星期做手术,让她一早来住院,还必须带一位家属陪同。

她皱着眉头说:以前我做流产都是我自己去的,从来也没有人陪过我,没想到这回大夫要求一定要有家属陪,让我上哪儿去找这么个家属啊?我现成的家属就是喜凯,他来也不管用啊!难道为这么点子事还得把我妈千里迢迢从湖南喊过来吗?花钱不说,我妈还不得骂死我!她是那种从头到尾只跟过一个男人的不折不扣的传统妇女,她根本想不到我离了婚怎么还会怀孕,这种事瞒她还来不及,我哪儿还敢让她知道?她为难地说:别的医生没说过做人工流产非得要有家属陪同,这个医生怎么这么多事儿啊?

小陶说：李医生是对你负责，你的情况不是特殊吗？

浦虎妮忽然紧张地问他：他不会是没有把握吧？他可别让我死在手术台上啊，我家喜凯还那么小呢。

小陶赶忙安慰她说：你别胡思乱想，李医生医术非常好，大手术他都经常做，这样的小手术不会有问题的。

外面天色暗下来，他等着她告辞，可是她却没有走的意思。他没有什么话跟她说，但她却还是坐得很稳当，有一句没一句地跟他聊天。他中午只吃了一包方便面，这会儿肚子已经饿得咕咕叫，他生怕她听见他肠胃里发出的响声。他心想这已经到饭点儿了，要是她再不走自己就应该留她吃晚饭了，可是他心里根本就没有一点想留她吃饭的念头。

浦虎妮不但没有走的意思，而且她聊得还挺开心，刚才的紧张和恐惧都没有了，脸上不时绽露出轻松的笑意，好像已经把要上手术台的事情抛在了脑后。

她对小陶说：今天我让同事帮我接孩子，我把晚上的假都请出来了。

小陶听了，明白她意思，觉得还是自己主动一点为好，于是站起身脱了工作服，对她说：走吧，我请你去吃饭。

浦虎妮却说：我不想在外面的馆子里吃，我现在一闻油烟味儿就难受，还不如到你那里随便做一点呢。

小陶本来手头就拮据，她这么说他自然很乐意。

他们一起去医院后面的小街上买了一条鱼，一小块肉，又买了点蔬菜,都是浦虎妮抢着付的钱。

小陶不好意思地说:来我这里让你出钱算什么?

浦虎妮说:这点钱算什么,别跟我说你的我的!

吃过晚饭浦虎妮手脚麻利地把桌子收拾了,又抢着把碗洗了,小陶不让她做,她不听,叫他别管。小陶觉得她就像一个老婆一样,这么一想刚才心里一直有的那种勉强和敷衍也就消失得一干二净,看她也觉得亲切了几分。

事情做完了浦虎妮还没有走的意思,她盘腿坐在床上有一搭没一搭地跟他闲聊。一天当中他觉得最难打发的就是吃过晚饭到睡觉的这段时间,看电视经常是没有什么好节目,看业务书又太枯燥,看一会儿就累了不想看了,所以一般他都是翻翻报纸或者东摸摸西摸摸打发这段时间。他没有朋友,又不爱出去,难得有人跟他聊天,对他来说简直就像过节一样。何况浦虎妮又是那种主动热情型的,让他也跟着兴致很好,而且心情也很好。

聊天的时候浦虎妮靠在被子上,人很放松。她不时伸出手有意无意地拍拍他,给他们的交谈增添了不少愉快的作料。浦虎妮的语调和姿态都是亲近的,让他有一种和家里人呆在一起的感觉。虽然他心里极少想到"家里人"这个概念,有时偶尔一想到会让他有一种刺痛感,所以他有意看得很淡。他心里的"家里人"就是表姐,再有就是外甥女荷荷,别人好像都不在这个范畴之内。就是从前跟李芸儿好的时候他也从来没有把她看成是"家里人"。所以这会儿对浦虎妮有了这样的感觉,让他自己都觉得惊讶。

灯光下的浦虎妮不像下午去妇科看病时那样苍白和憔悴，相反，她显得红润和精神。他仔细地看了看她，发现她居然是一张素面，前几次见到她都是浓妆艳抹的，他觉得她不化妆倒更好看些。

他口气婉转地问她：今天你没化妆？

浦虎妮奇怪地看着他说：你怎么想起问这个的？

他有点不好意思，好像干涉了她的私事。

不过浦虎妮马上大大咧咧地说：我皮肤黑，不化妆就现在这模样，基本是没法看的，所以一般我出门见人都要往脸上抹两把。今天因为是看病，忘了在哪里看到说看病不能化妆，会影响医生的判断，我才没有化妆。不过你给我介绍的这个名医根本就没往我脸上看半眼，直接就看我屁股了！

他听她说得粗鲁，不由哈哈大笑，浦虎妮自己也放肆地哈哈大笑起来。

小陶觉得别的女人要是这么说话自己肯定会反感，可是浦虎妮这样他却觉得她有意思，他想不明白自己为什么偏偏对她网开一面。

笑过之后浦虎妮突然说：我想求你一件事，行吗？

他脑子转了一圈，猜不出是什么事。便说：你说吧。

浦虎妮说：下星期二我来做手术的时候你做我家属好吧？

他心想亏她开得了这个口，这不是让自己背黑锅吗？不过他还是点点头说：行，没问题。

她十分高兴地说：你真好！

他笑了一下说：我不是真好，我是真好说话。

说完他觉得自己这么说有点刻薄。

浦虎妮却很真心地说：你真的是非常好，相当好，特别好，简直都没处找了！我没跟你开玩笑，我说的是真话。你记得吗，我第一次跟你见过面之后还跑到医院来找过你一趟，跟你说句心里话，你是那种女人一看就想嫁的人。

小陶笑说：我有那么大的欺骗性啊？

浦虎妮认真地说：我真的是这么觉得的。对我来说吧，我想嫁的首先应该是一个好人，靠得住，不会欺负我，不会害我，别的都还在其次。

小陶听她说得认真，也换了认真的表情说：你是因为不了解我，你要是了解我可能就不会想要嫁给我了。不说别的，我这个人其实是有点古怪的。

浦虎妮笑起来，说：还有自己说自己古怪的？你知道自己古怪为什么不改改，变得不古怪呢？

小陶说：我要是能改不早改了？

浦虎妮说：想改总是能改的。

小陶说：那可不一定。古怪是一种病，在我身上好像是不能自愈的。

浦虎妮点点头说：有的时候我看你是有点怪怪的。

小陶问她什么时候,她不肯说,笑得很暧昧,他就不再追问了。

浦虎妮突然说:你这个人其实有点傻的。

小陶马上问她:我怎么傻了?

她抿嘴一笑,不回答他。她向来是快人快语的,这副样子反倒让他更想知道。他发现这个湘妹子很有意思,很会卖关子,而且很会勾人,把他心里勾得痒痒的。

他求她说:你就说吧。

她摇着头说:不告诉你。又说:你傻的地方太多了,让我怎么说?

他还是求她说:你就随便说嘛。

她沉吟了一下说:你这个人不知道要抓住机会。

他立刻在心里反省自己怎么不知道抓住机会,她趁他一凝神的工夫抓住了他的手,他愣了一下,感觉有一股电流直往心里钻。他保持着刚才的姿势,微低着头,不好意思跟她对视。她的头轻轻地靠过来,蹭了蹭他的肩膀。他心里十分紧张,都能听得见自己咚咚的心跳声。他害怕她也能听见,脸不由红了。

她轻声问他:你怎么像个女的一样?

他的脸更红了,同样轻声地问她:我怎么像女的一样啦?

她妩媚地笑着,趁机把脑袋扎进了他的怀里。

她抱住了他。他莫名其妙地觉得很不自在。他不想这样,似乎被她强迫了。当然也不完全是这样,他想不清楚,心里是

发 烧　　135

混乱的。过了片刻他稍微用了点力,两条胳膊像弹簧一样弹开了。

浦虎妮不是笨人,这样的信号她自然是明白的,但是她并没有松开他,反而把他抱得更紧了,还把脸贴在他脸上。他的身体软了下来,准备缴械投降。她拉起他的手,放在自己的胸口上。虽然有过上次在她家里的经历,他还是觉得很突然。

正在他不知所措之际,她两眼烁烁地望着他,问他:你想吗?

他明知她问的是什么,但还是做出木然的表情,就像没听懂一样。

她又反过来问了一句:你不想吗?

他自己也不清楚,既说不上想,可是也不能说不想,心情和感觉都很矛盾。

她翘起嘴角一笑说:你——怪怪的!

他不说话,就像是默认了。

她搂着他倒在床上,用一种很大无畏的气概说:反正我已经怀孕了,难道还会再怀上双胞胎?

他一听忍不住笑了起来。

但他还是挣脱了她,坐了起来。她也从床上弹了起来,问他:又怎么啦?

他说:没怎么。过了片刻又说:我们好好坐着说话吧。

她泄气地说:看来我们俩真是没缘分啊!我像一盆火,你像一块冰,我没办法把你融化,更没办法把你烧成开水。以前我一直以为自己对男人还是有点办法的，碰到你之后我发现我掌握的那些恋爱技巧什么的根本就不管用，至少是在你身上都不灵，我认输了。

他喃喃地说：是我有问题。

她根本没听他说什么，顾自说：我这个人就是命苦，好容易遇到一个想嫁的人，又弄不到一起。我结过婚，离过婚，恋爱也没少谈过，那种不谈只做的就更不说了，我就想找一个人好、能对我好而且我们俩很好的男人，可是只有失败的教训，没有成功的经验。跟你这么说吧，有的男人我并不喜欢，但是上上床也不是不可以，可是我喜欢你，跟你连这个都做不到。她换了一种柔和的口气问他：有句话我能不能跟你说？

他想你都说到这份儿上了，还有什么不能说的？便点点头说：你说吧。

她微微一笑说：难怪你一直找不到女朋友，你这样子下去不是我说你恐怕一辈子都要打光棍的。要是换一个人我就不说了，你人这么好，所以呢作为一个经历比你多点的人我想劝你一句话，女人给你的机会你要抓住，趁热打铁事情好做也容易成功，找对象也是一样。

虽然她说得这么单刀直入，他听了心里还是有一股热腾腾的东西升起来。他很感动，除了表姐，还没有人跟他说得这么深。他随即想到了李芸儿，他虽然跟她谈过恋爱，可是浦虎妮的这一番话让他觉得她跟自己的关系一下子超过了他曾经的女朋友。

他心想难得她对自己这样真心,心里的那股暖流在周身扩展开来,可是他的身体却仍然是波澜不兴。

浦虎妮还有再次尝试的意思,但是他态度坚决地阻止了她。

她笑着说:那刚才我跟你的话算是白说啦?

他还是沉默,心里害怕要是失败会弄得大家扫兴。她似乎很明白他的心理,没有再强求。她看了看表,说时间不早了,得去接孩子了。他大松了一口气,马上说:我送你走。

穿过医院的时候浦虎妮主动挽住了他,他怕被认识的人看见,有几分拘谨,不过并没有拒绝。她朝他甜甜地一笑,开玩笑地问他:我不算是非礼你吧?他笑起来,心忽地一下子酥软了。

送完浦虎妮回到宿舍,他一打开门就闻到屋里有一股香气,好像走进的不是自己的家。他对自己说:显见的是狐狸精来过了。他使劲闻了闻,想判断一下是什么香。他一贯得意自己的嗅觉,可是房间里的这股香味儿他却很难分辨,既像是花香,又像是草香,还有一点像是花椒的香味儿。他深深地吸了几口,想把那些香味儿全都吸进肺里。

夜里他躺在床上却怎么也睡不着,浦虎妮刚才跟他在一起的一幕幕就像电影在脑子里放着,特别是她抓住他的手和扎进他怀里的镜头,在回忆中比真实发生时还让他激动,他感觉到自己的身体就像一条从冬眠中醒来的蛇一样复苏了过来,他的脑海里满是浦虎妮的形象,她的脸,她的眼睛,她的嘴唇,她的丰满的双乳在黑暗中浮现、晃动,诱惑着他。他紧闭着眼睛,尽量把那个念头驱赶出脑子,可是他无法控制自己,他浑身的血流加快,那种难捺的欲望汹涌而来,让他无法克制。

他脱掉了睡衣睡裤,赤身裸体地躺在被子底下。他想这时要是浦虎妮没有走就好了,手不由自主地向下移去。他尽量忍耐着,不去碰那个敏感的部位。可是没过几秒钟,手就像独立的一样,不听他的指挥,一把抓住了埋伏在草丛中的俘虏。巨大的快慰在一瞬间席卷全身,他一阵颤栗,眼前又浮起了浦虎妮红润的面容和俏皮的眼神,还有她抖着肩膀浪笑的样子和扑进他怀里的热辣劲儿,所有这一切都让他心荡神驰,他在半清醒半模糊之间觉得自己很爱她,很离不开她。他这么想着,手下加大了力度,也加快了动作,就好像是另一个身体上的另一双手一样,带给他无法形容的快乐。他躺在黑暗里,感觉着自己的身体在发热,一点一点接近那种高亢和开阔。他在想象中紧紧地抱住浦虎妮,把脸埋在她丰满的双乳之间,顿时他就像一个孩子找到了妈妈一样幸福。有一段他丝毫感觉不到身体的快感,就好像麻木了一般,但是心里却是那样安宁和满足,就像尚未来到或者已经离开了这个世界。但是这个短暂的时刻很快就过去了,身体里的欢乐像海浪一样再次涌来。当那些海浪逐波高涨一浪高过一浪,他终于无法承受,发出沉闷而有力的叫声。

他崩溃了,躺在一片狼藉之中。浦虎妮也从他的脑海里迅速消失了,那种像温暖的水流一样的幸福感也迅速消失了。他睁开眼睛,回到了自己不到九平方米的宿舍里,回到了被外面灯光映照得半明半暗的夜色里,回到了现实当中。

星期二一早七点不到他就接到浦虎妮的电话,说已经到医院了。他说怎么这么早啊,浦虎妮说反正也睡不着,不如早点过来。他让她到宿舍来坐会儿,她说不想上去了,想早点去妇科那边等着,心里踏实些。他说那好,我马上就来带你过去。

他匆匆下楼,离得老远就看见浦虎妮又着腿歪着身体很疲惫地站在医院大门口,风把她的头发吹得乱蓬蓬的。出乎他意料的是她一只手还拉着喜凯。他想这时候怎么还带着孩子来?不由得皱起了眉头。浦虎妮也看见了他,即刻露出了见到亲人一般的笑容,但很快笑容就消失了,又恢复了原先的愁眉苦脸。

他领着他们母子往妇科走。浦虎妮脚步拖沓地跟着他,一边向他抱怨幼儿园临时消毒放假,她找不到人看孩子,只好把喜凯也带过来。

他拉起喜凯的手说:一会儿妈妈去看病你跟着我好不好?

喜凯很乖地点点头。

浦虎妮说:我给你添麻烦还不算,孩子还给你添麻烦!

他摆摆手,脸上是那种小事一桩不值一提的表情,不过心里对至少要带上半天孩子还是有点怵。

他们来到分诊台,护士小张笑眯眯地跟他打招呼,他看她神清气爽小脸儿红扑扑的,跟浦虎妮枯黄的脸色形成鲜明的对比，不由脱口说道：你这么精神，有什么好事啊？

小张淡淡一笑，反问他：你说我有什么好事？又说：我等着你有好事找我呢！说着眼风娇媚地望着他，他赶紧把目光避了开去。

他探过头去看她手里的手术日程表，他看见表上列着浦虎妮的手术不是由李医生做，而是由蔡医生做，有一点出乎意料。

他问小张：为什么不是李医生做？

小张说：李医生今天上午的手术排满了，下午他要出去开会，一个星期以后才回来呢，她这儿等不了。蔡医生做是一样的。

他想想倒也是，蔡医生是李医生一手带出来的学生，医术也是相当不错的，只是经验、名气等等还远不如老师，她做手术他还是放心的。可是浦虎妮一听却变了脸色，一副非常失望的样子。小张拿出手术知情同意书让她在上面签字她也犹犹豫豫的。

她把他拉到旁边，怀疑地问他：能行吗？

他肯定地点点头说：没问题的。

她又问：不是说好是李医生做的吗？

他说：刚才不是说李医生要外出吗？他怕耽误了你。

她深深地看了一眼孩子，说：我自己其实是无所谓的，我就是放不下他。

他听了心里一抽，觉得自己肩上也有了沉重的压力。不过他还是镇定地安慰她说：放心吧，真的不会有事的，我在外面陪着你。

她的脸色才算缓和了一点,一边签字一边意味深长地对他说:那,孩子就拜托你了啊。

他眼睛望着别处,点了点头,他实在害怕她那种生离死别的神情。

浦虎妮进了手术室,他等在外面。大约半个小时手术就结束了,手术很成功,没有发生任何意外。他总算是松了一口气。手术之后浦虎妮在病房里躺着休息和留观,他带着喜凯去了药房。

谢红和方芳看见他领着一个孩子走进来,都是又惊又喜的样子。

谢红问他:哪儿来的这么大一个孩子?

方芳问他:可别告诉我们是你自己的啊。

他笑着说:拐来的。

谢红突然像是发现了什么似的说:这不是那个性感大妞的儿子吗?

方芳也凑趣说:啊哟,这么快孩子都有了,跟他妈妈真就像一个模子里倒出来的哎。

他马上收了笑容说她们:你们当着孩子可别胡说八道。

他越这么说她们越来劲儿。

方芳说:你是不是跟那谁……

她做了一个很暧昧的手势,他皱起眉头没理她。

谢红在一边笑着说：这不明摆着的嘛，孩子都抱上了，跟妈还用说？

方芳笑着说：这倒也不一定，换一个人我肯定相信你说的，可是咱陶这个人吧跟别人不一样，他就跟白求恩大夫一样经常做些毫不利己专门利人的事，所以孩子是抱上了，妈有没有抱上还真不好说。

他听了放下脸来说：你们怎么这么龌龊啊！

谢红抢着说：我们怎么龌龊啦？我们都是清清白白的人，既不贪赃枉法，也不偷鸡摸狗，是你把我们想龌龊了吧？

方芳也说：就是啊，我们都是地地道道如假包换的良家妇女，我们要是龌龊，恐怕你也找不出什么干净人了。

他见说不过她们，就不跟她们说了。

中午一下班他就领着喜凯去了妇科，浦虎妮还在床上躺着，她脸色焦黄，嘴唇苍白，还没缓过来。他叫了她几声，她好容易挣扎着醒过来，眼睛都有点睁不开。她看了一眼孩子又看了一眼他，头重重地倒在枕头上，又要睡过去。

他俯下身问她感觉怎么样，她只说了一个字：疼。

他看她蜷缩在被子底下的样子很可怜她，问她：要不要我去把医生叫过来？

她闭着眼睛使劲地摇了摇头。

他还是出去到各个诊室张望了一番，医生都下班去吃饭了。

他又回到她床前，问她：你饿吗？想吃点什么？

她又使劲地摇了摇头。突然她挣扎着坐起身,拉过盖在被子外面的上衣,从口袋里摸出一张皱皱巴巴的五十元钱,塞到他手里,对他说:你带喜凯去吃肯德基吧,昨天我答应他的。

他心里一酸,拉过喜凯的手说:我这就带他去吃。

他把那张皱皱巴巴的五十元钱放在床头柜上,说:钱你收起来。

她也没有力气跟他推,只是望了他一眼,没说什么。

他问她:你想吃点什么,我给你买回来。

她摇了摇头,闭上了眼睛。

他心里很有点放不下她,但知道这会儿也帮不了她什么,还是带喜凯去吃饭要紧。他带着孩子去了肯德基,这家店因为新开业不久,又正好是吃饭时间,里三层外三层挤满了人,要不是为了孩子他肯定转身就走了,或者说他根本就不会走进去。他找了一个空当让喜凯站着等桌子,自己去柜台前买吃的。他一边排队一边不断回过头来看喜凯,生怕一错眼珠工夫孩子不见了,那他可就没法向浦虎妮交账了。

好容易他才买上了汉堡和饮料,等他端着托盘走过去,那张桌子已经让两个小伙子占去了,喜凯还在原地站着,一步也没有挪动。孩子又乖又可怜,让他心里一阵难过。他很想责问那两个小伙子为什么跟一个四五岁的孩子抢位子,可一看那两个也是半大孩子,顶多也就十四五岁,就忍着什么也没有说。他端着托盘等着他们吃完,可是他们边吃边聊不像一时半会儿能完得了,他放眼望去餐厅里没有一张桌子是空的,他怕东西冷了不好吃,把孩子带到窗口,把托盘放在窗台上让他吃。

孩子听话地吃起来,有滋有味的。

他弯下腰问他:好吃吗?

孩子仰起小脸对他点点头,一边捧着汉堡大口地咬着,嘴角油汪汪,两只眼睛亮晶晶。他心里感到少有的满足。

他自己什么也没有吃,他把托盘里的另一个汉堡拿纸袋子装了,准备带给浦虎妮。从肯德基出来他在街对面的小摊儿上花一块钱吃了一碗阳春面,吃完面条他领着孩子直奔妇科去看他妈。

浦虎妮还在昏睡,她出了不少的汗,头发都粘在了一起,不过脸色已经比刚才缓过来一些,有了一点血色。他正在犹豫要不要叫醒她,孩子往她身上轻轻一扑,她立即就醒了过来。

醒过来之后她的眼睛里全是笑意,问他们:吃过肯德基啦?

他还没说话,孩子已经抢先回答了。

她问孩子:好吃吗?

孩子说:太……好吃啦!他一激动说了一连串的"太"字。

她问他:太好吃有多好吃呀?

孩子扑闪着大眼睛说:就像熊猫那样好吃!

说着趴在枕头上呵呵呵地笑起来。

浦虎妮转过脸对小陶说:今天真是太谢谢你了,你管了我的事不说,还带他去吃肯德基,看把他乐的!她又拿出那张皱皱巴巴的五十元钱塞到他手里说，你把钱拿着，我不能让你出了力还让你出钱。

他按着她的肩膀，让她躺下，又把钱放了回去，说：你用不着跟我客气。

她没有再坚持，无力地躺了下去，说：好，那就以后再谢你吧！

小陶把打包回来的汉堡包递给她说：你吃点东西吧。

浦虎妮看了一眼说：我不想吃。

他问她：那你想吃什么？

她摇头说：什么也不想吃。

他问她：还疼吗？

她说：疼倒是不太疼了，就是还有点难受，心里好像闷住了似的。

他说：那你再睡会儿。

她答应了一声，闭上了眼睛。

小陶看她这样，还是有点不放心，他想去把医生找来看看。一出病房就看见护士小张眉飞色舞地叫他，他问她有什么事，小张说：没事就不能叫你吗？

他老实地说：当然能啦。

小张笑嘻嘻地说：我没事，就是叫叫你。

他觉得她又机灵又可爱，不由得笑了。

他问小张：看见蔡医生了吗？

小张说：她刚下手术，现在去吃饭了，你有事跟我说吧。

他指了指病房说：她昏睡到现在了，说还难受，下午蔡医生来了请她去看看。

小张听了立刻点点头，用十分知己的口气说：你就放心吧。

小陶正要走，小张突然扑哧一笑，欲言又止的样子。

小陶问她：又怎么了？

小张说：没什么！

小陶说：那你鬼鬼祟祟的。

小张反问他：我怎么鬼鬼祟祟啦？

小陶宽容地笑了笑，不再追问她。

小张莞尔一笑说：现在不跟你说，回头再跟你说吧。

小陶说：干嘛搞得这么神神秘秘的？

小张说：我真的有事跟你说，不过不能在这里说。

小陶想不出她有什么事情要跟自己说，心里有一点好奇，但也无心跟她逗，便说：好吧，等你想说的时候再说吧。又叮嘱她：别忘了让蔡医生去看看她啊。

小张飞他一眼说：我记着呢，你这人怎么这么啰嗦！

小陶站在病房门口朝喜凯招手，他想带他去药房，可是孩子不肯跟他走，说要跟妈妈在一起。小张走了过来，对他说：你忙去吧，就让孩子待在这儿，我帮你看着他。他十分感激地谢了她，赶回去上班了。

下午忙过一阵之后他不放心浦虎妮又去妇科看她，她还躺在床上，睡得很沉。他在她床边站了好一会儿她也没有醒。他看见自己给她买的汉堡还是孤零零地放在床头白色的小柜子上，病房里另外三张床空着，喜凯也没有在，他心里酸酸的，觉得这个女人真可怜。他轻轻地走出去，轻轻地带上了门。

他在化验室找到了小张，喜凯正和她在一块儿，两个人已经是很熟很亲热的样子。小陶还没开口，小张就告诉他蔡医生已经去看过了，情况正常，不过还需要再观察一阵子，如果没事的话就可以回家了。

小陶松了一口气，小张斜他一眼说：你心还挺重的啊！

他听出了她口气中的揶揄，不好意思地笑了笑。

小张突然呵呵地乐，小陶被她笑得有点发毛，忍不住问她：你笑什么？

小张说：你知道这孩子刚才跟我说什么吗？我问他你是谁，他说你是他干爹！说着她又捂着嘴大笑起来。

小陶转过身问喜凯：你是这么说的吗？

喜凯也跟小张似的呵呵地乐，他似乎非常清楚这是一个有趣的玩笑。

小陶抓住他的胳膊问他：你这个小孩儿怎么瞎说话呢？

喜凯笑着一个劲儿往后躲，小张打圆场说：人家孩子不就是说你是他干爹嘛，又没说别的！她凑近他假装压低了声音问他：你真是他干爹啊？

小陶干脆利落地回答：不是。

她眼风飘飘地盯了他一眼,抿着两片鲜红欲滴的嘴唇笑了。

小张这种说话的口气和神情让他有点意外,他没想到自己也会被女孩子留意,而且还是这样一个漂亮女孩子,心里有点甜丝丝的。他惦记着班上的事,匆匆回了药房。喜凯还是不肯跟他走,要跟着小张。小张还是一副大包大揽的样子,让他忙自己的去,他越发觉得她热心可爱。

下班之后他又去了妇科,他看见病房门大敞着,地板刚拖过,湿漉漉的,里面空无一人。浦虎妮躺过的那张床被罩和床单已经撤掉,露出泛黄的棉被和褥子,上面有一块块深深浅浅的斑点,他知道那都是怎么回事,感觉很不雅观。他去了诊室,挨个儿把每个诊室看了一遍,也没有看见浦虎妮。他返身去找小张,也是不见人影。他在楼道里看到一个年轻的值班医生,问了她才知道浦虎妮已经出院走了。

她居然不跟他打一声招呼就走了,这让他无比郁闷。他首先想到是不是自己什么地方做得不周到让她生气了,又想她是不是暗中责备他没有尽心尽意陪着她,当然也可能是她不想打扰他。他一个人孤零零地站在妇科的走廊里,心里充满了自责和沮丧。

他很不放心她,很想打个电话问问她情况怎么样,可是想到她不辞而别他心里就觉得特别不舒服,而且隐隐约约感到很伤心,几次拿起电话又放下了。他想怎么说她到家之后总会来个电话吧,即便不说感谢,至少也应该向他报个平安吧,所以他决定等她打来再说。可是当晚他直等到夜都深了也没有等到这个他认为是"应该"打来的电话。

这一晚他过得心神不宁,心里莫名其妙地充满了烦闷和担忧。躺下之后他怎么也睡不着,脑子里全是浦虎妮的影子,挥之不去。他懊丧地想:她怎么这样对待一个热心帮助她的人?他更加懊丧的是他心里的确很放不下她。

星期天是表姐四十八周岁的生日,星期六小陶给她买生日礼物在几个商场转了差不多整整一天。之前他打电话问她想要什么,表姐说什么也不要,你有这个心就好了。他说我从来没有送过你什么礼物,这回正好是你的本命年,我怎么也要送你一样东西。表姐说又不是什么整生日,不值得花这个钱。你挣点钱不容易,还要留着娶媳妇呢。他说那是以后的事,还是先说眼前的吧。表姐在电话里畅快地笑起来,十分开心。他听她的笑声那样清亮,仿佛时光倒回去好多年一样。

他本来想给表姐买一条羊绒围巾,有一次表姐跟他抱怨一个处的女同事都有羊绒围巾就她没有,其实她也不是为羊绒围巾抱怨,就是生气老郭什么也不给她买。可是他转了好几个卖羊绒围巾的柜台,没有挑到中意的。而且他想到自己要是给表姐买羊绒围巾,她若是一敏感,对老郭可能会更加不满,就打消了这个念头。他给表姐买了一件黑白格的薄呢外套,打完折四百块钱,他觉得比羊绒围巾还实惠些。买了外套之后他又去买了两双连裤丝袜,一双黑色的,一双高粱红的。他觉得表姐平常穿得太老套了,也不重视打扮,送她连裤丝袜她以后可以多穿穿裙子。

他带着礼物去了表姐家,让他意外的是出来开门的竟然是老郭。他已经习惯了表姐夫不在家,猛然间见到他有点不知所措,慌乱中他连声姐夫也没有叫,只是匆匆忙忙跟他点了一个头。老郭好像并不在意,招呼他说:来啦?就像在大街上跟半生不熟的人打招呼没啥两样。

进门后他四处寻找表姐,就像小孩寻找妈妈一样。他听见厨房里排风扇呼呼地响着,就直奔厨房而去。进了厨房他看见表姐头上戴着塑料浴帽,胳膊上套着护袖,腰里扎着围裙,正全副武装在炸丸子。见他进来,表姐喜笑颜开地说:我在做鲜肉藕圆子呢。又指了指旁边的一盆熏鱼说:看看我给你做了什么!

他心头一热,说她:你也不嫌麻烦。

表姐乐呵呵地说:一点也不麻烦。

他在厨房里站了一会儿,表姐就让他出去,说厨房里油烟太大。

他说:我看你做,陪你聊会儿天儿。

表姐往外推他,一边说:炸丸子有什么好看的?等我弄好有的是工夫说话,你还不如出去跟他聊会儿呢。

她朝外努努嘴,向他使个眼色。他看她笑眯眯的,神情里有一种讨好,他不清楚她是讨好自己还是讨好外面的表姐夫,心里咯噔一下,很有些意外。平常表姐可从来不叫他去跟老郭说话,他奇怪她怎么忽然转了风向。他原地站着,不想走。

表姐催他说:去呀!

他看她态度坚决,只好出了厨房。不过他没有去跟老郭聊天儿,而是一头钻进了荷荷的房间。

荷荷蜷曲成一团睡在被窝里,他走到床边仔细地盯着她看了一会儿,见她眼睫毛在抖动,知道她已经醒了在装睡,故意扑哧一笑,荷荷也忍不住笑出声来。他隔着被子胳肢了她一下说:小懒虫,还不起来?

荷荷睁开眼睛嘟囔着说:我还没睡醒呢。她一大早就在那儿叮叮哐哐剁菜,哗啦哗啦炸东西,我都被她烦疯了。

他笑着说:小孩子不能这样说妈妈。

荷荷说:那你让我怎么说?

就在这时表姐在外面高声嚷道:怎么还不起床啊?要睡到什么时候啊?你看看都几点了,人家孩子早就在学习了,就你还在被窝里腻着呢,真是一点自觉性都没有,我都不知道怎么说你好!

荷荷听了眉头皱成一个小疙瘩,对他说一句:听见了吧,烦人吧?

他低声哄她说:你快起来吧,一会儿就该吃饭了。

说完他走出荷荷房间,经过厨房的时候看见门关得紧紧的,玻璃门上映着表姐忙碌的身影。他进了客厅,老郭看见他过来马上起身让他坐,又给他倒了一杯茶,把他当成客人一样,他也就像是客人一样拘束地坐下来,拘束地端起茶杯,一点没有平常来这里时的自在,他觉得最尴尬的是找不到话跟表姐夫说。

老郭打开电视,电视里正在说相声,他们都侧过头去看,不过他们都没有笑。好在不一会儿就开饭了,表姐给他们摆上了酒杯。他觉得跟老郭对饮别扭,就说不想喝酒。表姐却劝他来一杯,一边说一边把他的杯子斟上了。他忽然发觉她面带春色,跟平常完全不一样。他心里突然意识到什么,本来的一腔好心情突然就消失得无影无踪。

表姐过生日理应是主角,可她还是忙着给别人倒酒、搛菜、盛饭,他看不过去,叫她不要忙,好好吃自己的。表姐笑呵呵地说没关系,做惯了,不让她做反倒难受。荷荷不失时机地瞟妈妈一眼,一脸的讥讽。尽管她没有开口说话,他也知道她要说什么。倒是老郭十分平静,闷着头只管吃自己的。

他看表姐一顿生日饭都吃不安生,对她又是可怜又是心疼。最让他生气的是表姐对老郭那种明显的巴结,她跟他没话找话说,赔着笑脸问长问短,老郭不回答她,她还是问个没完,还一个劲儿往他碗里搛菜,他都说不要了,她还是不停手。最后老郭都有点火了,黑着脸叫她别弄了,她还是唠唠叨叨地劝他再多吃点。他在旁边看着闹心,但忍着不流露出来。荷荷对爹妈之间的反常也很敏感,一双眼睛滴溜溜地瞄瞄这个又瞄瞄那个，脸上露出嘲弄和不屑的表情。

老郭第一个吃完，放下筷子就要走，表姐问他去哪儿，他鼻子里哼了一声没回答。表姐又问了他一遍，他说一句：你别管！表姐的脸马上拉下来，不过她没有发作，而是赔着小心劝他再吃碗面条，他说不吃了，她又劝他喝碗汤，他说不喝了，她又劝他喝杯茶，他突然提高了声音叫她别烦了，她愣在那里，一副束手无策的样子。

老郭进了卧室，表姐急急地跟了进去，没过两分钟他们在房间里吵了起来。小陶坐着没动，他不知道该不该进去劝架，更不知道这样的架怎么劝。荷荷也是坐着没动，她用两根手指堵着自己的两个耳朵眼儿，表示她的反感和厌烦。吵了一阵表姐气乎乎地从房间里走出来，坐到桌子边拉着脸继续吃饭。

不一会儿老郭换好了衣服，胳膊底下夹着一个牛皮包噔噔噔出去了，完全是一副旁若无人的架势。

荷荷冲他的背影嘟囔一句：人模狗样的。

她妈妈立马尖着嗓子说她：吃你的，就你话多！

荷荷一下子就炸开了，十分气恼地说：你别把跟他的气往我身上撒！你有本事去管他，去对他嚷，你怎么拿他就一点办法也没有呢？

妈妈也是十分气恼地说：跟你说过多少次了，大人的事不要你小孩多嘴，你怎么什么事都要插一杠子呢？

荷荷不屑地说：你们也算大人？你们有一点大人的样子吗？

我就没见过你们这样的大人！你们见了面就是吵架，知道不知道你们这个样子很影响我的心情？

表姐气得发抖，对小陶说：你听听，这孩子这么没大没小！老的是那样，小的是这样，这个家里就没有一个是让人省心的。

小陶还没说话，荷荷又冲妈妈嚷起来：你说他就说他，不要带上我。我跟他一样吗？你一张嘴就把天下乌鸦说得一般黑，分不清敌我矛盾还是人民内部矛盾，你叫我怎么说你呢？就一个字——傻！

妈妈气得大叫：你给我闭嘴，反了你了！

说着伸出手去劈头盖脸给了荷荷两下，小陶赶紧站起身把她拉住了。乱了一阵之后，表姐和荷荷从针锋相对的状态变成了相互声讨的状态，两个人都把他当作倾诉和裁判的对象，她们抢着说话，各有各的道理。他好言相劝，尽量平息她们的矛盾。他觉得自己就像一道水坝一样，挡着两边汹涌的水流。

荷荷说：她说不过别人就急，该她急的时候她又不急，她这个人真让我没法说。

表姐说：你这孩子别太没良心，你想想是谁给你吃给你穿的，你生病的时候是谁照顾你的，你再想想是谁对你好。她叹着气说：我这个人就是吃力不讨好，我算是看透了，做多少都是白做，根本没人领情。

荷荷皱着眉头说：你看她说着说着就是这一套，让人没法跟她对话。

表姐说：她要什么我给她什么，好多东西都是背着她爸爸给她买的，要是让她爸知道了，肯定又是吃不了兜着走，她这儿还不知足。

荷荷说：我想要的你不给我，我不想要的你偏给我，听你这么一说好像真的我想要什么你就给我什么一样。

表姐说：你知道她要什么？要手机，要随身听，还要露脐装，你说我能给她买吗？

荷荷说：为什么不能买？我们同学有这些东西的人多的是。

表姐说：手机和随身听太贵了，又不是生活必需品，你一个学生，要那些东西干什么？露脐装就更不能要了，那是好人家小姑娘穿的吗？你敢穿出去我还丢不起那个脸呢。

荷荷说：行了行了，你什么都不懂，我不跟你说了。

表姐吼道：你给我滚一边去！

荷荷说：看看，更年期的毛病又犯了。

她站起身奔进房间，拿了羽绒服就往门口走，表姐叫住她说：你去哪儿？

荷荷说：你得健忘症啦？我不是早跟你说过了，我们同学过生日要一起出去吃饭。

表姐大声说：不许去！

荷荷大口地呼着气说：昨天你不是答应得好好的，怎么这会儿又变卦了？

表姐反问：我什么时候答应过你的？

荷荷跺着脚说：自己说过的话又不承认，我真拿你没办法！

表姐说：你们人不大事情还挺多，小孩子过个生日还要一起到外面吃饭。

荷荷说：就许你过生日，不许别人过生日啊？

表姐高声说：今天就不许你出去，看看怎么样！

荷荷也高声说：你说话不算话！

表姐说：我说话就不算话怎么啦？

荷荷猛地拉开门说：那我偏出去又怎么啦？

表姐说：你敢出这个门就别再回来。

荷荷说：不回来就不回来。

可是她站在门边上，没有再往外迈出一步。突然，两行眼泪像断了线的珠子一样顺着她的脸颊滚落下来。

小陶一看这样，赶紧过去把她搂住，拿了纸巾替她擦眼泪。可是荷荷的眼泪就像开闸放水一样，越擦越多。他看了心里很难过，劝表姐说：算了，让她去吧。

表姐对荷荷说：你去吧，我不管你。

荷荷听她这么说，眼泪汪汪地瞪着她说：我不去。

表姐这才软了些口气说：你去吧，别回头埋怨我不让你去。又说：要不是你舅舅替你说话，我肯定不让你去。

荷荷立刻不哭了，拿毛巾擦了把脸，穿好了外衣。她两只手插在羽绒服的口袋里，站在门口等着，她已经完全平静了。表姐看看她，脸色柔和了一点，对她说：路上当心，早点回家。

荷荷顺从地点点头。小陶拿出一张二十元钱塞到她手里，荷荷不肯要，小陶把钱塞到了她兜里。荷荷朝妈妈看了一眼，妈妈没有反对的意思，她这才羞答答地扭过身，脸上露出一丝笑容，步履轻快地出了门。一场风暴就这样过去了。

家里就剩下表姐和他两个人，他觉得屋里特别安静。他看一眼表姐，朝她一笑，表姐也回他一个笑。他想老郭不在跟前真是好，轻松，自在，舒服。当然最好荷荷也不在跟前，这个时候表姐才是真正的自己人。这么一想他心里又有点自责，觉得自己这么想对老郭也就罢了，对荷荷好像有点不够意思。

表姐重新沏了一壶滚烫的茶来喝，她一边给他斟茶一边说：你看看我这日子过的，连个生日都过得这么鸡飞狗跳的。跟你说句心里话，要不是有你，我想想自己真是没有意思。一年三百六十五天天天忙得跟个陀螺似的，累得腰酸骨头疼，没人念你的好不说，还弄得他们谁也不开心，我真不知道我怎么活着活着就活成这个样子了。

他笑着劝她说：你还是少操点儿心的好，我看你是太累了，有些事情你能不做就不要做，累坏了自己不值当。

表姐说：他们两个都是眼里没活儿的人，那些事情都堆在我面前，我要不做这个家就不成样子了。

他说：所以我才劝你别太累呢。家务活儿做得完吗？今天做了明天还有，能将就你就将就一点吧。

表姐笑着说：你说的倒也是啊。又说：也只有你会对我说这些，想想我身边这些人，要说也就是你这么一个亲人。他听了没有吭声，表姐突然很感慨地冒出一句：我看别人都过得比我开心。

他说：你要是去跟人家换换，也许就不这么说了。

表姐想了想，恍然大悟地说：倒也是啊。

他说：所以怎么说"家家都有一本难念的经"呢。

表姐的思维是跳跃式的，刚说着自己，话头一下子又转到了他的身上。

她说：我现在最操心的就是你的事情，你那儿一天不定当，我这儿也就一天不踏实。你成了家我这颗心才放得下来。

他不当回事地"咳"了一声，笑着说：刚才还叫你少操点儿心呢。

表姐笑道：那我也要能做得到才行啊，不瞒你说，对你我比对荷荷还要放心不下得多。你别看她一个小丫头，什么事可会为自己想了，只要她想要的，挖墙打洞她都要弄到手，她能想辙，也放得下面子求人，而且还会耍赖，滑头着呢，这些都不是我们家这边的，我说她是遗传老郭家那边的。不过话又说回来，说不定咱家也有份，只不过让上一代那两个人都折腾光了。

他突然打断她说：别提那两个人，一提他们我就生气。

表姐赶紧说：好，不说他们。她的思路飞快地又拉了回去，说：所以只要把你的事情安排好了，我也就没什么心事了。

他抬起脸望着表姐说：我现在这样不是挺好的吗？

发 烧　　159

表姐十分坚决地摇摇头说：这样下去怎么行？跟你说吧，虽然男人不像女人那样不经耗，不过一样也得抓紧。

她还要往下说，他伸手替她把垂到眼前的一缕头发撩起来别到耳后，她没有躲开，不过停下了话头。

就在这个停顿的片刻，小陶仿佛一下子回到了从前的时光，他望着表姐的眼睛，虽然眼角周围已经爬满了很深的鱼尾纹，但还是这双眼睛。他朝她稚气地一笑，低下头去喝茶，心里忽然被一种酸酸胀胀的感觉塞满。

表姐突然想起什么似的说：对了，那天碰到我大嫂妹妹的小姑子，就是给你介绍浦什么妮的那个人，她还问起我后来你跟她怎么样，还有没有联系，我跟她说你们后来没来往，我还说她了，我说你也不给我们介绍个好的，二婚，拖个孩子，岁数还比我们大，我问她是不是把发不出去的箱底货摊派给我们呀，她被我说得脸上都有点挂不住了，说下次一定给你介绍个好的。

他听表姐提到浦虎妮，脸忽地就红了。他自己都说不清跟浦虎妮来往为什么要瞒着表姐，好在表姐只顾说自己的，没有太注意他的反应。他心里其实很想跟她说说浦虎妮，只是不知道该如何跟她说。他能说不久前还带浦虎妮去做人工流产吗？他怕说了会吓着她。

表姐用振奋的口气说：我已经下决心了，最晚明年一定要把你的终身大事解决了。我还没跟你说呢，我又发动了我们单位的人帮你找，我还叫他们把亲戚朋友也发动起来，人多力量大，我就不信找不到一个四角周正方方面面都特别像样的人。

他马上说:人家四角周正方方面面都特别像样的人会看得上我吗?

表姐瞪大了眼睛说:凭什么看不上你?

他小声说:咱有自知之明嘛。

表姐反问他:你哪点比别人差啦?

他说:其实我真不那么急着找。

表姐毫不含糊地说:不管你怎么想反正我把这当成头等大事,不管费多大劲儿都要替你找个满意的。

他说:你别白费劲儿了。

表姐说:那句话是怎么说的,有困难要上,没有困难创造困难也要上。说着她自己先笑了起来。

他从表姐家出来太阳还是金灿灿的,照在脊背后面暖暖的。虽然有风,但吹在脸上已经不觉得寒冷了。他在街上慢慢走着,心里懒懒的,却是暖洋洋的。

天气一天比一天暖和,春天来了,一转眼工夫春就深了。柳树芽子变成了柳树叶子,花骨朵变成了一丛丛盛开的鲜花。然后树叶子老了,鲜花谢了,到处都是绿意浓郁,不知不觉就听见蝉鸣了,夏天悄悄地就来了。

以前只要到了春天小陶就会感觉到身体里有一股股的躁动,

这个春天竟然心里一点也不闹腾。对他来说这个春天比以往的春天有点新意的是他多次在妇科门诊进进出出，一会儿陪李芸儿看怀不上孕，一会儿又陪浦虎妮看意外怀孕，这两码子事跟他都没有直接的关系，甚至也说不上有什么关系，他自己都觉得自己忙里忙外有点可笑。

浦虎妮做完人工流产之后就失踪了，再没有跟他联系。他先还很放不下她，后来也就不去想她，渐渐地对她就有点淡忘了。李芸儿倒是来得非常频繁，她要做内膜检查、输卵管造影等等，因为这些检查不能同时做，所以她隔一段就要来医院一趟。有时候不做什么检查，她也会过来看看他，就好像跑医院跑出了惯性。尤其是老公出差不在家，她来得更勤。小陶挺高兴她来，反正一个人闲着也是闲着。两个人一起做做饭，聊聊天，日子过得轻松愉快，他觉得仿佛又回到了从前谈恋爱的时候。

不过跟从前谈恋爱的时候不同的是他多少还是有点心理压力，有时候想到李芸儿已经结婚，是有夫之妇，总觉得还和她搅在一起有点不太好。他也怕她老公知道了吃醋，影响他们夫妇之间的关系。可是李芸儿好像一点也不在乎，她想来就来，比谈恋爱那会儿还主动。那会儿她出于羞涩和矜持很少主动约他，一般都是等着他去找她，现在她没这些讲究了，变得爽快得多。小陶觉得现在两个人在一起反比从前谈恋爱的时候放松和坦率，好多话从前他跟她是不能说的，一说她就可能不高兴，现在她很少有不高兴的时候，即使有些话说得重一些，直一些，她也不过笑笑而已，顶多就是当时不说话，过一会儿也就自己好了。不像从前她动不动就耍小性子，他得费劲去哄才能把她哄过来，甚至费劲哄还哄不过来。他想她结了婚真是改变了不少，又想她肯定是被逼无奈才改的，觉得她又可怜又活该。他既有点怜惜她，也有点憎恨她，但大多数时候跟她在一起还是觉得很舒服，也很快乐。

有一天下班之后李芸儿又来了，他们一起买了菜在宿舍里做晚饭。吃饭的时候李芸儿突然说：你不觉得我们就像结了婚一样吗？

小陶想说岂止是像，简直就是结了几十年的婚了。不过他没有说，他怕说出来引起误解，或者中了她的圈套，被她不恰当利用。

李芸儿嘿嘿一笑说：你倒是合适啊，也不用当真娶我，就跟我过上了小日子。

他不明白她是什么意思，是抱怨，还是纵容，还是感慨，或者是别的什么？从她的神情上他也无法判断，既看不出她高兴，也看不出她不高兴，也许她就是一句平常的话，但是他心里却有点过不去，觉得她是在奚落他，甚至是在谴责他，他的情绪突然之间一落千丈。

李芸儿发觉了，问他怎么啦，他不说话，再问，他就有点急了，说没怎么，别问了。

李芸儿也有点急了，说：我说着玩儿的，你怎么就急了呢？

他说：我没急，我急什么？

李芸儿毫不相让地接一句：你现在急有什么用？当初你干嘛去了？

她的话明显地转了意思，他本来已经很不高兴，不由得拧着眉头说：早过去了，还提它有什么意思？

李芸儿一听，沉着脸说：事情是过去了，可是你能说影响也过去了吗？可能对你是没什么，可是对我……她眼圈一红，睫毛上立刻沾满了泪花。

他心里生气，但还是情不自禁地拉住了她的手。她把头往他肩膀上一靠，抽抽搭搭地哭了起来。

她的哭声低低的，充满了委屈，让他觉得是积压了多年从内心深处发出的。他第一次意识到自己竟然欠她这么多。这场迟来的哭泣就像雷电一样把包裹着他心的某种东西劈开了，他对她再也不能无动于衷。他满怀歉意地紧紧抱住她，嘴唇贴在了她的嘴唇上。

他们亲了很久，难舍难分。跟她分手以来他没有这样亲过一个女人，更没有这样渴望和主动亲近一个女人。他已经记不清楚上一次这样发自内心地跟她亲近是什么时候了，他困惑地想这么长时间过去了，而且他们之间也早已经结束，怎么自己忽然又对她感情爆发了呢？他被自己对她这种跳过了相当一段时空突然间又对接上的情爱感动，一时间沉浸在感情的潮水之中。

他拉她在床沿上坐下，她自然地把头靠在他的颈窝里，从前他们有多少时光就是以这样的姿势消磨掉的,这是他们亲昵的经典镜头。两个人都沉默着,没有进一步的动作。

突然他们相互抱住了对方,不顾一切地亲吻起来。他们吻了很久很久,比当年恋爱时还要缠绵。小陶不清楚心里涌动的是一股失而复得的欣喜还是一时感官欢娱的激动,他感觉到了难言的冲动,对他来说也是难得的冲动。他仿佛站在一块正在塌陷的沙地上,不知不觉就陷了进去。他去解她的衣扣,她轻轻地很无力地说一句:别这样!却并不阻拦他,而是软软地向后倒在了床上,就像喝醉了一样。他也倒了下去,压在了她的身上。

两三分钟之后他们已经脱了衣服上了床,在结束恋爱关系几年之后又意乱情迷地在被窝里紧紧地拥抱在一起。他觉得有一点不真实,还有一点惶恐和不知如何收场。不过他顾不上在这时候去想太多。他抱着她,抚摸她,亲吻她,心里只有一个念头就是要跟她把事情做成,一定不能让她失望。可是他越是这样想,身体却越是不配合,他心里不由急躁起来。

她比他沉着得多,她显然没有忘记以前的经历。她耐心地和他配合,比以前主动得多。她的冷静和沉稳让他暗暗吃惊,觉得这三年她真是成熟了很多。可是她的努力并没有奏效,他进入不了战斗状态,而且心里的欲望也在逐渐衰退。有好几次他都想放弃算了,但看到她还在忙碌,他不好意思不做最后的尝试。他总算有了一点进入状态的意思,可是他忽然想到如果这一次不行他们之间可能真的就再没有下一次了,这个"最后的机会"立刻变成巨大的压力把他彻底压垮了。

他沮丧透了,而且满心的歉疚。她倒是没有一句抱怨的话,还反过来安慰他。她温柔地趴在他的怀里,像一只小猫一样。慢慢地他也平静下来,不再觉得那么不自在。

他们躺在黑暗里,好像睡着了一样。好半天李芸儿慢悠悠地说:没事的,会好的。她的声音细细的,在没有开灯的房间里飘荡着,有一种缥缈的感觉。

他沉默了一会儿说:估计就这样了。

他的声音低低的,就像重物一样,沉沉地砸在地上。

李芸儿说:不会的。

他没有吭声。

过了片刻,李芸儿轻声说:其实,其实你应该找个医生看一看。

他立刻反应强烈地说:我不看!

李芸儿用解释的口气说:找医生看看未必就是有病嘛。

他反唇相讥:没病找医生干嘛去?

李芸儿说:找医生检查一下,或者指导一下总可以吧?

他一口拒绝:我用不着。

李芸儿叹了一声说:你还那么拧,真拿你没办法。

他们静静地抱在一起,听着窗外的风声和汽车开过的声音。

李芸儿喃喃地说:好像过了一万年……

他轻轻地一笑说：那多委屈你啊！

李芸儿推了他一把说：你真讨厌！又说：没你想的那么重要。

他听明白了，但没说什么。他想的跟她不一样，却不想跟她争。

李芸儿没头没脑地说：其实，我就想要个孩子。她突然抱紧了他说：有时候我真的挺恨你的！她支起身子，眼睛在微暗的光线里闪着光，脸对脸地对他说：我说的是真话，我这么想啊，如果你当初对我好一点，我根本不在乎其他的这些，我也就不会是今天这个样子了。

他心里一震，赶紧打断她说：你现在不是挺不错的嘛。

她摇着头说：你不懂，我跟你说不清楚。

他沉默。

她两眼盯着他说：你知道我爱的是你吗？

他心里又是一震，不过并没有觉得有多少对不起她。

她放开了他，赤裸着身子靠在床头上，声音幽幽地说：你觉得我挺傻的是吧？你肯定觉得我傻，我知道我确实是挺傻的。

他也赤裸着身子靠在床头上，不过没有挨着她，离她有半个枕头的距离。

他干巴巴地说：要说我才傻呢，我比你要傻得多。

她拉住他的手问他：你也爱我吗？

他沉默。

她的手无力地松开了。

他心里乱糟糟的,他知道他已经失去了回答这个问题的时机,再说什么也是枉然。

她在黑暗里找到自己的衣服,一件一件套到身上。他看她穿衣服也立即行动起来,两个人就像比赛一样很快穿戴整齐。他知道她心中不快,但他没有安慰她,因为他不想再重复以前他们经历过的那些。他非常后悔刚才居然跟她上了床,心里一个劲儿责备自己的软弱和糊涂。

临出门的时候李芸儿忽然扑进他的怀里,紧紧地拥抱他,就像生离死别一般。他想推开她,但结果却是也紧紧地抱住了她,而且抱了很长时间。等分开的时候他的眼睛湿润了,好在没让她看见。

这个夜晚之后一连好几天小陶随时随地都会想到李芸儿,有时候并不想去想她,可是她却像个幽灵一样从他的心里冒出来。他自己给自己诊断是旧情复燃,不过还是病情初起阶段,治疗得及时和有效可能还不至于发作,不过不加以控制可能会很严重。从这天起他不再上 QQ 和 MSN,而且关掉了手机,尽最大可能切断了与李芸儿的联系。

他自己也知道这基本属于自欺欺人,如果李芸儿想找他,打电话到药房就能找到他,就是他不接电话,她跑一趟医院也是瓮中捉鳖。不过他关掉了手机之后果然她就再没有消息,不但是她,谁也没有再找过他。他才算明白其实外界并没有他想象的那样需要他,也许李芸儿也根本就没有想过要联系他。这么一想他心里又是十分失落,意识到自己不过是个可有可无的人。

每天他上班、下班,起床、睡觉,就像太阳升起落下那么有规律。他想象自己后半辈子也就是这样了,在医院里工作,在医院里生活,某一天倒下去,被送到医院的某个科室抢救,抢救无效送进医院的太平间,或者根本没人发现,直接就死了——这样平淡无奇的一辈子,让他一想就非常灰心。他心情黯淡,日子过得无滋无味。

他日渐消瘦,脸色苍白,不少同事看见他都会顺嘴问一句是不是病了,他们也许只是出于职业习惯或者只是平常的关心,但是他听了心里就会莫名其妙地感到自卑和压抑,好像自己的某个短处或者缺陷被人提起一样。

一天傍晚他在食堂吃过难以下咽的晚饭,正没精打采地走在通往门诊大楼的路上,忽然看见有个人影从眼前一晃而过——其实他周围来来往往的人不少,只是这个身影引起了他的注意。他抬脸一看,正是护士小张。

小张显然早看见他了,她在门诊大楼的侧门口站下来,扭过身子望着他笑。他的脸腾地一下红了,自己也不知道自己为什么要脸红。小张显然注意到他脸红了,一瞬间也很局促,竟然也红了脸。

两个人打过招呼之后都不知道说什么好，显得有点尴尬。他觉得要是什么也不说就这样各走各的似乎有点不妥，也有点无情无义，毕竟自己麻烦过她，而且之后还一直没有机会谢过她，可是这个时候突然跟她说声谢谢似乎也不妥。正在他踌躇之际，小张突然笑嘻嘻地说：今天怎么就你一个人？她还假装在他前后左右寻找了一番，他知道她取笑自己，忍不住笑了起来。

小张停住脚步，靠在走廊的柱子上，笑着问他：你怎么没出去约会呀？

听她的口气好像他整天忙于约会似的，他想也许在她眼里自己是一个很花的人，这样一想心里忽然感到很高兴。

他看着她，夕阳的余辉照在她身上，她的头发和衣裙在晚风中飞扬着，她就像一只落在枝头的小鸟一样活泼可爱。他发现她的头发染成了时髦的金棕色，衬得她的皮肤细腻白净，真像书里形容的粉雕玉琢。他由衷地承认大家把她说成是医院的第一美女真是名副其实，尤其是她那双乌溜溜的眼睛非常动人，好像一眼能看到别人的心里一样，他奇怪以前竟然从来没有发现她这么美丽迷人。

他故意带着一点夸张的幽怨说：我跟谁约会去啊？

小张立马扑哧笑了，说：你跟谁约会还要问别人吗？你是不是约会的对象太多了需要人家帮你拿主意啊？说完她弯着腰咯咯咯地大笑起来。

他觉得她的笑声特别清脆好听，看她大笑时捂着胸口微微弯着腰的样子他不由自主联想到《聊斋》里的狐狸精，忍不住也笑了起来。

笑过之后他一本正经地向她解释说：我没有人约会。

小张咧着嘴，做出不相信的表情，斜着眼睛望着他说：我都见到过的，你还要骗我？

她特别强调了这个"都"字，让他觉得难以解释。他认真地对她说：我没骗你，我说的是真话。

小张笑得更欢畅了，突然她收住笑说：我真高兴你跟我说的是真话！

他心里有一丝羞愧，似乎真的骗了她似的。

小张变换了一个姿势靠在柱子上，换成了浅浅的笑容，很柔媚地对他说：你要是真没有女朋友那我给你介绍一个怎么样？

他想不到她会这样说，有点发愣，不知回什么话好。小张咯咯地笑起来，一脸的得意。他知道自己又中她的招了，无奈地摇了摇头。

小张笑着追问他：要不要啊？

他只好说：好啊，先谢谢你。

小张一本正经地问他：你想要什么样儿的？

他想了想说：什么样儿的都行吧。

小张顽皮地一笑说：那我到大街上随便帮你找一个就成了？

他不置可否，随后转移了话题，问她：你在忙什么？

小张说：我能忙什么？我就是瞎忙，刚才去财务科送奖金表，现在没事了，下班了。

说到这里两个人的脚底下都移动起来，好像要各走各的。小陶虽然还想跟她再聊会儿，但觉得再这样跟她东拉西扯聊下去好像有点缠人的意思，似乎也不太礼貌，他加快了一点脚步。小张也跟着加快了一点脚步，很快她走到了走廊的尽头，他也走到了小马路的分岔处。

就在这个应该是分别的当口，小张突然问他：晚上你干嘛呢？

他及时地抓住她递过来的这根稻草说：我正不知道干嘛呢。

小张脸上露出甜美的笑容，用比刚才更加亲近的口气问他：你吃晚饭了吗？

他老实地回答说：吃过了。

说完之后立刻后悔。

果然小张说：吃过就算了，要是没吃的话我请你去对面店里吃面条。

他想说吃过也没关系，可以陪你再吃一次，不过这样的话他觉得说不出口。

他迟疑了一下问她：为什么你要请我？

说出这话之后他觉得问得太傻了。

小张却非常直爽地回答说：我愿意呗。

"愿意"两个字让他心里一热。

他说：那也应该是我请你啊。

小张立即开心地笑起来说：真的呀？那我太高兴了！

他很实在地说：当然啦，今天就可以请你。

他心里非常欣慰自己终于说了一句恰到好处的话。

小张却说：今天就算了，你都吃过饭了，光我一个人吃有什么意思？

话说到这里好像又该分别了，可是小张看他的目光水水的，绵绵的，让他有点挪不开步子。他觉得奇怪，简直就像是被她施了魔法一样。

他沉默着，心里没有主意，话也跟不上。他觉察到天色正在暗下来，心情也随之暗下来，他想这下子只能是各奔东西了，再遇到这样的机会就不知是什么时候了，或许就根本没有了。

就在这时，小张温柔地凝视着他说：你既然回去也没什么事，不如到我那里坐坐呢。

他喜出望外，立刻答应。

小张从走廊上跳下来，步履轻捷地跟他并肩走着。一路上他们没怎么说话，两个人之间的气氛好像有一点紧张。他心里更多的是喜悦，他已经很久没有感到这么愉快了。

到了小张宿舍，她掏出钥匙开门，回过脸来朝他嫣然一笑，对他说：她们都不在，一个出国进修了，一个搬男朋友那儿住了。他顿时有了一种心照不宣的感觉。她打开门，侧过身让他进去。他闻到房间里有一股淡淡的清香扑鼻而来，他站在离门不远的地方,觉得自己好像踏入了一片禁地,有一种陌生和孤独的感觉。

小张进屋之后反手关上了门,没有开灯。小陶听见门锁在身后咔嗒一声,随后就感觉到被一个热乎乎的身体紧紧地抱住了。一时间他站立不稳,被一股力量推着靠在了墙壁上。有一两秒钟他本能地想反抗,但他立刻反应过来,本能地放弃了反抗。他从来没有经历过这样的事情,一切都出乎意料,一切都新鲜刺激,他几乎不相信这是真的。但这就是真的,千真万确。她的皮肤温暖地贴着他,她的发丝软软地扫着他,她在他怀里急遽地喘气,让他热血奔涌,心跳加速。本来他并没有渴望,忽然就有了渴望。他抱紧了她,跌跌撞撞地向前走了几步,他心中模糊的目标是一张床,借着昏暗的光线,他看见眼前有两张窄窄的双层小床,一张铺着红格子床单,另一张铺着蓝格子床单,都收拾得整整齐齐清清爽爽。他不知道应该往哪张床走,加上心头慌乱和两个人抱在一起的不灵活,一下子撞到了房间中间的一张桌子上,只听"哗啦"一声,不知什么东西从桌上掉了下去,而且还不止一样东西掉了下去,有的还滚得很远。他吓得低头去看,有一种闯了祸的感觉。可是小张一把拉住他,急急地说:别管它们!她湿热的嘴唇贴在了他的嘴唇上。

他们一起倒在了小床上。事后他居然不记得是倒在红格子床单的那张床上还是蓝格子床单的那张床上,但他清清楚楚地记得是她先扑倒了他。他还记得她脱衣服的速度惊人,三把两把就把自己脱光了。在暗淡的光线里他发现她的身材奇好,她性感的样子对他十分诱惑。他来不及多想，飞快脱光了衣服，和她搂抱在一起。

他竟然顺利地进入了她的身体，连他自己都非常惊讶。在这之前他不记得有哪一次像这次这么顺利。她潮湿，柔软，让他想起水里的动物，他觉得她就是美人鱼，或者就是海妖。她在他的身体下面发出低低的呻吟，渐渐地声音高了起来，就像一种旋律一样。他害怕被别人听见，用手去捂她的嘴。她抓住他的手指含在嘴里，身体快速地扭动起来。一股强烈的感觉带着冲击波在那个瞬间击毁了他，她的呻吟也顿时变成了喊叫。

做完之后他发现事情竟然如此简单。他从来没有做得这么顺手过，除了这一次之外每次他都相当艰难，好像是去完成一项艰巨的任务，而且常常还完成不了那项任务。在女人面前他几乎丧失了自信，没想到小张让他意外地找回了自信。他奇怪在她面前自己没有一丝一毫的心理障碍。除了时间略微短促了一点，完全说得上是一次成功的性交。即使时间不够持久，在他的性爱历史上也已经算是最高纪录了。

他想起她没有叫他用避孕套，有点担心地问她会不会有事，她笑着摇摇头，告诉他是安全期。他放下心来，人也松弛了下来。

他们静静地躺在黑暗里，她趴在他的怀里，就像一只温存的小猫，不时伸出舌头轻轻地舔一舔他的脸。躺了一会儿他准备起来穿上衣服，却被她坚决地阻止了。她在他耳边说：今晚你别走！她不像是跟他商量，完全是替他做主的口气。他没有

发 烧

拒绝,决定豁出去这回算了。

半夜时分他们又做了一次,确切地说是在她的要求下又做了一次。这一次还是很顺利,持续的时间也比前一次长了一些。她比第一次更加热情奔放,也更加放得开,在他射精的时候她也达到了高潮。

他在凌晨时分趁着天色还黑离开了她的宿舍,他怕天亮了让人撞见。他抄近路穿过门诊大楼和后面的行政楼回到自己宿舍,衣服没脱就倒在了床上。他睡得十分香甜,醒来的时候已经过了上班的钟点。

整整一天他人都是晕的,稍一走神他就会想起夜里那种销魂蚀骨的缠绵,几天之后那种恍惚的感觉才慢慢退去。经历了那个夜晚,他有一种脱胎换骨的感觉,心里充满了一种难言的幸福和喜悦。但是同时他也像染病一样染上了相思,他一次次地想着小张,她那俏丽的笑脸,她那亮晶晶的眼睛,她的长长的头发,她身上那种好闻的牛奶般的香味儿,还有她那不知是不是做出来的娇羞和单纯的模样,他觉得她实在是太可爱了。他回想得最多的还是跟她做爱的过程,从开始到结束,就像一部电影在脑子里反复播放。他觉得那种感觉实在是太美妙了,他回想的时候会感觉到有一股股的电流在身体里穿梭流动,让他心里春潮汹涌。

他感到奇怪和不解的是怎么会和小张发生得这么突然。她比他晚到医院，她一到医院他跟她就认识了，不过就是普普通通的同事关系，平常见面也就是点个头，不见面连想都想不起她。这次因为带李芸儿和浦虎妮去看病才跟她接触稍多一点，而且也都在正常的工作范畴，除了跟她多说了几句话，甚至连眉目传情也说不上，况且每次他身边还有别的女人，他不知道她因为什么看上他的。更让他感到奇怪的是他跟女人几乎都不行，为什么偏偏跟她就行？他跟李芸儿谈了三四年恋爱，真正做成也没几回，此外都是以失败告终，在他们交往的后期他们甚至都很少尝试。和浦虎妮他也不行，虽然她长得性感，而且热情奔放。还有，他一直认为发生这样的事情是需要感情基础的，可是跟小张也谈不上有什么感情基础，所以他越想越觉得困惑，也越想越觉得这事儿离谱。

　　那个夜晚之后他在医院再碰到小张，她一副镇定自若的模样，笑眯眯地跟他打招呼，就像什么也没有发生过一样。她看他的眼光很正，没有一丝一毫的暧昧，也看不出有一丝一毫的依恋，当然她也绝口不提他们之间发生过的事情，连一点点的暗示都没有，这让他心里十分失落，不过也觉得这样挺好，至少是很轻松。

　　和小张有过这一夜之后他觉得自己最明显的变化是对李芸儿的相思不治而愈，他不再想她，也不再想别的女人，除了偶尔想想小张（这个频率也在逐步放慢）之外，可以说是心如止水。此外，他对自己也不再像从前那样不自信。他觉得小张很像是某种药,不但疗效不错,而且没有使他形成依赖。他不知道跟小张的这个关系怎么定义,算不算爱情?算不算友谊?或者仅仅只是性——就是时下流行的一夜情吧?他不知道是不是应该去追求她,他也不知道有过这样的事情之后他和她的可能性是更大了还是更小了。他暗中留意小张,那一夜之后,她对他也并没有任何的特殊之处。她看见他还是笑嘻嘻的,还是会跟他开几句玩笑,但他发现她所有的玩笑都是有分寸的,而且没有给他幻想的意思。他多少还是有点心有不甘,似乎觉得事情不该就这样戛然而止。

某一天,在食堂买饭时他遇到了小张,他认为那一次让他真正清楚了自己在她心里的位置。那天他排在小张的后面,跟她隔着四五个人,他很高兴有这样一个在她后面可以细细观看她的机会。他看见小张安安静静地站在队列里,跟着大家的节奏慢慢地向前挪动。虽然是排队买饭这样平常到不能再平常的事,她也显得那么好看。他正这么想着,旁边队伍里有人对小张说话,紧接着另一边队伍里也有人跟她说话,他认得他们都是医院里年轻的医生,而且无一例外都是男性。他心想小张还这么受欢迎啊。很快小张排到了窗口,她递上饭卡,可是窗口里面一个声音说卡上的钱不够了。他本能的反应就是把自己的饭卡递过去。因为隔着几个人,他的这个动作慢了一两秒。小张已经走出队伍,向排在另一队里的一个人借饭卡。他从后面看她脸上挂着甜美的笑容,听她说话的声音就像掺了蜜一样。他这才留心她借饭卡的那个人,是放射科的一个他叫不出名字的医生。那人长得非常英俊，平常在医院里走过从来没有一句话，年纪不大，却十分清高自负。让他无比惊讶的是这个人居然没有把饭卡借给小张，就好像没听见她的请求一样。刹那间他觉得比小张本人还要尴尬，也替那个不肯借饭卡的人汗颜。他赶紧大跨一步，轻轻地拍了拍小张，把自己的饭卡塞进了她的手里。他以为马上就能从她脸上看到跟刚才一样甜美的笑容，甚至比刚才更加甜美的笑容——他觉得借饭卡给她还在其次，替她解围才最是火候上的事儿。可是他没想到的是小张确实是给了他一个笑容，但远没有刚才给别人的明媚灿烂，而且他觉得她只是给了他一个普通的笑容，用"平淡无奇"形容丝毫不过分。他心里顿时凉了半截。他不由暗自计较：就是没有饭卡，她看见我也不该是这样的反应。可是事实就是如此。他也知道这样的计较是没有意义的。这么一件小事让他知道了小张心里没有他，当然对他也没有别的意思。他的确有几分失落，不过很快就过去了。冷静下来他想想就是小张对他有意他也未必会追她，因为他觉得她不是他想找的那个人。

但是他想找什么样的人他自己却并不知道，也似乎并不想知道，至少是不急于知道。每天他过着平平静静也可以说是浑浑噩噩的日子，上班下班，吃饭睡觉，连医院的大门都很少出，完全没有那种称得上是"私生活"的生活。

不过他却不想改变。他知道改变其实也不困难，比如让人帮着介绍一个女朋友，情况马上就会不一样，至少就能忙乱起来。

他已经经历过好多次了，就像站在一条不太长的胡同口往里张望一样，大致的情形他都清楚。他自问那样的忙又有什么意义呢？他想着就觉得提不起兴趣。有时候他觉得自己跟别人，尤其是女人，好像隔着一层，他总是很难跟人走近，更难跟人亲近。他不知道这算不算是病，如果算病，他也不知道哪家医院能治。

有时候夜里睡不着觉，他偶尔反思自己，发现自己对生活的幻想越来越少，几乎到了没有幻想的地步。刚从护校毕业那会儿他还会想几年以后自己可能会怎样怎样，现在几年已经过去，以前想象的东西有的实现了（比如有一份稳定的工作），而大部分却没有实现（比如买一套房子，挣很多钱，事业很好，多交几个朋友，有女朋友等等）。他发现自己变得越来越现实了，而且吃得再差也不挑剔。他认为像自己这样本分的人对吃都不挑剔了那对生活的要求就已经是相当相当低了。一想到这他就非常灰心，好在他睡不着觉的时候很少。

对于女人他也是想得越来越少，有一天他忽然意识到这一点把自己吓了一跳。到了这个岁数他自己都觉得应该找一个女人结婚成家，可是当真要这么做，他又感到心里没底，也怀疑是不是真的有这个必要。他问自己碰到什么样的女人才会下决心结婚，可是他自己也给不了自己答案。在某一个夜深人静的时刻，他静下心来认认真真地思考这个问题，他终于模模糊糊地勾勒出心目中一个理想的女人形象：纤细的身材，小小的鹅蛋脸，脸色苍白干净，眼睛特别清澈明亮，望她一眼能让他心醉，她应该就像一朵娇弱的水莲花那样动人——但是，这样娇弱的水莲花究竟在哪里呢？还有，就是真的找到了这样一朵娇弱的水莲花就一定适合吗？所以这个刚刚形成的幻景在他第二天醒来时就灰飞烟灭了。

虽然小陶自己的生活很沉寂，他周边的生活却是热热闹闹的。他接触得最多的两个女人——谢红和方芳每天都好像过得兴高采烈，她们忙忙碌碌，唠唠叨叨，手不停，嘴不停，很少有安静下来的时候，让他既心烦又羡慕。

最近一段这两个女人的关系似乎又变得亲密起来，两个人常常凑在一起说私房话。他对她们亲近也好疏远也好早已经习惯，所以很无所谓，也不特别留意。他经常一边配药一边听她们两个扯闲篇儿，她们的话题海阔天空，但说来说去就是些男男女女和鸡毛蒜皮。

有一天谢红和方芳又在一起闲聊，谢红笑着说：我刚听一好玩儿的事，我们一个街坊，老爹要过八十大寿，兄弟姐妹几个想孝敬他，凑一块儿一商量，说要给老爷子找个小姐。都说苦了一辈子了，老太太也不在了，也该放开来乐一乐了。

方芳哈哈大笑，插嘴说：这些当儿女的也不怕把他们老子玩儿死？

谢红拖着长腔说：玩儿死了不正好嘛，替他养老都省啦。

方芳笑着说：真够狠的。

小陶在一边听不下去了，说她们：真不像话。

她们说：是不像话！

他说：我是说你们呢。

两个女的放声大笑。

方芳说：那我再给你们说个近的吧，还是我们家的事。前年我舅妈走了，我舅舅手上有几个钱，又找了个老太太。这个老太太比他年轻十好几岁，把他侍候得相当不错。前些日子两个人忽然闹起来，还说要离婚。啥事情呢？他们住的房子是我舅舅的，老爷子说要立遗嘱，死后要把这套房子留给自己儿子，老太太立马不干了，问他：那你死了要我还没死我住哪儿呢？老爷子说：你该住哪儿住哪儿，你有儿有女，你不住这里还能住大街上？老太太说：我都跟你结婚了，你就不管我？老爷子说：我都死了哪儿还管得了你？老太太听他这么说就跟他吵得天翻地覆，还威胁他也别等死了，趁活着赶紧离婚算了。我舅舅是个倔老头儿，以前当过兵，火爆脾气一上来就答应了。他说离就离，谁离了谁还不过啦？两个人较上劲了，一起去找律师。律师问他们为什么要离婚，老头儿老太太异口同声说感情破裂，律师问他们是不是已经分居了，老头儿老太太说没有，不过钱是分开的，从来就没有合到一块儿过，吃也是分开的，老太太是南方人，老头儿是北方人，又有糖尿病，两人从来吃不到一块儿，就是睡觉还在一块儿睡。律师说这不成啊，您二位一床睡着,说感情破裂,法律上没法办啊。这不,老太太就搬回她女儿家住了,扔下老头子一个人不管了。本来老头儿娶了老太太之后就没儿女们什么事了,全是老太太照顾他,现在好了,儿女们又忙乎上了。我的表哥表姐直跟我抱怨。昨天我还去看了看我舅舅,老爷子穿的衬衣领子乌黑的,气色也不好,一点没有平常红光满面的样子。他见了我愁眉苦脸地对我直叹气。我看着他心里真是挺难受的,可是我也只能看着,他有儿有女轮不着我管他,再说就是让我管我又怎么管他呢?

谢红说:你们这老爷子也是想不开,这会儿去操心房子的事干嘛呢?这不还活着吗?活一天高兴一天多好哇!

方芳说:可不是我也这么说,把眼前的日子过好多好,可他不是放不下自己的儿子吗?生怕自己死了那点财产落不到儿子手里。他要是我亲爹我就劝他了。

谢红说:他要是你亲爹你就更不能劝他了,说不定别人还以为你打什么主意呢。

方芳点头说:你说得太对了,所以就是在家里好人也是做不得的。

她们一唱一和,聊得十分投机。

小陶在旁边说:世道人心到了你们嘴里就没一点好了。

两个女人马上炸了,转过头来攻击他。

一个说:本来嘛!我们说的都是真人真事,比报纸还说真话呢。

另一个说：他太嫩了，咱们说的他不懂，回头别再吓着他。

然后她们就像遇到知音一般开怀大笑。

这一天到了下班时间谢红还磨磨蹭蹭没走，方芳叫了她几次，她嘴上答应着却没有行动，方芳就先走了。

方芳一走她马上一脸神秘地问小陶：你看出来了吗？

他不明白她说什么，一脸的茫然。

谢红抿着嘴角笑着说：咱们这儿有故事发生啦！你就真一点没看出来？

他摇头。

她笑话他说：医院里人人都知道，就你不知道。人家说了，这种事情最后知道的人是老公，看来最后知道的两个人当中有一个就是你。

他困惑地问她：你说什么事？

谢红一脸讥讽地说：好事。

他又问她：你说谁啊？

谢红说：还能是谁？她呗！

她朝方芳的办公桌努了努嘴，他有点意外，带点迟顿地问她：她怎么啦？

她凑近他说：她跟老松搞上啦。

他差点脱口问她"哪个老松"，但医院里就只有那么一个老松，自然是非那个老松莫属了。

他马上说：不会吧？

谢红嘿嘿地笑着说：你凭什么说不会？你没听电视里整天说"没有什么是不可能的"，这种事情我跟你说是谁也不能给谁打保票的。你没看出她这些天整天精神头十足，气色那么好，走路都哼着歌，一看就是有外遇了嘛。

他没想到有外遇是这样来判断的。他不紧不慢地说：你不也整天精神头十足，气色那么好，走路都哼着歌，那你也有外遇啦？

谢红一挥手，不耐烦地说：你别打岔，我跟你说正经话呢。

他说：没有凭据的话也能算正经话？

谢红冷笑一声说：难道还非得捉奸在床啊？

他没再说什么，谢红看他有点心不在焉，用胳膊肘碰了碰他说：告诉你吧，前天还真让我撞上了。

他马上竖起耳朵听，他的好奇心被激发了起来，虽然觉得背后谈论同事的隐私不好，但还是很想知道。

可是谢红却收住话头不说了，存心吊他胃口似的，还故意问他：我们这样在背后说人家不好吧？

他听了很不快，不想理她。

谢红终于还是没忍住，说：算了，我还是告诉你吧。

她绘声绘色地说前天早晨她一上班就看见方芳和老松在药品柜后面鬼鬼祟祟的，见了她赶紧出来了，两个人神情都不怎么正常。

她说：我没进门的时候他们指不定在做什么呢。

他却说：他们也不见得就真有什么事，也许就是说说话吧。

谢红说：说说话哪儿不能说，非要跑药品柜后面去说？一男一女凑一块儿，能有什么好事情？

他打断她说：我们也是一男一女凑一块儿，下了班还不回家，要拿你的话说那也没什么好事情啦？

谢红嗤地一笑说：有你这么往自个儿身上瞎扯的吗？

他说：我这是以子之矛攻子之盾。

谢红打了他一下说：我最烦这种古里古气的话了，听着累。她突然换了干脆的口气说：我跟你说吧，他们俩真的就是那么回事，我不骗你，我问过方芳，她都跟我承认了，你就等着看好戏吧。

小陶还是不太相信，他知道方芳的老公是一所重点中学的数学老师，他见过他，戴副眼镜，很有文化的样子，对人也是彬彬有礼，客客气气的，他对他的印象相当不错。老松是医院的电工，因为后勤人手少，他同时还兼着管道工和仓库保管员。在他看来无论怎么说老松都比不上方芳的老公，首先社会层次就不一样，用时髦的话说他们一个是白领，一个是蓝领，他觉得女的一般都是喜欢有本事有出息的男人，这两个男人的高下自然是一目了然的。方芳虽然头脑比较简单，但也不至于简单到连这都分不清。他想不管怎么说一个女人喜欢一个男人总是要有点理由的吧，他想不出方芳放着一个知识分子的老公转头去跟一个整天穿一身灰扑扑油腻腻的工作服的修理工闹婚外情究竟图的是什么，所以他对谢红的话半信半疑。

不过听了谢红的八卦之后他暗中还是留意起了方芳，想看她是否真的有什么异样的地方。方芳基本上跟以前还是一个样儿，整天嘻嘻哈哈，没心没肺，丢三落四，关照她什么事撂爪就忘，有时候又耍小心眼，听两句不相干的话自己生半天闷气，要不就是得理不饶人，占理不占理都要挠上几爪，厉害起来也不是好惹的。他冷眼看她，发现她就像一个长不大的孩子，长相一般不说，身上也没有什么女人味儿，他不知道这样一个人老松又看上她什么。

但是几天之后他就基本证实了方芳和老松确实是在搞婚外恋。那天中午他去水房打开水亲眼目睹方芳进了后勤处的办公室，她那种熟门熟路的样子一看就是常来常往的。她进去之后门就关上了，他想从窗口往里看，结果发现窗户上的窗帘居然已经放下了，虽然皱皱巴巴的好像只是随随便便搭在那里，顶端还斜斜地留着很大的一条缝，但实际上外面却什么也看不见，所以看似随意显然并不是随意的。他脑子里的福尔摩斯神经马上嘣嘣嘣地跳动起来，他猜那扇门极有可能是插上的，自己只要去推一下，就能八九不离十地判断这对男女的关系了。不过他并没有走过去推那扇门，他对自己说他们就是真做什么跟他又有什么关系。他忍住好奇心，正要走开，突然听见屋里传出一阵家具撞击墙壁的声音，随后是东西落地的哗啦啦的声音，他一下子联想到那天晚上自己和护士小张的事情，心跳顿时加速，立刻飞快地逃离了现场。

下午上班的时候方芳准时出现在药房，连一分钟都没有迟到。她除了脸色比平常红润一些看上去一切正常。到快下班时她又跟往常一样提前离开去接小孩儿，临出门前还给老公打了一个电话，声音温柔地详细交代他买什么荤菜买什么蔬菜，甚至连买小葱料酒都没有忘记布置。小陶坐在自己办公桌后面听得都傻了，想不到一个女人竟然如此从容镇定，他心里反倒是翻江倒海五味杂陈。

　　方芳走了之后药房就剩下他和谢红，又到了他们的悄悄话时间。可是他却不好意思把中午的发现说给她听。他觉得那就像是自己的隐私一样，想起来都会脸红。而且他一想起有这么件事就觉得心口堵堵的，总觉得方芳好像处在一种危险之中，具体是什么危险他又说不清楚。

　　谢红收拾完东西磨磨蹭蹭还不走，她走近他，带着耻笑的表情说：看出来了吗？今天中午又没闲着。

　　小陶不接她的话茬儿，故意装作没听懂。

　　谢红忽然变了脸色，带点义愤地说：美吧，美吧，总有一天要出事的。

　　小陶吓了一跳，觉得她跟自己居然英雄所见略同。

　　他说她：我看你好像在等着看笑话。

　　谢红提高了声音说：我哪儿是等着看笑话，我是替她着急！

　　他问她：你着个什么急？

　　谢红想了想说：我也不知道，反正我心口惴惴的，替她觉得不踏实。

小陶听她这么说，觉得她对朝夕相处的姐们儿不管怎么说还是有真心的，忍不住问她：你说她到底看上老松什么呢？

谢红嘿嘿一笑，反问他说：你说呢？

小陶说：我真不知道。

谢红用过来人的口气说：那我告诉你，就是图个新鲜劲儿呗。

小陶不解地说：是不是就像家里的饭菜吃腻了要到外面去换换口味？

谢红皱起鼻子笑着，尖酸地说：你说得真难听。

小陶困惑地说：如果真像你说的这样，那女人也太靠不住了。

谢红听了哈哈大笑，说：现在这社会还谈什么靠得住靠不住。男人泡小蜜包二奶找小姐，一会儿一出，你说男人靠得住吗？男人靠不住，凭什么要女人靠得住？

小陶还是一脸不解地说：那男女还结婚干吗呢？

谢红拿出讲道理的架势说：这是两码事，饭里有沙子你不能不吃饭吧？

小陶点头说：这倒也是。

谢红说：也不是结婚的人都闹婚外情，比如我就啥事没有。

说着她重重地呼出一口气，似乎满腹的委屈。简医生的影子立刻从小陶的脑海里飘过，不过他什么也没有说。

谢红转移了话题，她用一种大姐的口气说：咱们别光说别人，你自己的事怎么样了？

小陶摇头说：不怎么样，没戏。

谢红笑着说：什么叫没戏呢？跟你说正经话，你可得抓紧，这事情自己不上心别人再使劲也没有用。

小陶尴尬地笑笑说：我跟女人好像没缘。

谢红夸张地拉长了声音说：不会吧，你跟女人没缘，难道你跟男人有缘？

小陶笑说：我也没那么说！

谢红说：我看你还是挺讨女人喜欢的嘛，你那个前情儿李芸儿不是结了婚还恋着你呢吗？还有那个性感大姐不也总来找你，这两个是明面上的，肯定还有暗地里我不知道的，我也不问你，怎么能说你跟女人没缘呢？

小陶不知道该怎么向她解释，只好说：反正我这个人挺困难的。

谢红不以为然地说：谁说的？我是觉得你眼光有点高，你要是肯放低点标准恐怕十次婚都结了。

小陶说：不是这么回事。

谢红说：反正我没觉得你困难，其实你也可以在咱们医院里找找，有几个小护士又年轻又漂亮而且还挺能干的，比如妇科的小张，外科的小江，内科的小陈，还有化验的小叶，你看上谁跟我说一声，我帮你说去。

小陶听她提到小张，脸不由自主就红了。他悄悄瞟了她一眼，好在她没有注意。他想把话岔开，便说：人家又年轻又漂亮又能干，怎么会看得上我？

谢红一本正经地说：虽说现在女孩子喜欢找有钱人和成功人士，但是哪儿来那么多的有钱人和成功人士？要我说你在年轻人当中就算条件相当不错的，至少人长得周正，也没有不良嗜好，你应该是不难找的。

他听了不住地摇头。

谢红十分自信地说：我不会看错的，不说眼光落下去有十成把握，我看人从来是八九不离十的。要不你这事儿包我身上怎么样？

谢红大包大揽的热情让他害怕，他把头摇得幅度更大了。

谢红笑着说他：你真跟我见外，有时候你这个人就是有点怪怪的。她望着他，好像生怕他听了会不高兴。看他没有不高兴的意思，她接着说：我这个人嘛就是喜欢替别人张罗事儿，还有就是看着别人有事儿兴奋。

他嘿地一笑说：我瞧出来了。

谢红说：你别笑，其实你也一样。

他反问她：是吗？

她龇着牙一笑说：你自己还没觉得？知道是为什么吗？因为咱们都空虚无聊。

他不由得一愣，觉得谢红说得还真一针见血。他忽然来了谈兴，想跟她好好聊聊，就在这时电话铃突然响了，是她老公来电话催她回家做饭。谢红一边嘀嘀咕咕地抱怨着，一边飞快地穿上外衣拎起包回家了。

没过几天，谢红悄悄告诉他方芳怀孕了，她异常兴奋，两眼放光，就像中了彩票一样激动。

她对他说：这下她彻底完蛋了！

小陶听了心一沉，反问她：为什么这么说？

谢红望着他说：你是真不明白还是假装不明白啊？

随即她把谜底告诉了他：这事是她跟老松出的。她自己亲口对我说的，前半月她老公出差了，后半月他们吵嘴了，整整一个月两口子谁都没碰过谁。

她扬扬得意地说：我怎么说的，早晚要玩儿出事情的吧，这下看她怎么收拾。

小陶不由得叹了一口气。

谢红问他：你叹个什么气？她嘻嘻地笑着跟他开玩笑说：又不是跟你出的事。

小陶说：我是替她发愁。

谢红收了笑说：我也替她发愁呢，她问我怎么办，我哪儿知道怎么办？我可从来没有遇到过这种事情，我也没有经验啊。

她望着小陶，做出一副很纯真的表情。小陶觉得她做作得有点过头。他想着方芳的事，皱起眉头，一副一筹莫展的样子。

谢红收起了纯真的模样，恢复了她平常的干练爽利。她说：

我虽然没有遇到过这种事情,不过我想其实也没什么大不了的,咱们不是守着医院吗,找个医生悄悄做了不就结了。

小陶说:那也瞒不过她老公吧?

谢红说:瞒得过瞒不过都得瞒,难道让她跟老公坦白交代啊?

小陶忧心忡忡地说:是件难办的事儿。

谢红用一种果决的口气说:说难办也难办,说不难办也不难办。要我说出了这种事只有扛过去。不过她跟我不一样,她是个没主意的人,她跟我说发现怀孕之后还去找过老松,你知道怎么着——老松跟着她一块儿掉眼泪,也是一个没主意的人。不是我在背后说她,她真是没脑子,你想想但凡有点头脑的人怎么会跟个维修工呢?这事一出她整个儿蒙了,跟我说她想死的心都有了,还不如死了干净呢。吓得我赶紧劝她想开点,孩子还小呢。她一听眼泪就掉下来了,哭得稀里哗啦的,我看得心里都难过。

小陶听得心里也是一阵难过,说:她可真傻!

谢红说:是啊,我知道她傻,不知道她这么傻!

小陶叹着气说:你说她到底看上老松什么了?

谢红说:我还真问过她,她说老松对她特别好,把她当个宝贝。

小陶觉得她这个回答不靠谱,不以为然地笑了笑。

谢红说:你不要笑,她就是这么说的。我倒觉得她说的是真话，女人就是这样的，最架不住男人对她好了。

小陶感慨地说：女人真是挺傻的。

谢红说：是啊，女人要是爱上谁那是傻得不能再傻了。

小陶说：这下她可怎么办？

谢红呵呵笑着说：要我说兵来将挡，水来土掩，她再傻再笨活人也不会让尿憋死的，用不着你在这儿替她咸吃萝卜淡操心。

小陶仍是叹气。他没想到第二天方芳就来向他讨主意了。

这天下了班之后轮到方芳磨磨蹭蹭不走，谢红就先走了。谢红刚走，方芳就提了暖壶往小陶茶杯里续开水，小陶明白她肯定是有话要跟他说。果然，方芳扑闪着两只大眼睛望着他，好像在想怎么跟他说一样。小陶心里的同情陡然升了起来，等着她开口。

方芳端起杯子喝了口水，问他：这个月的奖金怎么还没发呀？

小陶没想到她说的是这个，迟疑了一下，向她解释说：听说会计出差了，这个月的奖金要晚几天发。又说：你要是等钱用我可以借给你。

方芳立刻摇头说：我不是这个意思，我是想等发了奖金去买衣服呢。

小陶心说真是个没心没肺的女人。

方芳突然变了忧郁的口气说：其实我哪有什么心情买衣服

啊，我跟你说吧，我郁闷得都快要死了。

小陶知道她要切入正题了，停下了手上的事情。

方芳走过来靠在他的办公桌边上，问他：谢红告诉你了吗？

他不知该如何回答，谢红的确是告诉他了，但他要是这么说又好像把谢红给卖了，便装糊涂说：你说什么？

方芳一点不拐弯儿地说：我怀孕了。

小陶做出他一贯的迟顿，回答说：噢。

方芳两眼望着他说：怎么跟你说呢，我怀的是老松的孩子。

虽然他事先已经知道，但是她这么直言不讳地说出来还是让他心里很震惊。他的心情非常复杂，一方面替她担忧，也替她觉得不值当，另一方面又觉得女人实在是让人害怕。他莫名其妙地受到了打击，模模糊糊地觉得方芳就像是一个向他忏悔的老婆，而他自己就好像是那个倒霉的老公。他的同情心和道德感尖锐地对立起来，觉得方芳既可怜又可恨。

方芳坐在他对面，绞着手指，一副悔恨交加的样子。

他忍不住说她：你怎么做出这样的事情？

她沉默了片刻，小声说：你别说我了，我都恨死自己了。突然她抬起头说：要是不出这样的事情，我也没觉得有什么，真的，也许你觉得我这个人很坏，但我真的就是这么想的。其实老松是个挺好的人，他对我真的是非常非常好。

她脸上的乌云迅速散开，说话的声音也变得温柔，一副沐浴在春风里的样子。

他觉得不可思议,她说变就变,他都不知道怎么说她好。她的变化让他惊讶之外也让他心情更加复杂,他忽然好像有一点明白了男女之事那种暗中的力量,联想到自己,心里仿佛突然有了一个空洞。

方芳完全沉浸在自己的情绪里,她一口气说了老松的许多好,一点没有避讳的意思。小陶听来也就是一些天冷了发短信叫她多加一件衣服,天要下雨了让她带上雨伞,从他那里离开的时候他会问她坐车身上有没有零钱之类的普普通通的小事,没有任何特别之处。但是听她说出来好像都是些感天动地的事儿,他想女人其实真是好骗,她们一爱上男人智商就很低。

说了老松不少的好之后,方芳的话题转到了自己老公身上,和她说老松正好相反,她说的都是他的不好。她说老公的不好在小陶看来也是平平常常的事情,比如花钱小气,不帮她做家务,不关心她,对她发脾气,还有就是对孩子不耐烦,甚至还动手打孩子等等。在小陶印象中大多数男人好像都是这样的,在他看来这些放在男人身上不过都是些小缺点,所以他没法跟她同仇敌忾。他甚至想,要是有一天自己结婚做了老公,老婆说不定也会在背后这么评价他的。所以他心里很不以为然,嘴上回应得也很平淡。

方芳却一点不减诉说的热情,也许正因为看他有点心不在焉,她就更想吸引住他的注意力。她说:老松真的是个特别好的男人……说了这一句之后她欲言又止,脸腾地就红了,十分害羞的样子。

小陶立刻明白了她显然是说老松是那方面特别好的男人，他觉得这种话跟一个男同事说真是不得体，完全是缺心眼的表现。他尽量不露出讥刺和嘲弄，但还是忍不住故意说了一句：我看他就是很普通的一个人嘛。

方芳突然变得张口结舌，想解释什么又不知该怎么说。小陶觉得她很可笑，也为看了她笑话心里有点恶毒的快意。突然方芳冒出一句：老松特别疼我！小陶觉得她真是有点口不择言，生怕她急了再说得更加直白。他不经意间看了她一眼，她竟然两只眼睛里满含着泪花，他的心一下子软了。

方芳情绪激动地说：我从小就没有妈，我四岁的时候我妈就生病死了，那会儿我刚刚记事，我最羡慕的就是有人疼的人了，也最看不得别人有人疼——这话我从来不好意思说出口，不过我心里真是这么想的。我跟老松好以前从来没有人疼我，在我老公之前我交过两个男朋友，他们都不疼我，我就是因为这个才跟他们分开的，我老公也不疼我，我找来找去就没找着过疼我的人。真的，只有老松疼我，他比谁都疼我！

听了她这几句话，小陶的心情彻底变了，老松在他心里立马高大起来，成了一个熠熠生辉的慈母形象，他甚至觉得方芳跟他偷情的事也变得好接受了。而且他似乎还有一点嫉妒方芳，模模糊糊地感到她得到了他也渴望的某种东西，不过一时他并不清楚那究竟是什么。

方芳还在说：如果没有跟他好，我根本不知道男人跟女人之间的感情是怎么一回事。干脆跟你说到底吧，如果没有他，我也不知道男人跟女人之间到底是怎么一回事。

他认真地听着，觉得她说的这几句话很有分量，之前真是把她看简单了。

方芳继续说：跟你说真心话，其实一开始我也没有看上他，我觉得他是一个粗人，我估计我们医院里绝大部分人都这么看的。但是我跟他接触之后——不，是他主动跟我接触之后我发现不是这样的，他是一个非常善良的人，特别讲感情，也特别有真心，而且还特别能干，什么事他都替你想到，你自己想不到的他都替你想到。我从来没有见过一个男人这么心细，也从来没有见过一个男人对女人这么好，我真的是觉得自己越来越离不开他了。

她停下诉说，凝望着他，问他：你是不是觉得我挺傻的？

小陶想了想说：我确实这么想过，不过现在不这么想了。

方芳说：其实我是挺傻的，这我自己知道。但是有人能让我傻，我还是挺高兴的。不光是高兴，我觉得挺幸福的。我这么想，要是做女人一辈子没傻过，那多冤啊！

说着她呵呵呵地傻笑起来，又是一副没心没肺的傻丫头样子。

小陶说：没想到你这么幸福，但是这个幸福的代价也不小。

方芳立刻呼应他说：你说得太对了！我现在就痛苦得要死，我不知道自己该怎么办，我已经连着好几夜睡不着觉了，脑袋是晕的,走路都打飘,我真的快顶不住了。你快帮我出出主意吧。

她热切地望着他,好像抓住了一根救命稻草。

小陶立刻感受到了被信赖和被依靠,心里有一股仗义的冲动,想都没想就点了头。

方芳坐直了身子,提了一口气说:我想跟我老公离婚,然后把孩子生下来。

小陶听了大惊,说:你疯啦?

方芳苦笑一下说:我也觉得我是疯了,不过我真的就想这么做。老松是独子,他老婆不能生育,他已经快五十了,如果我不替他把这个孩子生下来,估计他这辈子就没有后代了。所以我想来想去还是想把孩子生下来。

他听了真不知道该说什么好,方芳的忘我很感染他,不过他不像她那样头脑发热。

他问她:你准备跟你老公离婚,嫁给一个农村来的临时工?

方芳反问:那有什么?

他说:那你女儿怎么办?

方芳说:我带着。

他说:恐怕没有你想的那么简单。单说一条,你愿意让你女儿变成一个农村女孩儿?

方芳立刻泄了气,长叹了一声,说:如果离婚我想他肯定不会把女儿给我的,这一仗可有得好打了,我想着都害怕。

他说:所以说你还是好好想想再说。

方芳点点头说：谢谢你，跟你说说我心里至少畅快多了。

她露出小虎牙朝他笑了笑，很孩子气的样子。

方芳走了之后他没有马上走，他一个人在药房坐着，他觉得药房里无比安静，自己好像坐在一个密闭的容器里。他回味着刚才跟方芳说的那些话，心里的同情在一分一分地增加，他觉得好像一下子跟她近了许多。

第二天下午快到下班时间，谢红叫方芳一起走，方芳还是磨磨蹭蹭的，谢红盯了她两眼，一副看明白什么的样子，嘴角浮起一个浅浅的笑容，拿了包先走了。

谢红一走方芳马上走过来开门见山地告诉小陶她决定"做掉"，中午已经和老松商量过了。说着她的眼圈红了，她想忍住眼泪，但泪水还是涌了出来。小陶赶紧拿了纸巾递给她，她接过去捂在眼睛上，纸巾马上就湿了。他又抽出几张递给她，无意中碰到了她的手指，她的手指凉凉的，因为沾了泪水湿湿的，他很为她难过。他想安慰她，却说不出安慰的话来。她透过泪水看着他，眼神是无助的。突然她身体向他慢慢地靠过来，他一点没有犹豫就把她搂进了怀里。她靠在他肩上抽噎着，伤心欲绝。他搂着她，心里觉得无能为力。

药房里一片寂静，只听见墙上老石英钟的秒针走动的声音和窗外的风声，近处就是方芳吸溜鼻子的声音。他抱着她，心情跟她一样难过。

过了一会儿方芳松开了他，她利索地擦干了眼泪，不好意思地笑了笑，说：我这个人表面上嘻嘻哈哈看着还挺乐观的，其实心里不是那样的。有时候我真是觉得走投无路一片黑暗，现在就是这样。我特别希望有个属于我的坚强的肩膀能让我靠一靠，但是经常是我自己的肩膀是最坚强的。今天中午我去找他了，你想不到吧，他哭得稀里哗啦的，一个劲儿地说对不住我，我想听的根本就不是他这句话。都到这个时候了再说什么对得住对不住有什么用？他说他没办法，他混得实在太差了，就是我愿意跟着他，他也承担不起，而且他也不忍心抛下自己的老婆。我说我不在乎，什么也不在乎，他叫我不要逼他，就是他这句话伤了我，真的就像刀子一样扎在我心上。

小陶安慰她说：你不要往心里去，我想他不是有意要伤害你。男人到了这个时候不会存心伤害爱他的女人的，我想他就是着急了，顾不了那么多，话说得不周全，让你听着不舒服。但是他的意思是明确的，就是他不想离婚，所以你一定不要再抱什么幻想，也一定不要再胡思乱想。

方芳说：我知道他就是这个意思，我早就知道他会这么说的，我就是不死心，想从他嘴里听到我想听的，我知道不可能还这么幻想。

说着她又哭了起来。

哭了一阵她拿起毛巾去了隔壁卫生间，洗完脸回来她已经基本平静了。她用一种少有的冷静说：我想想我真不值当，你说我这是干嘛呢？

小陶说：可不是吗？

方芳说：我放着好好的日子不过，我去哀求他，他还拒绝我。她指着自己的胸口，提高了声音说：是我去求他，他呢板着脸拒绝我，对我说"不行，我没法这么办，我也不可能这么干"，你能想象吗？他就是这么说的，你说我是不是傻到家了？

小陶说：难为你自己转过弯儿来了。

方芳忽然腼腆地说：麻烦你一件事，行吗？

小陶说：你说吧。

方芳说：你不是跟李医生熟吗？你能不能替我跟他说一声，请他给我做手术行吗？

他没想到这事竟然又落到了自己的头上，他十分为难，答应也不是，不答应也不是。他想这叫什么事儿啊，前头已经带过两个去了，这会儿又要带第三个，相干不相干姑且不说，李医生也不会问，恐怕他心里要笑话他了。他真觉得有点进退两难。

方芳看着他，笑容凝固在脸上。他害怕看到她失望的表情，也觉得这会儿她受不起任何一点的打击，匆促之中赶紧点了头。方芳走了之后他鼓起勇气给李医生打电话，李医生已经下班走了，第二天他才把电话打通，才算如释重负。

他和方芳的关系很快发生了微妙而明显的变化，他成了她推心置腹的贴心人，甚至成了她的一个依靠。他们陡然间的亲近让谢红很不开心，她本来就是一个精力旺盛不甘寂寞的人，被他们冷落在一边她已经很受不了，现在几乎成了一个局外人她更加恼火，上班她没有了笑脸，他们两个跟她说话她也是爱答不理，还不时冒出冷言冷语。他听出她话里的意思，也能感觉出她的不满，他想自己是个男的，不该跟女同事计较，所以听她话横着出来也就是不作声而已。方芳就不一样了，她本来人就简单，又很直率，听谢红明损暗讽，夹枪带棒，就毫不客气地回敬她，两个人言来语去谁也不让谁，经常说着说着声音就高了，火药味儿十足。他劝也不是不劝也不是，也怕自己一开口起的不是调解作用而是火上加油，所以他心里着急表面上还要故作镇定。

他心里其实并不喜欢跟谁一拨儿，他喜欢同事之间和和气气高高兴兴，何况药房里一共就三个人，还要分帮分派让他觉得特别别扭也特别无聊。所以方芳再拉着他说悄悄话他就有点不耐烦，生怕又得罪了谢红。他有意多跟谢红说话，甚至挖空心思找话题跟她说。但谢红总是不冷不热，说不上几句就忙自己的去了，让他觉得很没有意思。

李医生给方芳的手术安排在星期五下午，他亲自做。方芳怕闹出动静，不敢请假，这样正好可以利用周末休息一下。可是星期五一早她刚到班上就接到行政处打来的电话，让她速到院办去，主管行政的副院长要找她谈话。

在医院里一个副院长直接找一个普通职工谈话这样的事情是极少发生的，方芳接完电话吓得直哆嗦，比马上要上手术台还紧张。小陶看她脸色煞白夹着两条腿有点迈不开步子似的颠儿颠儿地一路小跑出去了，心里既担心又可怜她。

方芳一走，谢红马上显得十分开心，她哼着歌儿，脸上有旗开得胜的表情。小陶基本能断定这事跟她有关系，心里不由涌起一阵厌恶。谢红对他的反感好像毫无察觉，或者就是满不在乎。她也许是因为心情不错，话特别多，东拉西扯，说这说那。小陶一直冷着脸，能不搭腔的一概不搭腔，实在混不过去才勉强哼哈两声。

谢红说着，话头一下转到了方芳身上，她含讥带讽地对他说：有了外遇就长脾气了，你看她狂的，眼睛都长到天上去了，就像自己多能耐似的。小陶没接她话茬儿，也没任何表示，她继续说：以前早上来了还知道抹抹桌子擦擦地打打水，现在这些活儿都不沾手了，都成我们两人的事了。难道怀了孕就变娇贵了？老辈儿的话说："偷来的锣不能打"，你看她管这一套吗？这就叫撑死胆大的，饿死胆小的。老辈儿还有话说："饿死事小，失节事大"，你看她在乎吗？该怎么浪还怎么浪，这不，浪大发了，这下有好果子吃了！

小陶听她的话说得刺耳，沉默不下去了，说：你就少说两句吧。

这显然不是谢红预期中的呼应，她愤愤地说：我就是看不惯她那个臭来劲的样儿，你说她有什么了不起的？不就是比别人敢不要脸吗？说到底不就是一破鞋吗？

小陶听她连"破鞋"两个字都说出来了，脸上挂不住，说：

别这么说，大家好赖都是一个屋顶下的同事。

谢红冷笑一声说：跟这种人做同事我都觉得丢人！

小陶觉得她火气大得莫名其妙，就不再搭腔。

谢红突然笑呵呵地说：她别以为自己想怎么胡来就怎么胡来，医院也不是妓院，这不，有人出来收拾她了吧。

小陶听她最后这句话，脊梁后面一阵发寒，看她脸上的笑容也成了狞笑，觉得她这个人真是可怕。

直到快中午方芳才回来，她谁也不理，闷着头一句话没有。小陶看她眼睛红红的，显然是哭过的。她木着脸用微波炉热了饭，但热好了饭之后就像是突然想起了什么似的，放下了饭盒，拿起包就走了。小陶从窗口看见她一个人往妇科方向去了，心里有点痛惜她，甚至想陪她去，但冷静下来觉得自己不能这么做。

到星期一，方芳没有来上班，她既没有请事假也没有请病假。就在这一天，谢红若无其事地告诉他老松被医院辞退了。

星期二方芳还是没有来，他和谢红都没有提这件事，他们只是默默地把方芳该做的事情做了。到星期三中午，谢红突然说：吃过午饭你要是没事我们去看看她？他愣了一下，心想她这不是黄鼠狼给鸡拜年吗？不想理她，更不想跟她一起去。他摇了摇头。谢红却热情洋溢地说：还是去一下吧，毕竟是同事嘛，别显得咱们心里一点没有她。他心里想谁跟你是"咱们"？不过她这么说了他没好意思再拒绝。

谢红有点兴奋地对他说：昨天晚上我给她打电话，她跟我聊了一个多小时还不肯放电话,她挺惨的,这儿刚做了人流,她老公跟她打得一塌糊涂,孩子又发烧,她说她都快要送命了。我听了真挺心疼她的,毕竟早早晚晚都在一起,低头不见抬头见的,我们还是很有感情的。

他听了真说不出是什么感觉,他发现黄鼠狼也有带着感情给鸡拜年的时候。

匆匆吃过午饭他们去了方芳家。一路上他们走路坐车都没什么话,谢红很想跟他聊,他只是哼哈着,不怎么接话。

到了方芳家楼下,谢红提出要买点东西,说空着手去看她不合适,他心疼钱,没有点头。

谢红站在街边上和他商量:要不我们开张票拿回去报?

他摇头说:不可能的,你看财务处老梁头那张脸,苦大仇深的,他怎么会让我们报?他一分钱恨不得掰成八瓣用,平常正常出去开个会让他报销他手还哆嗦呢。

谢红说:他那是脑血栓后遗症,你给他钱他也哆嗦。

他说:你要是开了票拿回去给他报,那他就不是脑血栓后遗症了,直接就脑血栓了。

谢红扬声大笑,说:那我们就自己出算了,别找那个麻烦了。

他心里不太情愿,但还是点了头。

他们买了一包桂圆一包红枣和一些水果上了楼,敲了好一会儿才把方芳家的门敲开。

一进门谢红就问她:怎么老半天才开门?

方芳一边往床边走一边说：我头晕得起不来。

谢红一屁股坐在床沿上，拉住她的手问：还大发哪？

方芳点点头说：大发得吓人，都不敢动，一动哗啦哗啦止不住，我都怕出事儿。

谢红问：还疼吗？

方芳说：闷闷地疼，跟下不来雨似的。

小陶听她们像是说暗语，也明白她们在说什么，便十分自觉地站在门厅里，离她们远一点。

方芳在床头上歪着，远远地对他说：你坐啊！他在门厅的椅子坐下来，方芳说：你进来坐，别坐得那么远。

他没有动，说：我就坐这儿，你们好说话。

谢红便说：让他坐外面吧，咱们说咱们的。

两个女人就在房间里叽叽咕咕地说起来。

说了一会儿方芳停下来冲他说：桌上有矿泉水，你自己喝水呀。过了一会儿她又冲他说：你进来吧，我们也没有什么要背着你的话。他还是不肯进去，方芳说：那你就看看电视吧，别一个人傻坐着。他找到遥控器打开了电视机。

坐了一会儿他关了电视，走到房间门口对里面说：你们接着聊，我先回班上去。我们三个都在这儿，那边可就彻底放空了，真有什么急茬儿的事就抓瞎了。

谢红笑嘻嘻地说：那就辛苦你一个了，我再坐会儿就回去。

方芳对他说：真是辛苦你了！又说：谢谢你跑这么远来

看我。

他远远地看着她,她面色苍白,两个眼泡浮肿着,脸有一点脱相。他心里觉得她可怜,嘴上却是很平淡地说:你好好休息吧。

回到药房,他脑子却还在方芳家里。他不时想到她,说不清地心疼她,一边理智又告诉他她跟他没关系,也轮不到他心疼。

直到快下班谢红才回来,她一边拿药发药,一边感慨地说:你走了之后她跟我说了好多知心话,她说她跟她老公彻底坦白了,我说你傻呀,这样的事情人家做了都是死扛着不说的,就跟被国民党抓去一样,灌辣椒水上老虎凳往指甲里钉钉子都不说半个字的,有句话说:"坦白从宽把牢底坐穿,抗拒从严回家过年",你跟他一说不彻底完蛋了?她说她不想骗他,也不忍心骗他。我说你该骗还得骗啊。她说可不是,我要早听你这么说我干脆就骗他了。我问她坦白之后怎么样,她说还能怎么样,他火透了,当时就把手里的茶杯摔了,拍着桌子说要跟她离婚,她说要不是那会儿天太晚了办离婚的地方早下班了他们不过夜就把婚离了。我问她现在有缓没缓,她眼泪就下来了,说她老公是铁了心要离的,我说那你怎么办啊,小孩儿怎么办啊,她哭得那叫一个伤心,眼泪哗哗的,把我哭得心里也难受得不得了。她说别的都无所谓,自己做了,自己担着,就是孩子太小了,想到她小小年纪要么没有爸爸要么没有妈妈,她说她的心就像被刀拉一样。我心说你当初跟个修理工上床的时候怎么就不想想后果呢？真是没脑子，就知道图一时痛快。可是我也不好说她什么，都到这份儿上了，我还能说什么呢？我就劝她想开点，先把身体养好，别落下病来，别的都先放一边再说。对了，她还不知道老松已经走人了呢，我问她跟他还有没有联系，她说她做完手术之后他连个电话都没打过，好几天都没消息了。她跟我说你见过这么无情的人么，我忍着才没跟她说他已经被医院辞退打包回老家了。唉，你说这是咋回事呢，两个人上个床弄得鸡飞蛋打的，我真是越想越觉得他们可怜！

小陶哼了两声没说话，他实在是无话可说。他心说要不是你，他们或许还到不了这个地步呢，可是他一是没有真凭实据，二是即便有真凭实据，也不能把这句话硬邦邦地摔过去，他知道打人不打脸，觉得怎么也该给她留点面子。

可是谢红却冷冷地说他：你听了怎么无动于衷啊，一点同情心也没有！

他愣住了，一股气从胸口冲上来，差点把忍了又忍好容易忍住的话脱口说出来。

转头到了星期一，一早方芳就来上班了。小陶正在擦桌子，抬头见是她，有点意外。对她说：你好了吗？

方芳点点头，眼神有点躲闪，不好意思看他的样子。

他又说：你怎么就来了，不在家多歇歇？

方芳说：歇了这么多天了，这儿的事全是你们两个在做，我在家待着也不踏实。

他看她脸瘦了一圈,脸色泛黄,眼圈发青,劝她说:你还是回家去歇着吧。

方芳说:算了,来都来了。

说话间谢红进来了,一眼看见方芳,大呼小叫地扑向她,两个女人抱成一团,亲热得就像久别重逢一般。小陶心里冷笑,转过身去不看她们。

一上午她们一边发药一边说话,你夸我衣服好看,我夸你发型时髦,句句都是听着顺溜舒服的话,而且两个人越聊越投机,亲热得就像亲姐妹一样。到中午她们把家里带来的盒饭用微波炉热了,伙在一块儿吃。两个人你夹给我一筷子,我夹给你一筷子,只差喂到对方嘴里了。她们一边吃饭一边脑袋扎在一起声音很低地说着悄悄话,好得难舍难分的样子。小陶实在看不下去,脚步很重地离开了药房。

下午上班的时候谢红趁方芳去上厕所一忽儿工夫对小陶说:你知道吧,她老公说是又不跟她离了。

他哦了一声,其实什么也不想跟她说。

谢红一点也没发觉他情绪的变化,还是滔滔地对他说:你想不到吧?我都想不到。事情出了,她也承认了,他呢坚决要跟她离的,没想到一扭头又变卦了,你说这人有多不靠谱?前天晚上我打电话给她就听她说他们两个把家产都分了,房子归谁,钱归谁,小孩儿归谁,电视归谁,冰箱归谁,桌子归谁,板凳归谁,一五一十都说清楚了,她老公忽然又不肯分了,你知为什么吗？她家那片要拆迁了，你说这消息来得是时候吧？现在他们住的这个破楼房是不值什么钱，可是一拆迁就不一样了。那条街挨着繁华商业区，报纸上把那儿叫作寸金之地，听说这一拆迁能拿到不少钱呢。

小陶有点不以为然地说：人家不离了未必就跟拆迁有什么关系吧？又说：能不离当然还是不离的好。

谢红啧了一下嘴说：这你就不懂了，听方芳说这房子是她家这边的，现在房本上还写着她老爹的名字呢，所以她老公要是跟她离婚只能拿钱不能拿房子。现在他们要是分了，拆迁补偿的那部分钱她老公肯定是一分钱便宜都占不着，他顶多就是可着现在这个破房子跟她分，所以他又跟她缓下来了。你想吧，对他来说就是拆迁完了再离也比这会儿离强啊。她老公那人可不傻，在中学里教数学的，算盘打得精着呢，当然不会做那种里外里吃亏的事，所以他就说先不离了。

小陶还没来得及说句什么，外面走廊里响起了方芳的脚步声，谢红飞快地说一句：她还真是傻人有傻福啊！

说完她赶紧闭上了嘴。

但方芳还是在声音没有消失之前走了进来。方芳皱了下眉头，然后就跟没事人一样跟她该说说，该笑笑。谢红稍稍愣了片刻，然后也像没事人一样跟她该说说，该笑笑。只有小陶无比尴尬，躲到最里面的药品柜后面，尽量离她们两个远点。他觉得自己身不由己，一会儿听这个说悄悄话，一会儿听那个说悄悄话，不管心里是怎么想的，看上去就像棵墙头草，风一吹两边倒，他自己也觉得那样的人遭人恨，他想也许自己在她们眼里就是一个叛徒，毫无气节可言。这么一想他心里莫名其妙地感到烦恼。

他很害怕听她们两个的私房话，但是他却想躲也躲不掉。她们向他倾诉，跟他讨主意，明里暗里甚至还有争夺他的意思。他本来就怵复杂的人际关系，他弄不清，更摆不平，现在这个工作的小环境让他觉得都有点透不过气儿来。

某日方芳又凑过来跟他倾吐肺腑之言，告诉他老公在家闹得很凶，又提出要跟她离婚，态度还特别坚决，他要把孩子要走，把钱要走，把房子要走，什么也不留给她，理由就一条，就是她做了对不起他的事情。她说钱她可以不要，房子她甚至也可以不要，但孩子不能不要，老公就说要跟她打官司，还找了律师来跟她说她是过失方，打官司根本打不赢，孩子是不会判给她的。方芳说着就痛哭起来，哭得伤心欲绝。她边哭边对他说：我很小我妈就去世了，我爸对我一点儿也不亲，他只喜欢我弟弟，心一点儿也不在我身上，从小到大我在家里就是一个多余的人，你不知道我有多自卑。我想想说到底我就我孩子这么一个真正的亲人，他要是把她抢走了，我就什么也没有了，我这人怎么这么命苦啊！

她哭得像个泪人一样，小陶不知道怎么安慰她，心里酸酸的，几乎要跟着她一起流眼泪。方芳又说她老公还对他动手了，说着拉下衬衣领子，让他看脖颈，他看到在她脖颈下面有明显的淤青。她又撸起袖子让他看胳膊，上面也是一道一道的伤痕，还有干了的血迹。她又要撩衣服让他看，他想到男女有别，赶紧阻拦，她已经把衣服从后面撩了起来。他看到她的后背简直是皮开肉绽，血肉模糊，用触目惊心形容一点也不过分。

他心里一阵发堵，突然之间醒了过来，发现原来是一个梦。

小陶觉得自己的日子过得实在是太闷了，他没有自己的生活，好像只是在旁观别人的生活。虽然别人的生活也未必是他喜欢和羡慕的，但毕竟人家在折腾在挣巴。他经常站在窗口看着医院里认识不认识的人意气风发地在院子里走来走去，喜笑颜开地彼此打招呼，脚下生风地到后街买东西，急急匆匆地赶班车回家，想想自己形单影只，想忙也没啥忙的，心里不由感到凄凉。可是要是让他找个女人结婚成家，他连想的勇气都没有。他认为自己没有那种过正常生活的本领和能力，所以也就只能这样像一片浮萍一样漂着。

以前表姐还时不常地替他张罗介绍对象，在他的反复阻止下现在连她都不怎么提这档子事了。他一边觉得省心，一边又有点说不出来的失落。他一向认为世界上如果还有一个人发自肺腑地关心他，那这个人毫无疑问就是表姐。现在连表姐都不热衷替他找女朋友了，他更是一点兴头也没有了。他甚至觉得心里没有惦记的女人，反倒也清静。

不过他不惦记别人却有人惦记他。一天下午他从外面进药回来，看见谢红和方芳围着一个人正聊得火热，他眼睛的余光扫到那是个女的，但他没有多看她一眼就直奔自己的办公桌而去。那三个人突然对着他哈哈大笑，他一扭头，看见椅子上端坐的竟然是李芸儿。

李芸儿从椅子里站起身，脸上挂着娇羞的笑容说：没想到我会来吧？我没惊着你吧？

他心里的确是又惊又喜，不过嘴上却没有说出来，只是望着她笑。

李芸儿又说：我走到医院门口顺脚就过来了，出门前还没想来看你呢。

说着脸就红了。

谢红和方芳两个在旁边起哄，谢红一语双关地说：人家等你这半天了，晚上好好招待招待吧。

方芳也神情暧昧地说：我们走了你们好好叙叙，省得当着我们你们放不开。

说着拉起谢红一阵风似的出了门。

她们一走，药房里就剩下他们两个。李芸儿朝他看一眼，弯起嘴角一笑，他心里有一点发怵，模模糊糊地想这么久不来往了还以为彻底了断了呢，怎么又不请自来了？

李芸儿忽然不笑了，问他：你是不是不想理我了？他没吭声，她抱怨说：这么长时间你电话都不给我打一个，还把手机关了，我跑来看你，你还拉着个脸，你啥意思嘛？

他笑着，也不解释，过了一会儿才说：我哪儿拉着个脸了？我脸就长得这么长。

李芸儿扑哧笑了，说：也就是我了解你，知道你是什么人，不跟你计较罢咧。你这样对别人不把人都得罪光了？

他闷声闷气地说一句：根本就没有别人。

李芸儿听明白了，马上笑了，笑得非常甜。

他已经很久没有看见她这样的笑容了，心情立刻透亮了几分。

李芸儿瞥他一眼，笑眯眯地说：我有好消息要告诉你。

他哦了一声，等着她说。

她问他：你真的想知道？

他点点头。

她说：我怀孕了。

他嘴里打了一个嘟噜，才说出一句：我真替你高兴！

她斜他一眼，低声说一句：你瞎高兴干嘛？

他略微尴尬了一下，笑着说：你高兴我就高兴呗。

他仔细地打量她——从看到她他还没有好好地看过她，他发现她穿的衣服跟以前大不一样，以前她喜欢穿牛仔裤和紧巴巴的小上衣，把自己打扮得像个小丫头，或者是穿运动装，突出自己的青春靓丽，结婚以后穿着明显地讲究起来，把自己打扮得像个白领小资，可是这回她穿了一条浅灰色的针织的肥腿裤，就像大妈们早锻炼时穿的那种，上身是一件黄不黄绿不绿的圆领长袖T恤衫，外面套了一件姜黄色的尼龙绸背心，一眼看上去有点不修边幅。他觉得最可笑的是她那件背心，前面是背心的样子，后面就是几根细带子，说围裙也许更加合适。最显眼的是在腹部的位置还印了一个图案——圆圈里面一只玻璃杯，就像托运物品的箱子外面印的易碎品标志。

他盯着那个图案看了两眼，会过意来，忍不住说：也太夸张了吧？

李芸儿一脸幸福地说：是他非让我穿的，说是防辐射的。

这个"他"字很刺激他，他心里立刻涌起一股醋意，不由讥刺地说：真知道突出重点。

说出口之后有点后悔，觉得自己不该这么刻薄。

可是李芸儿却笑了，很认同地说：是啊是啊，就是突出重点的意思。穿上这件衣服还真管用，一上公共汽车就有人让座，还没有人敢挤我，他说这件衣服等于是代替他随时随地保护着我。

他想说有这么代替的吗？但忍着没有说出来。

李芸儿情绪挺高地主动邀请他说：走吧，我们找个地方吃饭去，我请你。

他问她：为什么要你请我？

李芸儿说：庆祝一下。

他说：还是我请你吧。

李芸儿坚决地说：不，今天必须是我请你，我要谢谢你，要不是你恐怕还没有它呢！

她笑嘻嘻的，还拍了拍肚子。

李芸儿俏皮的样子让他想起了昔日的情景，有时候她也是说了一句什么话就会有这样的表情。那种昔日重来或者说昔日不重来的感触一下子击中了他，让他的心脏隐隐作痛。有一瞬间他很想去拉她的手，但他立刻克制住了这个念头。

他很实在地对她说：你请客就别出去吃了，我们不如买点东西回宿舍做。

李芸儿想了想就点头答应了。

两个人出了药房，到医院后面的小街上去买菜。街上很热闹，快到中秋节了，不少小店的柜台上都摆上了月饼，满眼都是红彤彤的礼盒和中国结等等的装饰，很有节日气氛。两个人慢慢逛着，不时在某个摊位前停下来，挑挑拣拣，讨价还价。小陶心中暗想要是跟她结了婚，估计日子也就是这个样子。

忽然他听见一阵耳熟的说话声，不光是声音，主要是那种说话的节奏让他不由自主地回过头去，他看见果然是简医生正在斜对面的水产摊儿上买鱼。简医生挑鱼挑得很专心，一边在询问鱼老板这些鱼的来路和现在吃什么鱼正当时，他的口气就像是在问诊一样。在他旁边不远，他太太正低着头玩儿手机，她的衣服非常漂亮，而且很有特点，在后街上非常引人注目，引得不少过路人看她。她却是一副浑然不觉的样子，根本不在乎别人看她。

小陶眼光落在她身上的时候正好被李芸儿看到，她两眼紧盯着他，脸上露出十分夸张的嘲讽表情，那种明显的醋意就像是一个地地道道的老婆。小陶赶紧转过头，正了脸色。因为离得有点远，他犹豫了一下，没有隔着街跟简医生打招呼。

这时有个人跟简医生打招呼，简医生跟他搭话，说：好长时间家里没开伙了，她不肯到外面吃饭，说把胃口都吃坏了，今天有空，来买点菜自己做。

虽然是平常得不能再平常的话，他远远地听见，心里却涌出羡慕。他又一次扭过头去看简医生和他太太，两个人离开了水产摊儿往医院方向走去。简医生手里提着两大包菜，他太太一边走一边还在玩儿着手机。突然她拉了简医生一下，两个人拐进了一家小店，出来的时候她手里多了一串糖葫芦。她一边走一边吃，就像一个得宠的孩子。小陶看着他们夫妇俩慢悠悠地走在这样一条一脚泥一脚水的小街上，心里除了羡慕还是羡慕。

李芸儿伸出一个巴掌在他眼前晃了一下，皱起鼻子笑他说：眼睛都直了，别看啦，美女走啦。

小陶用解释的口气对她说：是简医生和他太太，你认识吗？

李芸儿不以为然地说：我上哪儿认识去。

小陶说：简医生是我的偶像。

李芸儿嗤地一笑说：他老婆才是你的偶像吧？

小陶认真地说：他老婆是大爷大妈的偶像，不是我的偶像。她演过好几部电视剧，是个小有名气的电视明星。

李芸儿一听是电视明星，兴趣立刻就来了，她有点遗憾地说：你不早说，我最喜欢明星了，要早知道我就请她签字了。

小陶不屑地说：你没病吧？

李芸儿不受打击，仍然兴头很高地感叹道：哇，家里有个明星那是什么劲头儿啊？你这个偶像太棒了！

小陶说：我不是因为他家里有明星才把他当偶像的。

李芸儿说：反正我不管，我就羡慕他家里有明星。

小陶好像存心要气她一样大声说：我就羡慕他们两口子特别好！

李芸儿果然反应强烈，她嘿嘿冷笑两声说：别忘了她可是个演员，人家学的练的就是演戏。

小陶没想到她弯儿转得这么快，而且话出来得这么尖刻，有点不悦地说：你不知道他们，他们真的是很恩爱。

李芸儿反问他说：你知道？人家两口子怎么过的你能知道？

趁他一愣神工夫，她伸出胳膊挽住了他，鬼灵灵地一笑说：你别瞎羡慕人家了，咱们也让别人羡慕一把吧！

小陶立刻抽出胳膊，小声说：别这样，让人看了不好。

李芸儿反问他：谁看了不好？

他赶紧补充一句：我怕对你不好。

李芸儿喊了一声，赌气地说：你就是嫌弃我。

小陶急说：我嫌弃你干吗？觉得说得不妥当又改口说：我凭什么嫌弃你？

李芸儿拉了拉身上的那件围兜说：你嫌我给你丢人呗。

小陶目光落在她脸上，实诚地说：我不嫌。

李芸儿突然噎住了，说不出话来。她的脸色变得柔和了，又主动伸出手，略带腼腆地挽住了他的胳膊。

小陶看天色已经暗下来，四下里也没有认识的人，就由她挽着。他侧过脸悄悄地看她：瓜子脸，清水眼，两道又细又弯的眉毛就像新长出来的柳树叶子一样，用白皙清秀形容她一点也不过分，身材虽然没有简医生的老婆那么苗条，但也十分匀称，如果她不是穿着这么一身松松垮垮的休闲装和孕妇背心，而是像简医生的老婆一样穿身时髦的衣裙，她也一样是个美女。这么想着他朝她温柔地一笑，李芸儿不知是怎么想的，看见他的笑脸翻了他一眼，还在他胳膊上猛掐了一下。这个恶狠狠又分明是十分亲昵的动作让他又想起了从前，心里涌起一股温暖柔软的感觉。但他马上想到她已经是别人的老婆了，心情立马又低落了下去。

回到宿舍，他动手忙晚饭。李芸儿要帮他，他不让，说：你好好歇着，别动了胎气。

李芸儿听了哈哈大笑，说：你说话怎么像个老太太？我现在一点感觉都没有，不过就是化验出来妊娠反应阳性而已。

他说：那也大意不得。又说：你是身体上怀孕了，但思想上还没有怀孕。

李芸儿又是一阵哈哈大笑。

小陶一边切菜一边点着炉子放上油锅，李芸儿坐在旁边看着他忙，嘴里啧啧称赞说：你真够麻利的，比老侃强太多了。我记得我们刚认识那会儿你连煮面条都不会，还问我是水冷的时候放面条还是水开了放面条，你还记得吗？

小陶高兴她忆旧，但不高兴她把自己跟老侃相提并论，他脸上似笑非笑的，并不搭腔。李芸儿也不管他在不在听，自言自语一般往下说。小陶手底下忙着，不时抬眼看看她。他发现她坐在椅子上竟然是典型的孕妇姿态，两条腿叉得很开，两只脚成外八字，腰板挺得笔直。他心里觉得好笑，暗想：肚子里的胎儿还不知道有没有一粒黄豆大，至于吗？他很想讽刺她一句，话到嘴边还是忍了回去。

李芸儿却十分敏感，马上问他：你想说什么？

他马上抵赖说：我没想说什么。

她说：我看见你眼睛里贼光一闪，肯定不是什么好话。

他笑起来，说：你比警察叔叔还厉害，连别人的眼光都不放过。

不一会儿饭菜好了，两个人面对面坐着吃饭。

李芸儿感叹说：吃别人做的饭，真是幸福！

小陶听了没吭声。

她又说：在我们家做饭永远是我的事情，我要是不做，人家宁可饿着，或者就到外面去吃，花多少钱他不管，吃多差他也不在乎。

小陶还想忍着不说话，不过他终于没忍住，说一句：是你自找的。

　　李芸儿微微一愣，点头说：是啊，可不是我自找的？

　　李芸儿拿过碗替他盛饭，他抢过来说：我来吧，你是客人。

　　李芸儿用胳膊肘挡开他说：跟你我就没拿自己当过客人。

　　他听了心里一酸，自嘲地说：那就是我又说错话了。

　　李芸儿朝他一笑，无比温柔。

　　李芸儿一边吃饭一边问他：我可以问你一个问题吗？

　　他停下咀嚼，看着她。

　　她说：你是真没遇着合适的，还是不想结婚？

　　他想了想说：也许是没遇着合适的吧，也许是不想结婚了。

　　李芸儿翻他一眼说：等于没说。

　　他望着她说：不，我说的是真心话。

　　她也望着他说：那我劝你一句，还是找个人结婚吧，别要求太高了。

　　他说：这太难了，可能我做不到。

　　李芸儿扑哧笑了，说：你看看随便一个人都找得到人结婚，有人还不止结一次呢，怎么到你这儿就成难事了呢？

　　他也笑了，说：所以我觉得我这个人很没用，别人随手能摘到的果子，我跳起来还够不到。所以我甚至都认为自己不适合在这个世界上生活。

　　李芸儿脸上的笑容就像搁凉了的油脂一样凝固起来，看上去似笑非笑的。

她说：你还恨他呀？跟你说心里话我从来就没有觉得他比你强，如果可以从头再来，我肯定不会选择他的。

他听她这么说，有点意外，赶紧打断她说：我没说他，我就说我自己呢。真的，我不恨他，我恨他干嘛呢？

李芸儿放下筷子，隔着桌子拉住他的手说：其实我心里一直觉得对不住你，我干嘛要这么着急结婚呢？我想我要是再等等说不定你就改变主意了呢，我真是太幼稚了。

小陶摇着头说：你一点也没有对不住我，你这么想才叫幼稚呢。

李芸儿把他的手握得更紧了一点，动情地说：我知道你这么说是不想让我自责，我这个人挺粗心的，也挺笨的，都是你怎么说我就怎么信。不过有的时候我心里还是会自责，特别是自己过得幸福的时候，我就会想到你还是孤零零的一个人，心里就会特别不好受。

小陶一个劲儿地摇头。

李芸儿没等他开口又接着说：怎么跟你说呢，其实结婚还是蛮不错的，两个人虽然也有吵嘴闹别扭的时候，但是总有一个人跟你在一起。特别是半夜醒过来，伸手一摸，身边就有这么一个人，心里马上就踏实了。说心里话以前我也没觉得结婚有多好，只不过觉得年纪大了该结婚了，要不然就嫁不出去了。前几天查出怀孕，我的心真是呼地一下落了下来，我的心情也完全变了，我觉得以前跟老侃的那些小摩擦小矛盾根本就不算什么,我想想他对我还是挺好的,我有他这么一个老公也真的知足了。这话我也许不该在你面前说,不过我想你懂我的意思对吧?所以我就想我一定要当面跟你说,你别再耽误了,找个差不多的人结婚吧,而且一定要生孩子。

她两眼热切地望着他,脸上闪耀着劝人向善的光芒。小陶从她的手里抽回了手,他的手被她握得已经热乎乎地出汗了。他知道她说的都是肺腑之言,可是却丝毫不为所动。他平静地劝她说:你再吃点儿,你吃得太少了,现在你已经是两个人了。他摸了摸汤碗外面,已经是温乎乎的,便说:我把汤再给你去热一下。

李芸儿没有再往下说,知道他听不进去。等小陶把汤热了,她喝了小半碗,放下吃了一半的饭,起身挪到床上坐着。

小陶看她脸色发白,问她:你不舒服?

她说:刚才还说什么感觉都没有呢,这会儿就觉得难受了,要吐。

他说:正常反应。

他放开被子让她躺下歇会儿,她顺从地躺了下去。

他继续坐回到桌子边吃饭。他吃完自己碗里的饭,十分自然地拿起她剩下的半碗饭吃了起来。

李芸儿看着他,虚弱地说:我剩的,你还吃?

他说:有什么关系吗?

她没说什么,往里挪了挪,轻轻拍了拍床沿。他明白她的意思，略微犹豫了一下，三口两口扒拉完饭，放下碗，坐到了床沿上。她马上亲热地挽住了他的一条胳膊，要拉他在旁边躺下来。他迟疑了一下，还是躺下了。她的脑袋毛茸茸地靠着他，头发丝扫着他的脸颊和脖子，他感觉柔柔的，痒痒的。他闻到她身上的香味儿，心里又幸福又宁静。

她的一只手抓住了他的手，手指勾住了他的手指，他没有动，她也没有动，他们就像两个小孩儿一样手指勾着手指静静地躺在床上。房间里格外安静，只有小闹钟的秒针在嚓嚓嚓地响着。

好一会儿李芸儿打破沉默在他耳边轻声说：这是我们最后的时候了吧？

他吓了一跳，说：这话听着怎么那么别扭呢！

李芸儿咯咯地笑起来，说：我说得不清楚，我的意思是我和你这样躺着以后可能就不会有了。

他心里一沉，心想恐怕真的就像她说的这样。

李芸儿的声音在房间里幽幽地响起来，她说：我们这么躺着我就想起我们还在学校那会儿的事，好像发生在昨天一样，实际上已经过去这么些年了。再过这么些年是什么样子我都不敢去想。我觉得我已经比上学那会儿老多了，不光是年纪，心态也老了。以前我就是想着怎么好玩儿，怎么高兴，现在我想的是怎么安定，怎么踏实。人一想安居乐业大概前半辈子就算过完了。我说的是我的亲身体会，真的，我觉得人生太短了，而且没有什么意义。所以我现在就想把孩子生下来，生了孩子我的使命就算完成了。

他打断她说：孩子是孩子，你是你，你以为孩子真是你生命的延续？

李芸儿说：其实孩子是不是我生命的延续我根本无所谓，但是总归是有了一个寄托。她突然支起身体，看着他说：其实今天我是专门跑来跟你告别的，以后我就不能经常来看你了，也不能再跟你这样了。很快我就是孩子的妈妈了，我要给我的孩子做榜样。

他一下子笑出声来，而且笑得收不住，直笑得两眼都是眼泪。

李芸儿很不理解地看着他，不太高兴地问他笑什么，他笑得连气都喘不上，没法回答她。李芸儿嘀咕说：有什么好笑的嘛！

他呛了一下，一阵咳嗽之后才忍住了笑。

李芸儿认真地跟他说：我真的就是这么想的，我有这个想法完全是因为我妈妈。我妈妈是一个真正的贤妻良母，她特别坚强，特别能忍耐，也特别能吃苦，为我们姐妹三个吃了很多的苦，我觉得她很了不起。我跟你说过没有，我妈妈的婚姻很不如意，她人长得很漂亮，也很聪明，洗衣做饭就不说了，她还会做衣服、织毛衣、绣花，能写一手好毛笔字，写得就像字帖一样。我听我姨妈说年轻的时候追她的人很多，可是她出身不好,她跟喜欢的人最终也没有走到一块儿。那时候的人把"出身"看得特别重,现在想想真是很不可思议。她快三十岁的时候嫁给了相貌平平才能平平不过家庭出身很好的我爸爸。那时候三十岁还没出嫁是地地道道的老姑娘了,她没有本钱再等下去了。我爸爸是家里的独苗,他一心就想生儿子。可是生下的第一个孩子是我大姐,生下第二个孩子是我二姐,生到第三个是我——一连三把都不理想。本来我爸爸还想再生下去,可是不行了,因为"计划生育"开始实行了。我爸爸想生儿子的希望就像肥皂泡一样破灭了,他心情坏透了。我记得我小的时候他总在家发脾气,动不动就摔锅砸碗的,打我们姐妹三个也是家常便饭。我妈妈忍气吞声,很少跟他吵。后来我爸爸去农村蹲点,跟村里的一个小学老师搞上了,干脆连家也不怎么回。我妈妈还是忍气吞声,我记忆中她从来没为这件事跟我爸爸吵过架。后来是我爸爸跟那个小学老师被人告了,那时候那种事可是不得了的,我爸爸被双开回家了。我妈妈还是忍气吞声,跟他还像以前那样过着,一点也没吵没闹。不过他们实际上已经分开住了,两个人从来不睡一个房间。那时候我已经很懂事了,心里很为我妈妈打抱不平。我妈妈镇定、冷静,就像一座山一样,给我的印象太深刻了,我真是太佩服她了。我爸爸不在家的三四年也有几个男人喜欢她,他们来找她,她对他们都很严肃,从来不跟他们开玩笑,也从来不让他们进家门。有一个姓蒋的叔叔来得比别人多,妈妈好像也挺喜欢他,跟他说话的口气都跟别人不一样。蒋叔叔是单身,他比我妈妈要年轻几岁,他对我们姐妹三个非常好,逢年过节都有礼物送给我们,主要是吃的东西,我记得他送给我们麦乳精、华夫饼干、话梅糖,还有鱼、虾和排骨什么的。记得有一个大年三十他带我们几个孩子去文具店买东西,给我们买了铅笔、橡皮、本子、卷笔刀等等一大堆,都是挑那些最好看的买,把我们高兴坏了。我们三姐妹都很喜欢他,看见他来我们都特别开心。当时我心里暗暗想过他要是我们的爸爸该多好啊!但就是这个叔叔妈妈也很少让他进门,他基本上也是站在门口说完话就走。我爸爸双开回来之后心情一直很不好,整天没有一句话,一个人闷着头抽烟,对我妈妈很冷漠,对我们姐妹三个也从不过问,不到五年他就生肝病死了。回头想想那几年他在家里就像一个陌生人。我爸爸去世以后我们姐妹问过妈妈,既然跟爸爸感情不好,为什么不分开呢?我们还问她:为什么不找一个情人呢?我记得她非常坚决地说:不,我不会那样做的,我要给我的孩子们做榜样。我听了心缩成一团,我真的很难形容那种感觉。我看她脸上皱纹纵横交错,我想一个女人的一生就这么过去了,什么青春啊,美丽啊,爱情啊,就这么统统没有了,说心里话我觉得不值,太不值了!但是我也真的敬佩我妈妈,我想要是换了我也会那样做的,这大概就是遗传吧。我想做我妈妈那样的人,不为别的,就觉得那样心里踏实、安逸。

他静静地听着,等她说完,说一句:我懂了。

李芸儿笑了，目光温存地望着他，问他：你懂什么了？

他轻轻笑了一下说：以后不要干扰你的正常生活。

李芸儿赌气地背过身去，嘴里说：我可没这么说！

他说：你是没这么说，是我自己这么认识到的。

李芸儿转回身，一只手捂住他的嘴说：不许你这么说。她坐起身，靠在床头上，说：其实我要跟你说的不是这些。

他也坐了起来，跟她一起靠在床头上，问她：那你想跟我说什么？

她侧过脸看着他，两眼像猫一样闪闪发亮，欲言又止。

他催她：你说呀。

李芸儿很纯朴地笑着，说：很傻的话，你听了不会笑话我？

他认真地说：当然不会。

李芸儿嘴唇动了一下，停住，像是下了很大决心似的说：我心里有句话一直不好意思说出来，我想要是嫁的是你就好了，每天下班能看见你，跟你说说话，做点东西给你吃，我会多幸福啊！

他听了没有说话，周身被一股暖流包裹。

李芸儿又说：我不是说他不好，他也不错，不过不如你。

他听她这么说，嗓子眼儿一紧，心中百感交集。

她挨着他，靠在他身上，说：爱不爱是不一样的，有多爱也是不一样的，爱深了心口会发疼，对你我一想到心口就会发疼，对别人不会，包括对他也不会。所以我这么劝自己：少爱一点也有少爱一点的好处，至少不会那么痛苦和难受。唉，不跟你说了，跟你说了你也不懂。

他情不自禁地握住了她的手，握得很紧。

他说：缘分真是件很奇怪的事情，也真是说不清楚。以前我以为男女好得不得了是当局者迷，或者就是自己骗自己，再不就是做给别人看的，后来年纪大一点，阅历多一点，我才知道不是那样的。男女真有特别对劲的，那种好一眼就能看出来，跟谁都没有他们两个人那么好，两个人好得都没法替代，真的只有"如胶似漆"、"干柴烈火"等等才能形容——可惜的是我跟你到不了那样，主要是我这个人不成，你又偏偏遇到的是我。

李芸儿没说什么，她把脑袋抵在他的胸口。过了一会儿她抬起头，朝他一笑说：都过去了。

她从床上下来，对着墙上的镜子梳了梳头发，从包里掏出口红淡淡地抹了一层，一张脸顿时明媚起来。

他站在她后面，看着镜子里的她问道：你要走啦？

她点点头，转过身扑进他的怀里。

她轻声问他：你恨我吗？

他没有听清，唔了一声，她又说了一遍。

他低声说：不恨。片刻之后又说：我怎么会恨你呢？

她仰起脸看了他一眼，又把头埋在了他的胸前。

那个瞬间他担心她会哭，好在她没有。

她松开他，整了整那件印着玻璃杯图案的姜黄色的孕妇背心，两只水灵灵的大眼睛温柔地望着他，眼睛好像占了脸的二分之一一般。他觉得她的目光像湖水一样，既清澈见底又深不可测。她笑吟吟地对他说：你不要送我，我自己走，不然我会伤心的。

她拉开门，走了出去，顺着楼道朝楼梯口走去，她的软底鞋没有发出一点的声音。他站在门口，目送她的背影一路远去——其实并不远，不过十来米的距离。突然他有一个强烈的冲动就是叫住她，连他自己都不清楚叫住她到底想干什么。可是一刹那间他竟然不知道叫她什么好，他已经忘了有多久没有叫过她了，他觉得既不能像上学时那样连名带姓叫她李芸儿，也不能像恋爱时那样叫她亲爱的或者小宝贝，那些称呼不是太远就是太近，都不适合。其实他心里对她只有一个称呼，就是"你"。这个"你"指的就是她李芸儿，没有别人。他内心中面对面的一个人就是她，不是别人。当这个"你"字热腾腾地带着一股气流正要从他胸间冲出来，那个"你"恰好走下了楼梯。他以为她下楼梯前怎么都会回过头来再看他一眼的，可是没有。他想起以前他们好的时候每次她走都要他送，告别的时候总要缠绵半天，就好像以后再也见不到了一样，可是偏偏这一次却不让他送。

看着她消失，他的眼睛湿润了，泪花浮了起来。

他终于忍住了叫住她的念头，心里恨恨的，不知道是恨她还是恨自己。

小陶的日子平静了一段，忽然就不平静了。有一天他正准备给表姐打电话，电话铃就响了，正是表姐打来的。

他惊喜地说：怎么我刚要拿电话你电话就来了，我们俩这是心灵感应吗？

表姐却没心思跟他逗，她急急地说：下班你到家来一趟吧。

他赶紧问：啥事啊？

表姐吞吞吐吐地说：也没啥事。

他也就没再问，心想反正过一会儿就知道了。不过他听她口气能肯定是有事情。

去表姐家之前他先到后街上去买糖炒栗子，他知道表姐爱吃又舍不得给自己买。买完糖炒栗子走出小店，他一抬头看见一个眼熟的身影在人群里一闪，定睛一看是浦虎妮。他正犹豫要不要叫她，也像是心灵感应一般，她居然一扭头看见了他，一刹那她脸上露出了愉快的笑容，人顿时就灿烂了。隔着半条街她旁若无人地大声说：哎哟，刚才我看见你们医院还想着你呢，居然这就碰上了！他被她的热情感染，脸上也露出喜悦的笑容，快步向她走了过去。

两个人隔着三五步的距离脸对脸站在街上，浦虎妮上上下下打量了他一番，笑说：你看着挺好的嘛，好像越来越好了！

他笑嘻嘻地说：就那样吧，凑合。他看她面颊红扑扑的，两眼放光，便说：你倒真是看着越来越好，而且越来越年轻了。

浦虎妮露出小虎牙一笑说：我本来就不老啊！

他看她穿着露着膝盖的小皮裙子和短风衣，提着一个非常显眼的玫瑰紫的小包，马上想到她可能是去约会，便说：你快走吧，别耽误了。

浦虎妮听了笑出声来，想说什么但却忍住了。她用一种心照不宣的眼光看看他，仿佛自己对他是没有秘密可言的。他心里一动，不过面上还是不动声色。

这个微妙的时刻过去之后，浦虎妮微笑说：改天我来看你！

她说这话好像是一个承诺，而且还有那么点儿一诺千金的味道。说完她就急匆匆地走了，走出几步又回过脸来朝他嫣然一笑。

小陶提着糖炒栗子到了表姐家，表姐伸手接过去，嘴里埋怨他说：跟你说过多少回了，别瞎买东西，你是回家，又不是到别人家去串门。你一个人过还不攒着点儿，等成了家就不够花了。

他辩解说：平常我很少花钱的，就买两斤栗子，也没花什么大钱。

表姐硬邦邦地说一句：我就不愿意你为我花钱！

他笑笑，走进房间去找荷荷。

荷荷没在，表姐气乎乎地对他说：就我一个人在家，那两个都难见到。老的整天在外漂着，我也不惦记他了，小的跟老的学，也不着家了，你看都这个钟点了还没回来呢。她跟我说补课,谁知道是不是真的?前天她班主任打电话把我叫过去,一块儿找去的家长有十好几个呢,你知道老师跟我们说什么吗?她说班上不少孩子都有早恋问题,让家长多留点神。你说才多大的孩子,我们就得当心这种问题了!老师要不说我还真想不到。老师说班上男女同学相互写情书的事情已经很普遍了,也不是我们以前的那种情书,要放在信封里贴上邮票寄来寄去的,现在他们写的都是什么电子情书,还有发手机短信,在 QQ 上聊天,名堂多得很。老师说班上已经发现有同学在谈恋爱,最吓人的还有女生整夜不回家的,我听了心都揪起来了,好在不是我们荷荷。不过老师说她请的都是孩子有点问题的家长,所以荷荷也不会一点事儿没有。你说这叫什么事儿啊?

他安慰她说:老师就喜欢危言耸听,芝麻大的小事能说得跟世界大事似的,他们就是想把责任推给家长,当家长的操心了,他们就省事了。

表姐摇头说:你是没到学校去看过,放学的时候男女学生勾肩搭背的有的是,就这样老师还一个劲儿跟我们强调这个学校的校风有多好呢,那校风差的学校得差到什么程度?她皱起眉头说:我们上学那会儿哪儿有那么多的事儿啊,男女生都不说话,哪儿有什么早恋不早恋的?荷荷的班主任跟我们诉苦,说这个年龄段的孩子最不好管,管深管浅都不合适。老师说,国外有的家长干脆每天给女孩子牛奶里放一片避孕药,保证自己家女儿不怀孕。我听了脑袋都快炸了,我真不知道要不要也给荷荷吃避孕药。

他断然否定说：避孕药有这么瞎吃的吗？你糊涂啊！

表姐不好意思地笑着说：我真是脑子烧糊了。

他问她：你叫我来就为这个呀？

表姐连忙说：不是不是。她突然面色泛红，比刚才还要不好意思，仰起头干笑了两声，有点尴尬地说：我上电视了，你想不到吧？

他确实是很意外，他一向认为有来头有名气的人才会上电视，他惊讶地问她：他们怎么看上你了？

表姐哈哈大笑，说：他们上哪儿看上我去？是王秀娟牵的线。

他说：就是好几回撞到他在外头跟女的晃来晃去的那个人？

表姐笑着说：你记得还真清楚。王秀娟的妹夫在电视台做主持人，他做一个节目叫"说还是不说"，听她说火得不得了。

他说：噢，是那个节目啊！是挺火的，我看过，净扯些鸡毛蒜皮的事，当事人都是一把鼻涕一把眼泪的。

表姐说：你说得一点错没有，就那个节目。做节目的时候我也淌了两三回眼泪呢……

他说：那个台最八卦了，你怎么会去那个台？

表姐愣了一下，有点不好意思地说：王秀娟拉了我好多次，叫我去上电视，她说她自己就上过好几回，她妹夫只要有机会就喊她去，她说现在连农贸市场卖菜的人都认得她，对她崇拜

发 烧　　235

得要命，她去买菜人家都给她打折，买个葱姜蒜什么的都不要她钱。她跟我说把你的事在电视里说说吧，好多人家解决不了的矛盾上电视一说就解决了，说不定你上了电视之后你们家的事情也圆满解决了呢，她说来说去，就把我说动心了。我想就算死马当活马医吧，就答应她去了电视台。

他听了，不知说什么好。

表姐从他的表情上看出了他的态度，有点后悔地说：我要是早跟你说就好了，你要不让我去我肯定不会去的，现在说啥都晚了。

他只好反过来安慰她说：上回电视也没什么，上电视的人多了，多少人还是靠电视出名的呢。

表姐马上高兴地笑着说：你这么说我一颗心就放下来了。

表姐把栗子拿进厨房放在微波炉里加热了，满屋子都是栗子香。她拿出来放在桌上叫他也吃，他不喜欢吃零食，也没有吃零食的习惯，但还是象征性地吃了两个。

他问表姐：他们都让你说些什么？

表姐没有回答他的话，顺着自己的思路说：王秀娟的那个妹夫真能引人说，连他们电视台的人都说他是电视台里有一号的，再紧的嘴巴他也能给撬开，什么人他都有本事让你跟他掏心窝子。

他鼻子里哼一声说：他就是吃那行饭的，坑蒙拐骗，威逼利诱，能达到目的就行，遇到没经验的可不得上当。

表姐点头说：可不是，我真是从来没见过像他那号人。

他问她：你都说啥了？

表姐笑了几声，红着脸说：反正我都说了。他让我说什么我就说什么，全招了。她眼巴巴地看着他，一副犯了错误无法挽回的样子。随后又像是辩解一样讪讪地说：你不知道电视台那屋子没窗户，又闷又热，我紧张得一脑门子汗，从头到尾就跟考试一样，人发蒙，脑子不听使唤，说了什么我自己都不知道。明天晚上就播了，不定有多丢人现眼呢！我现在一想起来脊梁骨后面就直冒汗，恨不得有个地洞一头钻进去算了。

他听她这么说，知道她是真不自在，就没有再往下说。

表姐扎上围裙，去厨房弄晚饭。他跟了进去，想帮忙，表姐不让他动手。他靠在门框上，有一句没一句地跟她闲聊。他突然想起浦虎妮，告诉她刚才出来的时候碰见她了。

表姐问他：是不是那个离婚带个孩子的？我都快忘了这个人了。

他笑着说：别说你快忘了她了，我都快忘了她了。

表姐说：我想起来这个女人挺浪的，你知道这是谁跟我说的？就是介绍人自己说的！当然了，她是听说你没看上她才说的。我还说她呢，你知道她浪还介绍给我弟弟，你这不是坑我们吗？她说越是这种玩儿过的人结了婚才会收心呢，反倒比那些从来就守着一个男人过日子的女人要可靠，她们知道男人是怎么回事，男人的坏男人的好她们都领教过，全都明白，男人一般的诱惑也都顶得住,而且这样的人差不多都吃过男人的亏,心里一本账清清楚楚,所以也知道珍惜得来不易的婚姻。我骂她说你说的都是屁话,害了人还给自己脸上贴金,不过我仔细琢磨琢磨她说的也还是有点道理的。

他听了只是笑笑,表姐一边炒菜一边问他:后来她没再纠缠你吧?

他说:没有。又说:她干嘛要纠缠我呀?

表姐在升腾的油烟中说:那种女人,说不准的。

他说:我啥也没有,纠缠我干啥?

表姐说:你这话说的!你堂堂正正一个小伙子,要模样有模样,要人品有人品,本本分分,踏踏实实,工作不错,收入稳定,对女人来说这还不是理想的结婚对象啊?

他说:那也不见得吧。

表姐飞快地翻动着锅铲说:那你说说女人还要挑什么样的!

他说:不同的人看重的方面不一样吧。

表姐说:我看是差不多,女人都喜欢男人有本事,不过在我看来一个男人要是不可靠,他再能干,挣得再多,风头再足,也不能要,所以男人可靠是第一条。她朝他一笑,说:我看你就符合这第一条标准。

他苦笑,好像是默认了一样。

表姐深情地看着他说:我一定要替你找个好的,我最放心不下的就是你了!

正说话间,门嘭地一声开了,荷荷风风火火地冲进来,她把书包往沙发上一扔,跑进厨房一头扑进小陶的怀里说:你怎么来了?

妈妈马上呵斥她说:你怎么连人也不叫?越大越不懂事了!

荷荷白了妈妈一眼,嘴里嘀咕说:怎么什么事都要管,烦人不烦人呀?

小陶在她的鼻子上轻轻刮了一下,说她:小淘气包!

荷荷笑着反唇相讥道:你才小淘气包呢!问他:刚才你们俩在说什么?怎么我一进来就不说了。

小陶笑着说:大人说话还要向你小孩儿汇报?

荷荷一脸的嘲讽,皱起鼻子说:你跟她说?她什么也不懂,有什么话你还不如跟我说呢。

小陶说她:你怎么这么说妈妈?

荷荷假装惊讶地问他:噢,你到底是跟她一头的,还是跟我一头的?

妈妈听了气得哼了两声,脸拉得很长。

荷荷也不理会,她突然一脸神秘地对他说:你来,我有事情要问你。

她把他拉进了自己的房间,反手关上了房门。

小陶笑着说:还关门干啥?

只听表姐在外面大声吼道:又出什么妖蛾子了,整天装神弄鬼的,除了不好好学习,别的事情来劲着呢!这又是演的哪一出啊?你快给我把门开开,听见没有?

荷荷朝着房门一瞪眼说:不要她烦她还偏要烦。她转过脸问他:你知道两片吧?

他说:知道,肠虫清,打虫子的。

荷荷听了直摇头,说:不是不是,我说的是毓婷。

小陶吓了一跳,说:那是紧急避孕的。

荷荷说:你知道啊,真是在药房没白待。

小陶放下脸来严肃地说:你问这个干什么?

荷荷好像有一点害怕,小声说:我就是问问。

小陶的声音不由自主就提高了,急切地问她:你是不是吃了?

荷荷断然否定说:我没有!她也有点急了,说:你怎么跟她似的?不了解情况就下结论。

小陶也不管她高兴不高兴,问她:那你怎么想起问这个的?

荷荷说:我是替我一个闺蜜问的。

小陶问她:什么闺蜜?

荷荷笑话他:连闺蜜都不懂,你也这么老土啊,真让我失望!

小陶问她:她为什么要吃那种药?

荷荷瞪大了眼睛看着他,说:你这问题怎么就像我们老师问的,我们老师就总问些外星人问的问题。她为什么吃那种药还用我说吗?

小陶愣了一下,一想也是,改口说:这种药哪儿能随便吃?对身体是有副作用的。

荷荷说:她知道。

小陶说:知道还吃?

荷荷说:总比怀孕强吧。

小陶一想也对,便说:那种药是不能当普通的避孕药吃的。

荷荷说:她也知道。她吃了药觉得恶心,她不知道是吃药以后的反应还是自己怀孕了,她特别害怕。

小陶这才平和了一点说:那种药吃了之后是会有恶心头晕这样的反应的,不过和妊娠反应在时间上不太一样,她应该可以自己判断一下。真有问题需要及时去医院,你要跟她说,一定要去正规的医院。

荷荷说:她在线上,我现在就告诉她。

她马上趴到电脑前,点开QQ上的"风中的小野花",写道:亲爱的,我舅舅说了,吃那种药会有恶心和头晕这样的反应,不一定是真的有事了,你不要害怕……

那边马上就回复:亲爱的,我一直想吐,我好害怕……

荷荷写道:我好心疼你哦!

那边回复:要是我真的有事了我妈肯定会打死我的!

小陶对荷荷说:你问问她月经有没有过日子。

荷荷问了,那边回复:刚过了一天。

小陶说：刚过一天就是真有事还不至于出现反应。

荷荷拉他说：你坐这儿跟她说吧。她飞快地写一句：亲爱的，让我舅舅来告诉你吧，他在医院上班。

小陶不肯坐下来，但还是让她拉着坐了下来。

她叮嘱他说：你千万不能吓着她，她脆弱得很，一吓就能把她吓死的。

小陶一个字一个字地写道：你再耐心等两天，因为这种药也可能使月经紊乱，心情紧张和焦虑也会这样。如果两三天之后月经还是不来，你可以去药房买妊娠试纸，自己先测一下，如果是两条红线，就要去医院检查，而且一定要去正规的医院检查。

那边回复：我知道了，谢谢您叔叔！随后还发来一个害羞的小红脸蛋。

小陶站起身对荷荷说：我的任务完成了。

荷荷说：你再安慰她几句。

小陶为难地说：这种事情我不擅长，还是你自己来吧。

荷荷喊了一声，笑嘻嘻地说：不擅长才让你多练练呢。

外面突然响起了表姐高亢的声音：你们吃不吃饭呀？饭菜都凉了！

荷荷马上十分抵触地说：你瞧瞧她这脾气，前一秒钟还风平浪静，后一秒钟就大爆炸了，真让人受不了。

小陶忍不住笑了，说她：你这孩子，小嘴巴真厉害。

他开了门,看见表姐从厨房里端了一大碗热气腾腾的汤走出来,他伸手去接,她一闪身躲开了,嘴里说了一个字:烫!

放下汤她问他们:你们又在说啥呢?

荷荷快言快语地回她一句:在说你呢!

小陶赶忙打圆场说:说你菜做得好吃。

表姐狐疑地望他一眼说:她不会这么说的,她不说我不好就不错了。

荷荷说:你看她真明白。

表姐看小陶在偷偷地乐,知道他跟自己开玩笑,笑着说他:好嘛,你也跟她串通一气来蒙我。

三个人吃过了饭,荷荷照例被轰进房间做作业,表姐和小陶坐在灯下闲聊。表姐拿出毛线织着,在小陶印象中她好像永远有织不完的毛线活儿,这样的场景他至少看了有二十多年了,他感到既温馨又陈旧,就像看着一张泛黄的旧照片。他坐在她对面,看着她手里两个针头上上下下地移动着,听着她慢悠悠的说话声,觉得时光都慢了下来,甚至倒了回去。他心里暗想所以荷荷跟她有代沟也就再正常不过了。他其实很想把荷荷的同学吃避孕药的事情告诉她,让她心中有个数,他自己对荷荷同样也有点不放心,但他更害怕表姐听了之后沉不住气闹起来,恐怕那也不比真的吃了避孕药好多少,所以他想了想还是忍着没有说。

第二天晚上他在宿舍里准时收看了"说还是不说"那档电

视节目。他趁着节目前放广告的时间去撒了一泡尿,回来的时候节目已经开始了,那个圆脸的主持人(现在他知道他是王秀娟的妹夫)带着职业的微笑正向观众鞠躬,然后他介绍坐在高高的小圆凳子上的三位嘉宾——一水儿的中年妇女,表姐果然就在其中。他紧张地扫了一眼她的穿着打扮,总体来说还过得去,上身穿的是他送给她的那件黑白格子的薄呢外衣,他想到她可能会穿这件衣服,果然就真的穿了。镜头往下的时候他看见她竟然穿着裙子,是三个女嘉宾当中唯一一个穿裙子的人。他看见她露在裙子外面的两截儿小腿,居然穿着一双发红的丝袜,跟她墨绿色的裙子要多不搭有多不搭。他突然想起这双高粱红的丝袜也是自己送给她的,当时他也不知道为什么会毫不犹豫给她挑了这么个颜色,穿到她身上他才知道这个颜色有多土气。他为丝袜还没彻底缓过劲儿来,电视上出现了一个全景,他一眼看见她竟然穿了一双男式的系带子的黑皮鞋,他觉得简直是触目惊心。好在镜头不一会儿就移了上去,基本保持在上半身不动,他才稍稍松了口气。不过他很快又看出了问题,她的衬衣里面露出半高领的棉毛衫,抬起手的时候棉毛衫的袖子也从衬衣的袖口里露出来,看着不伦不类。他忽然后悔以前从来没有留意过表姐穿衣打扮方面的细节,不然他也好在她上电视之前提醒她一下。

他把椅子挪近电视机,仔细地端详表姐的脸。他马上也看出了问题——她脸上十分难得地化着妆,他想肯定是电视台给化的，可是连粉都没有抹匀，脸颊边上还露着本来的土黄色，就像一个不负责任的人随随便便刷的一面墙一样，而眉眼却画得特别深，看上去有点凶巴巴的，跟她本人都不怎么像了。他把椅子又挪回到原来的位置，不想再去挑毛病。他心里感到安慰的是大概不会有人像他这么死死地盯着屏幕看她的。

　　他这么想完全是推己及人，对另外两个女嘉宾他就完全是冷眼旁观，而且根本不当回事。他看她们比表姐岁数都要大，也许岁数差不多，但她们看上去都要比表姐老。那两个人长得很像，他差一点误以为是双胞胎。她们都体态臃肿，头发也都是染过之后又褪了颜色的，黑一块灰一块，部分还透出金红和金黄，离发根近的一截儿干脆就是白的，看着就是粗粗拉拉生活不讲究的人。她们穿的衣服也不讲究，都是样子很老的两用衫，大概跟她们平常上街买菜下厨房穿的没有两样。她们脸上也都化了妆，同样是粉底都没有抹匀，看上去就像是贴了一张皮一样。她们说话的腔调和神态也很像，都是字正腔圆的京片子，表情十分严肃，就像是上台参加群众汇演一样。他听着她们说话好几次都忍不住笑出来，虽然她们的话并不好笑，但是跟她们庄严的神情配在一起就十分好笑了。跟这两位一比，他就替表姐松了一口气。

　　他看到屏幕左下方打出一行字：我们的老公还会回来吗？这是刚才他去撒尿错过的标题，他看了之后心里觉得电视台实在是无聊，这不明摆着是抖搂人家的隐私博取收视率吗？他立刻有点心疼表姐，觉得她中了人家的圈套。

电视屏幕上的表姐高高地坐在圆凳子上,像是被审判一样。他看得出她很紧张,很不自在。王秀娟的妹夫说完一段开场白之后开始提问,他的第一个问题是:你们知道不知道你们的老公是因为什么原因离开家庭到外面去的?三个女人都沉默着,好像有点无从说起。

主持人马上点了表姐左手边的嘉宾,让她先说。

这位嘉宾迟疑了片刻开口说道:这有什么好说的?

主持人马上微笑地对她说:既然来到这里,您就对广大的电视观众好好说一说吧。

女嘉宾坐正了身子(电视屏幕上立刻出现了她的脸部特写——一张硕大的扁平的面孔),她清了清嗓子,对着镜头说了起来。

主持人打断她说:请您先向观众自我介绍一下。

女嘉宾重新又清了清嗓子,说了起来:我叫毛桂花,今年四十九岁。她扭过脸问主持人:我这么说行吗?

场内的观众哄地笑了起来,主持人鼓励地点点头说:很好,说下去。

她一脸切入正题的表情,继续说:我跟我们家那一位是自由恋爱的,当时我是我们厂宣传队的,他也是我们厂宣传队的,你们知道宣传队吧?那会儿我们到处去演节目,汇演啦,慰问啦,别提多活跃了。别看我现在这么胖,那会儿我可不是这样的。一来二去我们俩就好了,说不上是一见钟情,其实吧——现在说出来也没关系,其实是我追的他。他小我三岁,那会儿他刚二十,我二十三,我看他就是一个小弟弟,能照顾他的地方我都照顾他。先我们也没谈恋爱,就是那种干姐姐干弟弟的关系。他什么都跟我说,连他喜欢谁都告诉我。可是他家里经济条件实在太差了,兄弟姐妹好几个,他是老大,那话怎么说的,干活儿有他,享福没他,我一点不夸张地说冬天他都没件暖和的衣服。他追人家女孩儿,人家没答应,嫌他家里穷。他那个痛苦啊,真是痛不欲生。我就劝他,我跟他说,这个不行就换人,咱中国这么大,最不缺的就是人啦。那一段我每天一有空就去陪他,下班以后我经常是先回家去把晚饭做好了装在饭盒里,再骑车到他宿舍跟他一起吃。大概也就一个来月吧,我们俩的关系就定下来了。其实也特别简单,有一天我跟他说要不咱俩好得了,我说我岁数是比你大,但我对你好啊,而且我一辈子都会对你好的。他听了,想了想,就点了头。不瞒你们说,是我先拉的他的手,也是我先吻的他。哎哟喂,当时我那个高兴啊,真是没法儿说!到礼拜天我就带他去我家里,我父母一看他就喜欢,他人长得那叫一个俊,心眼儿好,手脚还勤快,一到我家活儿就上手了,跟我弟弟一块儿做蜂窝煤,溜溜做了一天,把我们家门口都铺满了。我们家老爷子老太太立刻就点了头。两个月就到国庆,我们国庆节就把事情办了。结了婚就是过日子呗,那会儿我们也没什么钱,但过得还是挺高兴的。第二年我就生了我们闺女,他对女儿喜欢得不得了。我这儿没给他们家生个儿子心里头还挺内疚的,可是计划生育是基本国策,咱也不能违背政策是不是?他说无所谓,男孩儿女孩儿都一样。谁看我们家都是一个幸福的家庭,街坊邻居都羡慕我们。我跟他感情也一直不错,不瞒各位说,结婚都小二十年了我们出门还手拉手呢,连我们女儿都笑话,她说老爸老妈你们怎么跟谈恋爱似的啊!这些年就不是这么回事了,我要跟他一块儿出去他都不愿意,有时候吃过晚饭没什么事,我说走,一家三口出去遛遛弯儿。这不是挺好的嘛,可他说什么也不去。不去就不去吧,过一会儿又一个人出去了,要不就是拉着女儿出去了。真像小品里说的,让我挺伤自尊的。

主持人提问:什么时候出现这样的变化的?

毛桂花想了想回答说:我也没特别留意,不知不觉就这样了,大概有个七八年了吧。

主持人说:大家请注意一下这个时间。

他做个手势让她继续,她又接着说下去:他不爱跟我一块儿出去,也不肯跟我一块儿拍照,有件事让我挺受刺激的,有一次我们跟几个玩儿得不错的朋友去春游,都是一家一家的,人家都是两口子一起拍合影,就他不肯跟我拍,弄得我挺下不来台的。当时我没跟他计较,不过要说心里一点感觉也没有那也不是真的。回家之后我还跟我闺女说呢,我说你爸嫌弃你妈了,连照片都不肯跟我拍。我们孩子说什么?她说您就没有必要自取其辱。我一听可不是吗,从此以后就再没有提出跟他一块儿照相。

主持人打断她说：我们的问题是"你们知道不知道你们的老公是因为什么原因离开家庭到外面去的"？毛女士，请您谈得集中一点。

毛桂花在圆凳上扭动了一下屁股，大声说：知道啊，当然知道啦，喜新厌旧呗！

现场的观众又哄地一声笑起来。

她仿佛受到了鼓励，脸上挂着笑，用一种开朗幽默的语调说：有句老话是怎么说的，狼走千里要吃人，狗走千里要吃……猫喜欢偷腥，男人嘛，不是我说啊，跟猫差不多。你们不要笑，我没瞎说。我老公后来从单位辞了职跟几个哥们儿弄了一个公司，搞装修的，赚了一些钱，我就感觉到他有变化了。我还劝自己呢，生意场上嘛，应酬总是少不了的。他回家越来越晚，经常喝得醉醺醺的，再后来干脆就不回家了。我跟他讲道理，给他那帮子兄弟挨个儿打电话，还出去满世界找他，反正我什么招都使了，都不管用。他嫌我丢了他面子，我越追他越不着家，到后来我给他打电话他都不接了，我们的关系彻底又死在那儿了。

主持人提问：这种情况下您有没有想到过要分开？

毛桂花瞪着他说：那不正好便宜了外面的狐狸精了吗？我傻呀！

全场又一次大笑起来。

她神情严肃，一本正经地说：一开始我是想着孩子，孩子挺小没有爸爸怪可怜的，我自己受点委屈也就忍了。再想想也舍不得他这个人，虽说他不怎么回家，可是他冷了饿了至少有我这儿惦记着他，怎么说呢？我想至少我这儿还有他一个退路吧。从前老话说"一日夫妻百日恩"，我跟他已经做了二十六年的夫妻，别的话也就不用多说了。跟你们说吧，他偶尔回家一次，就是回来拿拿衣服什么的，我真的是特别高兴。说心里话他要我为他做什么我都愿意，打心眼儿里愿意。所以不管怎么说吧，就是他不爱理我，我也认他是家里的人。我不知道他心里面是怎么想的，我估计他多多少少也有这种感觉吧。要不然的话恐怕他早就跟我分开了。到这个时候，我觉得他这个人还真是不错，不管他在外头怎么样，至少他从来没跟我提过离婚，我想还是当初没有看错人吧。

主持人对着场内观众说：刚才我们听了毛女士的故事，归纳一下她的老公走出家庭是因为外面的诱惑太多，他们之所以没有分手呢，因为虽然爱情可能已经消失，但是亲情还在。好，紧接着我们请沈女士说说她的故事，看看跟前面这位毛女士的故事有什么不一样。

镜头立即转向了表姐，屏幕上出现了表姐的脸部特写，小陶一眼看到的还是她脸上涂抹不匀的粉底和画得太浓的眉眼。表姐的眼神是游移不定的，他不由得替她捏着一把汗。

电视里的表姐咧开嘴尴尬地一笑，开始说话。她的话干巴巴的,说得也不太连贯,跟刚才那位滔滔不绝的毛女士比起来显得缺乏自信。表姐说:我们也是自由恋爱的。主持人立刻竖起一根手指,对场内观众说:大家注意到了没有,又是自由恋爱。请各位在听这三位女士的故事的同时,稍带想一下,为什么同样是自由恋爱开始,老公却不回家了呢?好,下面我们请沈女士继续。

表姐接着说:结婚前几年我们的感情也还不错,不是说就一点没吵没闹的,但是吵过闹过也就过去了。至少有十来年时间吧,我们过得还是很平静的,也说得上挺幸福的吧。后来也不知怎么回事,他出去的时候多了,回家的时候少了。也不知从什么时候开始的,晚上经常在外面吃饭,刚开始我都要等他回来才睡,每次我都问他在哪儿吃的饭都跟谁在一起,他就告诉我在哪儿跟谁在一起,不过真的假的我就不知道了。那会儿我一点都没有怀疑过他可能说的不是实话,他怎么说我就怎么信。后来他在外面越弄越晚,有时候等他到一点两点三点四点还不回来,我第二天一早上还要上班,老那么熬我也熬不起,就不等他了。再之后他就整夜不回家了。

主持人插话:他不回家过夜,您不过问吗?

表姐舔了舔干燥的嘴唇,语调急促地说:我当然问了,第一次他整夜不回家我就问他了,他说跟哥们儿几个一块儿打麻将。我问他都谁呀,他就急了,冲我嚷,说你管那么多干嘛?我也跟他急,我说你夜里不回家,我是你老婆问问不行吗?他说该你管的你管不该你管的你甭管。我说这还不该我管,那什么该我管呀?他吵不过我,摔了门就走了。从此以后白天夜里都不怎么回来了。我倒是没去找过他,他爱回来不回来。后来我懒得跟他吵了,随他去。

主持人问她:您分析过他不愿意回家的原因吗?

表姐愣了一下,就好像在考试卷上看到了那道押中的题目但却一时记不起答案一样,眼睛飞快地眨巴着,过了片刻她声音不大地说:大概是时间长了,感情淡了吧。

主持人追问:为什么时间长了感情就淡了,您想过没有?

表姐又愣了,这道题显然不是押中的。

主持人马上用一种启发性的口气说:为什么夫妻的感情不能像书里说的那样历久弥新呢?

表姐很实诚地回答说:不知道,恐怕做不到吧。

她旁边的毛女士突然大声说:买来的东西还越用越旧呢,谁听说过有啥是越用越新的?

全场大笑,主持人也忍不住大笑,他本来就很圆的一张脸更圆了。

笑过之后主持人继续对表姐提问:他在外面的情况您了解吗?

表姐犹豫了一下说:也不能说完全不知道吧,总会有消息吹到耳朵里,多少我也听说一些。再说一个家里过日子,就是别人不说,我自己也不会一点感觉都没有吧。

主持人又问：您没考虑过分开吗？

表姐沉默了片刻说：不是没考虑过，不过说实在话我也没敢太往深里考虑。我是这么想的，反正我自己有工作，每个月都有收入，吃喝不靠他，连养孩子也能不靠他，所以他爱回家不回家，我睁一只眼闭一只眼，眼不见为净，反正也不指着他。

主持人说：作为男性我有一个疑问，既然您有工作，经济上完全独立，为什么还甘愿受这样的委屈呢？我的意思是，您为什么不找一个好的解决方式，我倒不是一定主张你们分手，比如说，您为什么不跟您的老公好好谈谈呢？

镜头又转向了表姐，她一脸愁苦地说：跟他那样的人没什么可谈的……

毛女士憋不住抢过话头说：谁跟你谈啊？他根本就不会坐下来跟你谈的，就是谈也是谈不上几句就吵架，根本就谈不下去。

主持人竖起一个巴掌想阻止她，但她并没有停下来的意思。她滔滔地说下去：我觉得不管怎么说都是女人被动，女人要怀孕、生孩子、哺乳这就不说了，家务一般来说也是女同志做得多。是不是家家都这样我不知道，反正我们家就是这样，我周围的人家也是这样。男人可以说有工作或者外面有事情一甩手走了，女人你放得下吗？孩子在你后面哇哇地哭，老人躺在病床上，家里的脏衣服堆得像小山那么高，水管子还在漏水，电话费再不交电话就给你掐了，你能看着不管吗？你一天一天忙忙碌碌，十年二十年过下来，岁数大了，脸蛋不光鲜了，腰身成可乐罐了，家里也有点钱了，老公在外面自然而然就有名堂了，这简直就是自然规律了。对女人来说，也真是没招。你说离吧，早过成一家人了，就是离了你也很难彻底忘掉这个人，跟别人呢，也未必就过得惯，孩子怎么办？还有两边的老人会怎么看怎么想啊？他们养老怎么办啊？都是事情，所以离婚也不是一件简单的事。可是不离呢，他老不回家，你连他人影子都见不着，好一点的他还有钱拿回家，差一点的是你既见不着他的人也见不着他的钱，更差的是没事他还跟你作，把你折磨得人不人鬼不鬼的，这样的日子谁过谁知道是啥滋味！你们别看我这么大大咧咧乐乐呵呵的一个人，不瞒你们说，有多少次我都从睡梦里哭醒过来，一摸床是空的，想想自己怎么就这么惨呢。到这里来看看才知道像我这么惨的还不止我一个呢。

主持人做出疑惑的表情说：听到这里我有一个问题，也可以说是困惑吧，在我国男女平等已经讲了几十年了，可是听你们刚才说的这些，我怎么觉得妇女并没有真正获得解放，是不是这样啊？

现场顿时交头接耳议论纷纷，还是毛女士的声音压倒了大家乱纷纷的七嘴八舌，她带着不满和不屑说：解放什么呀？怎么解放呀？不是我说，妇女解放压根儿就是一句不靠谱的话！

演播室里笑成一团。

主持人控制了场面，对着镜头说：刚才我们听了毛女士和沈女士说了各自婚姻生活中的一些故事和感触，她们同样面对的是自己老公不回家这么一个窘况，她们的情况有很多的相似之处，下面是广告时间，广告之后我们来听一听李女士又有怎样的故事和感触，以及她们三位对目前这种状况都有什么打算。好，广告之后欢迎回来。

广告画面一出现小陶就出去上厕所了。从厕所回来，还没进门就听见电话铃大作。他马上想到是表姐打来的，接起来，果然没错。

表姐急急地问他：看了吗？

他说：正在看呢。

表姐说：我很难看吧？我自己看了觉得丑死了，太丢人了！

他赶忙安慰她说：你比那两个好多了，你看着比她们年轻，也比她们显瘦。

表姐笑了一声说：好什么呀？我看都差不多，都是没法看的人！我从电视里一看才知道自己原来这么胖，一张脸跟切饼似的，我自己都不敢看下去。

他继续安慰她说：没你说的那么夸张，我看还好，就是脸上的粉好像有点没擦匀。

表姐说：不抹那些乱七八糟的说不定还好点，抹了整个成一老妖精了，明天我都没脸出门去了。

他哈哈大笑。

表姐又说：我话说得颠三倒四的，嘴里说的跟心里想的都不是一码事，你说这电视咋这么害人呢？我都后悔死了上这么个节目!

他只好把安慰的话说到底,他说:你说得还好,我没觉得颠三倒四。

表姐说:你总是还好,还好,我知道你是在宽慰我。

他终于把心里忍着的话说了出来:我就是有点担心他要是看了这个节目会怎么想。

表姐的口气立马变得沉重起来,说:你跟我想到一块儿去了。我也不知道我怎么那么蠢,居然答应上这么个节目。王秀娟来找我的时候我是特别坚决就拒绝她的,我说我不上电视,我才不去出洋相呢。可是电视台给我打电话的时候我脑子就糊涂了,他们话说得特别诚恳,我让他们几句话一说没扛住就答应了。我这个人有时候真是没主见,耳朵根子又软,这上头我已经吃过好多亏了,可怎么就是不长记性呢?我想想都生自己的气。你不知道,我到了电视台,往那儿一坐,雪亮的大灯一照,台下乌泱乌泱一片人,我脑子就成豆腐脑了。主持人还追着问,我心里全乱了,一身的热汗,说的什么自己都不知道。刚才我一看,惊出了一身冷汗!我也想要是他看了会怎么想呢?好在荷荷我没让她看,被我关在屋里做作业呢。

电视节目又开始了,表姐在电话里一个劲儿地说个不停,小陶调低了电视的声音,他只看得见画面,听不清里面在说什么。屏幕上出现的是李女士,他看她可真是长了一张地地道道的大切饼脸,又白又大,两只小眼睛就像两条毛毛虫,他心里不由得想就像她这样的老公不回家也正常，不过他怕表姐多心，没敢说出来。电视里的李女士没说几句眼圈就红了，然后开始抹眼泪。有一张纸巾不知从哪里递进了屏幕，李女士接在手里，捂在了眼睛上。

表姐在电话里说：看看，哭戏开始了吧，我现在坐这儿看着真是要多傻有多傻。

他说：那就别看了，把这事儿忘了吧。

表姐提高了嗓门说：你这儿啪一关电视是不看了，可是它还在那儿演着，不定多少人在看呢。明天我是绝对出不去门了，我真恨不能今天夜里就死了算了！

他埋怨她说：你说啥呢？不就是上个电视嘛，至于吗？

表姐说：反正我是一百个后悔，一千个后悔，一万个后悔，后悔得要命，以后就是打死我也不到电视里去丢人现眼了。

他劝她说：别当它一回事，也别多想了。

表姐叹口气说：是啊，我把头往沙子里一扎算了。

他说：别看了，洗洗早点睡吧。

表姐说：你也别看了，你也洗洗早点睡吧。

他应声就把电视关了，笑着说：我把电视关了，这下你放心了吧？

表姐也笑了，说：我也把电视关了，去他姥姥的，睡。

第二天小陶正上着班接到荷荷打来的电话，他多少有点突然。电话里杂音很大，他听不清楚荷荷在说什么，但他能感觉到她特别着急，而且还很愤怒。他叫她慢慢说，可她说的什么他还是听不清楚。他叫她换一个电话打，她说学校周围的电话都是坏的，这一句他倒是听清楚了，赶紧问她有什么事。

荷荷说：我想跟你见面说。

他说：你几点下课？放学我去你学校找你吧。

荷荷说好，告诉了他下课的时间，就把电话挂断了。

他放下话筒，耳朵里还嗡嗡响着。

他心里忐忑起来，不知道荷荷遇到了什么难办的事情。一大堆不太好的想法从他脑子里涌过，他赶紧转移思路不去想。可是他忍不住还是要往她身上想，他想到底是她遇到什么事情还是她的同学遇到什么事情？他私心一动，希望是她同学有事。他想到上次那个吃毓婷的同学，心里飞快地计算了一下日子，他想荷荷的这个电话很可能是替朋友求助的。他不希望荷荷有事，他担心她还在其次，他最担心的还是表姐。

下午他跟谢红和方芳打了个招呼就先走了。到了学校门口，他没有看见荷荷。放眼四处寻找，前后左右全是穿校服的放学出来的学生，不往脸上看还真认不出哪一个是荷荷。有两次他看见急匆匆朝他走来的女孩子以为就是荷荷，刚露出欣喜的表情，发现认错人了。他等了有一刻钟，还看不见荷荷的身影，心里不免有点焦急起来。

又等了十来分钟，他看见荷荷远远地从一排小店那边晃悠过来，边走还边吃着一根冰棍。她显然没有看见他，迈着一摇三摆的步子，不紧不慢，一副痞里痞气的样子。她的羽绒服和校服上衣都大敞着，露出里面翠绿的低领T恤，虽然还不到低胸的程度，但一大片雪白的脖颈露在外面。他发现她胸前竟然已经是波涛起伏。

等她走近，他皱着眉头说：你也不怕冻着？

荷荷笑呵呵地说：我不冷。

他只好把话说得明白一点：你这校服是怎么穿的？天也没有这么热嘛。

荷荷回嘴说：天不热我热，行吗？

他刚想管她这天气吃冰棍，话还没出口，发现她头上梳着两个冲天辫，一个扎着红橡皮筋，一个扎着绿橡皮筋，勒成一节一节的，就像捆得不结实的扫把。

他的眉头皱得更紧了，说：你这头上是什么玩意儿？长角啦？

荷荷扑哧笑了，说：你不懂了吧，这是太妹打扮，是我同学给我弄的。

他说：快揪掉，怪模怪样的让老师看见不得处分你啊？

荷荷笑着说：我们好多同学都这样，处分得过来吗？

他让荷荷走到马路牙子上面，避开来来往往的车流，然后一副言归正传的神情问她：你把我叫来有什么事？是不是又在学校淘气回家不好交账了？

荷荷像个大人似的叹口气说：要真是这么点事儿我就不麻

烦你了。

他听了立刻问她：那是什么更大的事？

荷荷拉住他的胳膊说：找个地方坐下来说。

她带他进了学校斜对面的一家冷饮店。

看她熟门熟路的样子他问她：你是不是经常来呀？

她回过脸一笑说：我们学校里谈恋爱的人才经常来呢。

他问她：你没谈恋爱吧？

她哼一声说：我跟谁谈呀？

他们刚坐下来，一个中年女人马上端了两杯鲜黄的加了冰块儿的饮料过来，荷荷给了她两块钱，眯起眼睛笑着对他说：一个人一块钱畅饮，想喝多少就喝多少，我请客！

他看着小外甥女拿钱出来的潇洒劲头儿，不由得笑了。

荷荷用吸管吸着饮料，突然板起脸说：你说她这人有脑子吗？教育我一套一套的，自己整天做些不靠谱的事儿，给我丢人现眼，我都不知道跟谁说去。

他一下子没反应过来她在说谁，他发现她说话的声气像极了表姐，简直就是一个活脱脱的少女版表姐，他恍惚了一下，立刻明白了她说的正是她妈妈。

荷荷问他：昨晚上你看电视了吗？今天我一到学校就有同学对我说你妈上电视了，然后就是嘿嘿嘿地坏笑。我一点都不知道有这么回事，我想她怎么会上电视，我还以为是我们同学胡说八道呢。后来跟我要好的同学告诉说她真的上电视了，我这才相信。难怪昨天晚饭就催我快吃快吃,我刚吃完就催我快点进屋写作业,我还当她是真操心我学习呢。我问同学我妈在电视里都说什么了,她们都是只看了几眼,说好像是说老公走了还能不能回家什么的,我一听差点气炸了,你说她这个人是不是老年痴呆了?家里的这点破事怕别人知道还来不及,她居然自己跑到电视里去满世界宣扬,有她这样的吗?

她小脸涨得通红,他知道她是真生气了,却不知道该说什么,也不知道该怎么劝她。昨天表姐给他打电话的时候他觉得应该安慰表姐,所以并没有把电视太当回事,现在听荷荷一说,他觉得应该安慰荷荷,想到昨天晚上叫表姐把电视关了其实真的不过是掩耳盗铃。

荷荷愤愤地说:她要上电视也该跟家里人商量一下吧,她看不上我,至少先问问你吧。她不是什么事情都愿意跟你说的吗?怎么这件事又不告诉你了?其实她就是问问我也行啊,我肯定会拦住她的。

他像是辩解地说:她真的事先没有跟我说。

荷荷冷笑一声说:连你都不说,她主意可真大!

她的冷笑让他打了个寒战,他忽然从她身上看见了她爸爸的面容和身影,那种不阴不阳的忍耐和不依不饶的强悍,让他心里涌起一阵模糊的恐惧。

荷荷问他:你怎么不说话?

她双目炯炯地盯着他,好像审讯他一样。他觉得这小丫头心里真是厉害，关键时候什么都放得下来，远远强过她妈妈。他喝着饮料，沉默着。

荷荷突然嘻地一笑，说：你说话呀，你至少替她辩护几句吧。

他听出她话里的讥讽和嘲弄，反问她：我干吗要替她辩护？

她冷冷地说：你们不是无话不说的吗？

他听出她话里不但有讥讽和嘲弄，甚至还有醋意。他吓了一跳，觉得对这个小丫头真不能小瞧。

他很想放下脸来训斥她几句，让她不要这么没大没小，可是平常跟她玩儿惯了，一下子要端起大人的架子有点困难，而且他也不忍心对她那样，怕惹她伤心。

他柔和了口气向她解释说：每个人都有自己的想法，这些想法有可能变得很快，来不及跟别人商量，每个人都可能有不想让别人知道的事情，所以即使我们无话不说她想做什么她也完全有权自己决定，你说是不是？

荷荷说：那她就不为别人想想？又说：你这是既为她也为你自己辩护。

他被她说中，微愣了一下，说：你要是把这份聪明全用到学习上该有多好，你妈妈该多省心啊。

荷荷飞快地接一句：那她就更有工夫往电视台跑了。

他忍不住笑起来。

荷荷说：你别笑，我说的是真话，我妈其实是个爱表现的人，全家就我一个人认清了她这一点。

她脸上现出自负的表情，令他感到十分意外。他忽然意识到眼前这个小丫头不但身体正在成熟，头脑也正在成熟，而且她有些认识和想法超过了她的年龄，甚至也超过了成年人。但是他不想跟她用这样的口气谈论她的妈妈，他觉得自己无论如何不能这样在背后谈论表姐。

他决定结束谈话，对荷荷说：时候不早了，我送你回家吧，晚了妈妈就该着急了。

荷荷不肯走，哼了两声说：再坐会儿嘛，一块钱畅饮我们才喝了两杯，本儿还没有回来呢。平常我们同学一起来都是至少一个人喝三四杯。我妈才不会着急呢，这会儿估计她自己还在外面晃呢。

他听她说起自己妈妈语气很不恭敬，忍不住说她：我听你说你妈妈怎么觉得你们好像是一辈人呀？

荷荷扑哧笑了，说他：看看，你又在帮她了！

他说：我不是帮她，我就是觉得你要尊重她一点。

荷荷说：我怎么不尊重她啦？你这还不是帮她啊？又说：你对我从来就没像对她这么好。

她话说得这么直露，他都不好再说什么。他眼睛看着窗外，避开了她的对视。

荷荷突然吃吃吃地笑起来，用漫不经心的口气说一句：有人喜欢上你了，你还不知道呢。

他内心本能地一震，不知道这小丫头又看出什么了。

荷荷追问他：知道我说的是谁吗？

他又做出他招牌式的迟顿，不说知道也不说不知道。

荷荷憋了一会儿，扛不过他，说了出来：就是我的同学风中的小野花。

他这才大大地松了一口气。

他故作惊讶地说：我不认识你说的什么风中的小野花。

荷荷提醒他说：在QQ上你们聊过天儿的，你不记得啦？

他显得有点害羞地说：她怎么会喜欢我呢？她根本就不认识我。

荷荷说：不认识你就不能喜欢你了吗？照你这么说那人家追星就都别追啦。

他笑着说她：你歪理真多！

荷荷说：真的，她不止一次向我打听你，还问我你有没有结婚呢。我说你没结婚，她特高兴。她还说让我哪天找你玩儿的时候带上她，她真的对你很感兴趣哎！

他没接她的话茬儿，转移了话题。他故意做出随意的样子问一句：后来她没事吧？

荷荷没有再跟他逗下去，回答他说：她没事，她说总算躲过了一劫，不过她跟她男朋友吹了。

他露出惊讶的表情，但是什么也没有问。

荷荷凝视了他片刻，问他：你不想知道她为什么跟他吹的吗？

他不置可否。

荷荷说：她说他太不成熟了，关键的时候比她还没主意，她不能爱一个不敢担当的男人。

他说：她男朋友跟她差不多大吧？那还是男孩儿呢，不能算男人。

荷荷说：所以说呢，她打算要爱一个男人，一个真正的男人。

她眼睛亮闪闪地望着他，他回避了她的眼神，淡淡地说了一句别的，想把话岔开去，荷荷没有上当，调皮地追问他：有人暗恋你是什么心情啊？你真的一点感觉都没有吗？

他不知道如何回答，神情严肃地说：我不跟下一代讨论这样的问题。

荷荷皱起鼻子笑他：你真没劲！

他看窗外天色暗了下来，说：跟你胡扯把天都扯黑了，赶紧回家去吧，要不妈妈真该着急了。

说着他毫不犹豫地站起身。

荷荷不太乐意，她不想走，但只好跟着他走了出去。

他把她送到公共汽车站，不一会儿车就来了。

荷荷上了车，看他没上车，转过身问他：你不跟我一起回家？

他说：不去了，今天药房在进药，我想想还是得回医院去。

她脸上露出一点失望，扭头走进了车厢。他目送公共汽车开走，看见荷荷一张白白净净的小脸被挤在人群当中，忽然很心疼她。

他回到医院,谢红和方芳两个还没有下班,正忙着把一箱箱新到的药品登记上架。她们看见他回来,简直是喜出望外。

一个说:哎哟喂,这么快会就约完了呀?

另一个说:你来得太好了,要不我们两个且下不了班了!

他让她们放下回家去,她们不肯,说这么一大堆东西够你一个人忙到半夜,还是弄完一起走吧。他坚持让她们走,说你们有孩子,跟我客气干嘛?两个人连声谢了他,脱了工作服走了。

她们一走他心里有一种既安静又满足的感觉。他觉得这件事自己做得很对,心里很安慰,刚才看着荷荷挤在公共汽车里的那种自责和难过似乎也得到了弥补。他一边登记着药名,一边准确地把药品送到相应的架子上,脑子里行云流水地想着一些相干和不相干的人和事。他想到表姐、荷荷、甚至荷荷跟他提到的风中的小野花,又想到李芸儿和浦虎妮,他想着她们心里有一股股暖流涌过,同时又感到很孤独。他想自己这么一年一年地过着,年纪越来越大,好像是该把婚姻大事解决了才好,可是想到这件事心里又完全没底,就像面对一片空旷一样。他不知道自己到底是活明白了还是活糊涂了,也不知道自己这辈子到底还会不会结婚。

他正沉浸在自己的思绪里,电话铃突然响了。他拿起电话,是一个男人浑浊的声音,听上去很陌生。这个钟点一般没有人往药房打电话,他以为是打错的,正要挂机,突然听见电话里那个声音在叫他的名字。那人说：同庆，是你吗？

他一惊，"同庆"是他的小名，已经很少有人叫他这个名字了。他脑子里飞快地想着这个人会是谁，他听那人又说：这么晚了你还没下班啊？你先别走，你等我一会儿，我马上去你那儿。

他这才听出来竟然是表姐夫老郭。在他记忆里老郭从来没有给他打过电话，也从来没到医院里来找过他，他抬头看了看墙上的电子钟已经过了十点一刻，他立马想到他会不会是病了，不过他啥也没有问，答应等着他。

不到二十分钟门外响起了脚步声，因为夜里静脚步声格外的响。他打开门，果然是老郭站在门口。老郭红头涨脸的，看上去不像是病了，倒像是喝高了。他松了一口气，请他进了药房。

他给老郭沏了一杯茶，用的是谢红的茶叶。谢红喝茶讲究，买茶叶比他舍得花钱，他不好意思让表姐夫喝自己廉价的香片。

老郭把茶杯接在手里，低下头喝了一小口，茶很烫，他咝咝地吹着，吹了一阵之后又喝，还烫，又咝咝地吹。小陶放下手上的活儿，坐着，等着表姐夫开口。

老郭终于开口了。他说：我都不知道怎么跟你说，我也不知道自己好好的怎么就摊上这样倒霉的事情，你看电视了吧？你知道她折腾到电视上了吧？

老郭两只眼睛紧紧地盯着他，好像生怕他撒谎一样。其实他连撒谎的念头都没有，立刻老老实实地点了点头。

老郭说：我跟她结婚都这么多年了，闺女都十四岁了，这么多年头过下来,就像人家说的就是一块石头揣怀里也该焐热了吧,她怎么就对我那么狠呢?你看了电视,你都听她说了吧,她说我总在外面不回家,不管家,对老婆孩子不好,对家庭没有责任心,整个儿就是报纸上说的一个现代陈世美啊!她说这话有什么根据?我是有时候不回家,那我是在忙着挣钱,我做生意跟她上班下班不一样,我这没有点儿,客户来了要陪一陪,重要的客户来了要从头陪到尾,少不了还要应酬应酬,这我跟她说过多少回了,她怎么就不明白呢?她总是按她自己的思路,无中生有地想出一些事情,然后强按在你头上。你跟她说不是那么回事,她就认为你是骗她,你跟她解释,那根本就是越抹越黑。听她的意思我没回家就是在外头养小蜜、包二奶,她为什么不调查调查再说?她说我不管家,我真不知道她凭什么这么说。她住的房子是她挣钱买的还是我挣钱买的?她看的电视,用的冰箱、洗衣机你问问她都是谁买的。这些话我不能到电视台去向人家解释去,但是跟你说你知道我没有说假话。这两年我是没怎么往家里拿钱,可是我也没有从家往外拿钱啊,大家都是有工作的,为什么老婆就一定要男人养呢?她说我不管小孩儿,荷荷每个学期的学费都是我出的,每个月我还给她五十块钱的零花钱,一个月也没落过。做人要凭良心对不对?她怎么不在电视里说实话呢?

　　老郭压着愤怒,口气是沉痛的,所以即使是小陶听了也不由自主地要同情他。而且据他所知,表姐夫说的也都是实话。

虽然他无论什么事都是理所当然地站在表姐一边，对表姐夫是一百个看不上眼——为什么看不上眼他从来没有想过有什么理由，好像也根本不需要理由，而在表姐夫面对面跟他说了这些话之后，他对他这个人的感觉竟然完全变了。他觉得他不像原来那样可恨，也不像原来那样不值一提，而且，他头一次发现他竟然好像还很通情达理，说的话也都基本在理。他想起自己十五岁那年配第一副眼镜，他从一个胖胖的女售货员手里接过眼镜戴起来，发现眼前的景象跟自己平常看见的顿时不一样了：颜色鲜明了，边界清晰了，世界变得明亮了。当时他的心里是既喜悦又懊丧，他总算又能清楚地看见眼前的一切了，可是之前相当长一段他一直生活在模糊不清的世界里。面对表姐夫他也有相似的感触，他突然有点后悔跟他认识近二十年，而且曾经生活在一起，却没有好好地与他沟通和交流，甚至都没有用一种正常的心态对待过他。

老郭从口袋里摸摸索索地掏东西，掏了一会儿什么也没有掏出来。过了一会儿他又把手伸进口袋掏了起来，这回终于掏出了一个捏扁的香烟盒。

他小心翼翼地问他：这地方能吸烟吗？

小陶点点头，他这才点着烟抽起来。

他抽了几口，突然剧烈地咳嗽起来，抽了半支就掐灭了。他手里拿着熄灭的烟头，声音沙哑地说：从昨天到今天我一分钟也没有睡着过，只要一闭上眼睛我就想到她在电视里说我的那个样子。本来我是不怎么看电视的,昨天正好坐在电视机前,随手摁着遥控器正好就翻到那个节目,你说有多寸!我是从半中间看的,前面她还说了我什么我不知道,我也不想知道,反正我想不会是好话。要是早知道她会说出那样的话,我根本就不会看那个节目,当时就该把电视一关了事的。我真是没想到,跟她过了半辈子,到头来倒落了一身的不是!当初我妈就跟我说过她是一个心狠的女人,其实老太太一直反对我跟她结婚。我妈说她年轻的时候家里出过事心肠变硬了,我还不相信,觉得是老太太瞎琢磨。回过头看我妈说的还真一点错没有。我现在想想我年轻的时候怎么那么鬼迷心窍,真有点非她不娶的劲头儿。我没想到我这辈子栽在这上头!她那个人跟一般人不一样,你对她再好她一样不记得,记得的都是你对她的不好,想想我真不如不结这个婚的好。

说完,他狠狠地把手中早已经熄灭的烟头扔进了纸篓里。

小陶想劝劝他,可实在是找不到恰当的话说。他想如果老郭不是表姐夫就好了,随便他是谁自己都会说几句安慰他的话的,可是现在这个安慰话他不知道该怎么说,他总不能说自己表姐不好来让他舒服和高兴吧?可是一直不说话他也觉得不妥当,怕老郭心里有想法。

于是他支支吾吾地说:这件事嘛……她嘛……其实嘛……

老郭打断他说:其实我也是犹豫了好半天才决定来找你说说的,跟你说句实在话,我跟谁能说这样的话啊?我跟谁也不能说。我这个人好面子，说是优点也好，说是毛病也好，我最害怕的就是丢脸的事。这回她把我的脸可是丢干净了，我真不知道怎么出去见人！他又在口袋里摸索了一阵，哆哆嗦嗦地从烟盒里掏出了一支烟，放在嘴边点着，大口地吸着，接着说：跟我在一起的那些兄弟其实都是些酒肉朋友，一块儿吃肉喝酒行，打个牌行，别的都指不上他们。他们都是些粗人，真有什么话我也不跟他们说，跟他们也说不上。想来想去我也只有跟你还能说一说。

小陶看着他那张脸色发乌的脸在烟雾里模糊起来，心里的同情也像烟雾一样升腾起来。

老郭一边咳嗽一边说：这种电视节目说实在的最坑人了，就是靠忽悠把人忽悠去的，你看真有脑子的人谁会去？参加这种节目的绝大多数都是中老年妇女，男人都不怎么见得到。"说还是不说"，你听听这名字，这不是国民党把江姐绑在老虎凳上灌辣椒水说的话吗？她倒好，也没人让她坐老虎凳灌她辣椒水她就主动跑去招了，还添油加醋，话就像皮圈儿坏了的自来水龙头直往外飙，基本上不经过大脑，我真不知道说她什么好！她这人头脑简单，不过我没想到她居然傻到这个地步。我跟你说过我这个人好面子，平常我最烦的就是说别人不好，特别是说自己身边的人不好。你把家里人都说得一无是处，你还跟他们一块儿过着，这不是缺心眼儿是什么？

他喋喋不休地说着，烟头都快烧到手指了也没有发觉。小陶想提醒他却没好意思，他的目光扫过老郭的脸，无意中发现他嘴巴两边的皱纹就像括弧一样，眼角周围也是密密麻麻的纹路，尤其是他生气的时候，那些皱纹的走势都往下，把他那张本来就很长的脸拉得更长了。小陶心想以前没怎么注意他竟然也老了，已经不剩下多少年轻时候的模样了。他看见他外套的肩领子上落了白白的一层头皮屑，突然间就想到了老松。他发觉男人可怜的样子是差不多的，男人老了的样子也是差不多的，心里泛起一阵悲哀和厌恶。

老郭扔掉烟头，重重地叹了一口气，显得很无奈地说：我也算是摊上了，没办法的事儿。

他站起身，走到小陶面前，郑重其事地对他说：拜托你跟她说一声，我打算跟她离婚，她不同意的话我也不逼她，等她想通了再说。如果她同意，让她赶紧给我打个电话，早点办了大家踏实。

小陶默默地听着，这几句话就像锤子一样重重地打在他的心上，就好像老郭要跟他离婚一样。他知道表姐肯定是不会同意的，他能想象出她暴跳如雷的样子，心里不由替她难过。

临出门前老郭轻轻拍了拍他的肩膀说：你替我劝劝她，就只当我不在了，她一个人也要过的。

他听了心头一酸，比老郭真的不在了还要难受。他急切地想挽留他，但说不出口。

老郭说：耽误你工夫了，时候不早了，我这就走了，你不要送。

他点点头，没有去送他。其实本来他也没有送他的打算。

老郭走了，脚步很重地下了楼。

他又一次忍不住想到了老松。他不知道自己为什么总把这两个完全不相干的人扯到一块儿，但他想到他们心里发酸和那种无言的感觉是一样的。他终于明白了自己在心疼表姐之外，对老郭其实也是同情的。

医院里忽然就热闹了起来，起因是要提一个副院长。不知从哪里传出简医生和李医生是最后的人选，这个副院长会在他们两个人当中产生。以往医院提拔领导从来没有像这样传得沸沸扬扬，早时都是开会直接宣布，后来有了公示这一说，但事先很少走漏风声，或者就是少数关心的人知道，大多数职工都不知道，所以医院十年间提的三位院级领导让职工们惊愕了三回。这次一反常态，马上就有脑筋复杂政治经验丰富的人指明这实际上说明院方对简医生和李医生都不看好，也并不真的想提拔他们，因为他们业务水平和知名度高，有点绕不过去，所以拿他们出来说事，其实是想让他们遭灭。

但是医院里的职工却不管上面的意图是什么，还是十分热烈地讨论起来到底是简医生还是李医生上的可能性更大。不久医院里就分了两派，一派是支持简医生的，一派是支持李医生的。

内科、外科、五官科大部分是拥简派，妇科、肛肠科、放射科大部分是拥李派。药房的情况比较复杂一点，谢红毫无疑问是拥简派，虽然她跟简医生失之交臂，但她对他的那份感情还在，不但还在，甚至是更深了，所以在这么大的事情上她是不会站错队的。方芳是拥李派，前不久她刚在李医生那里做了人流，李医生的人品和医术她都相当佩服，因此她当仁不让站在了李医生这一边。小陶就不像她们两个那样旗帜鲜明，相反他有点犹豫不决，模棱两可。简医生和李医生都是他钦佩和喜爱的医生，也都是他非常敬重的人，在他看来他们当中无论谁当这个副院长都是够格的，而且他相信无论他们谁上对医院对大家都很好，因为他们的医术和医德都是没得说的。从他个人的角度说，简医生是他的偶像和棋友，虽然跟他只下过一回棋，但印象却相当深刻，偶像的地位也始终没有动摇过；李医生是他反复麻烦过的人，虽然不是他本人看病，但李医生对他从来是有求必应，态度和蔼，让他没有心理压力，因此他心里是非常感激他的。这两位医生他实在是无法取舍，所以他既是拥简派也是拥李派，谢红和方芳都说他是最没有立场的人。

他对她们这么说并不往心里去，他自己与世无争，不喜欢是是非非，他以为拥简派和拥李派也不过是同事们没事闹着玩儿的，就像小时候做游戏分成红军和白军，玩儿过之后大家还是一拨儿的。实际上当然不像他想得这么简单，无论是拥简派还是拥李派都没把自己当成游戏中的红军和白军，而是当成了战场上的红军与白军，他们都想推自己拥护的人，而不想让对方拥护的人上，两派态度鲜明，彼此都没有一点让步的意思。

两派作战的手法非常相似，都是舆论战。这样的交战发生在科室里、饭桌上、班车上和各个小圈子里，先还都是比较正面的，拥简派说简医生有过怎样怎样的成果，发过什么什么论文，得过什么什么奖项，如数家珍；拥李派说李医生有过怎样怎样的成果，发过什么什么论文，得过什么什么奖项，同样是如数家珍。两派数完了家珍之后马上变换了套路，改成了挖对方的墙脚。

很快传出简医生正和他的电视明星太太闹离婚。本来离婚早已经不算什么，而且现在离婚连单位介绍信都用不着了，可是简医生还没有离婚，消息已经传得沸沸扬扬。医院里的人都说简医生在这个当口闹离婚相当于后院失火，上面肯定不会提一个后院都弄不好的人，所以这个消息对他显然是不利的。

小陶听说简医生要离婚，简直惊讶极了。起初他根本不相信这是真的，他认为这是反对简医生的那些人编出来的谣言，后来传的人多了，而且连和简医生关系好的人也都这么说，显然不像是假的。有一天他在医院里看见简医生，果真他人很憔悴，一副心事重重的样子，连工作服也好像皱皱巴巴的，完全没有他昔日的潇洒。他远远地看着他，心里很替他难过。

谢红和他心情相似，不过她不像他什么事情都看在眼里放在心里，她是有话要说出来的。那一段她对简医生特别关心，差不多每天都有他的新消息在药房里发布，小陶和方芳两个便当仁不让地成了她的听众和倾诉对象。方芳因为是拥李派，对简医生明显不那么同情，有时谢红说得很动情，她却无动于衷，有时谢红很愤慨，她却当笑话听，谢红就不太愿意跟她说了。相反小陶不一样，他听她谈论简医生，总是听得很专注，而且该愤慨的地方愤慨，该高兴的地方高兴，所以谢红有话更愿意跟他说。

谢红经常在方芳上厕所和外出一小会儿的工夫都要跟他聊上几句简医生，就好像热恋的人忍不住要跟别人说起自己的情人一样。小陶被她的这种热情感染，加上对简医生也特别有好感，跟她就像小学同桌一样老师刚转过身去就要叽叽咕咕地说上几句。

有一天方芳去了卫生间，谢红对小陶发感慨说：你说忽然间就闹起离婚了，原来不是挺好的嘛，大家还说他们是郎才女貌呢，这会儿又打得鸡飞狗跳，这不是把婚姻当儿戏吗？

小陶也是很感慨地说：每次我看见他们一回心里就羡慕一回，我还想过夫妻要是都像他们那么好那就太幸福了，没想到连他们都要离婚！

谢红突然说一句：你以为他们以前真的像外人看上去的那么恩爱吗？

他听出她口气里的揶揄，没有接话，果然她说：我看不见得，我怎么总觉得他们两个那种好是装出来给别人看的啊，夫妻俩要是真好就不会这么总挂在面子上了,你想吧,两个人自己甜蜜还来不及,哪儿有工夫做给别人看?再说了,你可别忘了她是一个演员,嘿嘿,演戏可是人家的老本行。

小陶立即想起李芸儿曾经说过意思差不多的一句话,不过他心里并不同意,认为这是嫉妒,没有附和,当然他也不想否定她让她难堪,就不咸不淡地说一句:那也不一定,各人有各人的方式吧。

谢红显然对他这话不满意,她用不容置疑的口气说:他们就是装的,我一眼就能看出来。

小陶的拧劲儿也上来了,追问她:你凭什么这么说?

谢红不屑地说:你没结过婚,跟你说了你也不懂。

小陶反问她:这跟结没结过婚有什么关系?

谢红自负地说:当然有关系啦,这就叫内行看门道,外行看热闹,你光看见他们恩爱甜蜜了,我能看出戏真戏假。

小陶笑了,态度很不屑。

谢红说他:你别不服气,等有一天你娶了媳妇过了一大把柴米油盐的日子之后你再回过头来想想我说的话,你就不会这样笑了,没准你还会佩服我呢。有句话你听说过吧,"戏子无情,婊子无义",我看他是被那个狐狸精骗了。

小陶忍不住说:人家也没得罪你,你干吗要这么说?再说是简医生跟她过,他过得好就行了,你管呢。

谢红冷笑道:他要是过得好我也就不说什么了,过得都快离婚了，还能说过得好？她带着恨铁不成钢的沉痛说：我看他也是甘心情愿上当受骗，所以说男人有的时候是真傻。

小陶觉得她这么说完全是从自己的立场出发，视角和思路都有问题，觉得没必要跟她较真，也就不再跟她说下去。

方芳上完厕所回来，一边甩着湿手一边哼着小曲，谢红马上转向她，一脸认真地问她：你说那谁跟那小妖精还会和好吗？

方芳跟小陶一样她话一出口马上就知道说的是谁，不假思索地回答说：不会。

轮到谢红惊讶不已，追问她：你怎么说得这么肯定？

方芳朝她调皮地一笑说：这不是你想听的吗？

小陶想笑忍住了。

谢红把脸一板严肃地说：我想听你说实话。

方芳还是笑嘻嘻的，说：我说的就是实话。

谢红十分认真地问她：你说他们没闹离婚以前是真的很恩爱吗？

方芳脱口而出：当然不是真的，就是做给别人看的。

谢红从惊讶转为惊喜，她眼睛转过去看着小陶，一脸的得意。小陶把目光挪到了别处，不跟她对视。

谢红一把抓住方芳的手，热情洋溢地对她说：咱俩的看法一模一样，那句话是怎么说来着？她飞快地眨动着眼睛，浓密的眼睫毛像飞蛾的翅膀一样扑闪着。

小陶在一旁慢声慢语地说：英雄所见略同。

谢红欣喜地说：就是就是，他肚子里的水就是比我多，刚才我想到的一句是天下乌鸦一般黑，意思好像差不多，不过乌鸦怎么跟英雄比啊！

小陶听了觉得好笑。

方芳做出赞同的样子说：那是啊，我不是早说了吗，女人跟女人才真的能想到一块儿，狼(郎)跟咱们怎么可能一条心呢？

谢红笑着拍手说：你说得太对了，狼不把你吃了就算不错了，上哪儿跟你一条心去！

两个人立马挽着胳膊走到一边谈论起来，她们虽然跟小陶隔着好几个药品柜，但她们说的话他还是能听得一清二楚，她们显然也没有真的要回避他的意思。

方芳亲昵地拉了拉谢红的衣襟说：我给你报一料，我听人说简医生跟他老婆经常吵架，有时候深更半夜还吵，而且声音特别大，特别吓人，他们邻居没有不知道的。

这回轮到谢红惊讶无比，她说：真的呀？我看他们俩倒不像是那种会高声吵架的人。

方芳用过来人的口吻说：夫妻之间的事情哪儿是外面的人看得出来的?

谢红也用过来人的口吻说：就是啊。

方芳说：我再给你报一料，你知道简医生跟他老婆为什么要离婚吗？不是简医生要跟老婆离，其实是他老婆要跟他离，他老婆跟别人好上了。

谢红吃惊得眼珠子都快掉出来了,反问她:真的呀?又说:怎么会有这种事?

方芳嘻嘻笑着说:你这话说的,什么叫怎么会有这种事?你的意思是只能是简医生能有这样的事,他老婆就不能有这样的事?

谢红皱着眉头叹气说:反正我就是接受不了。

方芳笑着说:这跟你接受得了接受不了没关系。

谢红泄气地说:他怎么偏偏遇着这样的人!

方芳笑得更响了,说:嚯,你现在说这个话,在他们没提离婚以前我们医院里有多少人羡慕他们得要死呢。

谢红有点不甘心地问她:你这都哪儿来的消息啊?

方芳故意卖关子:这个我不能说。随后说一句:是一个知根知底的人告诉我的,反正不是我瞎编出来的。

谢红瘫坐在椅子上,重重地叹着气,感慨万千地说:这叫怎么回事儿啊!

方芳凑过去,用开玩笑的口气问她:哎哟,你心疼他啦?

谢红凄然一笑说:轮得着我心疼吗?然后不耐烦地说:不说了,不说了,反正跟我没关系,干活干活干活!

直到下班她都闷着头忙着自己手上的事情,再没有跟他们扯一句闲篇儿。

下班后谢红刚一走方芳就对小陶说:我还没跟她往下说呢,听说简医生还不肯跟他老婆离,他肯原谅老婆,可是他老婆还是坚决要离,简医生痛苦得都不行了。

小陶不太相信地问她:你哪儿听来这些的?

方芳说:我的消息绝对可靠,是我以前同宿舍的一个人告诉我的。她现在就住简医生家对门,她以前也喜欢过简医生,是暗恋,估计简医生都不知道。我们医院里简医生的女粉丝还真不少呢——你说世界小吧?

小陶皱着眉头说:有那么多人喜欢简医生,他怎么偏偏就喜欢一个不喜欢他的人呢?

方芳眨巴着两只水汪汪的大眼睛说:人不就是这样吗?吃不着的馍最香,跑了的鱼最大。

小陶听了反倒没话说了。

第二天一早小陶刚要走进药房谢红就在后面大声地跟他打招呼,他被她吓了一跳,问她怎么来这么早,她笑呵呵地说:你进屋去看看,卫生我都做完了。

他进去一看里面果真是窗明几净,收拾得井井有条。

他问她:你几点就来了?

她一脸想掩饰什么的表情说:我有点别的事情。

他听她的口气有点神神秘秘,觉得不便多问,也就没有再说什么。

一连几天都是这样,小陶到的时候谢红已经把开门前的准备工作都做完了。他心里过意不去,每天都提早一点,想赶在她的前面,可是每天他都没能比她更早。他发现谢红除了每天来得特别早,她和方芳的关系又近了不少,她们互称"亲爱的",说话时眉眼间透出心照不宣,她们伙在一起吃饭,换着衣服穿,同进同出,就像糖一样粘在一起。她们完全把他撇在一边,好像没他这个人一样。经常是一有空闲谢红就一把拉过方芳,声音低低地跟她说悄悄话。他识趣地尽量离她们远一点,就像遵守考场纪律一样,不去听她们说什么,也不朝她们那边张望。

他心里倒并不太计较,他觉得女人就是这样,热起来像一团火,冷起来像一块冰,甚至比火还热,比冰还冷,她们想起一出是一出,有一搭没一搭,翻手为云覆手为雨全都是正常现象,所以说跟她们是没有什么道理好讲的,自然也不值得往心里去。不过他看着她们两个在他眼皮子底下忽然又好成了一个人,心里还是忍不住感到惊诧和困惑。他弄不清楚她们一会儿相互拆台一会儿又肝胆相照,到底是因为头脑简单还是因为头脑复杂?或者根本和头脑无关,只是出于一种他不了解也理解不了的天性?他承认自己实在是弄不懂女人跟女人之间的关系,对女人就更加弄不懂了。

这天中午他搬把椅子坐在门口的走廊里晒着太阳看报纸,方芳也搬了把椅子坐在他旁边。她附在他耳边低声说:你知道这一阵她为什么来得这么早吗?是她亲口跟我说的,每天她都给他送早饭去,还不让护士告诉是谁送的。

他眼睛从报纸上抬起来,疑惑地问:给谁送早饭?

方芳笑着说:还有谁?

他会过意来，说：怎么好好的想到要送早饭的？

方芳说：我也是这么想呢。我问了她，她说以前他单身的时候就总不吃早饭，现在家里乱着，估计也没人弄早饭给他吃，所以她就想到要给他送早饭。她说越是这个时候他越是需要有人关心。

说着，她用手捂住嘴笑。

他忍不住说：是谁送的都不知道，简医生敢吃吗？

方芳说：可不是嘛，我也是这么说。现在医患关系这么紧张，医生兢兢业业任劳任怨给人看病还被病人家属打呢，他虽然名气大，也保不齐一不留神得罪了谁，万一要是遇到跟他过不去的浑人想害他怎么办呢？所以我想他肯定是不会吃的。不过咱们这位每天可是当成头等大事去做呢。

他说：那她一片心不是白费了吗？

方芳说：愿打愿挨的事儿。

他问她：简医生真的不知道早饭是她送的？

方芳说：好像是真不知道，她不让护士说，简医生对这种小事大概也不会放在心上，再说这会儿他烦心事一大堆估计也顾不上这些吧，也许还以为是护士给他准备的呢。

他说：那她不是太冤了吗？做了好事人家还不知道。

方芳说：她要的就是这个效果。

他不解地问：这怎么讲？

方芳嗨了一声，说：暗恋呗！她用调侃的口气说道：默默地爱着人家，悄悄地为人家做事，还不让对方知道，当然也不图回报——这境界崇高吧？

他听了皱起眉头说：她这是干嘛呢？她有老公有孩子，自己家里过得好好的，人家简医生这会儿家里正不太平，她这不是添乱吗？

方芳嘻嘻地笑着说：你怎么这么俗啊？让你这么一说就一点也显不出高尚来了。

他说：我就看不出这跟高尚沾得上边。

方芳还是嘻嘻地笑着说：你这个人真不懂感情。

他看她脸上露出了明显的嘲讽，只听她说：反正她自己认为这是一份纯洁无瑕的感情，只讲奉献不图回报，一往情深又没跟他上床，你说这还不高尚啊？我这几天总听她跟我说呀说的，我都觉得这就是传说中的爱情了，被你这么一说，一点浪漫劲儿也没有了，就成给人家添乱了，你让我一下子从空中栽到了地上，你这人真够扫兴的。

说完夸张地叹了一声。

他听了她这一篇话，说道：你想想是不是这么回事吧？我现在一听"爱情"这两个字就想到那是一块遮羞布，男女想干点什么就把这块遮羞布扯出来，我现在都怀疑有没有爱情这回事了，我觉得就是男女给自己胡搞找借口呢。

方芳做出惊吓的样子说：你怎么把爱情说得这么肮脏？

他说：爱情本身不肮脏，是让肮脏的人弄得肮脏了。

方芳说：那你的意思我们这些人都是肮脏的？

他愣了一下，迟疑地说：我可没这么说。

方芳干笑了一声，说：你这个人内心真是孤傲，大概在你眼里我们都是肮脏的。不是我说你，难怪你总找不到对象呢！

他一下子被刺到痛处，有点不耐烦地说：我活该，行了吧？

下午方芳刚一离开药房谢红就问小陶：中午你们两个那么热闹在聊啥呢？

他冷不丁被她一问，愣了一下，有点无从说起，便说：东一句西一句的，瞎聊。

谢红阴阴地一笑，问他：是说我呢吧？

小陶赶紧说：没有没有。

他就像被人抓贼抓了赃一样，心里发虚。

谢红拉下脸说：一中午我就在窗口看着你们，你们谁也没发现我，聊得够投机的啊！我一看她那个表情就知道她在说什么，其实我都不用看她就知道她要跟你说什么。我这儿巴巴儿地把她当个知心朋友，能跟人说不能跟人说的话我都跟她说了，她倒好，一转身就把我给卖了——好在你也不是外人，让你知道也没有什么。碰到像她这种嘴上没有把门的人真是没辙。

小陶听了又尴尬又羞愧，支支吾吾地说：她没说你什么，你别想多了。

谢红听他替方芳辩护，更加恼火，说：你就别帮她说话了，其实她跟你说什么我真无所谓，我又没做什么亏心事，也不怕别人知道,我就烦这种当面同情你背后笑话你的人,做人怎么这么没有真心?

小陶顿时脸就红了。

不一会儿方芳从外面进来,她就像小动物一样立刻闻出了空气中的不对劲。她试探地跟谢红说了一句话,谢红只是哼了一声,没有下文;她又跟小陶说了一句话,他也只是哼了一声,没有下文,她就像明白了什么,丢了一个眼色给小陶,一副心知肚明的样子。小陶赶紧把脸扭到一边假装没看到,他害怕让谢红看见了又起疑心。

到下班前,小陶看到谢红和方芳已经和好如初,两个人又凑在一起窃窃私语,就像什么也没发生一样。他没有再觉得惊愕,他已经是见怪不怪了。

冬天快接近尾声了,阳光一片灿烂,照在身上暖融融的。树和草开始透出一层淡淡的绿意,虽然还是似有若无的,却已经能让人感受到万物的生机。

一天早晨,刚到班上的小陶站在能见度极好的空气里深深地呼吸了几口,心情也透亮了许多。突然他看见简医生从医院门口捷步走进来,他穿着洗得雪白的工作服,在人群当中十分醒目。简医生也看见了他,老远就露出笑容跟他打招呼。他脸色蜡黄,就像一夜没睡一样,不过他的笑容却很灿烂。

简医生经过他身边时问他：这一阵忙吗？

他说：不忙。

简医生说：那我找你来下棋。又说：我刚把论文写完，马上要开始翻译一本书，趁这当口喘口气。

他笑着说：随时欢迎。

简医生翘起嘴角一笑说：好。

说完快步朝门诊楼走去。

他看着他的背影消失在步履匆匆的人流当中，心里百感交集，他实在理解不了这么有本事又有魅力的一个男人竟然会被老婆甩。

他回到药房，看见站在窗口的谢红突然回转身来，脸上一片绯红。他先不好意思起来，就好像撞见了她的秘密，其实那也早就已经不是秘密了。

谢红倒是一点没当回事，她注意力也并不在他身上，她悄悄地朝方芳招了招手，方芳就像一个地下工作者一样马上就潜到她的身边，谢红拉她到窗口，指了指外面。

方芳探头张望了片刻问她：你让我看什么？

谢红激动地小声说：刚刚走过去。

方芳把嘴一撇说：我当是看什么呢！天上的大雁都飞走了还让人看啥。

谢红做出跟她赌气的样子，扭过脸去说：啥都不懂！

方芳在她的腰里胳肢了一下，亲昵地说：你说谁啥都不懂呢？就你懂！

然后两个脑袋扎在一起叽叽咕咕说个不停。

小陶虽然没去听她们说什么，但却能感觉到她们两个人之间那种水乳交融的气息。他觉得她们窃窃私语的乐趣大概大大超过了真正谈一场恋爱。

没过两天简医生就来找他下棋了。下班之后简医生来到药房，两个人摆开棋子下了起来。他们几乎没有说话，手底下却下得丝丝入扣。两个人咬得很紧，就像武侠书里写的两个轻功很好的人在奔跑追逐一般，他们轻盈地掠过草尖，飞过水面，波澜不惊，却毫不松劲。他觉得从棋上看简医生情绪饱满，充满活力，一点也不像是受挫的样子。

第一轮的五盘下来，小陶赢三盘，简医生赢两盘。第二轮的五盘下来，还是小陶赢三盘，简医生赢两盘。

简医生谦虚地笑着说：我的水平还是不如你啊。

小陶说：其实您下得挺好的，我不过是险胜。

简医生说：我喜欢跟你下棋，我也说不清楚为什么。其实我们医院也有人下得比你还好，下得比你差的更是大有人在，可是不知为什么我就是觉得跟你下棋对劲，就像遇到谈得来的人说话投机一样。

小陶同样也有这样的感觉，而且别说是跟简医生下棋了，就是见到他，能跟他说话他都是非同一般地高兴。但是简医生先把这话说了，他就不好意思再说了。其实就是简医生不说，他也不好意思说。

简医生说：原来不认识你的时候我就留意过你，你给我印象最深的是沉默寡言。我自己也是一个内向的人，以前读书的时候我更不爱说话，我甚至想过一辈子最好就待在实验室里。做医生不能不说话，好在我还能够适应。我跟你比好像还是要外向一些，我想这主要是后天的改造，也可以说是被迫的吧。我还是看见内向的人觉得合心意。

小陶腼腆地笑了。

简医生接着说：我虽然认识的人很多，认识我的人就更多了，这是因为做这个职业吧，但是我没有什么朋友，我说的这个"朋友"不是一般意义上的朋友，而是那种感觉特别对劲，可以放心说说心里话，尤其是可以在软弱的时候放心说说心里话的人。我看你也像是没有什么朋友的人，我没猜错吧？

小陶由衷地点点头说：是啊。

有很多话一下子涌到他的嗓子眼儿里，他却一句也说不出来。

沉默了片刻，简医生说：其实我们有不少相似的地方，这是我的感觉。

看着简医生引为知己的眼神，小陶感到受宠若惊。

简医生冷静地像是下诊断一般说：我们都是那种内心包裹得很紧的人。

小陶觉得他简直说到自己心里去了，忽然有一种欲哭无泪的酸楚。不过这种感觉很快就过去了，心中涌起的是一种遇到知音的喜悦。

几天之后的一个晚上简医生又打电话给他,问他有没有空下棋,他十分欣然地答应了。

两个人下了五盘,都是小陶赢。

简医生说:我今天状态不太好。又改口说:不是不太好,是太不好了。

小陶看他脸色的确很不好,人很憔悴,问他:你不舒服?

简医生说:没有不舒服。片刻之后又说:心情有点不好。

小陶不知再说什么好。

简医生突然一笑,说:可不可以问你一个问题?

小陶马上点头说:当然可以。

简医生说:你为什么没有结婚?

他一时语塞,简医生带点歉意说:这个问题太私人了,不好回答你就不要回答。

小陶鼓起勇气说:我有问题。

简医生笑起来,他显然没有理解他说的"有问题"是什么意思,他接着他的话头说:这个事情上有问题的人我看也许还不少,反正我肯定也是有问题的,而且问题还很大。比如在大部分人看来找对象结婚是件很容易的事,至少不是那么困难的事,可是在我这儿却完全不是这么回事。跟你说实话,首先我不知道要找什么样的人,我也不知道什么样的人是适合我的,或者说我适合什么样的人。而且从严格意义上讲,撇开双方互不适合不谈，适合我的人我不一定适合她，我能适合她的人不一定适合我，所以双方都适合在我看来就相当困难。你知道吧，我很晚才结婚，之前见过很多人，我们医院不少同事都给我介绍过对象，我是出了名的老大难。

他又笑起来，笑声很爽朗，并不像在这件事上受到挫折的样子。他继续说：见的人多了，我就更加困惑，不知道这件事最后应该怎么解决。有人说我眼光太高了，有人说我挑花了眼，我自己认为这跟"眼"没关系，而是跟"心"有关系。也许是我没有遇到那个自己喜欢的人吧，或者说是真正能够打动我的心的人。当时我真的很困惑，这个人究竟在哪里？这个世界上到底有没有这么一个人存在？就是有我真的能遇见她吗？现在这些问题都变了，现在让我困惑的是：我遇到的这个人就是我期待的那个人吗？我是不是错了？而且我发现我越来越弄不懂女人。你能跟我说说你对女人是怎么看的吗？

小陶想了想说：我害怕面对女人。

简医生有点惊讶地问他：真的吗？为什么？但他脸上马上出现的是认同的表情，他由衷地说：男人和女人的确是不太一样，或者说太不一样了，我是学医的，男人和女人从生理结构上说就不一样，在心理、感受、表达和处理问题的方式上差别就更大了。我觉得要了解一个女人是困难的，真正了解一个女人简直就是一件不可能的事。我结婚三年多，跟她一起生活了一千多天，可是我真的说不上有多了解她。其实我不是不想让她高兴，但是对我来说难度太大了。你知道三年婚姻生活给我的感受是什么吗?你跟一个女人能走到一块儿但你跟她未必能说得到一块儿,你跟她睡到一块儿但未见得能跟她想得到一块儿。这就是这三年多来我的深切体会。

小陶内心十分震动,说:你这么说我真的是没想到。

简医生苦笑着说:人家看我们是挺美满的一对,真实情况只有我们自己清楚。三年过下来我心力交瘁,真想不出人家三十年、五十年白头到老都是怎么过的!他停顿了片刻说:我也不是说我没有幸福过,有不少时候我确实很幸福,我甚至以为我找到了真正的幸福。但是幸福对我来说就是昙花一现。三年时间可以做好多事,至少可以做好一件事,可是我却做了一件失败的事。真的,我很失望,我不是对对方失望,因为可能谁来当这个对方你最终都是失望,所以说我是对自己失望,对婚姻的本质失望。

小陶想劝他,却找不到妥当的话。好一会儿他才说出一句:你不要这么悲观。

简医生两眼凝视着他说:我不是悲观,我只是觉得孤独。

小陶的心就像被锤子重重地一击,"孤独"这个词就像一根铁钉一样被打进了他的心里。

不久简医生离婚了,还是谢红第一个得到消息。她在药房发布这个新闻的时候一副百感交集的样子,表情又像是哭又像是笑。小陶冷眼旁观，看出她同情里含着欢欣，痛惜里夹着暗喜，甚至还有看到机会又摆在眼前的蠢蠢欲动和面对机遇但却不知如何入手的踌躇不前。总之她的矛盾和苦恼是显而易见的。看着这个有家室的女人心里这样不安静，他既没有多少同情，也没有多少反感，只是觉得女人真是不可捉摸，也实在是可怕。对简医生离婚他自己心里同样是百感交集，也许是因为之前简医生曾跟他推心置腹，他有一种切肤之痛，仿佛是自己经历了一次离婚，甚至比自己遇到这样的事情还要难过。他很想安慰简医生，可是却不知道在这样的情形下怎么安慰他。而且他一向把简医生看成偶像，他更加不知道怎样去对自己崇拜的人表达同情。

简医生刚一离婚马上就传出消息说副院长已经不考虑他了，这个消息不是谢红带回来的，医院里传的人很多，而且几乎是无人不知。支持简医生的人都很失落，小陶也觉得失落，他想不通一个人能不能当副院长跟他离不离婚有什么必然的关系，可是医院里普遍好像都很接受简医生因为离婚而出局这样一个现实，或者说这样一种说法。

就在简医生被传没戏不久，李医生忽然被传出是同性恋者——就像引爆了一颗炸弹，舆论立时又围绕着李医生喧腾了起来。

医院里有相当一部分人认为这是拥简派的反击，目的不言而喻，自然是要让李医生也当不成这个副院长。但是爆出李医生是同性恋者，这还是出乎大家的意料。有一些铁杆拥李派反应激烈，说这是内心阴暗的人向李医生泼污水，还要让院办严查，揪出造谣者。可是三两天之后这些人都偃旗息鼓了,他们不再振振有词地替李医生辩护,因为据说李医生本人公开承认了自己确实是同性恋者。他成了医院有史以来第一个公开自己同性恋身份的人,他甚至在一个热门网站开了一个实名博客,毫不讳言自己的性取向。

李医生的大胆举动出乎所有人的意料,不过大家一致意料到的是他跟简医生一样也出局了。

小陶对李医生原来一直是很佩服很尊敬,现在他对他的感觉有了微妙的变化,似乎变得复杂起来。他对同性恋没有偏见,但是他多少还是有点接受不了李医生是一个同性恋者,因为他无法想象李医生会爱男人,更无法想象李医生会跟男人上床。谢红和方芳两个听说李医生是同性恋者也显得相当吃惊,不过她们并没有因此对李医生有什么不好的看法。谢红本来是铁杆的拥简派,对李医生不但不支持,甚至把他摆在敌对的位置上。在简医生和李医生竞争的阶段,她提到李医生时态度中总是流露出轻蔑和不屑,尽管她本人似乎没有任何可以对李医生表示轻蔑和不屑的资本,她就像当年的红卫兵批判"反动学术权威"一样凭的只是阶级义愤。可是自从简医生离婚之后传出不可能当选副院长了,她马上对李医生就来了一个一百八十度的大转弯,即使在背后也不再对他有任何的敌意和不恭敬,相反提到他的时候对他充满了友善和敬意。她的这个转变发生得十分突然却又十分自然,让小陶吃惊不已,他真想不出一个人头脑得混乱成什么样子或者说头脑得简单到怎样地步才能如此自然地出尔反尔。方芳本来就是支持李医生的,因为谢红是简医生的铁杆,好像为了某种力量上的平衡,她自觉自愿成了李医生的铁杆,而且谢红有多坚决她就有多坚决。她本来就是那种既简单又仗义的人,这个时候更是坚定不移地站在李医生一边。

李医生于是成了最被药房关注的人物,药房也因为他而变得热闹。谢红和方芳就像是开展革命竞赛一样每天都从外面带回一些关于李医生的新闻,其实有的消息根本就是过时货,但她们谈论的热情丝毫不减,两个人都是面颊绯红,眼睛发亮,你一言我一语抢着说话,不时推出自以为是新鲜的发现,兴致勃勃的样子就像少女初恋。小陶也被她们两个的情绪感染,每天都似乎有所期待,其实连他自己也不清楚究竟期待什么。

他从谢红和方芳嘴里听到了不少李医生的故事,有时同一个故事有不同的说法,甚至是截然相反的说法,他并不深究,她们怎么说他就怎么听。

谢红给他讲的李医生的故事是这样的:李医生原来并不是同性恋,医院在派他去法国留学之前他就已经结婚,他的太太也是医生,但后来改行去做了医药代表。李医生因为是公派出国,太太不能跟他一起去,后来她就跟别人好上了。李医生为了挽回婚姻给太太办了自费留学,可是太太还是坚持要跟他离婚。离婚之后他就不再跟女人来往,变成了同性恋者。方芳给他讲的李医生的故事是这样的:李医生去法国之后爱上了另一个女同行，他回国之后那个女医生放弃了自己的研究也追了回来，他痛苦地夹在妻子和情人之间，既放不下这个也放不下那个，因为他既怕伤害这个，也怕伤害那个。因为他迟迟不能决断，两个女人都离开了他，他在绝望之中不再爱女人。小陶还听到一个既不是谢红也不是方芳给他讲的李医生的故事，说李医生本身就是同性恋者，为了不让年迈的父母伤心，他在去法国之前在他们的要求之下结了婚。可是虽然结了婚，那也不过是一个形式而已。据说他有自己的爱人，他太太是他的一个崇拜者，她爱他，甘愿为他作出这样的牺牲——当然，她并不看作是牺牲，她更看作是一种幸福。李医生和她彼此理解，很有默契。而且他们按照约定在结婚满五年时离婚，一天也没有拖延。

　　小陶并不清楚这些故事有多少可信度，他只是奇怪原来在私生活方面毫无传闻的李医生一夜之间竟然成了一个被大家热议的人物，或者说是成了一个被大家非议的人物，这让他深切体会到人言可畏。在他看来李医生比简医生更加有威仪，他性格深沉，办事认真，对需要他帮助的人温厚友善，而且总是替别人着想，尽最大可能把问题解决得最好，简直就是白求恩大夫的化身。在医院里李医生也是出了名的工作狂，除了门诊、手术、开会、讲学等等，他大量的时间都泡在实验室里。李医生实验室的后窗正好对着他宿舍的窗户，他经常能看见那里的灯光亮到后半夜，有时甚至通宵不灭。对于这样一位几乎把自己的一切奉献给医学事业的人他是相当崇敬的，所以他听到别人用哂笑的口气谈论李医生心里除了同情更多的是气愤和悲哀。

没过多久医院从外面调进一个人来出任副院长。新任的副院长不是行内出身，他既不是学医的，也不是学药的，而是党史专业毕业的，这也是医院历史上第一个也是唯一一个完全是外行的副院长。传说他是有点来头的——当然来头不算太大，如果来头真是很大就不会到这么一个规模不大的医院了；不过来头也不算太小，如果来头很小也就没有可能挤掉两位业务能力很强的医生坐上这个位子。这位副院长已经五十四岁，显然是来坐末班车的。医院里绝大多数人对这个结果很不满意，因为他们当中有一部分是拥简派，有一部分是拥李派，还有就像小陶这样的既是拥简派又是拥李派，即使是既不拥简也不拥李的人，他们得知来了这么一个门外汉无论是理智上还是感情上也同样难以接受。不过当这位副院长在全体大会上一亮相，尤其是会后他又一个科室一个科室地拜访，和见到的每一个人不管是医生、护士还是勤杂人员握手寒暄，大家很快就接受了他，理由是这个领导没有架子，特别平易近人——院领导当中除他之外都是学医出身，也都是从业务岗位上提拔上来的，未免有书生气，跟他一比反倒都显得没有他亲切和气，用医院职工的话说是"没他会来事儿"，所以大家觉得这个位子由这么个人来坐也还可以。实际上谁当这个副院长对大家来说都差不多，所以也没人较真。简医生和李医生两位当事人也同样是淡然处之，很快医院里又一切如常了。

不过小陶心里却一直有点过不去。他在全体职工大会上第一次见到这位新来的副院长，对他的第一印象就不太佳。他觉得他虽然长得仪表堂堂，但眉宇间有一股阴气，眼睛也是阴森的，话说得周全圆滑，却藏头露尾半吞半吐，不像是个心胸豁达的人，倒像是个玩弄权术的人。他自己也知道直觉并不一定准确，但他还是认为不谈学术单说人品这个副院长恐怕都不及简医生和李医生，甚至是远远不及他们。所以虽然事情过去了，他心里仍然很替简医生和李医生惋惜。

有一天已经过了下班时间，他在药房还没走，一抬头看见门口站着一个穿白衣服的人，定睛一看是简医生。

简医生笑眯眯的，一副神定气闲的样子，远远地朝他说：还没下班？顺路过来看看你。

他请简医生屋里坐，手忙脚乱地给他沏了一杯茶。

简医生让他别忙，一边把手里的一沓纸递给他。他一看是几种新药的用药报告，简医生说让他进药的时候参考。他谢过他，把报告仔细地收进抽屉，说回头好好看。简医生离婚之后他还是第一次见到，他很想说几句安慰的话，但却开不了口，也觉得事情已经过去，就干脆不说了。

简医生问他：有时间下几盘吗？

他欣然地拿出棋盒。他们飞快地摆开棋子，默不作声地下了起来。他们下得很快，几乎没有喘息五盘就下完了。他赢三盘，简医生赢两盘。下完五盘之后他们很有默契地又摆上了。

简医生似乎在棋上找到了感觉，连着赢了两盘。

他高兴地说：这一阵我挺背的，没想到棋上倒还不太背。

小陶犹豫了一下，还是说：这一段，你挺不容易吧？

简医生用他一贯的平静的语气说：还好吧。

小陶说：我都听说了。我想安慰你，但不知道怎么安慰你。

简医生微微笑了一下，说：谢谢你！其实这种事谁也没法安慰的。过了片刻又说：直到去办离婚手续，我觉得我还爱着她，而且还是那种无原则的爱，她怎么样我都觉得她好，她做了什么我都认为可以原谅，我跟她说不离了吧，她不同意。我反复求她，她还是坚决要离。我很绝望。我心里甚至这么想，只要她肯答应不跟我离婚我可以拿好多东西去交换，有什么我都愿意拿出来，实际上是我拿什么东西都无法交换。我就像经历了一次不打麻药的手术那么痛苦。办离婚的那个下午对我来说真的是人生中最黑暗的一个下午。他喃喃地说：现在都过去了，幸福也过去了，痛苦也过去了，都成了我的人生经历了。

沉默了片刻，小陶说：其实我还是挺羡慕你的。

简医生微皱着眉头笑着说：我还有什么可羡慕的？

小陶认真地说：我说的是真话。

简医生沉思地说：如果失败也能算财富的话。

小陶说：再怎么说你至少还是一个名医。

简医生谦虚地摇着头说：我不是名医，顶多也是徒有虚名。他忽然想起什么似的说：我在网上看到这样的话，说一个人有一份自己喜欢的工作这个人就有了八小时以内的幸福，如果再有一个自己爱的人，那就八小时内外的幸福都有了。现在我只剩下八小时以内的幸福了。他突然收住了话头，连声说：下棋下棋下棋！

这一盘棋他赢了。

又一盘开始，简医生很快又占了上风。小陶集中了注意力，一点一点扭转了局面。

简医生说：我跟你说过，和你下棋我觉得是棋逢对手，虽然我清楚我的水平比你还是要差一点。我很喜欢这种细微之处彼此都能觉察和会意的感觉。

小陶突然冒出一句：我觉得你和李医生倒真是棋逢对手。

简医生愣了一下，马上笑起来。他的笑容明净、灿烂，有一种发自内心的欣喜。他说：你这么看？不过我比他还是要差点。

小陶说：你干吗总这么谦虚？

简医生说：我真是这么认为的。说心里话，我很欣赏也很佩服李医生，他做人比我率真，也比我有勇气。就说前一段传他是同性恋，不瞒你说，我想过要是换了我，我会不会公开出来承认，我想我不会，至少不会在那个当口出来承认。我不歧视同性恋，我讨厌撒谎和欺骗，我希望生活得真实，最好还能生活得随性一点，但是我不愿意成为不相干的人的谈资，当然也不愿意平白无故地去冒犯不相干的人。我承认我身上有世俗的一面，或者说我身上世俗的成分明显要比李医生高。所以，我还不能像李医生做人做得那么纯粹。

小陶说：我跟李医生接触不多，就是带朋友去找他看过病，他给我的感觉是人非常好，对人也非常好，一看就是一个好医生。

简医生点头说：他是那种真正有自我的人，处处善待他人，很值得我学习。以前我不太清楚什么样的医生才是真正意义上的好医生，医术精湛，医学成就高，名气大，头衔多，上门来找的人多，吃香，有世面，挣的钱多，到底哪一项更重要？后来我想明白了，除了医术精湛和医学成就高，其它再怎么说都是外在的评判标准，而我认为在这一切以外，衡量一个好医生最重要的就是两个字：仁慈。李医生是一个仁慈的人，我自愧不如，这是我最钦佩他的地方。

这盘棋下的时间特别长，最后小陶终于胜了简医生。

简医生说：最后一盘，下完我值班去。

小陶决定要让他。简医生就像看透了他的心思一样，凝望着他说：你可不能故意让我啊！

小陶不好意思地笑了，说：我怎么刚有这个想法，就让你看破了？

这一盘小陶赢了。

这一晚上的十盘棋他们五比五打平。

离开药房前简医生笑着对他说：跟你下棋到今天才勉强跟你打一平手，我还从来没有赢过你呢。我这个人是不服输的，拧得很，从小没少为这个挨我父亲的打。

星期六一大清早表姐打来电话,小陶从睡梦中惊醒,以为出了什么事。

表姐说:我就是心里憋得慌,没人说,想跟你说说。

小陶以为又是她跟老郭的事,劝她说:你看开一点,别跟他计较,反正也不是一天两天的事了,荷荷都这么大了,就看孩子的面上将就吧。过不了几年他也老了,等他在外头折腾不动就该回家了。

表姐在电话那头发急地说:这个也就不去说他了,我根本连想都很少想到他,他爱哪儿凉快哪儿凉快去,我就当没他这个人一样。我现在烦心的是小的,我说的话她一句不肯听,主意大得不得了。有时候晚上天都黑了她还要出去,鬼鬼祟祟的,叫她别出去她根本不听你的。放学回家老是抱着电话,我怀疑她在学校里交了男朋友。我问她,她死活不承认,跟我一句真话也没有。要是她爹在家多少还能管管她,他连问都不问一声,啥事都推给我,真出了事情你说怎么弄啊?急得我,我是吃不下睡不着的,一颗心整天揪着。

小陶一听跟荷荷有关,心里不由得也担忧起来。他问表姐:她真的交了男朋友吗?

表姐说:我看着像。前天晚上都八点多了她非要出去,说是去同学家问作业,我说不能电话问吗?她说作业本还在同学那里,也能从电话里拿吗?我只好让她去。我也多了个心眼儿,她前脚出去,我后脚就骑上车跟了出去。结果让她发现了,你知道怎么着,小丫头在大街上就跟我闹起来,说我不信任她,把她当坏人防,气得同学家也不去了,扭身就回家了。作业也没问,当然也没做。回到家还接茬儿跟我闹,闹过之后她就躲在房间里哭,我说她骂她劝她哄她都不管用,她横竖是不理我。这青春期的孩子真是没法弄!

小陶说:你没跟她好好谈谈?

表姐说:没有!吵完那一架到现在我们还没说过话呢,她鼓着一张脸不理我,我也拉着脸不理她。这回我是下定决心跟她耗下去,以前她耍脾气都是我先软,结果让我惯得不成样子了,现在要是再不板板她的毛病以后就更加没法管了。

小陶说:那你打算怎么办?

他忽然烦躁起来,想到表姐麻烦事不断,很可怜她,又想到她老是把事情弄到一个不好收拾的境地,心里又很无奈。

表姐灰心丧气地说:我要知道怎么办就好了。我没办法,就这么跟她耗着吧。哪天我跟个煤饼似的耗完了,成了渣子,两眼一闭就眼不见心不烦了。

小陶听她这么说,心情也跟着坏了,不由得提高了声音说:你说气话管什么用?你这么说能解决问题吗?

表姐一下子沉默了。

小陶莫名其妙地更加来气,说:什么事情你都是一退再退,一直退到无处可退，自己着急又没有办法，我看着真替你难受。

以前他从来不这么跟表姐说话，这回他实在是忍不住了。表姐还是沉默，他心里忽然一阵空虚，非常后悔跟她这样说话。

表姐有点张口结舌地辩解说：是啊，可是……我也不想这样啊，不知道怎么弄来弄去就成这样了。她突然温柔地说：你别生气，我知道我做得不对，我知道我错了。

她的口气里还是一味地退让，小陶听出她赔着小心，心里又是一阵说不出的难受。

表姐在电话里恳切地对他说：中午你来家里吃饭吧，正好跟小丫头说说，她肯听你的。他立刻答应了。

表姐的电话来过没多久，他接到中学同学打来的电话，说有同学从外地来，中午大家要一起聚一聚。毕业以后他几乎没有跟中学同学来往过，也从来没有参加过中学同学的聚会，他不知道这一次他们怎么会想到通知他。而且还是好几个同学在电话里轮番跟他说话，非常热情地要他一定到场，他不好意思推辞，稀里糊涂就答应了。答应之后他又后悔，赶紧给表姐打电话，说晚上才能过去。表姐说行，也不急这一时半会儿。

结果那天的中学同学聚会非常热闹，班上的人几乎到齐了，据说毕业以后还没有聚得这么齐过。同学们都很兴奋，中午喝完晚上还要接茬儿喝，而且一个不让走。他抹不开面子，也就没有走。他又给表姐打电话，说只能明天再过去了。

第二天早晨他接到荷荷打来的电话，荷荷说：你今天下午有没有空？我想到你那里去。

听她的口气是有事跟他说，他想自己去表姐家最主要的任务就是跟她谈谈，难为她自己送货上门，既然是她主动，话自然就更好说些，这么一想他马上答应了。他放下电话给表姐发了一个短信，告诉她荷荷下午来找他，让她放行，别的让她先别问。表姐立刻回复：好的，听你的。

下午荷荷来了，她背着书包，一副去上学的模样。

小陶笑着说：看你的样子真像一个好学生。

荷荷飞快地接一句：装的！

她羞涩地笑了。她一笑小孩子的模样就显露了出来。

小陶明知故问地说：你出来妈妈没说什么？

荷荷说：没说。

他故意说：来我这里你有什么不好说的？

荷荷说：我不想跟她啰嗦。

说完抿嘴一乐。

小陶觉得这小丫头真是人小鬼大。

他让她坐，荷荷并没有在椅子上坐下来，而是很自然地坐在床沿上。她把书包随手往床上一扔，好像是到了自己的地盘一样。书包一离身，她的学生模样立马就减了几分。小陶发现她好像还用心打扮了一番，她上身穿着一件牛仔小夹克，里面是桃红色的小T恤，衬得她粉面桃腮，楚楚动人。她的头发也是仔细梳过的，斜斜地分了一条头路，头顶上一缕头发卷起来用一只亮晶晶的夹子别着,下面松松地编了一条辫子,很有少女的风韵。他心里不由一动,马上想到她的确是到了难管的年龄了,难怪表姐那么忧心忡忡。

他拿了一听可口可乐给她,她没有喝,说:我不喝碳酸饮料,对健康不好。

他笑起来,说:你什么时候变得这么注重健康?

她晃了晃小脑袋笑了。

小陶拿了一盒果汁给她,她立刻眼睛发亮,说:我都好长时间没有喝过甜的东西了,她不让我喝,说会发胖,我知道她才不是真担心我发胖呢,她就是不愿意看到我花钱。

小陶说她:你自己不喝可乐就说是对健康不好,你妈妈不让你喝饮料你就说她是为了省钱,你这孩子我真不知道怎么说你才好!

荷荷扑哧笑了,说:我真没瞎说她,她就是这样的。你不知道,她那个人……

小陶不愿意听她说她妈妈的不是,打断她问她:你来找我想跟我说什么?

荷荷情绪一下子激动起来,说:就是说她!

小陶一边无奈地摇着头,一边笑着问她:你怎么对妈妈意见这么大呀?

荷荷说:我真的都不知道怎么跟你说她,现在她成名人了你知道吧?就从上过一回电视之后找她的人可多了,她跟那些一块儿做节目的人也整天联系,我们家的电话以前除了你都没什么人给她打,现在是一会儿响一次,都是找她的。她一接他们的电话就特别兴奋,就像有十万块钱等着她去拿一样。他们一叫,她会立马放下手上的任何事情就出去,有时候饭做了一半也不管,拉都拉不住。我问过她你都干嘛去了,她说她去上什么心理调适班,我问她上那个班干嘛,她说是重建对生活的信心,我觉得她真是发神经!我问她你对生活没有信心吗?她立马就急了,让我一边去,别管她的事。我看她就是对家里的生活没有信心,对外头的生活劲头儿足着呢。

小陶说:你怎么这么说妈妈?

荷荷不理会,顾自说下去:每次她从外面回来都兴奋着呢,要是我爸看见肯定又要说她跟打了鸡血针似的,好在他也不回来,看不见她这个样子。可是她只要兴奋劲儿一过脾气立刻就又变坏了,跟她说点什么她都特别不耐烦,而且她不好好听你说话,也根本不跟着你的思路走,她随便听了一句什么脑子就岔开去了,跟你掰扯,还教训你,你要是不听她的她就骂你,永远都是这一套。现在我一听她说话脑袋都大了,我都快疯了!

小陶听她伶牙俐齿的一通话禁不住笑了,一想自己这是纵容孩子,马上收住了笑容。

荷荷继续说:还有更可笑的呢,以前她下班回家忙着做家务,跟那帮人混上以后回家饭也不好好做了,就是下个面条。吃完晚饭她桌子也不收,碗也不洗,电视也不看,就一头钻进房间去了。你知道她干吗呢?居然戴着老花眼镜一本正经地看报纸。我问她你怎么想起看报来了?她特别认真地跟我说以前太不关心社会,太不关心别人,思想太落伍了,跟不上时代。我听了直觉得好笑,我说您让谁给洗了脑吧?她一下子就跳起来,把我臭骂一顿。我觉得她真的是很不正常。这两天她在家翻箱倒柜,找出好多旧衣服又是洗又是晒的,说要捐给灾区人民,还到小区里去贴通知让各家各户都捐,她真的很像一个革命者哎,你说她怎么疯得这么厉害?

小陶觉得好笑却笑不出来,他想不到表姐会这样,他心想她就是太寂寞了,不由得一阵难过。他对荷荷说:妈妈很不容易,你要理解她才好。

荷荷说:她这个样子怎么让人理解呀?可是不理解她又怎么办呢,又不能把她送精神病院。她吐出一口气,说:好在你没跟她在一起过,她能絮叨死你,所以她把人都过跑一点也不奇怪。

小陶听得心里一怔,说她:你这孩子说话怎么这么狠?

荷荷反应敏感地说:你就是帮她说话!你要我理解她,她也要理解我呀。

小陶反问她:妈妈怎么不理解你啦?

荷荷忽然不说了,她吸着饮料,两只水灵灵的大眼睛望着他,脸上浮起两朵淡淡的红晕,跟刚才口齿伶俐底气十足的样子判若两人,小陶意识到大概有什么难以启齿的情况,故意不问她,等着她自己说。

荷荷毕竟稚嫩,磨蹭了一会儿还是说了:她对我做什么都看不惯,对我也不信任,我们同学的妈妈就不像她这样,我们有的同学跟自己妈妈什么都能说,我跟她什么都不能说。

小陶问她:你有什么不能跟妈妈说的?

荷荷的小脸又是一红,夸张地叹了一口气。

小陶柔声问她:那能不能跟我说说?

荷荷犹豫了一下说:我真不知道怎么办,我要是跟她说吧,她肯定骂我一顿,说不定还要打我一顿。跟我爸说吧,我连他人都找不到,就是找得到他我也不能跟他说,他那个火药罐子脾气,一个火星子就能爆炸,我躲他还来不及,哪还敢送上门去?你说我怎么就摊上这么两个家长?我想来想去,觉得也只有跟你还能说说。

小陶赶紧说:那就说吧。

荷荷认真地说:我是把你当成救命稻草的,你可不能笑话我呀!

小陶安慰她说:你放心说吧。

荷荷说:你得帮我一个忙,其实也不是什么大事,就是替我去开一个家长会。不是那种是家长都参加的家长会,就是小范围的家长会,而且很可能老师还要一对一地交谈。

小陶一听,意识到问题严重。问她:谈什么呀?

荷荷脸红了,说:早恋的事。老师可能还会说一些吓唬人的话，也可能会说一些难听的话，你别一脸为难的样子，她说什么你听着，顶多忍两个小时出来就行了，求求你了好不好？

小陶既没答应也没不答应，他皱着眉头问她：你早恋呀？

荷荷辩白说：我没早恋，真的没有！有人追我，但我没答应，不骗你。

小陶两眼盯着她说：你可得跟我说实话啊。

荷荷眼神清亮地望着他说：我肯定跟你说实话，你替我去开这个会好不好？

小陶答应了，荷荷让他别告诉妈妈，他也答应了。荷荷高兴地搂着他的脖子说：你真好，你可帮我解决了一个大问题。

小陶说：就这一次，下不为例。

荷荷笑嘻嘻地撒娇说：帮人帮到底嘛！

小陶推开她说：你不知道我为你担着多大的风险啊。

荷荷瞟他一眼，意味深长地笑着说：你是害怕她知道吧？她又一笑说：你放心吧，她就是知道了也不会怎么样的。她这个人对谁都能狠，就是对你没法狠，我早看出来了，所以想来想去还是找你最妥当。

小陶被她这一说，脸上有点挂不住，心里觉得这小丫头真是个人精，小瞧不得。

事情落实了，荷荷松弛了下来，有一搭没一搭地闲扯起学校里的事情。小陶想多了解一些她的情况，回头好跟表姐汇报，便做出随意的样子引她说。荷荷很容易就上勾了，说了一些班上男女同学之间的事情，诸如谁跟谁好，谁给谁写过信，谁跟谁一起去打过游戏机，谁到谁家里过过夜了，等等等等，小陶真是不听不知道，听了吓一跳。他故作平静地把话题往她身上引，问她自己的事，她也半吞半吐地说了一点。跟她先前说的有男生追她而她没理不太一样的是，她承认跟那个男同学一起看过电影。小陶惊讶她每天上学放学两头被掐得那么紧居然还能挤出时间跟男生一起去看电影，又追问她还有什么事，他吓唬她说如果隐瞒不说万一让他调查出来那可就没得商量要全部告诉她妈妈，而且以后她再有什么事情他都不管了，如果照实说出来就一笔勾销。荷荷嘟着嘴犹豫了半晌，承认去过一次这个男生的家。他又是吃了一惊，仔细地盘问了她一番，当他知道她去男生家的时候他的爸爸妈妈都在家这才算放下心来。他板着脸说：你们的关系看来还不浅，我要是不问，你也不跟我说，真有了事算谁的？

荷荷马上做了个鬼脸，笑嘻嘻地说：你以为谁都有事哪？我跟他真没事，你就踏踏实实的吧。

他相信她说的，不过觉得这件事还是应该让表姐知道。

他看快到晚饭时间，对荷荷说：走吧，我陪你回家。

荷荷十分高兴，忘情地挽住了他的胳膊。他搂了搂她的肩膀，感觉到她的肩膀浑圆结实，不再像小时候那样单薄得只有骨头了。他心里感觉有点异样，赶紧松开了她，发现她很羞涩。

两个人回到家，表姐看见小陶也来了有点喜出望外，赶紧下厨房弄晚饭。

　　小陶发现十来天没来家里有了很明显的变化，原来空空的桌子上放着一大摞报纸，鞋柜顶上也堆了不少的杂志和书，他感觉就像走进了知识分子的家里，不过他没有把这话说出来，他觉得这么说有点像讽刺。

　　不一会儿晚饭上了桌，因为心情好，表姐带着笑高声叫荷荷吃饭，荷荷应声从房间里出来，表姐又叫她拿碗，她顺从地去拿了，母女两个和解得十分自然。小陶看在眼里，心里挺高兴。

　　吃过晚饭照例是荷荷进房间写作业，表姐和他聊天。表姐情绪特别好，跟他聊单位里换领导的事，谁谁上了，谁谁和谁谁谁被挤下去了，谁谁谁因为没上一气之下调走了。那些名字都是他反复听过的，虽然有的人他从来没见过，但感觉也像是老熟人一样。他听表姐说他们的事，也跟着一阵高兴一阵感叹。

　　表姐前一句话还说着单位里的事，后一句话已经转到了家里。她感慨地说：我走出去人家还挺羡慕呢，老公挺能赚钱，女儿也不错，上的学校好，人长得也算漂亮，可是别人怎么知道其实我守着这么一个烂摊子！

　　他笑着劝她说：你可别这么说，别的先不说，荷荷不是挺好的吗？

　　表姐说：我这颗心都快为她操碎了。跟你我都没说过，每天只要她出门，我的心就悬起来了，要看到她进门才能放下来，而且还不能真正放下来……她压低了声音说：每个月她来例假了,我才能松一口气。听我们同事说,现在十几岁小姑娘去医院偷偷打胎的还不少,有的当妈的以为自己闺女还是处女呢,实际上孩子已经做过不止一回人流了,我听得心惊肉跳的,我真担心哪天这样的事落在自己头上!我太害怕她出事了,我们家跟别人家不一样,她是我一个人管出来的,出了事有一份算一份全都是我一个人的。还有一层我不好说,咱家上一辈人就出过事,别转一圈到下一辈人再出事,那我们夹在中间的这一辈可就倒霉透了,让我们还怎么抬头做人?不瞒你说,现在我每天都提心吊胆的,生怕没盯紧一错眼珠工夫她给你来点什么收拾不了的,我又不敢跟她多说,怕本来没事的,跟她说多了,反倒没事找出事情来。跟你说吧,上次她班主任把我叫去开家长会以后,多少夜我就没睡着过觉。

他看表姐眉头之间有一个明显的川字,眼角的皱纹又深了,气色也很不好,操心和劳累的痕迹从她脸上能一目了然地看到。他觉得这一段她老了许多,甚至连眼神和笑容都跟着老了。他心里一阵难过,本来想跟她好好谈谈荷荷的情况的,忽然就什么也不想说了。

小陶觉得虽然日子平淡,但一天一天也过得很快。医院里忽然又有了事情,院长在开党组会的时候突发心脏病,好在守着医院,抢救得及时,保住了性命。手术之后他全休养病,医院的事基本就放手不管了。原来的两个副院长都是谨小慎微的人，院长在的时候他们听院长的，院长不在他们能不做的事都不做，不求有功但求无过，只差关门闭市了。只有新来的副院长不管这一套，他新官上任三把火，虽然是初来乍到，却不管以前的规矩是怎么定的，他大刀阔斧，完全按自己的想法干，一时搞得风生水起，也可以说是搞得鸡飞狗跳。

新任副院长大搞科室合并，人员再分配，修改考核方法，甚至更改作息时间，把门诊时间提前了一个小时，还在医院的楼顶上拉起了为人民服务的大红条幅，在门诊楼的楼道里贴满了各科室的工作计划，还有科室之间的竞赛倡议书，这个小医院建院二十年来从来没有这样热闹过。这位副院长不但新点子多，而且雷厉风行，经常是一拍脑袋想出一个方案就立刻布置执行，既不论证也不征求意见，更不管实施的结果怎样。下面意见很大，议论声一片，但却也没有人公开反对，即使是两位每天到点上班的副院长也没有表示任何异议。那些方案执行之后医院里一下子就乱了套，无奈之际，这位副院长又宣布再改回去。合并的科室解散，人员重回各自科室，连门诊提早的一小时也都又推后了回去。内部改革告终之后，这位副院长迅速转向医院的外部改造。他下令对医院进行全面装修，修建了外墙，装修了主楼，改造了热水系统，最大的一个动作是拆掉了医院后面的两座旧楼，在腾出来的空地上修建了喷水池和花园，还垒起了一座二三十米高的假山，并在山顶上建造了一座金碧辉煌很有皇家气派的中国式的凉亭。医院里嘲讽和赞扬声四起，说好说坏的都有，大部分人则在一旁看戏。

这位副院长的改革唯一没有涉及的地方就是药房，也许因为药房本来就只有三个人，想动也没有多少可动的余地。再说药房主任由另一位副院长兼任，他也就没有动到这一块。

因为没被医院里的这轮改革捎带上，小陶有一种躲过风暴的欣慰，甚至有一种劫后余生的欣喜。一天傍晚他下楼散步，忽然有了闲情想到后面的假山去看一看，欣赏一下新任副院长的丰功伟绩。平常他很少到医院后面，印象中那里又脏又乱，地上永远堆着煤块儿、沙子和杂物，风一吹尘土飞扬，刮人一头一脸，现在一看完全变了，昔日的卫生死角竟然成了一大景点。

他走近假山，前面是几块瘦漏透的太湖石，太湖石后面是花木掩映的一路青石台阶，他拾级而上，上了假山。上去之后发现假山也并不真的是假山，它和后面一片天然的山坡相连，变假为真，也成了真山的一部分。而且由假转真拼接得天衣无缝，浑然一体。山坡上长了不少的洋槐树，正是开花季节，空气里飘过一阵阵的清香。山坡的下面是一个公交公司，停车场四周修得像个小公园一样，有树有草有花还有一张一张白色的木条椅，看着赏心悦目。他心里飘过一个念头，觉得这里非常适合谈恋爱。他忽然想起谢红和方芳老是用鄙夷和耻笑的口气提到的"公交"广场大概指的就是这个地方吧。正这么想着，他看见一男一女搂着肩膀在一张椅子上坐了下来，两个人紧紧地挨

发 烧　315

着，胳膊在对方身上一直也没有拿开。坐下不到三分钟，男的就猛地抱住女的亲吻起来。虽然直线距离有二十多米，他还是不好意思地扭过脸去。等他把脸扭回来，这两个人还没有停止接吻，仍然吻得如痴如醉，难解难分。就这一忽儿工夫，他发现他们旁边不远处的一张椅子上又坐了一对男女，他甚至都没看见他们是从哪条路上来的，就像是从天而降一样。新来的这对男女还算含蓄，只是并排坐着，没有过分的举动。可是没过多一会儿，女的脑袋倒在了男的怀里，他们也搂在一起亲吻了起来。

　　这一次他没有再把脸扭过去，他想做的都不在乎，看的又干嘛在乎呢？他在亭子里的石凳上坐下来，居高临下地看着眼皮子底下的两对男女，他们激情澎湃的举动让他有一种浑身烧灼的感觉。他感到身体里的荷尔蒙直线升高，把脑子都冲得晕了。在一阵难忍的冲动之后，他心情莫名其妙地低落下去，心里甚至涌过一阵悲伤。他从石凳上站起来，挪开了目光，想让自己从那股灰暗的情绪里摆脱出来。

　　他准备下山，但在好奇心的驱动下又朝那边回了一下头，他看见原先的两对还在，姿势也没有任何改变。他觉得有意思的是就这一小会儿工夫他们旁边又增加了两对，一对平静地坐着，另一对也已经抱在了一起。他还从来没有这么近距离而且是这么清晰地看过这么多的情侣接吻，心里有一种既荒谬又可笑的感觉。他很想看看目前还正襟危坐的那一对会不会也被周围的人同化，他没有急着走，又在凉亭里的石凳上坐了下来。

太阳刚刚落山,公交车停车场沐浴在金色的余晖当中,不时有很空的公共汽车驶进驶出。他既关注又超然地凝望着眼前的景象,看见又一对男女进入了视线,他们在离这四对人稍远一点、离他更近一点的地方坐了下来。这一对更加火爆,坐下之后女的就把一条腿高高地抬起来,撂在男人的膝盖上。她侧身搂住男人,在他的脸上狂吻起来。男人看上去要平静一点,好像还有一点不情愿,但是女人毫不理会,不顾一切地卷到他身上。男人突然抱住了她,手伸进了她的衣服。这一男一女倒在了长条椅上,男的抓住女的两只手摁在她头顶后面,用一种十分暴力的姿势压在了她的身上。

突然他惊呆了,并不是因为这两个人激烈的动作和他们旁若无人的气势,而是他发现那个女的非常像浦虎妮。刹那间他就像一个目击自己老婆跟别人偷情的丈夫,血直往上冲,脑袋嗡地一下就大了。他竭力想看清楚那个女人到底是不是浦虎妮,免得冤枉了好人,可是她的脑袋被男人的脑袋挡着,他看不见她的脸,只能从轮廓上判断。他看见那女人穿了件米黄色的风衣,头发很长,烫得卷卷的,从木条椅的边缘悬挂下来,乱蓬蓬的就像一堆野草。他竭力回忆自己有没有见过浦虎妮穿过这样一件风衣和上次见到她时她梳的是什么发型,他发现这两件事他都毫无记忆,因为他平常不太注意女人的装束,这会儿才觉得真有点书到用时方恨少。他变换了位置,想看得更加清楚一点。可是无论他换到哪边,都看不见女人的面部。如果他想看清楚,大概只能等他们变换姿势。

　　天色正在暗下来,他知道越等下去看清楚的可能性越小,心里不由得焦急起来。就在这时身后传来说话声,回头一看,一男一女正往假山上来,两个人也是手拉着手,难舍难分的样子。他心情懊丧,心想今天出门怎么净碰上鸳鸯了。假山顶上就一个亭子,他不想跟这对男女待在这么狭小的一个空间里,因此也顾不得再看,赶紧从另一侧台阶走下山去。

　　这一夜他辗转反侧怎么也睡不着,脑子里晃动的全是浦虎妮的影子。快到凌晨的时候才迷迷糊糊地睡过去,做的一连串梦还是关于浦虎妮的,不过醒来之后就全忘记了。因为睡眠不足,起床之后他脑袋晕乎乎的,脖子发硬,一整天都没精打采。整个白天他还是时不时地会想到浦虎妮,而且根本用不着触景生情,脑子里随时都会浮现起她来。而在这之前他已经有好几个月很少想起她了,甚至根本就想不起她。他觉得她就像一个鬼一样不知从什么地方冒了出来,又不知怎么缠上了他。

　　下班之后他留下来打算整理一下药房,可是他什么也不想做,他坐在椅子里发了会儿呆,走到窗口继续发呆。黄昏的光影给窗前的树叶涂上了一层淡淡的金色,风一吹那些叶子就像羽毛一样翻飞起来,他一下子联想到了前一天在山上看见的公交公司的停车场,也是夕阳西下,那几对男女在长条椅上吻得如痴如醉,他想得心里痒痒的,随后又感到微微地疼痛。他很想出去走走,但又懒得动。他就这么犹豫着,直到天完全黑了下来。

他趴在窗口，几乎连姿势都没有变。窗前的小径上走着的人从行色匆匆变成了步履悠闲，而且人影也越来越稀少。他心里又不由自主地想着浦虎妮，那种感觉就好像刚刚在火车站跟热恋的人分手一样。类似的经历他只有过一次，就是跟李芸儿谈恋爱的时候送她到武汉看她的姑妈。大热的天，他在站台上送她，汗流得哗哗的，感觉人就要虚脱一般。火车一开走，他好像丢了魂一样。这一次他感觉比那一次似乎还要强烈。他问自己：那个人会是浦虎妮吗？他在心里立刻就否定了；他又反过来问自己：那个人肯定不是浦虎妮吗？他心里同样立刻就否定了。怀疑和醋意就像阴影笼罩在他心上，挥之不去。他很想证实一下究竟是不是她，弄个水落石出，可是他不知道用什么办法去证实。他想自己总不能打电话去问她本人吧。再说，他又有什么权利过问呢？他一阵糊涂，一阵清楚，心里总有一股说不出来的别扭劲儿。外面的路灯亮了起来，药房里没有开灯，比外面暗得多。他站在黑暗中，觉得自己也成了黑暗的一部分。

他拿着手机，就着外面的路灯光，几乎是不假思索地按下了浦虎妮的名字。

完全是突如其来的念头，他都没有好好考虑一下，甚至连跟她说什么都没有想好，电话就拨出去了。他的心在那一瞬间急跳起来，仿佛要跳出胸腔一般。就在这时，电话那头响起了浦虎妮的声音。

他发现自己其实并不熟悉浦虎妮的声音，她的声音沙沙的，懒洋洋的,跟他预想中的那种爽爽的、脆生生的声音一点也不一样。她在电话里说话的速度很快,加上手机信号不太好,他听着很费劲。好在他一说自己是谁她没有迟疑,不像是想不起来的样子,没有让他感到太尴尬。忙乱中他对她说我没有什么事情,好久没跟你联系了,就是问候问候你。浦虎妮轻轻一笑,说我就是老样子,凑合还活着。又问他过得好不好,忙不忙。他说了几句,都是很平常的话。浦虎妮突然打断他,说自己有事正忙着,等空了再打电话跟他聊。她的口气里带着明显的安抚性质,让他感觉她不过就是这么一说而已,并不是真的承诺要给他打电话。他怕再说下去她会不耐烦,那样就太没趣了,赶忙挂断了电话。放下电话他心里更加失落。

他非常后悔给浦虎妮打了这么个电话,本来两个人之间的关系已经冰封,或者可以看作是无疾而终,他这个电话打过去好像他心有不甘似的,而实际上他好像也并非真是这样。可是电话打都打了,后悔也来不及了。

他在失落和后悔中又度过了一个失眠的夜晚,第二天一脸菜色,人也更加萎靡不振。谢红和方芳两个都以为他病了,劝他回去休息。他阴沉着脸说自己没病,她们看他郁郁寡欢的样子没再跟他打岔,两个人交换了一下眼色,悄悄地说他"又犯病了"。他好不容易把一天的班坚持了下来,回到宿舍倒头便睡。这一夜他没有再失眠,醒来之后人有一点虚飘,就像从一场高烧中恢复过来一样,不过心情却出奇的平静。

就在这天中午他竟然接到浦虎妮打来的电话,一听见她报出名字,他心里就长叹一声,暗想我这儿刚把你从心里拔出去,你怎么又来招我了?可是他还是不受理智控制地感到喜出望外。浦虎妮在电话里向他道歉,说那天匆匆忙忙赶着出门,因为已经迟了,所以没有跟他多聊。她的声音热情、豪爽、悦耳,竟然跟他原先想象中的完全一样。她问他晚上有没有空,听她的意思是要约他。他顿时觉得血液在身体里涌动,脊背后面热乎乎地冒出汗来。他嘴比脑子快地回答她晚上有空,浦虎妮马上说那我来看看你方便吗?他不假思索地说方便,你过来一起吃晚饭吧。说完他觉得自己太急了一点。

他刚放下电话,谢红和方芳两个就挤着眼睛相视一笑,他一抬头正好看见,知道她们又要拿他开心,赶紧走到一边做出忙碌的样子。

她们还是不肯放过他,谢红像是自言自语地说:不错啊,有人晚上有约会。

方芳接一句:是该抓紧点了,要不然旁边看着的人都快急疯了。

谢红又说:说不定人家早有人了,不跟我们说实话罢了。

方芳说:就是啊,我们这儿瞎操心,真是皇帝不急急了太监,有我们什么事儿呢?

两个女人一起哈哈哈地笑起来,很有默契的样子。

他忍着不搭她们的茬儿,他知道只要接一句她们就会越说

发 烧　321

越来劲儿的。

下班之前他匆匆赶回去洗了澡换了衣服,回到药房等着浦虎妮。他特意穿了新衬衫,好像要赴多么重要的约会一般。除了那天在街上碰到她匆匆一面,他已经有几个月没见过浦虎妮了,连他自己都没有想到几个月后还会如此激动地盼着见到她。

六点钟浦虎妮准时来了,她穿得很光鲜,一看就是有备而来。她比季节提前一拍穿上了短裙,小陶发现她果然穿着一件短风衣,不过不是米黄色的,而是橘红色的,他下意识地松了一口气。她风姿绰约的样子让他眼前一亮,他想好在那两位走了,不然看见这么一个美女登门肯定又有一大堆的话等着他。他本来是想请她到宿舍简单吃个晚饭的,一看她打扮得这么正式,就觉得不好意思随便弄点什么给她吃了。

他悄悄拉开抽屉,从工资口袋里抽出两张整钱放进了钱包里,对她说:前面街上新开了一家川菜馆,生意火得很,每天都有人等座,我们就去那儿吃吧?

浦虎妮笑着说:听你的。

他们到了川菜馆,再晚一步就要等位了。小陶心里有点高兴,觉得领对了地方。坐下不久浦虎妮就告诉他她换了一个工作,不在原来的学校了,去了一家公司。看她说话的神情他感觉到她的工作肯定换得不错,就问她去的是家什么公司,在那里做什么。浦虎妮说是一家商贸公司,在那里做总经理秘书。他马上说恭喜,浦虎妮说也没什么值得恭喜的,就是混口饭吃。

小陶说：难怪我一见你就觉得有变化了呢。

浦虎妮柳眉一挑，哦了一声，问他：你看出我有什么变化？

小陶灵机一动说：变漂亮了呗！

其实他心里的感觉比这要复杂得多。

浦虎妮翘起嘴角一笑说：怎么现在连你也变得这么会说话了？在我印象里你是最实在的。跟你说句大实话，我在江湖上走也算看过一些人，还很少看见有你那么实在的人。

小陶老实地说：你没看错，我就是实在的人。

浦虎妮又是一笑说：我相信你说的。不过现在外面能让人相信的人越来越少了。

点完菜，小陶羡慕地说：你还真挺有本事的，现在找工作那么难，你说换就换了这么好一个工作。

浦虎妮收敛了笑容说：我没你说的那么有本事，我这个人也是太实在了，心也不够狠，所以在外面也是吃亏的时候多，占便宜的时候少，经常是根本就占不着便宜。要说我这些年吃的亏那都没法说了……就这个工作算是得来容易，其实也并不容易。说来话长，以后再慢慢跟你细说吧。

小陶问她：上班都做些什么？

浦虎妮回答：打杂。我这样的人还能做什么？她轻描淡写地说：就是替总经理安排安排事情，接接电话，发发传真，打打字什么的，公司来了重要的客人陪着喝个酒，唱个歌什么的，大概就是这些事情吧。

小陶定定地看了她片刻说：我觉得你的气质都有点变了。

他本来是句夸奖的话，但浦虎妮马上变得敏感起来，她尴尬地笑了笑，问他：是不是有风尘味儿了？

小陶还没有说话，她笑着直截了当地说：这做三陪也挂相啊！

小陶倒不好意思起来，本来他没有这个意思，也没有想到她竟然这么直言不讳。

浦虎妮不当回事地说：你怎么脸皮还这么薄啊？我已经练得脸皮跟城墙拐角那么厚了。一边说一边仰起头哈哈大笑。她转了话题问小陶：你过得怎么样？有没有遇到合心意的？

小陶说：上哪儿遇去？

她笑着说：这么说咱俩还算是同病相怜啊！

小陶说：你快别把自己跟我往一块儿说了，你比我强多了。

浦虎妮一摆手说：你看到的不过是表面现象，我就跟放过了冬的橘子，外表光鲜，里面都烂了。

说着，脸色暗了下来。

菜上来了，热气腾腾的，看上去色香味俱佳，而且给的分量很足。小陶拿起筷子，示意她开吃。

浦虎妮忽然妩媚地笑起来，说：不过今天我先不跟你痛说革命家史，我还有一件急茬儿的事想请你帮忙呢。她似乎有点不好意思开口，涂了睫毛膏的眼睫毛飞快地眨动着，像是下了好大的决心似的说：这些日子这件事都快把我逼疯了，我已经把我所有能找的关系都找过了,本来我没想到你,前天你突然打电话来,我就把你也给想起来了——不是我心里没有你,我真的是不想拿这件事情麻烦你。

她说了这一堆话还没有切入正题,小陶意识到肯定不是一件好办的事情。

浦虎妮换了直接的口气说:我想跟你借点钱。

说了一句就停住了,两只黑葡萄一般的眼睛凝视着他,如果不是在说借钱,小陶一定会觉得她很深情。

她颇有些为难地继续说:我爸爸妈妈要买套房子,原先说是不要孩子出钱的,不知老两口听了谁的话,忽然变卦了,又让我们兄妹三个一人出六万,六万啊,你想我一个离了婚的女人,还要养孩子,我上哪儿给他们去弄这么多的钱!可是我又不能说不给,我要这么一说他们肯定要伤心,会认为我对他们不好,对他们不关心,不把他们的事当事,他们最大的能耐就是伤心,我真是一点儿办法也没有。我老爸七十二,我老妈六十五,他们都这把年纪了,哄他们开心还来不及,我哪儿还敢惹他们不高兴?他们说这是他们这辈子最后一次买房子,所以我也担心要是这次我没有满足他们的要求,恐怕这辈子我再也没机会补救了,所以我就咬牙答应了下来。答应之后我才知道这事比我想的还要难。我不跟你说这中间的经过了,反正我费了牛劲已经借到四万六,现在还差着一万四,我实在是没辙了。

小陶没有马上表态。

浦虎妮说：其实我真不想跟你开这个口，每次我找你就是麻烦你。

小陶被她的这句话打动，心一软说：朋友嘛，有什么好说的！

浦虎妮眼睛里立刻放出光芒来，客气地说：那我就先谢谢你啦！又说：我也不是要跟你借这么多，你借多少给我都成。说完笑眯眯地望着他。

小陶看着她讨好的笑容心里一阵难过，也有点抹不开面子，便说：我都借给你吧。

浦虎妮高兴地拍着手说：哎哟，我都不知道说什么好了！你这个人真的是太好了，我没有把你看错。借钱是件最考验人的事，不瞒你说平常就跟苍蝇似的围着我转的那些人一听我说要借钱都掉链子。说句心里话，你肯借钱给我我真的没想到。她不好意思地一笑，半开玩笑地说：我清楚我这个人在你这里其实是没有多大信誉的，你把钱借给我就当是丢掉了吧。

小陶张开嘴呵呵笑着，心里其实的确是直发虚。

吃完饭他叫服务员结账，他心里闪过一个念头，刚才自己去厕所的时候浦虎妮也许已经把账结了，结果服务员一听叫买单拿着账单颠儿颠儿地就过来了。

他付完钱他们一前一后出了餐馆，在餐馆门口浦虎妮问他：那我什么时候来拿钱？

她说话的口气就好像那是一笔货款，或者就是她存在他这里的钱,他心里觉得有点别扭,但想想她就是这么一个直来直去的人,也就不计较了。

他说:明天早上我去银行把钱取出来,你什么时候来都行。

他正准备送她去公共汽车站,她伸手拦了一辆出租汽车,一撩裙子就上去了。她隔着车玻璃对他说:那好吧,明天我给你打电话。

出租车呼地一下开走了,扬起一片尘土。他心里忽然有一种说不出来的滋味,他有一种上了套的感觉。他慢慢地往回走,快走到宿舍的时候他总算把这件事理清楚了,就是本来浦虎妮已经把他忘记了,他一个电话打过去,又让她想起了还有这么一个可利用的人,所以都是自己活该。

第二天一早医院隔壁的银行一开门他就进去取了一万四,他拿着厚厚的一信封钱心里并没有丝毫的高兴,相反却是忐忑不安,担心这些钱会打了水漂。想想这一把钱可是聚沙成塔一点一点攒起来的,拿出去却是方方正正的一叠,不知道什么时候才能原原本本地收回来,也不知道还有没有可能收回来。他心里打着鼓,一点底都没有。不过既然已经答应了浦虎妮,他也只好硬着头皮把钱借出去。

整整一个白天他都没有等着浦虎妮的电话,他等得很心焦。他想她会不会是有什么想法不要了,又忍不住去猜她会有什么想法,是不是自己哪里做得不妥当让她不舒服了等等。到傍晚浦虎妮的电话终于打来了,她说晚上有点事情走不开,不能到他这里来了,他说那就明天再说吧。

他刚要放电话,浦虎妮又说晚上你要是有空给我送一趟行吗?他倒是有空,给她送一趟也没有问题,可是他心里觉得这事有点拧。不过他想想这么一笔钱无论是放在药房还是放在宿舍都不安全,不如给她送去了倒踏实。就问她什么时候方便,她说你九点以后来就行。

当晚,他怀里揣着一万四现金倒了三趟车又走了好长一段路来到了浦虎妮家的楼下,他很庆幸这么久没来居然还能找得着地方,而且一点也没有走错。他一看手表是八点五十五分,离约定的时间只差五分钟。他想这五分钟留着爬楼梯正合适,他为自己到得这么准时有点高兴。

他拿出手机拨了浦虎妮家的电话,想告诉她已经到楼下了,他还想问问她是几门几号,因为他有点吃不准了。

可是电话响了好几声也没有人接,他正要挂的时候电话被接了起来,有个沙哑的声音不耐烦地问:谁啊?

他回答说:是我。

他听着不像是浦虎妮,还以为打错了。

那边马上回应说:你到啦?

他这才确定接电话的正是浦虎妮本人,赶紧说:我到你家楼下了。

浦虎妮急匆匆地说:你等一下,我马上……

话还没说完,电话已经断了。

他以为她很快会打回来，可是等了半天也没有动静，电话就像休眠了一样。他在马路边的水泥花坛上坐下来，犹豫着要不要再给她打。一想她既然已经知道他到了，就用不着再打了，说不定她会站在窗口叫他上去。他抬头朝楼上的那些窗户望去，不知道哪一个窗口是浦虎妮家的。大部分的窗口都是黑乎乎的，没有亮灯，也没有人影出现。

这一等就是二十多分钟。他心里蹊跷，不知浦虎妮在搞什么名堂。他想很可能她正在洗澡，但有这二十多分钟也该洗完了，他想她该不会睡着了吧，正想着，一抬头看见浦虎妮出现在楼门口，正笑着朝他招手。

一看见她，他立即就把刚才等她的不快全忘记了。他跟她上了楼，进了她家。一种久违的亲切感扑面而来，她家还像他第一次来的时候那样乱糟糟的，满眼都是东西，地上放着一大堆鞋子、玩具还有大大小小的纸盒子，椅背上一层摞一层搭着衣服、裤子、裙子和毛巾，桌上也是摊满了东西没有一块空地方。房门敞开着，他看见里面床上同样是凌乱不堪，被子胡乱地堆着，就像是从床上匆忙起来没来得及整理一样。他猛然想到刚才她迟迟不下来是不是床上的事情没有结束，他替她觉得脸红。他立刻把刚才自己坐在花坛边看见的从楼门里走出来的人在脑子里进行了一番扫描，搜索的结果好像是并没有合适的对象。这个钟点从楼门里出来的人本身就不多，大部分是大爷大妈，估计是出去遛弯儿的，反正他没有看见一个英俊潇洒的。他使

发 烧　329

劲想了想，想起有个矮胖的男人穿着打扮还算比较引人注目，跟浦虎妮也还算年纪相当，不过那个人长得也忒寒碜了点儿，肚子很大，头发很少，走路迈着八字腿，他想浦虎妮怎么也不至于跟这样的人混在一起吧。

浦虎妮拿了拖鞋给他换，一边亲昵地对他说：发什么愣呢？你随便坐啊。

小陶在最近的一把椅子上坐了下来。椅子上有一张《北京晚报》，他不知道是不是椅子不干净，就直接坐在报纸上。坐下之后觉得屁股硌得慌，一摸《北京晚报》下面还有一把小勺子。他把小勺子拿出来放在桌子上，浦虎妮看了咯咯地笑起来，说：我们家到处都埋着地雷，你没见过这么乱的家吧？

他笑笑，没说什么。

浦虎妮问他：带来了吗？

他觉得她的口气就像特务接头对暗号，便微笑着点了点头，把信封掏出来放在桌上。

浦虎妮眼睛一下亮了，她把信封捧在手里，夸张地出了一大口气说：这下太好了，你可把我救了！她走过来靠在他旁边的桌沿上，甜甜地笑着说：跟你说实话，昨天尽管你答应了，我心里还是没有底，现在拿到了钱我才真觉得踏实了。

他望着她说：我答应你了，你还有什么不放心的？

浦虎妮马上提高了声音说：答应了不做的人多着呢，特别是酒桌上答应的事情，十件有十件是说过就完的。我不是跟你说过吗，现在可信的人越来越少了，都快绝迹了。

他说：你把人说得太坏了吧。

浦虎妮说：也许是我没遇着什么好人吧。说完马上笑着补充一句：不过你除外，你是好人。

他笑了，笑得非常谦虚。

浦虎妮拉过椅子，坐得离他很近，她脸上的表情也更加亲昵。

她凝视着他说：真的，我这话不是瞎说的，我是有比较有鉴别才这么说的。

小陶的脑子里立马出现了男人模糊的身影，脸上的笑意消失了。

浦虎妮十分敏感，马上问他：你不高兴啦？

他神情严肃地说：我没有不高兴。

浦虎妮一脸知情的表情，不过她没有再说什么。

他转移了话题问她：喜凯呢？

浦虎妮说：今天他爸爸把他接走了。她笑着说：你们两个还真有缘，喜凯对你印象特别好，好几次问我那个考拉叔叔呢，他管你叫考拉叔叔，你还不知道吧？

他问她：他为什么叫我考拉叔叔？

她说：我也不知道，是他给你起的名字。

他想到喜凯那个可爱的样子，不由得笑了。

浦虎妮说：那孩子实在是好，我不是因为他是我儿子才这么夸他，他心地特别善良，是个仁义的孩子，我觉得他跟你有点儿像呢。

她望着他,好像在等着他首肯。

小陶没想到她的话头会从儿子身上拐到他的身上,心里确实有几分高兴,不过也更加提高了警惕。他想她不会是拿迷魂汤灌自己吧?心想跟她这样的女人打交道可得多留几个心眼。

坐了半个来小时,他觉得差不多了,就提出告辞。

浦虎妮挽留他说:急什么?再坐会儿也赶得上车。

他看她在一边悄悄地打哈欠,就说天太晚了,明天还都要上班呢。

浦虎妮也就没有再说挽留的话,立刻起身送他。

他叫她不必送,她执意说:我送你到楼下吧。又说:今天你帮了我这么大一个忙,平常不送今天也必须送一下。

说着朝他媚媚地一笑。

他听她这么说,又看她这样一副神情,心里并没有多少快慰,相反感到一阵虚空,生怕那一万四千块钱就这么有去无回了。不过想过之后立即又自责,觉得自己是以小人之心度人。

没过几天,浦虎妮突然跑到医院来找他,小陶以为她又有什么事了,结果她是给他送鱼来的。浦虎妮热情洋溢地跟他说这些鱼是从水库里钓上来的,没有污染,是自己跟着去陪客户的收获。小陶看她果真脸被晒得黑红黑红。本来他对鱼兴趣一般,但她的这份心意还是让他高兴和感动。他接过湿淋淋的塑料袋，顺嘴留她吃晚饭。她一句推辞的话都没说，好像本来就是这么打算的。

小陶带她去医院后街买菜，走在街上他想起那天正准备去表姐家就在这里碰到她，她打扮得花枝招展一看就像是去跟人约会，他很想问问她是不是这么回事，但话到嘴边又咽了回去，觉得这么问有点不礼貌，自己跟她的交情还不到这个地步。他不知怎么脑子一转又想起了李芸儿，想到自己跟她曾经无数次走在这条街上，大多数时候也是来买菜。他想现在都不知道她在干什么，这么一想心里一阵发空。

浦虎妮在一个菜摊上挑好了蔬菜和葱姜蒜，称分量的时候她已经跟摊主砍好了价。小陶暗自感叹她真是一个麻利的女人，自己在这里不知买过多少回菜也没想到要砍价，还一直以为是不能还价的呢。

他付了钱拿上菜，两只手里满满的。浦虎妮空着手偎着他往回走，他想到他们这个样子在别人眼里大概很像是两口子，这么一想脸上一阵发热。他能感觉到被她靠着的那边胳膊有明显的压力和温度，那种压力和温度让他心里很愉快，就像喝了点酒一样，脚底下轻飘飘的。

回到宿舍浦虎妮把他的工作服往身上一套就忙开了，他拦都拦不住。她把鱼和菜拿到水房去洗了，回来点了煤油炉开始炝锅煎鱼。她熟门熟路的样子就好像这些事情她每天都做的一样。小陶下意识地又想到了李芸儿，她来这里的次数可比浦虎

发烧 333

妮多得多，可是她永远像个客人，安安静静地坐着，小手总是干干净净的。

他不由得夸奖浦虎妮：你真能干！

浦虎妮大大咧咧地接一句：女人能干没用，你放眼看看，现在剩下来的都是能干的女人。

浦虎妮一边忙着，一边指挥小陶把桌子擦干净，她把做好的鱼和菜一盘一盘有模有样地放在桌子上，利索地摆好碗筷，招呼他吃饭。小陶觉得她就像一个真正的主人，忍不住又想到李芸儿。李芸儿很会做菜，但她在他这里一般是不动手的，她不会像浦虎妮这样反客为主。而他自己的烹调手艺顶多就是把生的做成熟的，想到曾经让李芸儿吃了那么多顿他做的难吃的饭菜，他心里忽然很不是滋味，觉得很对不起她。

他和浦虎妮坐在桌子两边脸对脸吃饭，浦虎妮用开玩笑的口气说：咱们这样是不是很有家庭气氛？

他犹豫了一下，笑着点点头。

浦虎妮说：我怎么觉得我们好像在一起过了好多年了。

他愣了一下没接话。

浦虎妮的声音变得温柔了，说：跟你说吧，见你第一面我就觉得跟你好像很熟似的，也说不上是很熟，就是那种一点不生的感觉，你明白吗？她突然哈哈哈爆出一阵笑声，说：当时我有一个感觉，也可以说是灵感吧，我想这个人就是我要嫁的，我真的就有那种感觉。

他接一句：我可配不上你。

浦虎妮飞快地摇了下头，说：你看不上我，我知道的。其实我这个人过日子也算是一把好手，不过好像男人并不看重这个，尤其是我喜欢的男人好像根本看不到我这个优点，所以我就成了困难户。

说着，做出一脸委屈的表情。

他目光在她脸上停留了一会儿，说：不会吧，你这样的要找对象还不容易吗？

浦虎妮大幅度地摇着头说：不容易，太不容易了。

他说：怎么可能呢？

浦虎妮说：我没骗你，就是找不到合适的。她用直言不讳的口气说：其实就是咱们也不合适，要结婚的话还真不是看着合适就合适的，这也不是几句话能说得清的。

他听她这么说，心里不太舒服，他大致知道她的意思是指什么，那正是他的痛处，好在她没有再多说。

两个人埋头吃饭。他打破沉默说：你的要求太高了吧。

浦虎妮笑着说：我的要求不高啊。她想了想又说：也许你说得对，我的要求是有点高吧。不瞒你说离婚以后我见的人多了，尤其是这两年，用走马灯来形容都不过分。多的时候每星期都见，最多的时候一星期见过五个。要说这么多人肯定能挑到中意的吧，可到头来，你看见了，我还是没有把自己嫁出去。我有个女友嘴特别损，她说全城的单身男人我至少见过一半，这么多人里面都挑不到称心的,得想想是不是自己有毛病。我觉得她说得一点也没错,恐怕真的是我有毛病。你别看我都三十五,下个月就三十六了,结过婚,离过婚,恋爱谈过一把一把的,玩儿也玩儿过,见也见过,可是我还是对爱情抱着幻想,我觉得结婚必须得相爱,最好要爱得死去活来,不然这个婚结得又有什么意思?可是上哪儿去找那种要死要活的爱情呢?现在还有哪个男人经得住你跟他讲爱情呢?所以说我也知道这不实际,不靠谱,简直是神经病,可我就是没法放下这一条。

她一边吃饭一边对他说起她交往过的男人,她说得十分自然,就像讲她逛商店买东西的经过一样。

她说:我认识一个男的,跟他是在网上认识的。他说他是一个律师,实际上他是不是律师到了我也没搞清楚。我们先是在网上聊天,聊的都是些男男女女的话题,他什么话都问,我什么话都说,这个在网上很正常。他问我年龄身高体重三围,我都如实告诉他了。他要我发张照片给他,我发了,他马上就提出要跟我见面。我说你也发张照片给我看看,他不发,说见面你不就看见了。等见面一看,这个人长得相当英俊,真是一个大帅哥。所以我们没有像一般的网友见面那样见光死,还有点一拍即合的味道。那天本来他没说请我吃饭,只说见一面,而且是约在一个商场的门口,我估计他要是看我不顺眼连坐都不打算跟我坐。那顿饭吃得很一般,就是些小凉菜炸酱面什么的,但我们聊得很开心。他告诉我他第二天要出差,好多工作还没赶完,还要回去加班,所以吃完饭我们就匆匆散了。我真觉得有点意犹未尽。之后有两个多星期他一个电话都没有给我打过。我等了几天,没有他的电话,又等了几天还是没有他的电话,我忍不住了,给他打过去,结果他的手机关机了。我只有他一个手机号码,连他在哪里上班都不知道,当时没顾得问,也觉得刚见面问这问那的不太好,我也没有他别的联系方式,和他也没有一个共同认识的人,所以想拐了弯儿打听都没办法。那些天我莫名其妙就觉得没着没落的,一有空就到网上去等他,他一直没有现身。后来我回想起来觉得这很像是一个圈套,他是在钓我呢,不过当时我并没这么想到。热乎乎地见过一面之后忽然就没了音讯,我不可能不想他嘛,两个多星期我一天一天都是数着日子过的。想想也奇怪,跟他也没有什么,但是那种想念他的感觉还真折磨人,我觉得自己是爱上了他。忽然有一天他打电话来,我简直有一种喜从天降的感觉。他又约我见面,我想都没想就答应了。见面我问他怎么这么久连个电话都不打,他笑着说到外地去办案子了,忙得昏天黑地没顾上。我问他至于忙得连打个电话的时间都没有,谁信啊?想打总是有工夫的。他也不解释,就是望着我笑,他的笑容真是很迷人。当晚吃过饭他就带我去饭店开了房,那一夜他对我那叫一个好,夸我漂亮、可爱、温柔,说他迷上我了,在外地也一直想着我,反正是什么好听的话都说了。我脑袋晕乎乎的,当然也都听进去了。之后他不断约我,我们没有再去饭店,都是去他家。他没结婚，一个人住一套很不错的三室二厅的房子。我们来往了大概有三四个月，真有点如胶似漆的。不过关系再热他也没有说过什么承诺的话。有一天我忍不住想试试他，我问他要是遇到合适的会不会结婚，他非常坚决地说他就没想过这个问题。我不死心，追问他要是遇到特别合适的会不会结婚，他还是相当坚决地说至少年纪还算轻的时候不会考虑结婚。当时我就像被一瓢冷水兜头浇下来，心灰意冷的。之后我有意疏远他，好几个星期没有跟他联系。他也没跟我联系。可是后来有一天他给我发短信，问我有没有空过去，我没忍住还是去了。当时我认为自己还爱着他，而且我傻乎乎地认为经过这一段波折我还愿意跟他来往，说明我是真的爱他的。等我再到他家，我看见他的卫生间里放着卫生巾，他从抽屉里拿避孕套的时候我看见里面还有女人吃的紧急避孕药和外用避孕药，我的爱情梦一下子醒了。我知道他并不像我爱他那样爱我，至少他除我之外还有别的女人，而且他跟我也不避讳这一点，好像还故意要让我知道，大概是怕我纠缠他吧。我彻底清楚了我跟他有的也就是性，没有更多的了。那天我还是很火，跟他大吵了一架就离开了他。后来冷静下来想想其实我根本就犯不上跟他吵架，人家又不是我的什么人，而且他从头到尾根本就没对我承诺过什么。

小陶说：这就……完了？

浦虎妮说：当然就完了，这还不完？她又说：再跟你说一件事，有人给我介绍了一个副局长，五十来岁，刚离了第二次婚。听介绍人说第一次是因为他爱上了别人离婚的,第二次是因为比他年轻得多的第二任老婆红杏出墙他提出要离婚,是不是挺逗的?别人把他介绍给我的时候他正在办离婚手续,离婚证还没拿到手,严格说还不能算单身。介绍人倒是如实跟我说了,我说他婚还没离利落,干吗不等离完了再说?你把他介绍给我,你这不是害我吗?那个介绍人也是我的一个朋友,她有点不着四六,专门喜欢做这种不着四六的事情。她跟我说没事没事,这婚他是离定了,叫我一百个放心。又跟我说你先见一面,这样的人很抢手,真等他离干净了恐怕早就成别人碗里的菜了。我一想也是,脑子一糊涂就答应了。见第一面那人给我的印象并不太好,五短身材,脑袋很大,没有脖子,跟英俊潇洒一点边沾不上,不过他说话还是很有水平的,当领导的嘛,说什么都是头头是道,还挺吸引我的。他请我吃饭,一顿饭吃了五六个小时,从头到尾都是他在说话,说他怎么从一个小山村里一步一步奋斗出来,听得我对他佩服得五体投地。吃完饭他跟我握手告别,彬彬有礼的,也没说下次再见面,我想大概跟他也没什么戏了。没想到没过几天我收到他写给我的一封情书,我都有年头没有收到过这种东西了,很吃惊,开心得不得了。他在情书里把我从头到脚赞扬了一遍,说他看我坐着出租车刚走就开始想我了,还写了好多"辗转反侧"啊什么的,让我觉得他真是情真意切的。本来我没觉得自己有多么好,也没觉得自己有多大的魅力,让谁见一面就那么记挂,被他这么一夸我还真有点发飘了。收了他的情书我没给他回,我不知道给他回什么。其实我也不太习惯这一套,觉得很酸也很假。没过多久他打电话给我,问我有没有收到他写给我的信,我说收到了呀,他问我读了有何感受,我支支吾吾的,说感觉很好呀。聊了几句他问我愿意不愿意去他家看他,我当然明白他是什么意思啦,因为对他有点小仰慕吧,我就答应了。进了他家他就叫我参观他家的房子,他家的房子真是挺漂亮的,估计值不少钱。他告诉我说是单位里的福利分房,我说你们单位福利真好哇,他说这还没达标呢,还欠着他面积呢。我真是好羡慕。他开了卧室的门让我参观,我站在门口正犹豫进不进去,他一把抱住我把我拉到了床上,这一点倒是干脆得出乎我意料。跟他上过床其实我挺失望的——跟你说这个没关系吧?他倒不是不行,就是那种在床上很没意思的人,哼唷哼唷就像挖地一样,而且像布置工作一样发号施令,叫你这样,叫你那样,你还必须听他的,不然他立马就把脸板起来了。我觉得这个人真是可笑,大概是当领导当惯了,上了床也把女人当部下了吧?我觉得跟他睡觉无聊透顶,睡完了他还叫我留下来吃饭,我饭也没吃找个借口就走了。出了他家我心想跟他再也没有下回了,我也不会再理他了。可是第二天我又收到他写给我的情书——这回不是信,是伊妹儿。他还是写得那么情真意切,如果不想到是他写的,光看那些字,我还真是挺感动的。我一抬手啪就把他的信删掉了,不想让这个人干扰我的情绪。隔天信箱里又有了一封,还是那些想念啊、牵挂啊、亲啊、爱啊的肉麻话，连着一个多星期一天也没有断过。除了说他怎么怎么爱我，跟我在一起怎么怎么让他感觉幸福，他还写了他对人生目标的追求，对自己未来的展望等等，还说这样的话只能跟女人说，而且只是跟自己心爱的女人说才有意思。你想想一个五十多岁的老男人还做那些不切实际的梦多无聊啊，可是当时他的那些扯蛋话还真把我给蒙住了。我觉得这人有理想，有奋斗精神，真是那种做大事业的人，说不定不久的将来还真成了一个大人物，我每天能在新闻联播里看到他，所以后来他又约我，我还是去了。虽然跟他在一起说不上有多快乐，有时候我简直就是忍着他，但能跟这样一个男人交往我的虚荣心还是得到了极大的满足。他大概也看出了我的这种心理，对我吹牛更加来劲了。我脑子一糊涂就爱上了他——那一阶段正好我周围一个像样的人也没有，原来觉得不错的分手了，后来觉得不错的还没有出现，前后左右孤零零的就只有这位副局长，根本也没得挑。我跟他断断续续来往了有两三个月，我觉得这个时间不算短了，而且他老是给我写情书，老是说他怎么爱我，跟我一日不见如隔三秋，所以我相信了跟他的所谓爱情，我甚至想要是跟他结婚也蛮不错的，至少生活条件还是有保障的吧。有一天我也是闲得没事就问他婚离得怎么样了，没想到他脸色突然一变非常严肃地对我说这是他个人的事情，没有义务向我通报。你说这叫什么话？那我是干嘛的？他当我是他包的二奶还是叫来的三陪小姐？按我的脾气就是痛骂他一顿扭脸就走，可是他不是个当官的嘛，我想还是给领导留点面子吧。所以我就忍了，没有发作。我跟他说我在跟你谈恋爱，如果你不准备离婚或者有别的考虑你得告诉我，让我也好有自己的打算。他一下哑了，吞吞吐吐地说他这个身份当然是能不离婚最好，离婚次数太多影响不好，还问我理解不理解他说的，然后可怜兮兮地求我别离开他。他当我是干嘛的？我说这是不可能的，我肯定要离开你的。他说我们这样不是挺好的吗？我心说对你是挺好的，对我可不是。说句那什么的话，我如果光是想找人上床也不会找他这样的。我的这个爱情梦哗啦一下又醒了。回头想想这个人又酸又假还自私霸道，我连这样的男人都能爱上，你说我是不是得了爱情饥渴症了？

小陶问她：那你就没有遇到过喜欢的？

她略显迟疑地说：也不是没遇到过，可是……她露出很富有感染力的笑容，望着他说：我说这些不让你烦吗？你真的还愿意听我絮叨吗？

小陶点头，她绽露出一个很美的笑容，立刻说那我就跟你说吧。

她用一种坦白的口气说：我跟这个人是在一次聚会上认识的。那次聚会是一个专门喜欢给别人做媒的朋友召集的，去的大部分都是单身男女，虽然没有明说，但大家心里都明白有征婚的意思，不过没有真的征婚那么目的性强，主要就是吃吃喝喝聊聊天儿开开玩笑什么的，以前我去过，感觉这种聚会不适合找对象，比较适合一夜情。我想结婚，对一夜情没有兴趣，所以我不太想去。可是那个主人打了好几遍电话叫我一定去，还让我打扮得漂亮点，说把我当台柱子，要隆重推出。我一听她这么说虚荣心就冒上来了，晚上就打扮得花枝招展地去了。那天人还不少，而且漂亮英俊的男女真有几个。饭吃到一半，他就从另一张桌子换到了我们这张桌子上，跟我们桌的人喝了一圈酒之后他就自然而然地坐到了我的旁边。我觉得这个人真机灵，对他第一印象不错。他说不上长得有多英俊，但是壮实匀称，马马虎虎勉勉强强大概齐也算是个帅哥吧。他说话特别幽默，而且接话接得特别快，也特别机智，一下子就把我吸引住了。他坐到我身边之后就再没走，聚会结束他主动提出要送我回家。一出门我看他开一辆宝马车，我对他的印象就更好了。到了我家楼下他跟我缠缠绵绵的，我心一软就让他上楼了。一般我是不让陌生男人到我家的。当晚他就在我家里住下没有走。我想这不过就是一夜情吧，第二天他一走我就没有再多想，连他打在我手机上的电话号码我也没有存。没想到当天晚上就接到他电话，问我有没有空，说要是没安排他想跟我一起吃晚饭。一般这样的关系结束之后就不联系了，就是联系也不会这么快，所以他这个电话让我心里暖融融的，也觉得这个人挺好挺爽直的，就答应跟他去吃饭。见了面感觉还是很不错，吃完饭他让我去他家我也就答应了。整整一个星期我们每天晚上都在一起，一个星期过下来，我好像都有点离不开他了。他也是对我特别好，对我温柔极了,简直是百依百顺,我经历的男人当中还没有一个像他这样的。而且他特别会说甜言蜜语,"我爱你"三个字从早到晚挂在嘴边上,我跟他在一起很有热恋的感觉。不过因为有以前无数次的经验教训,我尽量不对他表现出依恋,我不主动给他打电话,他不来找我我也坚决不去找他。这一招还真灵,没多久他提出要跟我同居,说是看不见我的时候对我很不放心。我心里都笑疯了,这男人真的是很贱吧,我要是对他好,他肯定就不会这样了。他叫我搬他那里去住,我故意不痛痛快快答应他,只说等等再说。我越是这样,他对我可上心啦。每天下班都到我学校门口去接我,生怕我再跑去跟别的男人约会。我扛了一段之后才搬到他那里,他高兴极了。我觉得自己终于打赢了这个伟大的战役。下一步就该是谈婚论嫁了——这才是我心中的目标。我还是采取缓兵之计,想等他提。可是我等呀等呀,他根本就不提这码子事。有一天我没忍住,开门见山问他想不想跟我结婚,他支支吾吾的,我立刻就火了,拿了箱子收拾东西准备走人。他一把抱住我,叫我别生气,说我们可以谈谈。那我就跟他谈谈吧。也不知怎么他居然就松口了,说他愿意跟我结婚,如果我特别想结婚的话,不过他不同意我把孩子带过去。我说我怎么可能不带着自己小孩儿?他说他别的还好商量,意思是这条不好商量。谈到最后我们也没谈拢。我不知道他是真的不愿意我孩子跟他一起生活还是用这条来做挡箭牌,反正这婚自然是没法结了。当时我其实还不死心,我想我们那么好,说不定他一觉睡醒看在我们的情分上会改变主意的，实际上当然没有，根本就不可能有这么好的事情发生。我和他同居的时候喜凯被他爸爸接走了，后来孩子回来我就从他家搬了回去。之后我还跟他约会了一段，不过关系明显淡了，有时候好长时间也见不上一次面，在一起也没有以前的热度了。有一天我问他是不是还有别的女人，他马上就承认了，一点都没有要隐瞒的意思。我心里顿时凉了半截，觉得跟他完了。其实我是宁可他骗我的，可是他没有，问什么他都如实说了，一气之下我就跟他分手了。分手之后我很痛苦，我发现自己陷进去了，陷得还很深。我随时随地都会想到他，好一阵子打不起精神跟别人交往，真是心如死灰。

小陶说：我以为都是你去伤害别人呢，没想到你还会被别人伤害。

浦虎妮露齿一笑说：要真像你说的这样就好了。我也希望只有我去伤害男人，男人伤害不了我，哈哈哈，那样多来劲啊！她眼睛里闪过一丝忧郁说：可惜根本就做不到。

她放下碗筷，身体灵活地挪到了床上，离他更近了一点。

小陶感觉到她身上散发出来的热力，头脑有一点发晕。

浦虎妮把桌子推开一点，两个人一下子成了面对面坐着。她的手放到他的手上，他还没反应过来，她拉他也坐到了床上。她突然嘻嘻地笑起来，在他耳边轻轻地说了一句话，他光顾紧张没有听清楚。他扭过脸想问她说的什么，她湿湿的嘴唇已经贴到了他的嘴唇上。

　　他有点猝不及防,本能地用胳膊挡了她一下,但浦虎妮并不介意,更加热情地贴近了他。他来不及去想这事怎么突然就发生了,他头晕得更厉害,心里却迷迷糊糊地感到愉快。残存的一点理性让他隐约觉得这样做不好,他想让自己从这种不可预知的境地里摆脱出来,可是他的身体却不受意志支配地向那个热力四射的身体靠过去,他的胸口感觉到了她胸部的弹性,更加欲罢不能。他就像陷进了一片松软的沙土里一样,身心顿时融化了。

　　浦虎妮停下亲吻,放开了他,两只星星一样明亮的眼睛望着他,用耳语一般的声音问他:你喜欢吗?

　　他满心激动地点点头,浑身的血液加快了流速,身体就像一颗即将发射的炮弹一样被一股神秘而强大的力量顶着。他内心渴望更加不顾一切的举动,他盼望她像一团火一样把他烧掉。

　　但是她却没有更加激烈的动作,相反她平静了下来,呼吸不像刚才那样急促,胸部也不像刚才那样起伏不定,脸上的红晕也消退了,连笑容都变得文雅和宁静。他心里微微有一点失望,他觉得自己就像是掉进了一个很深的井里,靠自己的力量是爬不出去的,眼前能救他的只有她。他就像一个无助孩子一样眼巴巴地望着她,她的眼睛里闪过一丝调皮的笑容,却没有任何表示。他似乎被烫了一下,莫名其妙地感到委屈。

　　她就像是良心发现一样,俯下身轻轻抓住他的双手,放在嘴唇上吻了一下。他得到了及时的抚慰，鼻子发酸，差一点流下眼泪。在那个瞬间他心里充满了难言的幸福，仿佛找到了渴望已久的东西，他的内心有一种被打通的感觉，思绪飘得很远很远，可是又好像什么也没有想。他被她潮水一般的温柔包裹，仿佛连世界都可以不要了。

她松开他，还是用耳语一般的声音问他：你高兴吗？

他点点头，觉得自己已经好久没有这么快乐过了。

她又一次抱住他，把手伸进他衣服里抚摸他。先是他的背，然后是他的腰，再然后她的手一路往下。她那样直截了当，他一下子就吓醒了。他抓住她的手，很坚决地拦住了她。

她笑了，问他：为什么？他回答不上来，只是觉得不妥。她没有再坚持，在他脸上飞快地亲了一下，然后端端正正地坐好了。

房间里的空气一下子变得尴尬，他意识到自己做得有点过分，担心她会不高兴。但她好像并没有一点不高兴的意思，隔了一小会儿，又轻轻地依偎着他。他能感觉出她完全是出于好意，而且似乎是对他的一种安慰。他印象里从来没有女人这样对他，连李芸儿都没有过。他觉得她是在哄着他，心里很感动，却不知道在这当口应该怎么表示。他一动不动地坐着，好容易鼓起勇气，握住了她的手。

她笑起来，是那种最纯真最明媚的笑容。她斜斜地侧过脸望着他，她的眼睛干干净净，瞳仁是深褐色的，眼白是蛋青色的，没有一丝欲望，也没有一丝诡计，他看她简直就像一个纯情的小姑娘。他俯下脸在她额头上亲了一下。她扑进他的怀里，脸贴着他的胸口，用很轻的声音说：我就是想让你高兴。

她很晚才离开。她走了之后他觉得空气里还留着她的气味，他一想到她身体立刻会有一股一股的电流袭来。他躺在床上，她的笑脸从黑暗里浮现出来，她的眼睛，她的嘴唇，她的头发，她的双手，她的乳房，她的裸体……他想象跟她相拥而睡，顿时感觉到自己甜蜜地飘浮起来，松软地塌陷下去，以一种不规则的形状慢慢融化、洇开。朦胧之中他听见她悦耳的带着气流的声音在愉快地说着什么，不过他听不清楚她到底在说什么。她的声音渐渐地变得比耳语还轻，似乎是絮絮地跟他诉说，他仍然听不清楚她在说什么，但他似乎也并不想听清。再后来她的声音变成了风和雾，呼呼地刮着，漫漫地缭绕着，之后弥散开来，被四周吸收。他的意识像一只轻盈的气球升腾起来，离开了他，向她靠拢过去。他扑向她敞开的怀抱，那一瞬间他体会到了什么叫心花怒放。

这一夜他睡得香甜无比。

到下一个星期天浦虎妮又来了，她没有浓妆艳抹，穿得十分朴素，上面是一件本白亚麻衬衣，领口和袖口有一点绣花，下面是一条黑色裙裤，看着赏心悦目。小陶没想到她这么快又来了，也没想到她没事还会来看他，有点喜出望外。

浦虎妮提了一个很大的包,包里装着螃蟹、虾、贝和蔬菜。

小陶说:后面街上都能买到,你大老远带来干吗?

她笑嘻嘻地说:我特地去买的海鲜,别总吃你的。

小陶说:那有什么?

浦虎妮笑着说:也让我请请你。

两个人做了一顿像模像样的饭,还是浦虎妮做菜,小陶帮她打下手,实际上那点活儿基本是浦虎妮一手包圆儿了。

饭菜上桌,小陶不由得感叹说:要是你不来,我上哪儿去吃这么好的东西!

浦虎妮不当回事地笑笑说:那我就总来,只要你不嫌烦。

他听了美滋滋的,故意说:那不耽误你约会吗?

他不好意思直视她,把目光挪到别处。

她还是不当回事地笑笑说:我也用不着每天都去约会吧。

两个人边吃边聊。

小陶说:真羡慕你有那么多的约会,我每天基本上就是宿舍到药房这么一条线,出去最多就是到我表姐家,一年到头接触的也就是这几个人,好几年都这样没有什么变化。我的生活真是很封闭,我的性格也很闷,不招人喜欢。

浦虎妮说:我的那些约会多半也是瞎掰的事,我跟你说过,我的目的是把自己嫁出去,当然我希望把自己嫁得好一点,实际上我不是也没有做到嘛?我现在好像越来越悲观了,我觉得男女就是好也是一时半会儿的事,就是跟让你心动的人谈恋爱,也未必就真的那么幸福,就是在热恋当中你心里也一样会觉得孤独和寂寞。就像人家说的,快乐是一时的,痛苦是长久的。所以你别看有的人风光热闹,其实他们也不可能真的一直快乐幸福,说不定他们比你还要寂寞痛苦呢。

小陶说:我说的封闭和你说的寂寞不是一回事。封闭是环境就是这个样子,寂寞是心里的感觉。我生活很封闭,但有的时候不觉得寂寞,比如你来了,我心里就特别高兴,一点也不寂寞。

浦虎妮说:我净跟你胡扯八道的,你也不讨厌我?

小陶说:怎么会呢?我喜欢听你说话。

浦虎妮咯咯地笑,笑得十分爽朗。

她说:我跟你净说些"少儿不宜",其实我跟别人从来不说的,连跟我妈跟我姐都不说的,我也不知道怎么倒会跟你说,可别把你拐带坏了呀!

小陶笑着说:也是啊,我要是听说别人这个样儿可能会有想法,可是放在你身上我就不觉得你乱。

说出"乱"字他有一点后悔,意识到有点言重了。

不过浦虎妮好像并不在意,她带点反省地说:其实以前我也没想过自己有一天会变成这个样子,年轻的时候我可单纯了,真像书里说的是个"纯洁可爱的姑娘",就是跟你认识那会儿我还算得上是良家妇女,那时候我一门心思就想找个有诚意的男人结婚,只要人老实本分,能对我和我们家喜凯好就足够了,我只差在脑门子上写上"嫁人"两个大字了,结果找来找去四处碰壁，一不小心把自己弄成了一个历史复杂的女人。

小陶尽量用通达的口气说："历史复杂"也算不得是什么坏事啊，现在在这方面都很宽容。

浦虎妮摇头说：不，如果可以选择的话我情愿做那种被男人保护得特别好的、历史一点也不复杂的女人。从心里说，我喜欢专一，最好是从生到死只爱一个男人，干干净净地跟别的男人一丝瓜葛都没有，那样该有多好哇！我想至少心里很轻松吧，而且生活也简单。大部分女人可能都是这么想的吧，可惜要做到可真不容易。放在古时候也许是可以的，你不这么做都不成，放在今天的社会就没什么可能了，除非是有奇迹发生。现在别说你想一生只爱一个人，你一生能遇到一个你爱的人就算不错了。

小陶说：我记得上次你在这里还说你对爱情抱着幻想呢！

浦虎妮迟疑了片刻说：其实我的爱情梦早已经在现实当中破灭了。说句不怕你笑话的话，现在除了在床上，我好像跟男人没有多少来往了。

小陶听了忍不住笑起来。

浦虎妮用很纯真的目光望着他说：我这个人是有点自私，遇到事情为自己着想多，为别人着想少，可是你想想我要是不为自己着想谁为我着想啊？不过我这个人并不唯利是图，也不像有的女人总想从男人身上榨点油水，或者就像抓住救命稻草一样把男人牢牢地抓在手心里。其实我不太利用男人，主要是我也不太会利用男人——可能是从小受的教育吧，我总觉得靠男人是件不太光彩的事，所以我不太用女人的资本去跟他们交换什么，索取什么。也许我这个人太傻了。你想吧，要不然我也不会跑来跟你借钱了。

小陶客气地说：相互帮助是应该的。

浦虎妮说：说心里话，我对你是非常非常感激的，如果你有我这样的经历，你就知道我心里这份感激的分量了。我有一个表妹，她父亲病了，她手头不方便，跟她男朋友借钱，她的男朋友不但不借给他，还找了个理由跟她分手了。我以前看过一本小说，是外国的，写一个女人在商店里赊账，欠了好多的钱，实在没办法了她跟情人去借钱，她的情人不借给她，还断绝了跟她的来往，最后她走投无路，服毒自杀了。我记不太清楚了，大概就是这样吧。反正我就知道女人不能跟自己情人借钱，那是一件冒险的事，弄不好就会鸡飞蛋打，所以就连我脸皮这么厚的人都不敢去碰这种钉子。她莞尔一笑，接着说：不过，虽然你把钱借给了我，我还是要提醒你一句，以后千万不要随便借钱给别人。

小陶说：我当然不会的。他加重了语气说：我没有随便把钱借给别人。

浦虎妮两眼盯着他，就像一个大姐姐那样叮嘱他：那好，那我这么说，你以后千万不要借钱给别人。

他在她的威逼下无奈地点了点头，两个人都笑了。

浦虎妮说：我这个人有点霸道，你跟我相处时间长了就会知道。

小陶说：我早就知道了。

浦虎妮大笑，说：既然你早就知道了那我就不必再装了。

吃完饭，她挪到床上坐着，舒舒服服地靠在床头上，就像在自己家里一样。她这些自然的动作让小陶觉得她特别亲切，也觉得跟她特别亲近。

突然浦虎妮呵呵一笑，对他说：有件事我想让你帮我拿拿主意行不行啊？

小陶心想你还有事要我帮忙拿主意的，不过嘴上却说：你说吧。

浦虎妮说：有个人提出要跟我结婚……

说了一句就不说了。

小陶有点意外，说：哦，这是好事吧？

浦虎妮飞快地说一句：什么好事？好事哪儿轮得到我！

小陶问：谁啊？

浦虎妮说：就是我的老板。

小陶口气生硬地说：你不就想嫁个有钱人吗？

浦虎妮有点赌气地说：我是想嫁个有钱人，他倒是有钱，不过是个色鬼。

小陶也有点赌气地说：色鬼怎么啦？有钱就行了呗。

浦虎妮摇着头叹口气说：光有钱也不行啊。

小陶就不说话了。

浦虎妮拉了拉他的胳膊说：想不想听我说？

小陶低着头说：你想说就说吧。

浦虎妮似乎被堵了回去，沉默了片刻她还是说了。

她尽量平淡，还故意带点不当回事儿的冷漠说：我在去他公司前一年就认识他了，是在一次饭局上跟他认识的。那次吃饭他老婆孩子也都在场，吃饭的时候他一会儿给老婆夹菜，一会儿给孩子盛汤，忙上忙下的，一桌子的人没有不夸他是好丈夫好爸爸的，他也是一副特别爱听的样子，眉开眼笑的。可就是这个好丈夫好爸爸的眼睛老是溜到我身上，趁着跟我碰杯眼光火辣辣地看我。他长得一般，就是一个普通的中年人，个子也不太高，但是他那双眼睛会说话，看你一眼你就知道他要对你说什么。我还是第一次看到男人的眼睛会说话，不过当时我没理他，我对他根本就没兴趣。我跟你说过，我是想嫁人，我对这种老婆孩子热炕头的男人一点兴趣也没有，我心说你就别上我这儿来自讨没趣了。饭吃得差不多我去了趟卫生间，出来的时候看见他正在外面走廊里站着，像是等人的样子。看见我他马上迎上来拉住我的手，夸我漂亮性感什么的，我想他是喝高了，根本没往心里去，跟他嘻嘻哈哈说了几句场面话就想走。可他把我抓得紧紧的，说想跟我认识一下，以后还要单请我吃饭，要我把电话告诉他。我想留个电话也不算什么，再说我一个单身女人也不怕他纠缠，就把号码告诉了他。第二天一早我还没起床就接到他打来的电话,约我晚上跟他吃饭。我被他从睡梦中吵醒,正困着呢,心烦得很,直截了当对他说晚上没空。他又问那明天呢,我说明天也没空,他又问那后天呢,我说后天也没空。他说那你哪天有空啊,我说我哪天都没空。我这人脾气一上来是啥都不管的,我前老公就特别受不了我这一点。我是干脆一口把他回绝到底,省得他没完没了来盯你。我都把话说到这份儿上了,他还是不死心,用那种慢声慢气大概他自己以为很温柔的口气说:那我就一直等着,等到你有空的那一天吧。我心说那你就干等着吧,就把电话挂了。没想到过了几天他又来电话了,问我是不是有空,我说没有。他听了就笑起来,问我:你脾气怎么这么大呀?是不是过得不太顺心?我还真让他这句话说到了痛处,当时我就是特别不顺心。他用那种哄女人的口气说:你不顺心那就更应该出来走走啦,我带你去透透气,说不定我还能为你疏通疏通呢。他在电话里说了好多,都把我说烦了。说到最后还是约我出去吃饭。我也实在是无聊,就答应了他。他那个高兴,激动得都语无伦次了。我没想到还有人对我这么上心,而且他还是个有钱人。本来我就想随便去对付一下的,临出门还是把自己打扮了一番。他见到我毫不夸张地说简直就想拿眼睛把我吃掉,他给我点鲍鱼点燕窝点海参,还一个劲儿地说怕我没吃好,那个殷勤,真是少见。他还送了一个金乌龟给我做见面礼,长这么大我还从来没收过这么贵重的礼物呢。一顿饭他没吃几口,从头到尾就夸我了,还说他怎爱慕我,想念我,见到我就再也放不下了。我说你有一个幸福的家庭,你还搞这些名堂干嘛?他就叹气,可怜兮兮地对我诉苦说那都是装样子给外人看的,其实他在家过得一点乐趣也没有,他还告诉我他跟老婆都没有那个了,他老婆性冷淡,上了床就像死的一样,三十五岁已经绝经了,而且脾气变得极其古怪,泼得不得了,还把他看得特别紧,一点自由也不给他。我说她把你看得特别紧一点自由不给你,你还能出来约我?他就呵呵地笑,夸我机灵,话跟得快。我说我也泼得不得了,得理不饶人,有理没理搅三分,你不会喜欢的。他说我就是喜欢你这样的,身上有一股子辣劲儿,你越泼我越喜欢。我说你是个老板,外面小姑娘多的是,你干吗不找她们去?你知道他怎么说?他一本正经地说:我就是对你一见钟情,我爱上你了。听得我差点把肚子都笑破了。他说你不要笑,我是真心实意的。那顿饭之后他几乎每天都给我打电话,问长问短的,不知不觉跟我就熟了。那一阵子我特别不顺,接二连三地失恋,单位里裁员,我也在黑名单上,我的情绪坏得一塌糊涂。全世界好像就剩下他一个人还对我好了。他约我吃饭,看我情绪低落,问我能为我做点什么。还从来没有男人这么问过我呢,我心里有点感动。我跟他说了几句烦心的事,他马上笑了,说正好给他机会可以帮我的忙。他说你要是不嫌弃就到我公司来吧,虽然公司不大,吃口饱饭还是做得到的。我心里虽然犹豫,但没有更好的去处,也就接受了。不用说,那我同样也得接受他这个人。到了他公司,我才知道那真是一个小公司，做点倒买倒卖的生意，说白了就是投机倒把，说不定哪天就关门倒闭了。可是我已经上了这条破船，再说什么也晚了。不过他对我倒还不错，给我一个总经理秘书的头衔，开给我的工资也比员工的高，每个月给我的奖金也是最高的，还有七七八八的补贴，钱上倒是不亏我。不过底下的人因为他对我不错怨声载道的，话也说得很难听。我跟他说我不干了，我没法干下去了。他说别理他们，他们再啰嗦我有一个算一个把他们全开了。我知道他们都是他家里的亲戚，这个公司就是个家族企业，他其实也不好真开了他们。到月底发奖金的时候，我发现他在我的奖金里加了一千块钱，我想他也算是个有心的吧。

小陶忍不住说一句：就是拿钱收买你呗。

说完觉得自己唐突，赶紧收住不说了。

浦虎妮愣了一下，微微一笑说：我也知道是这么回事，我不是缺钱嘛，人穷志短呗！其实我跟他闹着要走，假如他真让我走，我也没地方去，我想他也不是不知道，不过只要我跟他提要走的话，他总是挽留我，话还说得特别诚恳，就好像真的我多么重要，公司多离不开我似的，所以说吧他这个人还是很厚道的。老实说也是因为这一条我不好意思做得太过分，也不敢太任性。有句老话怎么说的？"滴水之恩当涌泉相报"，我掰着手指头算算这个世界上真心实意对我好的人一共也没几个，所以吧虽然我明知道他是个色鬼，心里对他的情义还是挺珍惜的。

小陶问她：那你决定跟他结婚啦？

浦虎妮瞟了他一眼，假装抽动着鼻子嗅了两下，扑哧一笑说：我怎么闻到一股吃饺子的味儿呀？

片刻之后小陶才反应过来，脸上没有一点笑容，说：你是说我吃醋吧？我吃得着这醋吗？

浦虎妮轻轻地拉住他的手说：我是把你当自己人才跟你说这些的，你要是不愿意听我就不说了。

小陶抽回了手，和缓了一点说：你说你的，我没有不爱听。

浦虎妮笑了笑，继续说：以前他就跟我提过想跟我结婚，他说为了我可以离婚，我当然没答应，你说我能答应这样的事吗？我跟他说你有家有业的，又有钱，我啥都没有，岁数还不小。其实我心里想的是我这儿跟你有一搭没一搭的，你怎么能当真呢？可他好像还真的当真了，这个话头提了不止一次两次，前两天又跟我提了一回。那天他出差回来，在高速公路上车被追了尾，差点出事。大概是受了刺激，晚上见面又跟我提结婚的事，我说这不可能，他追问我为什么不可能，我跟他说：我没想跟你结婚。他又追问我为什么不想跟他结婚，弄得我真没办法，都不知道跟他说什么好。

小陶说：难得人家死乞白赖要跟你结婚，你又正好想结婚，那你不如顺水推舟得了。

浦虎妮斜他一眼，笑着说：是啊，要是我喜欢的人，我也就豁出去了，关键是他不是我喜欢的人，我干嘛勉强自己？而且还担个拆散别人家庭的恶名，更加不值当了。

小陶嘲笑地说：你还挺讲道德的呀。

浦虎妮哈哈哈大笑起来，那样直率和无所顾忌，小陶也忍不住跟她一起笑起来，心里既松弛又安宁。他发觉自己越来越喜欢听她絮叨，虽然有些话听了心里会有点不好受。他觉得她这种唠叨劲儿很像表姐，因此感到特别亲切，不知不觉把她当成了一个特别亲近的人。

浦虎妮把被子和枕头堆在背后，靠得更加舒服一点。她带点漫不经心地感慨道：以前一个普普通通的人，结一个普普通通的婚，生几个普普通通的孩子，过普普通通的一生，就是一件普普通通的事，现在是一个普普通通的人想过一份普普通通的生活都这么不容易。

小陶说：那是你要求高了。

浦虎妮笑着感叹说：我知道我这样的人其实是很麻烦的，这几年一个人混下来，见的人多了，都知道是怎么回事了，还没看清楚人家身上几个豆大的优点，就看到人家身上满是碗口大的缺点，你说这还怎么弄？而且又不像小姑娘那样头脑单纯，也不像小姑娘那样身体里满满的荷尔蒙，现在是想晕一把都不容易，还怎么跟人去结婚？再说男人也不傻，稍微像点样儿的吧不招谁还有人上赶着往上扑呢，外面色情场所又那么多，歌舞厅、洗头房、桑拿浴，只要花个两三百块钱的小费十几二十岁的小姑娘就能陪一晚上，一进宾馆还没坐下呢上门服务的电

发 烧

话就打来了,如果有钱的话连名模、明星都买得到,男人再看像我这样的,没钱、没名、貌也没多少,还能有多大情绪?跟你说实话,我心里对结婚其实也是很恐惧的,一次婚姻失败了,谁保证得了二次婚姻就不失败?再说就是那些没离婚的夫妻又有多少婚姻是真的幸福的?如果大家肯把实情说出来,我想恐怕敢结婚的人就更少了。就说我的几个堂姐,年轻的时候都长得花朵一般,现在她们也还不算老,也就刚刚四十出头,有两个也就我这么大,三十几还不到四十呢,她们不像我,没有一个离婚的。她们都是贤妻良母,对老公对孩子侍候得要多周到有多周到,一日三餐,四季衣服,真是知冷知热,无微不至。有一回我们姊妹几个聚在一起说知心话,她们说她们老公基本上都不碰她们了,我听了真是大吃一惊,我还傻乎乎地拉着她们问,是不是姐夫都不行了?她们说行不行的都这样。噢,原来外人看上去的恩爱夫妻就是这样的啊?我听得心里直发寒,我想好在我没等到老公不碰我就跟他拜拜了,这么说离婚也没那么亏。我不敢说对婚姻看透了,如果能结婚我还是想结婚的,但是想想结婚未必真有什么意思,所以我决定了——其实也用不着我决定,反正到头来一样都是寂寞孤独,我就不将就了,找不到合适的人我不结婚了行不行,干脆就做一个自由的女人。

小陶说:你跟我刚认识的时候真的很不一样了。

浦虎妮说:让你害怕了吧?

小陶说:没有。我觉得你这个人……他想了想,说:更加真实了。

浦虎妮温柔地笑笑说：也就是在你面前吧，跟别人打交道我是很防备的，男人算计我，我也算计他们，我明知道算计不过的，就在他们面前装可怜，迷惑他们，让他们同情我，反正我是不会白把便宜给他们占的。

小陶听她把他和"别人"区分开来，心里就像春风吹过一般舒服。他在她脸上看到了那种放松的、亲近的、完全不设防的表情，还有她那种自然流露出来的纯真和妩媚，心里的暖流从涓涓细流变成了宽阔的河流。他觉得她跟自己心心相印，息息相通，他被自己心里出现的这种感觉而感动。浦虎妮似乎有所感应，恰到好处地在他心荡神驰的时刻又一次抓住了他的手。他就像梦游一般站起身，紧挨着她坐在床沿上。她身体带着强大的电流靠向他，十分自然地扑在他身上。他伸出胳膊搂住她，心里充满了欣喜。

他没有马上跟她接吻，而是静静地抱着她。他觉得自己的身体飘浮起来，心也飘浮起来，世界却沉了下去。他闭上眼睛，体会着她的心跳，她的体温，还有她的发丝擦在他脸上的那种说不清楚是"毛糙"还是"细腻"的感觉，他只是觉得心里很踏实，很快乐，甚至有一种应有尽有的满足感。他模模糊糊地想：这大概就是幸福吧。

浦虎妮轻轻地拉了他一下，他跟她一起相拥着在床上躺了下来。他又一次闭起眼睛，沉浸到这种幸福当中。等他睁开眼睛，看见她脸颊绯红，眼睛像夜行动物一样闪闪发亮，她的呼吸芬芳、湿润、绵密，带着强烈的性气息。他知道自己被期待，试探着把嘴唇向她靠了过去。

她轻轻地回吻他，比他想象的还要温柔，她的每一个动作都是收敛的，落在他的动作之后，小心翼翼地等待着他的主动。他意识到了这一点，受到了鼓励，颤抖着手指去解她的衣扣。她配合着他，脱掉了衣服。他很快把自己也脱光了，跟她在被子底下紧紧地搂抱在一起。

可是他却仍然无法跟她做想做的事，尽管心里有躁动，身体却发动不起来。在最初的欣快过去之后，他就像半夜睡醒过来再也睡不着了，或者说就像从梦境里醒来再也没法接着刚才的梦做下去了，他只觉得躯体里某种东西大面积地退潮了，而且完全不受意识的支配，他也完全没有办法阻拦这种退潮。浦虎妮心有不甘地抱紧他，终于忍不住变被动为主动。她抚摸他，亲吻他，吮吸他，用尽了各种方法，但却无济于事。他看她在自己身上徒劳地忙碌，心里无比愧疚。他拉住她，不想让她再做什么。她趴在他身上，轻声地耳语让他放松。她的声音就像催眠一样，他精神放松了，但是身体也跟着放松了，一切都背道而驰。在挨过了一段近乎折磨的时间之后他坚决地抓住了她的手，阻止了她的行动。

她重新趴回到他的怀里，紧紧地抱着他。她声音极低地说：别着急，我们再试试，有时候就是一点小障碍，克服了就过去了，你没事的,听我的。

她絮絮地说着,他听着就像是一种无原则的安慰,她越是这么说他心里的沮丧感和愧疚感越大,他挣脱了她的拥抱,坐了起来。

他飞快地穿好了衣服,心里真希望这一切没有发生。

她没有马上穿衣服,赤裸着身子从后面轻轻地抱住他说:这不算什么,真的。

他转过脸去,内疚地说:我总是让你失望。

她摇了摇头说:你别多想。又说:其实,其实应该没有什么,你这么年轻,这么健康,我可以帮你……

他打断了她,他不是用语言而是用不耐烦的表情阻止了她说下去。

她悻悻地穿上衣服,从床上下来。她好像还不想放弃,但是大势已去,他已经穿戴整齐站在门口准备送她走了。

他送她出门。一路上他很想对她说以后别再来了,可是这样的话他实在说不出口。从内心里说,他害怕她因此就不来了。他心里矛盾着,脑子发木,不知道该对她说什么好,心里复杂的感觉连自己都理不清楚。浦虎妮倒还跟平常一样,或者说她尽量跟平常一样,有一搭没一搭地跟他说着闲话。突然她停下来,脸对脸望着他,朝他笑起来——是那种最纯真最明媚的笑容。她拥抱了他,用比耳语还轻的声音对他说:我会让你高兴的!他的心一软,有一种融化的感觉。

又有一段日子小陶没回表姐家了，表姐打电话叫他回去，她说买了草鸡、排骨、带鱼、虾还有好多他喜欢吃的新鲜蔬菜，等着他回去吃饭。表姐说她新学了一个菜，准备给他露一手。他问她是什么菜，表姐说是胡椒虾，他问她在哪儿学的，她兴致勃勃地说是跟电视学的。他听她情绪不错，心里也轻快了许多。

他刚要放电话，表姐说：过会儿我叫丫头接你去。

他说：用不着，回家我还不认得？

表姐呵呵地笑着说：不是为你，我是看她放假闲得发慌，找趟差让她出。反正她在家也待不住，我上班一走她干嘛我都不知道，就是我在家一错眼珠工夫她就想往外溜，外面的吸引力对她可比家里大多了，我都看不住她。报纸上说家长要跟孩子多沟通，尤其是青春期的孩子，可是我跟她说什么她都不爱听，油盐不进，说多了还嫌烦，让我怎么跟她沟通去？有时候我气极了真想把她扔到大街上让警察去管。她那个爹就跟死了一样，对她不闻不问，她也跟没爹的一样，从来不提他，也不跟他联系。我看她跟你还挺有话说的，至少比她跟我有话说得多，所以我想叫她去跟你聊聊，你还能替我说说她。

他说：那你叫她来吧。

表姐说：这会儿她睡得跟个小猪似的，从放假起就没早起过一天，书也没见她读，作业也没见她做，真难为她明年就要中考的人一点不着急。要不我让她下午去你那里，你过来吃晚饭吧。

他说：都行，反正我一个人。

表姐突然咯咯地笑起来，说：你很快就不是一个人了。

他问她：你说什么？

表姐故意卖关子说：现在不跟你说，等你来了再说吧。

他想恐怕表姐又要给他介绍对象了，无奈地笑了笑，挂上了电话。

下午他在医院门口迎到了荷荷。荷荷穿着一件泡泡袖带花边的白衬衣和一条牛仔小短裙，梳着两条辫子，既朴素又漂亮。她敏捷地从公共汽车上跳下来，迈着两条长腿向他走过来。他远远地看着她，暗忖两三个礼拜不见她又长大了不少，个子似乎又长高了，人也更俊俏了，而且连神气似乎都不大一样了。

他走近她，用玩笑的口气说：真是女大十八变啊！

荷荷害羞地一笑，马上反唇相讥说：你才女大十八变呢！

他笑着说：我是夸你漂亮呢。

荷荷又是害羞地一笑说：不要你夸。

他领着荷荷往宿舍走，荷荷说想在外面走一走，他们马上改变了线路，朝医院外面的街心花园走去。

他在街边的冷饮亭给荷荷买了一瓶冰红茶，荷荷接过去，仰着头喝了一大口，笑吟吟地说：一喝饮料我就心情舒畅！

他笑着说：我知道的。

荷荷也笑着说：你还记得？

他说：是啊，你说过的话我都记得。

她有点不好意思地说：就是因为她不让我喝饮料我喝着才特别高兴。她眯起眼睛，带点得意地说：现在只要做我妈不允许我做的事情，我的心情就大爽。

他忍不住大笑，说她：你这是典型的青春期叛逆。

荷荷说：是啊，我也知道，但我没法不叛逆。你知道吗？叛逆其实是被逼出来的。

他说：你不会又要说是你妈妈逼你叛逆的吧？

荷荷说：你还真说对了，不是她是谁？

他说：妈妈对你那么好。

荷荷冷笑道：你又该说我没良心了对吧？你永远都是站在她一边，她是狼你就是狈，她是狗你就是狗腿子，反正你们两个沆瀣一气，我早就知道了。

他听了哈哈大笑，说：好孩子上学学了这些个词，老师让你用这些词说长辈的是不是？

荷荷也忍不住笑了，她撒娇地抗议道：别说我孩子，我不是孩子！

他反问她：你不是孩子是什么？

荷荷挺着脖子说：我是青少年。她凑近他说：告诉你一个秘密，你能替我保密吗？

他逗她说：那要看多高级别的秘密了。

荷荷认真地说：真的是一个大秘密，你一定要保密，我妈要是知道了她会把我打死的。

他侧过身，做出洗耳恭听的样子。

荷荷说：我有男朋友了。

说完等着看他吃惊的样子。

果真他张大了嘴，想说的话卡在嗓子眼儿里没有说得出来。

他眉头皱成一个结，问荷荷：真的啊？

荷荷平淡地说：我骗你干吗？

他问她：你们好了多久了？

荷荷说：不久，两三个月吧。

他有点急了，说：这么长时间了你不早告诉我！

荷荷说：我怎么不早告诉你，上次来你这里不就跟你说了吗？

他说：你说你跟他没有什么呀！

荷荷说：我就是跟他没有什么呀！

他说：你这么小就交男朋友，看来你妈妈担心你真不是没有道理。

荷荷马上不太高兴地说：要她担心干什么？她管好她自己的事就行了，我的事我自己心里有数。

他不由得提高了声音说：你有数？你真的有数吗？

荷荷也提高了声音说：那当然。

他想了想还是跟她单刀直入地说：你可不要像你那个朋

友——那个风中的小野花那样,多让人不放心啊。

荷荷突然嘿嘿一笑说:她爸爸妈妈根本就不知道,他们以为她很乖,对她放心着呢。

他严肃地对她说:你别笑,我只是拿她举例,我不管别人,只管你,你得跟我保证不胡来,听见了没有?

荷荷梗着细细的脖子反问他:什么叫胡来?我不认为那是胡来。

她那个似懂非懂主意还很大的样子让小陶真想抽她,但他提醒自己不能急,表姐让他跟她好好谈谈,现在家里就剩他这么唯一一个还能跟她对得上话的人了,他不能辜负了表姐的重托。再说所有的情况要是她不说出来,他也无从得知,他很清楚要是自己跟她谈崩了,以后家里恐怕谁也没法真正掌握她的情况了。

他调整了情绪,尽量做出平静随意的样子问她:你的男朋友是同学吗?

荷荷说:他比我高一个年级,已经上高一了。

他忍不住感慨说:一个初中生,一个高中生,你们这不是典型的早恋吗?

荷荷十分无辜地说:爱情来了,我们有什么办法?

她说得那么坦荡,让他实在是有点无话可说。

荷荷一脸的阳光灿烂,没有一丝扭捏地说:尽管是他追我,其实我暗恋他好久了,他长得又高又帅,说话特别幽默,还是校篮球队的，在我们学校里特别引人注目，我知道好多女孩儿都喜欢他，她们老在背后谈论他，他一走过她们就都不说话了，我觉得他简直就是女生心中的白马王子，所以我根本就没想到他会跟我好。

他冷不丁说一句：那我是不是应该祝贺你？你打败了那么多的竞争者。

荷荷睁大了清澈如水的眼睛说：我可没这么说，我不知道我有没有打败我的竞争者，因为他从来就没对我说过他只喜欢我一个人。她像一个大人一样深深地叹了口气说：其实我也说不清楚我们俩的关系，我不是跟你说了嘛，一切都发生得太突然了，之前我们只是在QQ上聊过天儿，相互了解并不很多。他跑来向我表达了那个意思，我们就……好了。

他听到这里，打断她说：可以问你一个问题吗？

荷荷愣了一下，说：什么问题？

他问她：你们到什么程度了？

荷荷转过脸去，不回答。

他又问了一遍。

她低声说：你问这个干什么？

他虎着脸反问她：你说我问了干什么？

荷荷到底是小孩子，被他一逼，只好说：就是拉拉手什么的。

他不相信地说：真的吗？要就是拉拉手什么的你这么吞吞吐吐干嘛？你的好朋友连毓婷都吃了，到你这儿就是拉拉手？

荷荷不好意思地笑了,说:反正我还没有吃过毓婷。

他脸色凝重地说:你们这个年龄的孩子真让人担心,学校家里两头管着还管不住你们,你说这要是让你妈妈知道了她怎么还睡得着觉?

荷荷说:所以让你保密呢。又说:我妈那样的对小孩儿根本理解不了。

他说:我也理解不了。

荷荷笑着说:你比她还是要好得多,不然我也不会跟你说了。

他说:你们太开放了,而且也太轻率了。

荷荷分辩说:我没有轻率,因为他就要走了,他们全家移民去加拿大,那天他跟我告别……他说他一走我们就不知道什么时候才能见面了……

她突然眼泪汪汪的,他一阵心疼。

荷荷有点赌气地说:他走了,现在你们可以放心了吧!

听她的口气就好像是他们把他逼走的一样。

停了片刻,荷荷的情绪平静了一点,他问她:他走了,那往后你们怎么办?

荷荷说:那还能怎么办?该怎样就怎样,上学,回家,吃饭,睡觉,跟原来一样呗。

小陶没想到十四岁的小外甥女面对离别居然能做到这么镇定自若,他惭愧地意识到有些方面自己甚至不如她成熟和坚强。

她那种无所顾忌和豁得出去的劲头儿忽然让他想到浦虎妮,他想不知十年以后她会怎么样,二十年之后她又会怎么样。想着她已经开始面对男人的世界,他心里充满了担忧和怜爱,就好像是他亲生的女儿一般。他心情复杂,不由重重地叹了一口气,实际上他是在替表姐叹气。

荷荷问他:你叹个什么气?

他说:还不是替你操心嘛!

荷荷粲然一笑说:我挺好的啊,根本用不着操心。又说:原来我很郁闷,很孤独,现在我没那么郁闷也没那么孤独了,虽然我不能说我不郁闷不孤独了。

他觉得自己并不懂得这个孩子,她比他想的要复杂得多。他就像面对一道数学题,乍看上去清楚明了,动手一做发现其实并不容易。

他恳切地对她说:我真的不太明白你,可能我也老了。我和你妈妈和上一代有隔阂,而且是很深的隔阂,我以为到我们和你这一代就不会有隔阂了,实际上隔阂还是有的,只不过隔阂的成因不同了。我不想说你什么,更不想批评你,我只是不希望你受到伤害,你明白我的意思吗?我和你妈妈过得都说不上幸福,我希望你不要像我们。我知道你是信任我才告诉我这些的,我不想干涉你的生活,但我还是要提醒你,女孩子要自爱,要自重,而且不论什么时候都要保护好自己。真有什么事你要跟我说,不管你有什么事我都会为你解决,当然我不希望你有什么事。也许你不愿意听我说这些,但我还是要跟你说清楚。我不想看到你走弯路,也不想看到你受委屈,知道吗?

荷荷十分认真地点点头。过了片刻她问他:你不会告诉我妈吧?

他凝视着她说:当然不会。我告诉她等于是在她心上压上一块石头,所以你放心,我会替你保密的。

荷荷翻了他一眼说:我就知道你是为她想!没等他说什么,她忽然说:走吧,我们回家吧,她在家等你呢,一会儿她等急了又该骂人了。

他们回到家里,表姐果然已经等急了,见了他们也没好脸色,一张脸拉得老长,声音很高地说:你们不知道我做了饭在这儿等着啊?你们不知道饭菜会凉的啊?我这儿一趟一趟跑窗口看你们,看来看去也看不见你们两个,一听到门外有动静就以为是你们回来了,结果是左等不来,右等不来,我都快急死了!

荷荷立刻拉下脸说:你急什么,我们不是回来了吗?一进门就听你劈头盖脸一通话,你烦人不烦人?

小陶看表姐憋了一肚子火正要发作,赶紧笑着岔开说:你不是说做胡椒虾,做了吗?

表姐朝桌上一指说:那不是!

小陶说:我尝尝。

说着拿了一个就塞进嘴里,连说好吃。

表姐一边叫他去洗手,一边看着他说:真的呀?我还以为做失手了呢，味道好像不太对。

荷荷也拿了一个塞进嘴里，也是连说好吃，表姐的脸色才算缓和了下来。

三个人吃完了晚饭，荷荷进屋去学习，小陶帮表姐收拾了桌子，两个人坐在电视机前边看电视边闲聊。

不知怎么话头扯到了老郭身上，表姐又是一通的抱怨，说他一两个月也不回趟家，难得回来一次还挑她们娘儿俩都不在家的时候，就像做贼一样偷偷摸摸的。

她愤愤地说：你说他是啥意思？我们两个就那么遭他嫌弃？他连我们的面都不愿意见！我是上了岁数了，又不会哄着他，他不理我也就算了；荷荷好端端的一个孩子，花朵一样，明明是他的亲骨肉，又不是我带来的，老话说老婆是人家的好孩子是自己的好，他连她都不想见，你说他这个人还长着人心吗？他那样的我真是没见过。我不知道他到底是怎么想的，也这么大岁数了，你说他要作到哪天才到头啊？

小陶劝她说：算了，十几年二十年都过下来了，你也别往心里去了。

表姐更加生气地说：有时候半夜醒来睡不着我想想十几年就这么过去了，我一生中的好时光就这么稀里糊涂过完了，真是不敢想啊！我觉得我这辈子活得实在是太冤的，不过现在说这个也没用了。

小陶还是劝她说：好不好都只好想开点，比你过得好的肯定大有人在，比你过得不好的肯定也一样大有人在，比上不足比下有余。

表姐说：是啊，可不就是这么回事，我也是这么对自己说的。这个家也不指着他，他回来也好，不回来也好，大年三十拾个兔有他没他都过年，我跟丫头早习惯了。

小陶说：就是啊，你就只当跟他分开了，一个人不也得过？

表姐说：我就是这么想的。不过有时候想着有这么个人在家外面不明不白地漂着，心里还是发堵，干脆没这么个人反倒一了百了。要依我心，我就干脆跟他一刀两断，离了算了，心里还痛快些。可是为荷荷想想，还是跟他这样好死不如赖活着凑合吧，至少让孩子有个完整的家。

小陶想继续劝她，甚至想挑明了劝她不如离了算了，但想想还是什么也没有说。

表姐停止了抱怨，用一种闲聊的口气说：我在报上看了好多说中年女人情感和婚姻的文章，我才知道好像问题都不少。特别是有些很上档次，自己做得很成功，钱很多，社会地位也很高的女人，在婚姻和感情生活上也不如意，你说说难道连这等女人都要看男人的脸色？这种文章我越看越觉得灰心。原来我还以为就自己命苦呢，一看那么多人生活在水深火热当中，说句那什么的话，我心里也平衡了不少。大概男人就这个样子吧，过着过着就不来劲了，就想要折腾了。所以就是离了再找我看也不见得就能好到哪里去，说不定再找还是一样的，也说不定再找还不如原来的呢。除非不找男人，女人可能只好忍着。现在我一看到那些白头到老的夫妻我就想：多不容易啊，不定遭了多少罪呢。

小陶说：你就看到女人这一面，我看也不光是女人不容易，男人也不容易。

表姐想了想点头说：没准是吧。

她忽然想起什么似的起身打开了电视柜的抽屉，从里面拿出一叠纸递给他，喜笑颜开地说：你想不到吧，现在我也会上网了。人家跟我说网络特别方便，网上什么都有，还真是哎！你看，这是我在网上帮你找的，快挑挑有没有中意的。

小陶扫了一眼表姐递给他的那几张纸，是打印下来的征婚广告，他没兴趣地放到一边。表姐把那叠纸拿在手上，抽出其中一张放在他面前，热情洋溢地说：你看看这个。

他低头去看，上面写着：淡淡如风：女，25岁，大本学历，公司白领。内心独白：没有过多的奢望，只想拥有一份属于自己的幸福。不需要轰轰烈烈，不需要梦幻童话，但求平平淡淡，真挚坚定。在你我专属的世界里，丝丝甜蜜蕴含在空气中，我们可以尽情呼吸，没有负担，没有不安，只有彼此最灿烂的笑脸和紧握的双手。因为，我们是彼此的唯一。你懂，我也懂。

表姐说：写得多好啊，我看了都感动了。你再看看照片，人长得多漂亮，真是花朵一样，我一眼就把她看上了。

他说：你看她妆化得那么浓，一把脸一洗没准就不是这个样儿了。

表姐翻了他一眼，又抽出一张纸，递给他，上面写着：樱桃：女，26岁，大专毕业，小学老师。内心独白：孤独是美丽的，自由是幸福的。于千万人之中，于千万年之中，时间的无涯的荒野里，没有早一步，也没有晚一步，刚巧赶上了，那也没有别的话可说，唯有轻轻地问一声：噢，你也在这里吗？无论外面的世界多么纷繁复杂，只想和你过一种简单的生活，相濡以沫，白头到老。

他嘿嘿笑着说：刚才我们还在说白头到老呢，多不容易啊，得遭多少罪啊，这还有上赶着想遭罪的呢。

表姐扑哧乐了，她认真地端详着那个女孩儿的照片，说：你别说这女孩儿长得过得去，挺清秀的，一笑俩酒窝儿，这总不能说也是画上去的吧？

小陶伸过头去看了看，那女孩儿长着一张鼓鼓的小圆脸，眼睛也是鼓鼓的小圆眼睛，就像卡通画里的人物一样。

他笑着说：以后她别叫樱桃了，干脆就叫樱桃小丸子。

说完一想这应该就是网名，说不定正是从樱桃小丸子来的呢。

表姐瞪大了眼睛问他：什么樱桃做的小丸子？你在说啥？

他懒得解释，随口说：你看她脸这么圆像不像你做的丸子啊？

表姐把那张纸收了回去，又抽了一张给他，他先看了照片，不由得吃了一惊，差点以为是浦虎妮呢。照片上的女人侧身坐着，目光很冷艳，穿着领子很大的衬衣，露出雪白的一片酥胸，深深的乳沟十分醒目。小陶看她的资料，上面写着：金色麦穗：女，35岁，私企老板。她的内心独白下面只有一句话：希望赶快找到情投意合的人，组成美满幸福的家庭。这种干脆的风格他觉得也很像浦虎妮。

表姐看他目光在这张纸上停留得特别久，也凑上来细看，一边问他：怎么，你觉得这个不错呀？

他赶紧说：我没觉得。

表姐说：这个女的我就看中她是个老板，说不定很有钱呢。她人我倒是没太看中，年纪不小，看上去还挺风骚的。她说了一句有点幽默的话：你看她那个浪劲儿，还"金色麦穗"呢，干脆就叫"金色麦浪"得啦！

他笑了，说：这些照片跟真人差距都挺大的，资料也未必都是真的。

他不敢跟表姐说两三年前他就跟网上的女孩儿约会过，他早已经对这件事没有兴趣了。

表姐还是兴味十足地说：反正我是挑花眼了，有时候看看这个也不错，有时候看看那个也不错，静下心想想要真的都像说的这么好，不早就被别人找去啦，还能剩下来贴到网上让人挑挑拣拣——这么一想我心里就一点主意也没有了，怕害了你。

他说：那倒也不见得，不是说现在阴盛阳衰吗？女的比男的强，各方面条件好的女孩子找不到对象的多得是，而且越是优秀的越是剩下来。

表姐说：话是这么说，不过我还是觉得真是好的不会剩下来的。

他笑笑，不去跟她争辩。

表姐说：现在我最大的心事就是你的这件事。

他温柔地笑着说：你就别替我瞎操心了。

表姐也笑了，说：我替你操心怎么能说是"瞎操心"呢？又说：网上的你要是觉得不靠谱回头我再找人给你介绍几个，我的意思是你自己得积极点，没找着合心意的女朋友以前得不断地见，不能怕麻烦。说句那什么的话，从前凭票供应的时候买猪肉还要起大早排队呢，你为了自己的终身大事跟人见个面有什么呢？

他哼哈了两声算是答应了，嘴里嘀咕一句：行，那就当是起大早买猪肉吧。

回去前他去荷荷房间跟她告别，荷荷正歪着头斜着肩膀趴在桌上奋笔疾书，他进去吓了她一跳，她本能地挡住了正在写着的东西。

他笑眯眯地说：鬼鬼祟祟的又在干什么坏事呢？

荷荷示意他小点声，然后拿起本子在他眼前晃了一下说：我写日记呢。又指指门外说：千万别让她知道了。

他不解地问她：为什么？

荷荷说：她只许我做功课，说别的都是歪门邪道，浪费时间。

唉，她这人什么都不懂，你说我怎么办啊？

他看她日记本上写满了密密麻麻的小字，感慨地说：你真能写啊，将来当个作家吧！

荷荷皱着眉头说：我可当不了作家，我是心烦才写的。我都快被她逼疯了。她问他：你们聊了这半天，她都跟你说什么啦？

他说：又帮我找对象呢，都是在网上发掘的。

荷荷捂着嘴嘿嘿地笑，说：她这不是添乱嘛！网上的人她敢要？人家名字是假的，年龄是假的，电话是假的，连性别都是假的，她是脑子进水了还是压根儿就没脑子，我都不知道说她什么好。

他也忍不住笑了，不过他马上板起脸制止她说：小孩子不可以这样说妈妈。

荷荷拍着手笑着说：我一直以为她跟我不是一个世界里的人，现在我才知道，她跟你原来也不是一个世界里的人。

他听了心一沉，凄然地一笑。他看荷荷两只眼睛沐在橙色的台灯光里，就像月牙儿映在池塘里，那么晶莹，那么美，不觉呆了。他想到自己像她这个岁数的时候心里莫名其妙地充满了苦闷和忧郁，而且无法排解。

他指了指日记本，问她：你觉得孤独？

她立刻用一种找到知音的眼神望着他，认真地点点头说：当然。

秋风一刮,树叶子很快黄了。小陶买了方便面和英语书提前准备过冬了,表姐催他几次去跟女孩子见面他都没有去,他实在有点打不起精神见生人,而且想起那一套从自我介绍开始然后吃饭喝茶聊天被人反复询问印象如何再到被逼着表态的程序就颓了。还有一个原因是浦虎妮仍然隔三岔五跑来看他,她从来不事先打电话,都是想来就来,他怕自己外出她来找不到他,心里头想来想去的,甚至她以后再不来了,所以就更加不愿意出去。

浦虎妮在跟他的来往中对他的态度很暧昧,但她的话却说得很直接。她对他说:现在一个月当中我来看你的次数比我跟任何一个男人约会的次数都要多。她问他:有人在背后议论我们吗?

他只好说:人家在背后议论我怎么会知道?

她又问他:那你说人家会不会觉得我们关系不正常?

他回她说:你还怕这个?

她笑着说:我当然不怕啦,我清水河子浑水河子全蹚的人,生冷不忌,我怕个屁啊!

来的次数多了,浦虎妮越来越放松,小陶说她是"原形毕露",她听得呵呵直乐,一点没有不高兴的意思。小陶觉得她最大的好处就是皮实,跟她相处用不着战战兢兢小心翼翼,也用不着担心哪句话说深了哪句话说浅了,反正她从来没有生气的时候,这一点跟李芸儿很不一样。李芸儿是需要哄的人,浦虎妮哄不哄都没关系,所以他觉得跟她在一起格外轻松。同样浦虎妮在他面前也是十分自在，她盘坐在他的小床上，就跟拉家常一样跟他讲自己最近的恋爱进展，认得了什么人，跟谁吃了饭，包括跟谁上了床。他听她说这些就像听谢红和方芳跟他核对药品一样，很平静也很专注，不管她说什么他都听着，下次再说起时只要出现微小的误差他就会及时地纠正她。不少时候她跟他倒苦水，发牢骚，抱怨好男人越来越少了，根本就找不到，要不就是又吃了男人的亏，捎带手把普天下的男人骂上一通，他听了也不在意，就好像自己根本不是男人一样。

浦虎妮经常对他说一些有头没尾或者没头没尾的话，就像喝醉了说的一样。

比如浦虎妮说：以前我要爱一个人才能跟他上床，后来玩着玩着就不这样了，爱不爱都能上床。最快的一次认识十来分钟就被人卷到床上去了。

他心里想：真够乱的！

比如浦虎妮说：现在我在男人面前都没有羞涩感了，连刚认识的也是一样。见面就脱衣服我都不觉得有什么不好意思，我都习惯了，想想好可怕呀。

他心里想：玩得这么扬就别想装清纯啦！

比如浦虎妮说：我有个本事，男人一说谎我马上就能知道，特别是他们背着你又跟别的女人来往，根本就瞒不过我。原来我以为这是女人的直觉或者第六感什么的，后来我明白了，其实是经验，你见得多了，经得多了，经验也就丰富了，男人要骗你也就不容易了。比方说一个男人对你撒谎，他可以把谎话编得很圆，甚至没有任何破绽，但是他说话的表情和情绪多少跟他说出的话会对不上，我就会感觉出不对劲，一下就能把他戳穿。不过这可不是什么优点，女人不好骗，男人就犯怵，人家干脆就不来骗你了。一个女人混得都没有男人愿意来骗你了，你想这多没劲啊，多可怜啊，好多快乐都享受不到了。

他心里想：又是被谁骗了吧？感触这么多！

比如浦虎妮说：有时明知道这个男人不是一个多好的人，可是还是会去跟他好，有时甚至明知道他是个坏人，也还是会这么做。我这人喜欢上一个男人就一点头脑都没有了，人家说"胸大无脑"，我觉得就是说我呢，所以我老是受伤。

他心里想：又受了谁的刺激了？

比如浦虎妮说：有时醒过来一看是别人的床，别人的家，感觉自己都不是自己了。

他心里想：这算是对乱上床的反思吧？

比如浦虎妮说：做爱和爱不是一码事，太不是一码事了。

他心里想：她多少还是睡明白了，没白睡。

他心想自己即使是喝醉了也不会对别人说这些话，而且也不会喝醉。他一直很得意自己从来没有醉过，现在忽然觉得这没什么可得意的。他觉得自己有点可悲，胆子太小，内心太封闭，不敢尝试的事情太多，甚至活到这么大连酒都没有喝醉过一次。所以浦虎妮说的那些话他反倒是越听越觉得有意思，他虽然心里对她这样做多少也是有看法的,但是他羡慕她想干就干,豁得出去,他非常羡慕她身上那股子锐不可当的辣劲儿。

要是换一个人这样赤裸裸地说出这些话他不知道自己会怎么想,他觉得自己肯定会反感,可是浦虎妮说这些他觉得没什么,就像她和他扯别人的事一样。他喜欢听她说话,无所谓她说什么。他喜欢她绘声绘色的样子,也喜欢她唠唠叨叨的劲头儿,听她说话他心里觉得很安定,很快乐,所以她话再多,内容再过分,他也不觉得烦。每次浦虎妮来他并不表现得十分兴奋,他怕那样一来她反倒不来了,但心里的高兴却像山泉水一样咕嘟咕嘟往外冒。他盼着她来,他觉得她简直就是他沙漠里的绿洲。

有一天浦虎妮又来了,进了宿舍就在墙上的小镜子前照来照去,他调侃说:你又臭美什么呢?

她哈哈大笑。

他问她什么事这么高兴,她咯咯笑着说:太逗了,又有人追我了。

他说:这有什么新鲜的,不总有人在追你吗?

浦虎妮乐呵呵地说:我这把年纪,这个长相,最近减肥反弹,又胖了五斤多,那可是将近三公斤实实在在的肉啊!瞧瞧这屁股,肥得都快走不动路了,别人不说我自己都快看不过去了——就我这模样还有人觉着好呢,我都不知道那眼睛是怎么长的。

他慢悠悠懒洋洋地说一句:情人眼里出西施嘛。

浦虎妮回眸一笑说：谁跟他是情人？要是你对我说那些话我多开心啊！

说完嘎嘎嘎地大笑。

他不笑也不说话，他笑不出来，也不知道说什么好。

浦虎妮拉了把椅子紧挨着他坐下来，换了正经的口气说：别生气啊，我就是跟你开个玩笑，你别这么一脸沉重。

他赶紧说：我没有生气，我干嘛要生气？

浦虎妮一只手轻轻地抚摸着他的脸颊说：那你倒是有点笑容啊，要不然给我的心理压力太大了。

他听她这么说，忍不住笑了，把她的手推开。

浦虎妮略微坐端正了一点，用比较严肃的口气对他说：有句话我能跟你说吗？是关于我和你的。

他沉默了片刻，好奇心占了上风。

他说：你说吧。

浦虎妮两眼凝望着他，认真地说：我跟你不管是不是情人都胜似情人。

他羞怯地避开了她的目光。

浦虎妮追问他：我说得没错吧？

他被她逼得没办法，只好承认说：你说什么就是什么吧。

浦虎妮十分甜蜜地对他呵呵笑着，就像一个没有城府的小姑娘一样。

突然她的思路似乎跳了回去，用一种很不当回事的口气说：

我跟你说说那个追我的人吧,你要不要听?

他点了点头。

她马上开说:那人跟我认识时间不长,也就刚几天吧,是我们一个客户带来的。我们那个客户挺有钱的,是个大款,胖得都没人样了,我们不叫他名字,都叫他胖大海,每次他来都带着漂亮姑娘,而且每次带的都不重样。那天他来我们公司没带女孩儿,带了一个三十多岁的小伙子,个子很高,气质非凡,非常惹眼,一进门我就注意他了。我跟胖大海逗,我说胖哥哥,您怎么改戏啦?他嘿嘿笑着说我没有改戏,不过这回我学雷锋做好事,打算成人之美。当时我没明白他这句话什么意思。当晚他请客,大家喝了好多酒,我们老板也在,又是带着老婆孩子,一家三口又在那里秀他们家的幸福生活,我简直烦透了,饭没吃完就想走。胖大海拦住我,说好戏还没开场呢,你怎么能走啊?我被他拉着又坐下来,他又灌了我好几杯,我一斤白酒的量,喝得都有点飘了。吃完饭胖大海请大家去歌厅,我不想去,他又是拉着不让走。到了歌厅,他叫他带来的那个小伙子陪着我,那人倒也实诚,一直坐在我旁边,替我端茶倒水。我问他是做什么的,他说他是演员,你问他演过什么,他说演过几部电视剧,都是小角色,就是看了也不会记住的。胖大海凑上来说他正在捧他,要不了三两年他会红透全球的。我心说这"全球"估计就是他们家乡的小山村吧,话说得这么大,让我很好笑。胖大海问我:你看我们这位帅哥怎么样?当时我酒劲儿还没过,我一看这哥们儿墨镜戴在后脑勺上扮酷，就说：他怎么长着两张脸啊？胖大海哈哈大笑，两张脸也哈哈大笑。两张脸邀我跳舞，他抱得那个紧，全身贴着我，说句赤裸裸的话，他身上硬的软的我都能清清楚楚感觉到。如果不是有那么多人看着，我可就晕他怀里了。我赶紧瞄了我老板一眼，他故意把头扭过去，跟他老婆说话，还显得异常亲热，一看就是做戏给人看呢，说不定是做戏给我看。他老婆倒是端着，对他爱答不理的，眼光冷冷地扫在我身上。我心里一阵发寒，酒也醒了几分。我想这是演的哪一出呢？我费劲地想这两张脸到底是替谁出场的，如果是我的老板找来的那就是他想要甩掉我了，可我觉得他完全用不着还施个美男计，他直接跟我说不就完了？难道我还会缠着他？我想大概他是想省一笔分手费吧。假如是他老婆下的套，那倒好理解，她就是看我碍眼呗，想把我这根眼中钉肉中刺拔掉，可我觉得她脑筋没那么复杂，再说她也犯不着用美男计便宜我吧？要是我遇到这样的事干脆直接找个膀大腰圆的去痛扁狐狸精一顿算了，还费这个劲儿？要是胖大海找来的，那他到底是什么意思呢？他跟我们老板合作的项目挺多的，我们公司差不多一半的业务跟他都有关系，他是拿这个人来给我们老板解围呢，还是拿他来给他添堵呢，一时我还真琢磨不透。加上喝得又有点高，脑子整个一锅糨糊，辨不清好坏，分不清敌友。那天玩儿到下半夜，大家热热闹闹告别，等人一散，我发现歌厅门口就剩下我跟两张脸两个人了，我心里真的觉得很凄惨。那个小伙子在黑暗里朝我笑,悄不出声的,好像专门在等着我。我问他你怎么还不走?我心里空空的,说这话的时候眼泪已经涌到了眼眶里。他没说什么,走过来把我搂住了。我们就在街边上抱着,就像生离死别一样。我清楚接下来会发生什么,我心想不管是谁安排的,我他妈就将计就计了。可是脑子在那会儿突然就清醒了,我想这背后不定有什么名堂呢,说不定还是阴谋呢,我可不能自己往陷阱里跳。我推开了他,拦了辆出租车回家了。回到家我才觉得安全。江湖险恶,醒过来想想我还觉得后怕。

他听了只觉得胸口一阵一阵发酸,他想自己以前不这样的,怎么现在成这样了?他冷着脸说:你的生活蛮丰富多彩的啊。

浦虎妮很敏感,马上问他:你不高兴啦?

他飞快地说:我没有。

浦虎妮笑了一下,换了正经的口气说:我预感我的饭碗恐怕要砸了——第二天两张脸就打电话给我,问寒问暖之后跟我说他迷上我了,夸我漂亮啦性感啦什么的,反正是男人夸女人的那一套话,还说他一定要把我追到手。我嘴上逗他说那你就试试吧,不过心里一点不觉得这是件好玩儿的事,我总觉得有人在背后张着一张网等着我掉进去呢。

他问她:谁在背后张着一张网等你掉进去呢?

浦虎妮说:我就是不清楚啊,我想要不是老板,要不就是他老婆,再不就是胖大海,反正我总觉得这个帅哥有点来者不善。

他不当回事地说:那你不跟他来往不就得了。

浦虎妮嘿嘿笑着说：我不就是怕控制不住自己吗？她又变得嘻嘻哈哈的，说：这不是拿了一条鱼在猫眼前晃吗？猫得意志多坚强才扛得住哇！又说：如果我不担心背后有人下套，我觉得这个人还是可以跟他玩一玩的。

　　说着，她哈哈哈地一通浪笑。

　　他一张脸彻底阴了，连跟她打哈哈的兴致都没有了。他自己都觉得不应该这么缺乏幽默感，可他实在是幽默不起来。

　　浦虎妮问他：你真的不高兴啦？

　　这回他没有再否定，紧闭着嘴不说话。

　　浦虎妮咧开红唇一笑，有点感慨地说：你还会为我吃醋？

　　她的眼神那样柔媚，而且有一种由衷的欣喜。

　　他还是紧闭着嘴不说话。

　　浦虎妮正了脸色望着他说：这种话我跟别人从来不会说的，只会跟你说，我也不知道为什么就愿意跟你说，你要是不愿意听从今往后我就不再说了。

　　他觉得她真是聪明，扎你心的是她，替你伤口上抹药的也是她。他看着眼前这个女人，心里忍不住叹气。他认头地说：你说你的。

　　浦虎妮眯起眼睛笑着说：我不说了，我干嘛要让你不开心呢？看他没有反应，她带些自我反省地继续说：我不能光顾自己说得痛快让你听着心里不痛快。你知道吗，我现在觉得天底下就你这么一个好人了——至少对我来说是这样。别的男人我觉得谁都靠不住,所以我不能再把你得罪了,回头你不理我了我连个说话的人都没有了。我承认我过得很紊乱,跟我有关系的事情简直是一团乱麻,我理不清头绪,抓不住要点,我都是被动应付,随波逐流。原来我最看不起的就是没主见的女人,后来我发现自己就是最典型的这样一个人,你说生活很讽刺吧?现在我看人家过得按部就班井井有条我只有羡慕的份儿,嫉妒的份儿,但我自己就是没法过得跟别人似的。我这个人问题太多了,真让我过柴米油盐的日子我心里的想法还很多,想挣巴吧又没啥能耐,大胆地追求幸福吧既放不下架子也受不得委屈,破罐子破摔吧还豁不出去。往好里说呢我这个人心里还有善良,良心也还没有彻底泯灭,也许就因为我还有善良、良心还没有彻底泯灭才弄得我就跟站在悬崖上这么上不来下不去的。半夜我老从梦里惊醒,想到没准自己就要一个人寂寞孤独地过后半辈子,心里觉得冰凉冰凉的。

他听得心里也觉得冰凉冰凉的。不过他还是打起精神宽慰她说:再怎么说你总比我强吧,至少你还有喜凯。

浦虎妮目光停在他的脸上,她伸出手来拉住他的手,身体朝他依偎过来,深情地说:其实你是一个多好的人啊!她把头靠在他的肩膀上,说:只有跟你我什么话都能说,不用去想哪句话说得实在点哪句话说得圆滑点,真的,只有在你面前我能把心放开。跟你在一起我心里很安定,就像到家了一样,只可惜我们不是一对儿。

她最后这句话就像一把钢针一样狠狠地扎在他的心上。他也明知道是这样，但是她这样直言不讳地说出来还是让他很震动，很无奈，很失落，他想要是他是怎么也不会把这样的话说出来的。他觉得她靠在他身上的柔软和体温变成了坚硬和压力，他就像在雨地里拖着一个大草包，越来越不堪重负，快要耗光全部的力气了。他猛地推开她，不让她再靠着自己。

浦虎妮一惊，她的脸上马上绽露出笼络的微笑，问他：又不高兴啦？

他觉得自己像个女的，老被她问这样的话。他心里不太开心，冷冰冰地回她说：没有。

浦虎妮轻轻地抱了抱他说：跟我这样的人其实是不值得的，真的，很不值得。她特别认真地说：我想让你高兴，不想让你不高兴。

他点点头说：我知道。

他心里有一种屈服感，他还是第一次在一个女人面前有这种感觉。他心里觉得委屈，同时也奇怪地觉得很踏实。

浦虎妮用叮嘱的口气对他说：对了，有句话要关照你，不要用情太深，爱得越深痛苦越大，等你心碎了你会发现对方根本就不值得你那样。这是我的经验之谈，我不希望看到你在我跌倒的地方再栽跟斗。

她的烫得就像爆炸一般的头发里一对乌黑的眸子照着他，把他脑子闪得一片空白。他糊里糊涂就和她相拥着倒在小床上，糊里糊涂就脱掉了衣服，在被子底下和她肌肤贴着肌肤，无比亲近。他紧紧地抱着她，感觉到她身体的瓷实和温暖。她不再说话，就像夜晚的花朵一样静静地散发着芳香。在微暗的光线里他看她紧闭着双眼，就像睡着了一样安宁。对他来说这完全是陌生的一面，他几乎想不到她还会有这么平静和安稳的时候。偶尔她睁开眼睛，和他的视线交织在一起，他立刻感觉到血液像潮水一样在体内翻卷，巨大的激流冲击着心脏。他问自己：这就是爱情吗？他又问自己：我真的爱上她了？他的内心在第一时间就给出了答案，但他无法判断这个答案是对还是错，而且他也只能把这个答案深深地隐藏。他咬着牙，让心里的疼痛慢慢过去，好重新感觉眼前的欢娱。他就像排除杂念一样驱赶着心里一浪一浪涌过来的那种爱意，他让自己心硬一点，再心硬一点。他把注意力集中到怀里这个女人的身体上，他心里想：多好啊，抱着她！他手忙脚乱地力图进入她的身体，有一刻他似乎真的做到了。她疯狂地扭动起来，嘴里发出很响的喊叫，他的快感一瞬间就到来了。他结束了，她还没有达到高潮。

　　他不记得她是怎么走的，她不让他送她，说外面凉气太大。她也没有一点不悦的意思，这总算没有给他的心情雪上加霜。

　　她走了之后他把枕头竖起来，靠在床头上。朦胧间刚才的情境又在脑子里浮现起来，最清晰最愉悦的是跟她大腿交叠在一起的温暖的感觉。他睁开眼睛看了看窗外，天很黑，连对面实验楼里的灯光都熄灭了，不看表他根本无法判断是什么时间。

他非常想吸一支烟，但因为平常不抽烟他手边没有香烟，这个时候去楼下小店里买他实在是打不起精神。迷迷糊糊地他想到窗台上好像有包拆了封的香烟，那是招待修电视机的师傅用过的。他摸黑走到窗台边，伸手一摸，果然摸到了那包记忆深处的香烟。

他开了灯，找到打火机，点燃一支，虽然吸着有点干，但味道没有多大的不同。在袅袅的烟雾里他想着她，想半小时前她还在这里，心里既温暖又觉得有点不真实。他低下头去闻被子和枕头，隐约还能闻到她身上的香味儿。他想如果自己坚持的话估计她是会留下来的，可是即使她留下来又能怎样呢？他想想眼前，又想想以后，他清楚跟她是没有任何的可能性的，再谈得来再彼此理解也是没有用的。他长长地叹了一口气，掐灭了烟头，重新躺了下去。

第二天早晨醒来他头疼得厉害，坚持上了一天班之后他早早地睡了。躺到床上之后他自然而然地又想起了浦虎妮——其实一天之中他几乎一刻不停地在想着她。他翻来覆去怎么也睡不着，好容易蒙眬过去，又一个接一个地做梦。在梦里他一直在不停地奔波，从一处到另一处，都是一些他从来没有到过的地方。那些地方的景色新奇怪异，比如地铁是吊在钢丝上可以在天空中飞的，电梯的轨道是扭曲成螺旋状的，还有飞速行驶的乘客都坐在车头上的小火车以及古怪的建筑、河岸、小岛等等，他的一切奔波好像都是和浦虎妮有关，他赶着去看她，又好像是为她做这做那，不过他心里却分明十分乐意。他记得比较清楚的一个情景是他们两个在一个集市里（有医院后街的影子）走着，浦虎妮一只手轻轻搭在他的手腕上，和他就像夫妻那样平淡地挽着。醒来之后他一遍一遍仔细地回味着那种感受，心里感慨在梦里自己和她是那样幸福美满而且情热的一对儿。

他的头疼没有很快消失，持续了整整一个星期。虽然疼得不是特别厉害，时隐时现，却不知道什么时候会来上一阵，让他既担忧又焦虑。头疼之外他的睡眠也很不好，好像进入了一个失眠周期，每天晚上入睡都相当困难，而且睡着之后没过多久就会醒过来，需要进行再一次的努力才能睡着。头疼加上失眠折磨得他脸色憔悴，心情抑郁，走在医院里时常会有同事关切地问他是不是病了。他自己给自己诊断，认为头疼和失眠都是外在表现，更大的问题是在心里。

以往他也有情绪低落的时候，甚至还有过情绪特别低落的时候，他觉得自己好像从来没有情绪特别高昂过，所以情绪低落也算是常态，就像有些人生来就血压低或者血压高一样。心情郁闷的时候他一般都是自己忍着，从小到大他都没有什么知心朋友，因此这种时候也没有人可以聊聊。即使是对表姐他也不习惯把自己心里的烦闷和想不开的事情说出来，况且他也不知道那些模糊不清的想法和烦恼怎么去说。他习惯了什么都闷在心里，日积月累那些苦闷似乎都钙化了，变成坚硬的东西，附着在他的心脏壁上。他觉得自己的心就像岩石一般坚硬和苍老。

心情不好的时候他喜欢去表姐家,见到表姐他就像见到母亲一样。当然不是他自己的母亲(他恨自己的母亲),而是那种广义的大概念上的"母亲"。可是这次他去了表姐家,心情不但没有好转,相反更加郁闷了。

表姐的话题还是老生常谈,她抱怨老郭成天在外头漂着,活不见人,死不见尸,人不回来,钱也不回来,对这个家没有一点的责任心;她抱怨荷荷不肯听话,人大主意大,越大越不懂事了,心不在学习上,整天魂不守舍的不知道在想什么。除了抱怨还是抱怨。她说的这些他不知听过多少遍也不知劝过她多少遍了,但她还是要唠叨给他听,说过很多遍的旧事也要从头细说。以前他总是耐着性子听她说,现在他发现就是想打断都打不断她。她照着自己的思路往下说,他说什么她根本就听不进去,甚至根本听不见。他不知道她怎么会变成这样,也不知道这个变化是怎么发生的。他仔细端详她,发现她额头上的皱纹又加深了,头发更加花白,眼皮也耷拉下来,连身上散发出来的气味都跟以前不一样了。在他记忆里她身上的味儿是最好闻的,好像是甜甜的花香,还有青草、杏仁和牛奶的味道,他形容不出来,但记得那种味道,只要一闻就知道,而且一闻到心里马上就会有一种安宁和幸福的感觉。可是现在完全不一样了,她身上和头发里有一种油烘烘的烙饼的味道,还混杂着一股腌酸菜的气味,张嘴说话的时候有浓浓的大蒜味儿,让他不敢靠近。他悲哀地想：她怎么老得这么快啊！

说完了那些不知道念叨过多少遍的老话题之后，表姐忽然想起什么似的走进房间，出来的时候手里拿着一个牛皮纸信封。他看那信封上有一个长方形的红框，地址、收信人姓名和落款都是用毛笔写的，觉得就像见到了一件文物。

表姐把信封递给他说：噢，我差点忘了，廊坊寄来的，说你妈病了，你看看吧。

他不太情愿地接过信封，手指有一点发抖。

"廊坊"、"你妈"这样的词突然从表姐嘴里说出来他听着有一种陌生感，心里本能地想回避。可是"病了"又像雷一样打在他头上，他显然回避不了。他从已经拆开的信封里抽出信纸，纸很薄，一行一行都有空心的红条隔开，这种纸他已经有好多年没有见过了，是从前常见的信纸。他在展开的过程中听到有撕裂的声音，手指的动作更加小心翼翼。

信是表姐的父亲，他从前的姑父，现在的继父写来的，信上除了表姐的名字还写着他的名字，所以这封信实际上也是写给他的。信很长，他翻了翻，一共有八页，密密麻麻的小楷字，写得十分工整。

他只看了一眼头就晕了，他把信纸塞到表姐手里，说：我不想看。

表姐望着他，对他说：你得看一看。

她的口气不像是劝告，也不是恳求，倒像是命令。表姐从来不这样的,他愣了一下,只好把信纸又接了过去。

他凑到窗口光亮处读这八页长信。他很没有耐心,只想快点把信看完。可是继父的信写得就像报纸上的大块文章一样洋洋洒洒,他看得非常吃力,也无法一目十行地看完,心里很焦躁,额头上冒出汗来。

表姐在一边冷冷地说:他就是改不了他那个酸腐的毛病,几句话的事情可以写上这么一大篇!你慢慢看吧,看完我再跟你说。

他被表姐的话打断了思路,只好又从头看起。继父在信里表达了对他们姐弟俩的歉意,解释了这么多年没有跟他们联系完全是出于"无颜面对江东父老",而不是真的对他们姐弟漠不关心。除了写了这二十多年来每时每刻萦回不去的思念之情,他还时而隐晦曲折时而直言不讳地表达了懊恼和悔恨之意,在信中数度写道"不敢求得你们小辈的原谅和宽恕,只望能够在有生之年见你们姊弟一面"。信的最后才说到小陶妈妈病了,已经在医院住了一个多星期,病情严重(他竟然没有说是什么病),希望他们能抽空前去探望。继父的信写得十分谦恭,大部分内容都是在悔过,他读完之后心里十分难过。

表姐面无表情地说:我早就料到会有这一天了,这一天果真就来了,真让我算准了。

他不吭声。

表姐问他:你打算怎么办?

他说：我没打算怎么办。

表姐深深地叹了口气说：总得去看一眼吧。

他十分坚决地说：我不去。

表姐说：你以为我想去？我也一样不想去，我比你还不想去呢。

他决绝地说：反正我不去。

表姐说：刚接到信我也跟你这么想，当初他们两个人勾搭上的时候想到过别人吗？你说他们是不是够狠的？

他愤愤地说：他们把两个家都毁了，让两家人骨肉分离，这么多年我们生活在他们的阴影下，他这会儿又想要来续上亲情什么的，做梦去吧，凭什么呀？

表姐说：可不是！要狠他们就狠一辈子，别到末了又变主意，搅得我们不安生，你说是不是？其实到现在我心里还恨他们呢，他们为了自己痛快把这么多人往火坑里一推，根本也不顾别人的死活。他们上天堂，我们下地狱！这么多年大家各过各的，谁都当对方不存在，也就罢了，现在他们老了，病了，忽然想到还有这么两个人来，你说他们是咋回事呀？现在我想起他们当初一甩手走了心里还难受呢！那会儿你才五岁，粉嫩的一个小人儿，刚刚比桌子高一点，每天晚上你找你妈妈哭得死去活来，谁哄你都不成，只有我抱你出去才能把你哄得不哭，一想起来我的心就发疼。他们让我们过的糟心日子还不够啊？要说这笔账还没跟他们算呢。

她一边说一边用手背抹眼睛,他的眼泪也涌了上来,他拼命忍着才没有掉下来。

表姐说:这星期头里收到这封信,我就没怎么睡着过觉,心里老是翻腾这件事。想不跟你说吧,想想又不能不跟你说,我真是从来没有这么矛盾过。这么几十年我一直想忘记他们,平常想到他们脑子赶紧转开去,尽量不去想他们。我真是说不出来我心里的那种感觉,对他们其实是又恨又可怜。你说我真不想他们吧,也是假话,我现在一做梦回家还是回到过去的老房子里,就是我们从前住的平房,你刚出生从医院抱回来就住在那里。家门口有一棵洋槐树,墙角里有几棵美人蕉,春天的时候洋槐树开花那叫一个香,我现在还喜欢闻那个味儿。一大家子人都住在一起,老是说说笑笑的。饭也是轮流做,比谁做得好吃。其实那会儿东西不好买,什么都要凭票,有钱有票还排队买不上,不过家里日子过得还真是挺乐和。你爸爸在青海,你家和我家过得就像一个家。可是谁想得到出事也出在这上头。那种好日子一下子就没有了,就像三九天一盆冷水哗啦从头顶上泼下来。那会儿你太小了,还不记事。我只要一想就跟在眼前一样。第二年冬天我姥姥也就是你奶奶就死了,她是被他们两个活活气死的,临死前她就是这么说的。奶奶活着的时候可疼你了,你太小不怎么记得了。没过几年我妈也去了。她跟她妈去世的日子挨得很近,姥姥是十一月初一,她是十月初一,刚好差着一个月。虽说我妈是出车祸死的,不过我一直想她也是被他们气死的,她要是不走神怎么会迎面撞到大卡车上?而且我怀疑她是自己不想活了才撞上去的,我心里一直是这么想的,只是不好说出来。我妈是个逆来顺受的人,谁都夸她是贤妻良母,可是她到头来落得这样一个命运,真是太惨了。

他的眼泪又一次涌上来,在眼眶里打转。奶奶去世他没有太多的印象,姑妈去世他是有印象的。他记得那会儿他刚上中学,有一天有个亲戚把他从教室里叫出去,把他带回了家。他还记得一家人站成几排向死去的姑妈鞠躬,之后姑妈就被送去火化了。那是他第一次有了"死人"这个概念,或者说是第一次知道了身边的亲人死了是什么滋味。他看着躺在白被单下的姑妈,并不觉得有多害怕,只是心里一阵阵地发凉。他还记得好多人在一起吃饭,都是家里的亲戚朋友,那也是他第一次跟那么多人一起吃饭,好几张桌子都坐满了,大家都是面无表情,一个劲儿地往嘴里塞东西。现在想起来他胃里还忍不住会翻腾,而且直到现在他都害怕跟许多人在一起吃饭。他不记得那会儿表姐在干什么,他只记得丧事办完亲戚都走了之后表姐一把搂住他,呜呜地哭得非常伤心。

表姐目光呆滞地盯着地板说:跟你说实话,我现在心里矛盾得不得了,真要是不理那两个人我怕心里又过不去,这么多年了,我们没拿他们当家里人,他们活该,是自找的,但想想他们现在一个快七十一个快八十了,在外面漂了半辈子,现在你妈又生了病,我想要不还是去看看他们吧?

他只说了半句话：你想去你去吧——

他没把后半句说出来，表姐还是听懂了。她说：我就知道你会这么说，真还不如不跟你说呢。

他悄悄抹掉眼角溢出来的泪水，不说话。

表姐说：你不要以为我是同情他们，我不同情他们，一丝一毫也不同情他们。他们老、病、死都不能让我心软——的的确确是被他们伤得太深了。人只有一辈子，就是能活上两辈子三辈子我恐怕都缓不过来。我觉得应该去看看他们一点也不是为了他们，我是怕自己心不安，我就是这么想的，说我自私也行，我对他们就是自私的，我都没法不自私。她又说：人活在世上多不容易啊，家里人本来应该是最亲的，可是到头来伤你最狠一刀一刀割你心把你剐成碎片还要放到油锅里炸上一遍的就是家里的亲人，你都没地方说去！我也怕这回你妈病重真要是缓不过来，她眼睛一闭走人了，我们要是没去跟她见这面，万一我们后悔起来可就没处找她了。

他咬着牙说：我宁可后悔也不去跟她见这面。我不会后悔的。

表姐说：那就只当我没跟你说吧。回头我打起精神去一趟，有什么情况回来再告诉你。

他想对她说那就辛苦你了，但觉得这种客气话有点说不出口，便只是点了点头。

夜里他回到宿舍一个人躺在床上，想到自己如此干脆地拒绝了表姐,自己都十分惊讶。一边是母亲,一边是表姐,两个人加在一起他居然就没有动摇,他觉得自己真是不可思议,也真是铁石心肠。

连着几天都下雨,这在干燥的北方是少见的。一场秋雨一场凉,天气明显转冷了。天短了,傍晚五六点钟一过天色就昏暗下来,转眼就黑透了。小陶的情绪越发低落,心头总像压着一块石头似的,没有什么事情能让他高兴起来,就是高兴也只是一时片刻的事儿,一下子就过去了。他注意力也有点难以集中,经常忽然间就走神儿了,进入到某种虚空状态,连自己都不知道在想什么。工作的时候他还能尽量控制自己,因为手上出不得错,那都是人命关天的事,不上班的时候他浑身疲乏,心绪极坏,什么事也不想做,只想睡觉。可是真躺到床上却又睡不着,失眠的毛病更加严重,一夜能连续睡上三四个小时就算好的,有时候连着两三天彻夜难眠。他怀疑自己得了抑郁症,而且还有不断加重的趋势。有一天他独自散步,忽然想明白自己其实是挂念母亲,这个想法让他大大地吓了一跳。他一直以为自己最恨的人就是自己的妈妈,结果没想到竟然还这么惦记她!他不知道几天过去了她的病情是不是有所好转,他也不知道表姐到底有没有去看她。他想到应该接她过来看病,自己守着医院,关系又熟,她却享受不到任何的便利,挂号要排队,交费要排队,拿药要排队,说不定还会被误诊,这么想着他心里立刻就不安起来。但他很快又否定了接她来看病的这个想法,他想自己跟她早没关系了,还去管她的事情干嘛?他犹豫着要不要给表姐打个电话问问情况,但最后还是忍住了。

他陷入了一种莫名其妙的自我折磨,他很想知道母亲的情况,甚至想跑到廊坊去亲眼看一看,可是实际上他连表姐的电话都没有打过,他不想主动去打听那边的一点消息,也不想对他们流露出一点的关心。他似乎故意要让自己做个局外人,忍着心里的难受和焦虑他也要这么做。夜里他在难得入睡的时候也是噩梦连连,梦见骨瘦如柴的母亲奄奄一息地躺在病床上,用凄苦绝望的眼神看着他,花白的头发乱蓬蓬的。母亲的样子就像他小时候在连环画上看到的被地主老财放狗咬的讨饭的老奶奶,穿的衣服也是那种老式的对襟小褂,而且跟连环画上一样袖子和裤腿都是破破烂烂的。他还梦见母亲拉着他的手臂,似乎要他原谅。她的手就像老鹰的爪子一样,干枯,尖利,抓得他生疼。梦里的母亲从来不说话,她只是用一双凹陷的眼睛望着他,而她的意思他都能明白。在梦里他总是回避母亲,可是总是回避不了。他还梦到过母亲出殡的场面,亲戚们排着松散的队伍在一条土路上走着,天下着雨,路上全是泥泞,表姐也在其中,而他却在这些人之外,站在山坡上,远远地看着他们。他听见有人在喊他,却装得听不见,好像那些人也都看不见他。从梦里醒来他心酸难抑,眼泪控制不住地流出来。回想梦里的情景，他伤心难过，可是想想现实生活中的情形，他更加伤心，更加难过。

现在只有浦虎妮是他生活中的一缕阳光，想到她他心里还能感觉到一点的暖意和快乐，虽然他也隐隐地预感到这缕阳光也不是多么靠得住，太阳没准说下山就下山了。

浦虎妮还是隔些日子就跑来看看他，每次她来他都非常高兴，他们有时候出去吃饭，更多的时候是一起去后街买了菜回宿舍做。他们一边做饭一边闲聊，就像一家人一样。浦虎妮还是话多，他是她忠实的听众。她说什么他都听得饶有兴味，包括她最新的情事，她跟情人的进展，她在别的男人那里的得意和委屈等等。有时候他心里也忍不住冒出醋意，但他尽量不表现出吃醋，他不能因小失大，因为他不想失去她这个朋友。

浦虎妮的恋情日新月异，用她自己的话说是"我得抓紧啦"，在他看来她就是脚踩几条船。当然他不会去批评她，他知道自己也没有批评她的权利。浦虎妮兴致勃勃地跟他说起这些事情，他总是脸色平和地听着，用"嗯"、"噢"、"喔"、"是吗"、"这样啊"等等作出相应的回应，有时心情不错还能跟她逗上几句，有时还能帮她分析一把。他不知道别的男人在这样的情形下会怎么反应，他想也许他们根本就不会遇到这种情况吧。他自己都困惑怎么会在开放、性感、浑身热力四射的浦虎妮面前成了这样一个角色，但他心里又感到很知足，尤其是她在他面前那样坦诚，让他感到有一种难以言说的被信任的愉快。有时候他听她说话,恍惚间甚至会以为跟她就是一个人。

一天晚饭后他正坐在电视机前消磨时光,浦虎妮打来电话,问他:你闲着吗?

他回答说:我每天都闲着。

浦虎妮说:今晚上我得去公司加班,喜凯有点发烧,把他一个人放在家里我不放心,送你那里行吗?

他心里怀疑她加班这件事的真实性,他不相信她会对工作上心到胜过自己发烧的孩子,他马上想到她可能又是去跟男人约会,不过嘴里还是利落地答应她把孩子送来。

他估摸着他们母子快到的时候出去接他们,刚出医院大门看见浦虎妮抱着孩子下了出租车。他迎上去,看到喜凯没精打采地趴在妈妈的肩膀上,一副病恹恹的样子。他伸手去抱他,喜凯没有快乐地扑向他,而是娇气地把脸扭向一边。他只好对他说妈妈抱不动你,让我抱你一会儿吧。喜凯这才扑进了他的怀里。

他抱着孩子,感觉到他浑身软绵绵的。他摸了摸他的额头,问浦虎妮发烧是什么时候开始的,她说昨天下午他跟小朋友踢球,回家洗澡的时候热水器坏了,放不出热水,就用凉水给他冲了冲,大概就那会儿着凉了,夜里就有点发烧。他问还有什么症状,她说流鼻涕、咳嗽,不想吃饭,估计就是着凉感冒。他又问发烧到多少度,她说家里没有体温计也没给他量,摸着有点热度。刚才从家里出来给他喝过一包感冒冲剂,他体质好,睡一觉应该就没事了。

到了宿舍，他把孩子放在床上。喜凯两只眼睛睁得大大的，盯着妈妈。浦虎妮俯下身对他说：你乖乖的，妈妈忙完就来接你。喜凯搂住她不肯让她走，浦虎妮显得有点急，说他：你这孩子，怎么这么黏糊？

他马上过去解围。

他对喜凯说：让妈妈走吧，叔叔陪你。

喜凯听了毫无反应，浦虎妮凑到他耳朵边上悄悄说了句什么，他点了点头，她亲了亲他的脸蛋，朝他摆了摆手，朝门外走去。

他送她到楼梯口，浦虎妮说：他小书包里有药和吃的东西，他想吃什么你给他拿，他要是再发烧你就给他吃退烧药吧。

他说：我知道了，你放心走吧。

浦虎妮说：要是事情结束得早我就来接他，要是结束得晚我明天一早来，你没问题吧？

他愣了一下，但还是说：行。

浦虎妮走了两步又回过头来叮嘱他：有事你随时给我打电话。

他说：应该没事，你去吧。

浦虎妮露出了笑容，说：孩子放你这儿我最安心了，比放他爹那里还放心。那就辛苦你了！

他微笑着摆了摆手。

浦虎妮走了，高跟鞋一路发出清脆的响声。

他望着她的背影在楼梯口消失，心想一个当妈的竟然放得下生病的孩子，也真是不一般！他又想难道这就是所谓的母爱？嘴角不由卷起一丝冷笑。他认定她就是去跟别人睡觉，心里莫名其妙地升起一股激愤。虽然之前她也有过把孩子放他这里，他也同样怀疑她是去和别人幽会，可是却没有像这一次这样让他觉得过分，也没有像这一次这样让他对她反感。

他回到屋里，喜凯听到他的脚步声睁开了眼睛。他的两只眼睛又黑又亮，就像两颗黑葡萄，跟他妈妈的眼睛一模一样。喜凯望着他，让他觉得就像是浦虎妮在望着他一样。

他心里一软，坐在床沿上，问孩子：你还难受吗？

喜凯轻轻地点点头，大眼睛里突然浮起了泪水。

他问孩子：你怎么啦？

他知道他是想妈妈，心里有点为他难过，但是喜凯却什么也没有说，很快控制了自己的情绪。他眨巴着眼睛，没有让泪水流下来，泪花就沾在他浓密的睫毛上。

他心里一阵发酸，柔声对孩子说：你睡一觉，睡醒妈妈就来接你了。

喜凯听话地闭上了眼睛，片刻之后他又睁开眼睛，说：我睡不着。

他说：睡不着就别勉强，等会儿想睡了再睡吧。他瞥了一眼小书包，问他：你想不想吃点东西？

喜凯摇摇头。

他又问他：那你想要什么？

喜凯声音很小地说：我想看动画片。

他把电视机打开，可是翻来翻去找不到在播动画片的台。他调到少儿频道，一帮幼儿园的小朋友正在演节目，他问喜凯行不行，喜凯点点头，立刻全神贯注地看起来。看了一会儿他就趴在枕头上不动了。他问他为什么不看了，喜凯说难受，想吐。他伸手一摸他的额头，果然烫手，他拿出体温计给他量了一下，三十八度都过了。他赶紧拿了一条毛巾打湿了替他冰在额头上，喜凯闭着眼睛，就像睡着了一样。他关掉了电视，调暗了床头的灯，坐在床边看着他。喜凯的面颊烧得红红的，呼吸的时候鼻翼张得很大，声音粗重，还发出一阵一阵的咝咝声。

虽然他知道这是发烧时的正常反应，心里还是十分焦急。他想到万一孩子有点什么自己根本负不起责，脊梁后面顿时冒出一片热汗。

他犹豫要不要带喜凯去医院看看，这个医院没有急诊，也没有儿科，最近的有急诊的医院在五公里之外，有急诊又有儿科的医院就更远了。外面风刮得呼呼的，他怕带孩子出去吹了风病情加重，因此迟迟下不了决心。而且凭他掌握的医学知识，喜凯也就是正常的感冒发烧，即使去看急诊也就是拿点药回来吃，白折腾一趟。所以他打消了这个念头，决定还是先让他吃点药观察一下再说。

让喜凯吃药可是费了大劲。他先是征求他的意见，喜凯十分坚决地拒绝了。他又讨好地对他说吃了药病就好了，喜凯还是不肯。他又把电视机打开，终于翻出了动画片，他十分欣喜地对他说你把药吃了就可以看动画片了，可是喜凯只睁开一只眼睛瞄了一眼就又把眼睛闭上了，还是摇头，拒绝吃药。他没辙了，在屋里转了几圈，想不出什么有效的办法。

他拿了体温计又给他量了一遍体温，希望他的热度降下来，那样也就不必强迫他吃药了。可是体温计里银色的水银柱冲到了三十九度，他心里的压力和焦虑顿时加大了，一大堆可怕的想象一下子涌进他的脑子，他后悔自己那么痛快就答应浦虎妮把孩子放他这里，心里责备自己做事太欠考虑。他看了一眼桌上的小闹钟，八点刚过。他想浦虎妮就是十点来接也还得有两个小时，而且根据以往的经验，十点她是来不了的。如果她十一点来，那就还得有三个小时。如果她十一点还不来呢？他都不敢往下想。他真不知道这几个小时怎么熬过去。

他觉得不能再不给孩子吃药了，至少要把发烧控制住。他又跟喜凯商量，喜凯还是不肯。他想给他许诺点什么，好哄他把药吃下去，可是他不知道什么样的许诺能够打动他。他削了一个梨，切成一片一片放在小碗里给他吃，他勉强吃了一片就不肯再吃了。他想找点有趣的东西给他玩儿，他茫然四顾，眼光落在了那个放在简易书架顶层上的带八音盒的旧饼干盒上。他拿下来，擦掉了上面的灰尘，双手捧着，对喜凯说：给你玩这个，你把药吃了好吗？

喜凯竟然答应了，在他的注视之下把感冒冲剂喝光了，又把小儿百服宁吞了下去。看他吃完药他心里才定当了一点。

喜凯伸出一根手指摸了摸那两个跳舞的小人,要他把八音盒转给他听。

小陶迟疑地说:太老了,发条恐怕锈住了,一转可能就会断了。

喜凯就要他转,他有点为难,怕毁了这件东西,又看他发着烧不想违拗他,就试着把发条轻轻地转动了一圈,他手一松,音乐就叮叮咚咚地响了起来,喜凯的脸上露出了开心的笑容。

他心里却瞬时酸楚起来,这么多年他没有拧过这个发条,可是音乐盒里放出来的音乐竟然还是那么耳熟,就好像昨天刚刚听过。他觉得这种感觉真是奇怪,他的心跟着音乐一抽一抽的,往事也像潮水一般在他心里翻卷,甚至那些早已经忘记的陈年旧事也在那个刹那间想了起来,就像是起死回生一般。他想起父亲,想起冬天里他领着他去公共浴池洗澡,两个人胳膊底下夹着裹着毛巾和香皂盒的衣服卷儿,洗完澡爸爸总是带他去吃一碗热腾腾的面条。他还想起爸爸沙哑的嗓音,他小时候远远地听见他跟街坊打招呼就知道他回来了。他还想起爸爸任何时候都竖在头上的头发,就像鸡毛掸子一样,好在他自己的头发不像他,他的头发很软,像妈妈。八音盒里的音乐在灯光微明的房间里响着,仿佛是一条秘密隧道,把他和"过去"连接了起来,直接通向那个几乎被遗忘了的父亲。他想其实爸爸也是个受害者,可是这么多年自己对他极其冷漠,跟他同样没有联系,这样对待他显然是不公正和不应该的。虽然他去了青海，在那边结婚成家并且生了两个孩子，毕竟他是他的父亲，而且他跟他母亲是不一样的，他没有犯她那样不可饶恕的错误——他不知道自己怎么会在这么多年之后忽然想明白了这么浅显的道理，可是想明白了又有什么用呢？他跟父亲早已经是那样一种漠然的关系，冰冻三尺非一日之寒，他不想补救，也不觉得还有什么补救的必要，但是心里还是有种说不出的伤感和悲哀。

八音盒里的曲子放完了，喜凯要他再放一遍。他小心翼翼地转动着发条，直到转不动为止。这一次曲子长了很多，多了几个拐弯儿，和刚才听的感觉也似乎不一样了。结束之后他又放了一遍，不是喜凯要的，是他自己这么做的。曲子响起的时候他讨好地朝喜凯一笑，发现他竟然已经合上眼睛睡着了。他把湿毛巾从他的额头上拿走，替他盖好被子，盼望能药到病除。他看一眼桌上的钟，八点三十五分，不由得感叹时间过得真慢。

喜凯睡着之后他忽然觉得无事可做，心里的紧张感缓解了，却莫名地感到空虚。他拿起英语语法书看了起来，但是却无法集中注意力，看了半天连一小节内容也没有记住。他无奈地把书放在一边，打开了电视。他把声音调得几乎听不见，用遥控器一个一个地翻台，他发现竟然有三个台同时在播动画片，而且还是各不一样的节目，他想要是喜凯这会儿没发烧精神足足的该有多好啊。他侧过脸看看他，他睡得很平稳，除了呼吸浊重一点，别的都还正常。他伸手轻轻摸了摸他的额头，温度明显降了下去,而且额头湿湿的,显然是出汗了。他心头略微轻松了一点。

他靠在床头看护着孩子,一边频繁地换台,一边不断去看桌上的闹钟,九点,九点半,十点,十点半……他觉得希望就在眼前,他留神听着外面楼道里的声音,盼望能听到高跟鞋清脆的响声。

外面的风刮得更大了,呼呼的风声带着哨音让他觉得门外仿佛就是一片旷野。他决定再等半个小时,如果浦虎妮不来他就睡觉了。最后这半个小时他等得十分焦躁,他几乎忍不住想打电话问问她是不是已经出来了。他终于还是忍着没打这个电话,他怕万一她真的是在幽会,那这个电话打过去很可能破坏了一切,甚至给她惹事。他对自己说既然答应了替她看一晚上孩子,那就好事做到底吧。

突然喜凯醒了过来,迷迷糊糊地问他:妈妈呢?

他觉得很难开口对他说不知道你妈妈什么时候能来,也不知道她今晚还能不能来,便说:可能在路上吧。

喜凯没有追问。

他问他想不想喝点水,他倒了一杯温开水给他喝,喜凯喝了一口就不喝了,倒在床上。

他一摸他的额头,滚烫的,热度又起来了。他赶紧给他量体温,三十九度六。他吓了一跳,问他:你难受吗?

喜凯点点头。

他又问他：想吐吗？

喜凯摇摇头，闭着眼睛，昏昏沉沉地睡了过去。

他不由得有点害怕，心里又在犹豫要不要带他去看急诊。可是外面凶猛的风声让他望而却步。他想给他吃药，可是算了算离上次吃药还不到三个小时，不能再吃了。他担心这么高的热度会把孩子烧坏，决定用物理的方法给他降温。

他在脸盆里倒上温水，往里兑了点酒精，把毛巾浸湿了，绞得半干给喜凯擦了擦脸和脖子。孩子在昏睡中受到刺激，两只手在空中抓挠了一阵，把湿毛巾推开。他抓住他的小手，轻轻地安慰他说：别怕，擦一擦会舒服的。喜凯顺从地把手放了下去。他替他脱掉了上衣，擦了擦他的腋窝和四肢，喜凯嘴里叫冷，蜷成了一团。他看他皮肤上起了一层鸡皮疙瘩，就住了手。

可是他刚停下，喜凯就睁开了眼睛，对他说：再擦擦。

他又给他擦了擦。

喜凯又冷得受不了，拉住他的手，央求他说：我冷，你抱着我。

他放下湿毛巾，抱住了他。

喜凯又向他提要求：你躺下来抱我。

他就在小床上躺下去，在被子下面抱着他。

喜凯问他：妈妈还在路上吗？

他的舌头就像打了结，不知道怎么说才好。他不想对他撒谎，可是又不想让他失望，含含糊糊地说：你看看外面有多黑，妈妈在路上要慢慢走,你别急,先睡吧,等等她就回来了。

他心里做好了孩子会哭闹的准备,但喜凯的情绪很正常,他懂事地点点头,闭上了眼睛。

孩子睡了他却不敢睡,生怕自己睡着了他的病情加重。他看着喜凯,深感自己责任重大。十二点过了,对浦虎妮来接孩子他已经彻底地不抱希望了。他清楚这一夜的重任毫无悬念地落在了自己的身上。他心里一点不想谴责她,他根本没有力气去谴责她,也觉得她没有什么可谴责的。他想天底下不知道有多少母亲为了这样那样的事情把自己的孩子撇在一边,千万别以为她们伟大的母爱会让她们日日夜夜都无法放下孩子。他在黑暗中发出敌意的冷笑,觉得自己对世事又有了更深一层的认识。

他隔一段就打开床头的台灯看一下孩子,喜凯睡得很安静,虽然还在发烧,呼吸已经比先前匀称了许多。他在灯光下仔细地看着他,他的小脸因为发烧红扑扑的,就像苹果上的红晕一样鲜艳,衬得弧形的眼睫毛又黑又密。他的皮肤不像他妈妈,而是又白又细,就像画报上的婴儿一般柔嫩。他趴在枕头上,脸侧向一旁,两只手半握着拳头放在脑袋两边,睡姿也像婴儿一样可爱。他看着他,心里升起一股柔情。他看到孩子有一绺头发凌乱地卷在脖颈里,便伸手替他捋平。就在接触到他肌肤的一刹那,他的手指忽然感到一阵酥麻。

一种奇妙的感觉通过他的指尖迅速穿过他的脊柱神经直抵他的下丘脑,他说不出那是一种舒服还是一种刺激,那是他从没体会过的感觉，他只觉得脑袋轰地一下，就像某个开关打开了，眼前一片雪亮，仿佛走进了一个鸟语花香的世界。他的手指忍不住又放到了孩子的脖子里，那种奇妙的感觉瞬时又包围了他。他好容易缓过神来，仿佛刚从睡梦里醒过来，人有点懵懂。他无法想象刚才发生的事情，他怀疑那是一种错觉。他很想证实那确实是一种错觉，但是理智却阻止他这样做，并且让他感到了一种类似羞耻与违禁的警示。可是，即使是"羞耻"和"违禁"也不能阻拦他。他犹豫了片刻之后手又一次放到了孩子的后脖颈里，而且这次他伸开了手掌，接触的面积更大。那种皮肤的细致和滑腻的感觉在他的手心中弥散开来，又一次迅速地穿过他的脊柱像水流一般涌向他的下丘脑，他整个人都被这一片汹涌的潮水淹没。

　　他闭起眼睛，沉浸到那种既新鲜又混沌的感觉当中。他不由自主地抱住了身体烧得滚烫的上身赤裸的孩子，那个刹那他简直觉得自己飞离了地球，或者已经不存在了。他感到身体很轻，心却很充实，而且就像一颗沉甸甸的果实那样汁液饱满，稍微一碰就会裂开。但是就在他陶醉其中的时候，他头脑中仅存的理性却还在频频地向他发出警告，令他无比烦恼。在一个稍微清醒的间隙，他放开孩子，躺得离他远一点。他在黯淡的灯光下凝视着他，就像观赏一件杰作。他的手指在他的脸上、头发上轻轻划过，心里因为激动和渴望微微颤栗。他又一次靠近他，抱住了他，把脸贴在他粉嫩的小脸上。他微微发颤的手从他的脊背往下，摸到他滚圆光滑的小屁股，在那个富有弹性的分岔处停了下来。他的血液在那一刻仿佛凝固了一般，意识也近乎模糊。他的体内有两股力量在搏斗，他就像休克了一样把自己交给所谓的"命运"。他心里一个声音在说：来吧，来吧，来吧。另一个声音却在说：他可是一个孩子！这个声音慢慢地变强，变清晰。他醒过来一般，眼光在孩子的脸上聚焦，心里感叹地说：他还是个孩子呢！他是多好的一个孩子啊！他艰难地控制住了自己，在经过了一番看不见的搏击之后理性终于占了上风，他没有把手伸向那个强烈吸引他的地方。

他搂抱着孩子睡着了，就像一个真正的母亲一样。夜里他好多次醒来，观察孩子的病情有没有加重。孩子睡得很安稳，热度也逐渐退了下去。凌晨，他睡了一会儿，做了一个短暂的梦，梦见自己带着孩子在草地上放风筝，印象最深的是孩子兴奋的欢叫声和银铃般的笑声在空气里震荡，令他快乐无比。他模模糊糊地感到自己、孩子、浦虎妮是一家三口，他因此感到心里非常踏实。他在梦里想：有个家真好啊！这么想的时候他的心情是平静的，就好像那个家是实实在在存在的一样。从梦里醒来之后别的内容他都迅速忘记了，记得的就是这些。

早晨他比平常醒得要早，醒来第一件事他摸了摸孩子的额头，烧已经退了，他不放心，又给他量了体温，三十七度二，基本正常。

七点不到浦虎妮来了，她没有化妆，两个眼圈黑着，真像是加了一夜班似的。不过她没有提一句加班的话。她一屁股坐在床上，伏在熟睡的孩子身上，亲了亲他的小脸蛋，浑身都散发出浓浓的母爱。

小陶问她吃过早饭没有，她说没有。他问她要不要喝点茶，吃点面包，等孩子睡醒再走。浦虎妮说不等了，想早点回家。她轻轻地抚摸着孩子的脸，想把他弄醒。他很想阻止她，可是话到嘴边还是咽了回去。

浦虎妮叫醒了孩子，帮他穿衣服。

喜凯醒来之后就朝小陶很灿烂地笑着，口齿清楚地问他：昨天你骗我了吧？

小陶被他说得有点发愣，反问他：我骗你什么了？

喜凯说：你说妈妈在路上，她到现在才来。他笑嘻嘻地说一句：真有你的！

小陶和浦虎妮对视一下，忍不住哈哈大笑。

他送他们母子下楼。他抱着喜凯，没有多想这个时间从宿舍出去碰见同事人家会怎么想。喜凯搂着他的脖子，头靠在他的肩膀上，让他心里感到无比的温暖和安慰。

告别的时候他很想亲一亲孩子的小脸蛋，但他不好意思这么做，尤其是当着他妈妈的面，他刚有这个想法就脸红了。他忍着心里的那股冲动，把他们送上了出租车，目送着出租车在清早车水马龙的街上开走。

他没吃早饭直接就去上班了，整整一天他忙得手脚不停。

晚上回到宿舍，他觉得十分孤独，心里空荡荡的，而且有点坐卧不宁。他想喜凯，也想浦虎妮，他很想给他们打电话，但却不知道说什么好。他只有一个念头，就是想见到浦虎妮，见到孩子。扪心自问，他最想见的当然是孩子——其实这才是他心中最大的渴望。可是他怎么能把这样的话说出来？

他越来越强烈地感觉到心中的那个念头，而且无法抑制。那个念头就像一个瘤子一样在逐渐膨胀，而且一刻不停地在暗中发挥着无法忽视的破坏力。他想，他非常想，他非常非常想……那是一种怎样的魔力啊，他被它控制，无法脱身。他害怕，他颤栗，他几乎感到绝望。

他绝望地躺在床上，强迫自己平静，强迫自己不要胡思乱想，强迫自己睡着，可是他却烦躁不安，没法不胡思乱想，也根本睡不着。他只好放任自己沉浸到幻想当中，他想象自己正幸福地抱着孩子，手掌抚摸着他丝缎一般的肌肤，他把脸埋在他柔软的头发里，闻着他身上浓郁的奶香，他耳边仿佛又回荡起他银铃一般的笑声……他抚摸着自己，用一种近乎暴力般的粗鲁虐待着自己，他感觉到身体里一股巨大的、原始的、从未有过的快感汹涌而来，他从床上跳起来，歇斯底里般地吼叫一声，黏稠的精液喷射到对面的白墙上。

之后他虚脱一般地倒在小床上。他在迷蒙之中想：要是没有这样的冲动和感觉一个人活在世上又有什么意思？他觉得自己心里的那锅水终于烧开了，而那么多年那锅水总是冷冰冰的，顶多是温吞吞的，从来没有烧开过，他以为永远都烧不开呢，现在他总算体会到了"沸点"。

他起来把自己清洗干净，穿上整洁的睡衣，又回到了孤独而平静的状态。

冷静下来他深感庆幸的是在那个想起来似乎有点遥远的"昨夜"并没有对孩子做什么，那无疑是危险的一刻，他想不到肉欲会以那样的方式来临，而且更想不到的是自己竟会把一个年幼的男孩作为欲望的对象。冲动在当时是那样地强烈，可是回想起来他却又觉得几乎无法面对。他问自己：如果再有一次自己能够抵挡吗？他无法给出答案，也可以说他给不出肯定的答案。他满心羞耻，无地自容，可他又无力自拔，甚至还暗中宽恕了自己。

第二天他刚下班就接到浦虎妮打来的电话，她告诉他喜凯烧退了，感冒基本好了，让他放心。她说孩子的爸爸把他接走了，今天她又解放了。他听着她电话里又急又快的声音，脑袋嗡嗡的。他猜到她紧接着要说什么，果然她说：今晚我闲着，去你那里好不好？

她的口气果断、亲昵，完全是情人甚至是老婆的腔调，虽然她说的是一个问句，但根本就不像是征求他的意见，就是通知他而已。她好像早已经知道他的回答，万无一失。

可是这次不一样了，他明知道会让她失望还是说：不，你不要来。

他的口气果断，但不亲昵，一改他平时的犹豫不决。

浦虎妮明显地愣了一下，显然是没想到他会这么回答。

停了一两秒之后她才说：哦，晚上你有事情是吗？

他说：不，我没事。

她用一种又像是撒娇又像是耍赖的口吻说：你没有事情为什么不让我去嘛？

他仍然口气坚决地说：不，你别来。

她笑了两声，似乎为了缓解气氛。

她换了温存的口气，半开玩笑地问他：你就是今天不要我去，还是从此以后都不要我去了？

他平静地说：我们别来往了。

她惊愕地问他：为什么？

他回答：不为什么。

她不甘心地说：你跟我开玩笑吧？

他说：我不是跟你开玩笑。

她突然愤愤地说：你真是一个怪人！

他以为她说完这句话就会把电话挂断，可是她没有。

她追问他：我到底什么地方得罪你了？

他觉得没法跟他解释，简洁地说：你没有得罪我，我就是想一个人清清静静呆着。

她叹了口气说：好好的怎么忽然就这样了？

他在电话里长时间地沉默着。

她打破沉默，用一种非常真诚又带点诱惑的口气说：其实我心里一直把你当我最好的朋友，我说一句话你不要笑话我——我把你看得比那些跟我上床的男人还要重。记不记得我跟你说过，你是不是情人对我来说都胜似情人，所以你这样对我真的让我很伤心，比失恋还要伤心。说实话失恋了我转脸再找一个，像你这样的除了你我还真找不到另一个。我知道我这个人一身的毛病，任性，霸道，脾气不好，心眼儿小，不肯把便宜给别人占，你对我宽厚、仁义、温和，肯帮我忙，处处替我着想，也从来不嫌我麻烦，这些我心里都很清楚，我也知道你一直让着我，容忍我，我其实是早就不知不觉把你当成了亲人，所以可能在你面前过分一些。我真的想跟你说请你原谅我，无论我做错了什么你都原谅我，或者你向我指出来，让我当面向你道歉也行，反正你不要不理我！

他听着，没有说话，心里有温暖的水流在涌动。那些水流在冲击着他心里的堤坝，他感觉自己随时都有可能会动摇。他听着她悦耳的声音，就像服了镇定剂一样安宁，他似乎又闻到了那股居家过日子的味道，跟她一起到后街上买菜，跟她一起做饭、吃饭，听她絮絮叨叨地聊她的事……他太喜欢那种感觉了，那似乎正是他期待的生活。他暗自感叹她总有办法打动自己，让自己缴械投降。

她还在说，她的声音就像掺了蜜一样甜。

她说：噢，对了，今天喜凯还说起你呢，他说你给他放好听的音乐了，还有跳舞的小人儿，我都没明白他说的是什么。真的，那天晚上多亏了你，我真不知道怎么感谢你才好。我跟喜凯说我们请叔叔一起吃饭好不好,他说太好了,高兴着呢。

他听她提到喜凯,心里流淌的温暖的水流顿时结成了冰。

她问他:你怎么又不说话了?

他冷冰冰地说:我没有话要说,都说完了。

两个人在电话里沉默了。

隔了好一会儿浦虎妮才说:我知道了,我老是麻烦你,你烦我了。

他没有说话。

她又说:我这个人又老又丑又穷,不招人待见,我知道你看不起我。

他说:你知道不是这样的。

她忽然想起什么似的说:我还欠你钱呢,总得把钱给你送过去吧?

她的声音又变得活跃,似乎又找到了一个新的突破口。

他却回答她:过会儿我把银行卡账号发你手机上,等你用完再说吧。

她冷冷地说了两个字:好吧。

她抢在他前面挂断了电话。

他放下电话,脑子里空空的。一瞬间他嗓子发紧有想哭的冲动,可是眼睛干干的,没有眼泪。

他把自己银行卡的账号给她发了过去,顺手删掉了存在手机里的她的电话号码。做完这一切他的心情格外平静。

此后浦虎妮再没有给他打过电话,也没有来找过他,她就像一条鱼一样沉入水底,无声无息。一年半之后他借给她的一万四出现在他的户头上,一分不多,一分不少。他们的所有联系就是这些。

表姐打来电话,跟他说廊坊她已经去过了,他妈妈已经出院回家。小陶本想一听就完的,他不想管那边的事,而且反正已经是出院了,估计就没什么大事了,可是他还是忍不住问了一句:她好了吗?

表姐显然很惊讶他还有这一问,她的话立刻多了起来。

她滔滔地说开了:没有呢,那么大岁数了,病又多,哪儿那么容易说好就好了!这次本来就是感冒,一开始她自己没当回事儿,以为吃几包感冒冲剂睡两天就会好的,结果过了几天反倒加重了,又是发烧又是咳嗽,胸闷,喘不上气来,这才想到上医院。一到医院就让医生给扣下来了。我听我老爹说她还不肯住院,嫌贵,我老爹说都这时候了,钱要紧还是命要紧?她这才在医院住下了。住了几天烧退了,胸闷也不那么厉害了,就是还有点咳嗽,她就待不住了,一定要回家。医生说出院是可以的,出院之前最好再做个检查,把一些潜在的问题排除一下也好放心。她一听就说不做,这不又得要花钱吗?医生劝她说最好还是做一下,因为她已经有几年没做过体检了。再说人住在医院里,做检查也不用来回跑。我老爹也劝她,我不是正好去了嘛,我也劝她,好说歹说她才答应。昨天验血单出来了,肝好像有点问题,下星期还要再做检查。本来我是不想对你说的,想等结果出来看看情况再说。昨天我老爹给我打电话,说她实在不肯再在医院里待下去了,已经出院回家了。

小陶听了,心头沉甸甸的。他感到吃惊,自己竟然会为她忧虑和担心。这么多年了,他从不记挂她,但是听到表姐说的这些情况,他的一颗心还是悬了起来。

表姐说:我在想要不要把她接过来看病,不瞒你说,这次去了廊坊回来我老是想着他们,还真有点放不下。但是我一想接她过来你就不能不跟她见面了,那样就太过分了,所以我心里也在犹豫。我不想让你为难,我也就没有跟他们提。

他听了没吭气,心里正好也在想是不是该接她过来看病,但他从内心深处说还是不想见到她。

表姐没头没脑地说:早知道我就不去廊坊看他们也就罢了。马上她又说:你别为难,你要是不乐意我不会跟他们说这事的。

挂了电话小陶自责了半天,觉得自己不近人情。不过自责归自责,他并没有改变主意,甚至觉得自己在关键的时候总算没有做出违背自己心意的决定。

星期一上午他正在上班,表姐又打来电话,告诉他做过B超了。他赶忙问怎么说,表姐说:不太好,肝上长东西了,可能是肿瘤,医生也说不清楚。

他急急地问：怎么不找个明白人看看？

表姐说：可能是病情复杂，也可能他们根本就找不着明白人吧。我问他们大夫到底是怎么说的，他们含含糊糊的也说不清楚。他们那种磨叽劲儿真让我着急。我准备马上过去看一下，跟他们商量一下下一步怎么办。我想怎么说都该帮他们一把，他们岁数大了，有些事情让他们自己弄真有点弄不过来。再说，我要不去看看他们我心里也不踏实。

他听了没吭声。

表姐又说了一大通话之后终于忍不住问他：你去不去？没等他表态她又说：你去不去你自己拿主意，我不是要你去，我就是怕你妈万一真有个三长两短——还是那句话，我怕你心里过不去。

他说：我知道你的意思。

表姐又问：那你去不去呀？

他说：我不去。

表姐说：那好吧，你不去就不去。

她的口气是平和的，没有一点勉强的意思。

挂了电话之后他心情很沉闷，他也说不清自己到底是因为什么。是担心母亲的病？可是这么多年他根本就不关心也不去想她，他早就当自己没有这个妈了；是后悔自己不跟表姐一起去？他想自己是绝对不会去登他们的门的，所以这也没什么可后悔的。那又是为什么？他想不明白。他只觉得心里阴沉沉的，就像被厚厚的乌云压着的天空一样。他在这样抑郁的心情下过了两天，一直没有接到表姐的电话。他心中的沉闷逐渐变成了烦闷，他想给表姐打个电话问问情况，但一想自己既然不想理会那边的事，又何苦打电话去问呢？

到了第三天，表姐的电话终于来了。他听表姐的声音很疲惫，马上意识到可能事情不太好。

果然表姐说：我一直犹豫要不要给你打电话，想来想去还是告诉你一声，你妈又住院了，本来前天下午是去医院找医生看报告的，她突然就觉得不舒服，赶紧找地方让她坐下来，没多一会儿她坐都坐不住了，人直往下出溜，好在是在医院里，立马就七手八脚送进了抢救室，一分钟也没耽误。

他着急地问：她怎么啦？

表姐说：医生说她是冠心病，昨天是第一次发，医生说要是耽误一会儿可能就出大事了，想想真吓人。不过现在已经好多了。

他说：不是说肝有问题吗，怎么心脏又不好了？

表姐说：人老了就跟机器老化一样，哪个零件都到了出毛病的时候。她突然想起什么说：对了，忘告诉你了，前天我在火车站遇到一个人在后面追着我，跟我说大姐大姐我给你算个命吧，不准不要钱，还说自己是什么山上下来的和尚。我心想这样的骗子太多了，没准这一个也是，就没理他，一个劲儿往前走。他还跟着，在我后面走得气喘吁吁的，嘴里还在劝我算个命。我一想要不问问他你妈的病吧，其实我心里也不信，就是瞎问问，跟他说好就给他十块钱。结果你猜怎么着，他说得特别准，连她生过什么病都算出来了，还说她肝不太好，心脏也不太好——你说神不神，那会儿连我们还不知道她心脏不好这回事呢。还有更神的，他说她命运坎坷，一生多波折，三十来岁的时候出过一件大事，从此家无宁日，后患无穷，也成了她一辈子都偿不清的债。那算命的说，别看她为人爽朗干脆，实际上肚子里愁肠百结，她的病就是多年郁积所至，已经病入膏肓，就像一段木头，外面看还是木头，里面其实早已经朽了。我问他她的病能不能治好，什么时候能彻底好，他说这是她命里的一坎儿，过得去就过去了，过不去也就过不去了，叫我早点预备。我听了脊梁骨直冒寒气，心上就跟压了块石头似的，我知道算命是迷信，但是他怎么就说得那么准呢？让我没法不相信，就好像真的有命这么一回事。

他听了心上也跟压了块石头似的，不过还是说：恐怕正好蒙上了吧。

表姐说：我也这么想过，不过难为他蒙得这么准，人家可是一点情况也不知道的人，反正要是让我蒙我是怎么也蒙不了这么准的。

他说：是啊，我听你说心里也是突突跳，觉得挺瘆的。

表姐说：这两天我眼皮子一直跳个不停，总觉得要出什么事。她突然又问他：你来不来？

她似乎是随口一问，就好像她从来没问过他、他也从来没拒绝过一样。

他回答得还跟以前一样,他说:我不去。

表姐只是简单地说了两个字:随你。

好像她早就料到他是不会改变主意的。

放下电话他独自发了好一阵呆,他觉得心里的某个堤坝就要垮塌了,他已经越来越觉得说"不"是件困难的事情,尤其是在这件事上头。他想如果表姐再多说几句,他可能就真的扛不住了。他让自己心如磐石——他不想跟她还有他去见面,他不想陷入往事的尴尬,他也不想承担责任,他就是想这辈子跟他们什么关系都没有,干干净净。他在心里反复说:我不去,我不去,我不去,我不去,我不去,我不去,我不去。他觉得自己快要疯了。

但是所有的决心在一个瞬间突然都崩溃了,小陶才知道其实改变主意并不难,至少没有他想象的那样难。

他走出火车站觉得冷得受不了,才意识到自己出来得匆忙衣服穿少了。风吹在脸上又冷又硬,就像小刀子拉一样。阴沉沉的天空下起了沙子一般的雪粒子,和尘土混在一起,一阵阵地往他脖子里灌。他拉紧了衣领,站在背风的地方给表姐打电话,告诉她自己已经到廊坊了。

表姐没有惊讶,好像料到他会来的一样。她告诉他住在哪个医院哪个科第几床,她说你快来吧,现在正是探视时间,还告诉他坐几路车,下了车怎么走。他按照表姐说的很顺利就到了医院门口。

站在医院门口他犹豫的毛病又犯了,临出门时的那点勇气和心理准备完全消失了,他想象不出等着自己的是多么尴尬多么难堪的一幕,他简直就想立刻转身跑掉。可是他头脑却还清醒,知道不能那样做,来都来了,最难迈出的一步都迈出了,至少也应该进去见上一面吧。他在医院门口的冷风里徘徊,最后还是决定再给表姐打一个电话。

电话一通他还没开口表姐就说:你等着,我来接你。

他心头一热,觉得表姐真是体贴,表姐就是表姐。没几分钟他就看见她从住院部的楼里走出来,她头发蓬乱,眼泡浮肿,一脸的疲惫,混在人流里他差一点没有认出她来。他心里十分惊奇她来这里没两天怎么连走路的姿势都跟当地妇女一模一样,都是两条腿向外撇着,幅度很大地甩着手,有点重心不稳的样子。他觉得她好像变土了。

表姐看见他立刻露出了笑容,离得很远就跟他说:你还是来了呀!

她的嗓门大得吓人,不过她的笑容让他感到温暖和安心。表姐还是表姐。

表姐伸出手拉了拉他的衣服说:你怎么就穿这一点?降温了你不知道啊?

她虽然是责备的口气,但他听了心里还是觉得很舒服。不是她谁会关心他穿多穿少?

他皱起眉头,为难地看着表姐说:我不想进去。

表姐笑了笑说:来都来了……她没有往下说,而是换了话题说:今天她好像好多了,刚才我喂她喝了一小碗鸡汤,精神头还不错。她就像哄孩子一样对他说:你进去坐一会儿就走,意思到了就行。她看他空着两手,说:你头一次来,怎么也得买点东西才好。

她领着他来到医院外面的一个小商店,把货架上的东西仔细看了一圈,悄声对他说:比医院小卖部里的要便宜些,不过还是够贵的。

他没说话,也不去看东西,只是站着不动。表姐去货架上挑了一包核桃粉,一包红枣桂圆精,又拿起一个包装得很精美的礼盒,不过看了看价钱又放下了。她拿着核桃粉和红枣桂圆精去结账。

他远远地问她:这就行啊?

她说:就是个意思吧。

他想了想还是走过去拿了两盒西洋参含片和两瓶蜂王浆。

她说:这得多贵啊?

他没说话,拿出钱包付了钱。

两个人提着东西进了住院部,表姐走在前头,完全是轻车熟路的样子。小陶觉得跟着她心里有一种说不出的踏实。他想

发 烧 429

要是没有她，真不知道这会儿自己该怎么样，当然估计也不会来这个地方。正想着，已经到了病房门口，表姐努努嘴示意他进去，他脚脖子有一点发软，心也咚咚咚地加快了跳动。他无法设想隔了将近三十年的见面会是什么样子，那样的场面他只是在电影里看到过。他想要是放在电影里，他们应该母子抱头痛哭吧。可是一想到被一双陌生而苍老的手触摸，他立刻就起了一身的鸡皮疙瘩。

他镇定了一下心神，把病房的门轻轻推开一条缝。他朝里看了一眼，里面有四张床，两张病床空着，一张病床上躺着一个年轻的女人正在打点滴，还有一张病床上半躺着一个穿着条纹病号服的老太太，那无疑就是他的妈妈了。老太太听见轻微的响声支起头朝门口张望了一下，不过她好像没有看见他，至少是眼神没有和他对上。他用力把门推开，迈着迟疑的步子走进了病房。

妈妈比他想象的要胖一点，也要年轻一点，不过头发比他想象的要白。他在离她病床五步远的地方站住了，想叫她一声妈，但喉头响了一阵没有叫出来。

妈妈望着他笑了，她笑得很镇定，完全出乎他的意料。他以为她会哭的，甚至会号啕大哭，但是她没有，她看上去很平静，就好像并没有跟他分离那么久。

她叫着他的乳名，向他招了招手说：庆庆，是庆庆吧？庆庆你走近一点，让我看看你！来，坐这儿！

她朝里挪了挪，腾出床沿让他坐。

他就像被催眠了一样，听话地向她走过去，顺从地坐了下去。

妈妈端详着他，眼睛里闪着热情的光彩。除了表姐他还从来没有从另一个人的脸上看见过这样的神采。

他不敢跟她对视，回避着她的眼神。

他小声问她：您好点了吗？

他好容易才从嗓子眼儿里挤出这么句话，他觉得声音都不像是自己的。

妈妈笑眯眯地说：我还好，你放心。这些毛病不是一天两天得的，我也没指望一天两天就好利索。

他总算抬起眼睛飞快地看了她一眼，又从嗓子眼儿里挤出一句：那您好好养着。

妈妈还是笑眯眯的，捏了捏他的袖口，说了一句和表姐见到他时说的差不多的话：你穿得太少了吧，我听外面风刮得好大。

他听了心里是说不出来的滋味，这种就像是家里人之间的对话让他觉得很惊讶，也很反常，虽然他们本来就是一家人，是亲母子。他面对这样一张带着病容和倦容的皱纹很多的脸，忽然再也感觉不到心里那种经年累月的恨意，只觉得心里空荡荡的，就像一片荒野。不过他也不知道跟她说什么，好像一切都无从说起。他除了想到"好好休息"、"好好养病"这类泛泛的话之外什么也想不起来。

妈妈顺着他的袖口摸到了他的手，她把他的手握在自己手里，非常欣慰地说：我真的没想到你会来，你来我太高兴了！

她凝望着他，眼睛里满满的笑意。他心里酸酸的，人有一点恍惚。

妈妈温柔地笑着说：你来了就多住两天，家里有你住的地方。

他说：我今天就走，我还要回去上班。

妈妈说：难得见一面，我还有话要对你说呢，话还没说你就要走？他不知道该怎么回答，正犹豫，妈妈说：至少在家里过一夜，也算是来过了，明天再走不迟。

她眼巴巴地望着他，让他不好拒绝。

表姐小心翼翼地走过来，脸上带着撮合的微笑。她帮着从前的舅妈现在的继母挽留他说：是啊，今天无论如何都不要走了，一会儿天就晚了，你不走明天还能过来看看。再说天这么冷，你赶来赶去也太辛苦了。

他十分勉强地答应了，因为他实在是觉得没法不答应。

病房五点钟开饭，送饭车推来的时候满楼道都是饭菜香。出去的病人都回来了，病人家属和护工也跟着忙碌起来，烫碗打饭，服侍病人吃喝。表姐麻利地把饭菜端来了，一小碟粉蒸排骨，一小碟鱼香茄子，一小碟豆腐皮炒菠菜，一小碗粥，还有一个小馒头。表姐在继母的背后又垫上了一个枕头，让她尽量坐得舒服一点。等她吃完她帮她把碗筷收了洗了，拿温水给她漱了口，绞了热毛巾给她擦了手脸，又把需要饭后吃的药拿给她吃了,她做得细心周到而且熟练,从头到尾他都没有插上手。

老太太说了话又吃了饭,明显精神不支。表姐要扶她躺下,她先还不肯,他也跟着劝了她一句,她才躺下了。表姐扭过脸悄悄朝他一笑。

他们陪老太太坐了一会儿,她就催他们回家去。

表姐说:让庆庆走吧,我在这儿陪着您。

老太太说:你们都走。我没事,饭也吃了,药也吃了,一觉睡醒就到天亮了。他人生地不熟的,你跟他一块儿回家吧。

她眼巴巴地望着表姐,表姐就点头答应了。

又坐了一会儿,他们跟老太太告别,走出病房回家去。

走在路上表姐对他说:今天见面还不错,你不知道你进去的时候我心都提到嗓子眼儿里了,我真担心你妈受不住心脏病又犯了。好在她还挺稳得住的,到底是经过风浪的人啊。

他没说什么。

表姐问他:你怎么不说话?

她紧走两步挽住他的胳膊,她好久没跟他这么亲近了。

她说:你应该高兴才是,这也算是做了一件大事。

他感慨地说:谁说不是呢?

表姐说:我真怕她活在世上的时候不能跟你见面……她的眼圈忽然红了,说:照顾了她这几天,我心里越来越同情她了。

说话间已经到了楼下,小陶站住了,他迈不开步子,他无法轻松平静地走上楼去,去见那个拆散了他的家、抢走了他的妈妈、多少年来让他想起来就恨之入骨的人。这个人还是他最亲的人的父亲,想到这点他就更加不能容忍。他毁掉了他的童年、少年,甚至青年,让他生活在巨大的阴影中,他觉得自己无法面对他,至少无法心平气和地去面对他。

他站在原地不动,直到表姐回过头来叫他快走。

他瓮声瓮气地说:我不想上去了。

表姐说:又怎么啦?

他无言以对。

表姐拉住他的胳膊说:走吧,就当是跟他见最后一面。

她口气坚决,不容他拒绝,就好像真的是去跟他见最后一面一样。他无奈地横下一条心,跟着她上了楼梯。

楼梯黑乎乎的,只能凭感觉才不会踏空。他以为没有灯,抬头一看墙上有一盏昏暗的灯亮着,顶多只有三支光,跟没亮也差不多。也不知经过了几个拐弯儿,他跟着表姐在一扇倒贴着福字的门前站住了,表姐抬起手敲了敲门,随着一阵踏拉踏拉的脚步声门开了,他看见了三十年没有见过面的当年的姑父现在的继父。

继父白发苍苍,穿着一件白衬衣,外加一件浅米色的羊毛衫,出现在他眼前就是白花花的一片。他第一眼对他的印象就是秃,头发是稀疏的,眉毛是稀疏的,开口一笑牙齿也是稀疏的,就像一只掉了毛的老鸟一样。他就像认不出自己的妈妈一样也认不出他了。在他印象中姑父是一个瘦高个儿的英俊男人,而眼前的这个男人既不瘦也不高更谈不上英俊，跟他的记忆完全对不上号。

从前的姑父看见他的一刹那居然是十分欢喜，他满面笑容地叫着他的小名，亲热地拉着他的手让他进屋，就好像他是上门做客的。他就像怕烫一样飞快地缩回了自己的手。他不知道该怎么称呼他，叫他"姑父"显然不对，好像是不承认他现在的位置，叫他"爸爸"他更加叫不出口，对他来说等于是认贼作父，那是他打心眼儿里无法接受的。他什么也没有叫，头一低进了屋。

桌上已经摆好了饭菜，他们坐下之后就开饭了。继父问他要不要喝点酒，他觉得拒绝不好，就点了点头。继父马上起身去拿了一瓶啤酒，倒了两杯。继父又问他吃得惯吃不惯他做的菜，他出于礼貌点了点头，其实他只吃了摆在他面前的一盘老醋拌花生米，别的菜一口没有吃。继父一听，好像有点高兴，他站起身，拿了一双干净的筷子往他碗里夹菜，好像他们之间从来没有任何过节儿一样。他有点不知所措，继父的亲近让他受不了，可他又无法拒绝，他真想放下碗站起身就走，可是他一贯的软弱又让他做不出来。

表姐闷着头吃饭，跟她爸爸一句话不说。他觉得要是没有自己在场她肯定不是这样的，心里知道她这个样子是做给他看的，也算是表明一种立场吧。他想其实她没有这个必要，可是这样的话他也不能跟她说，至少是不能在大家都坐在饭桌上的时候跟她说。反过来他觉得老爷子也是怪可怜的，自己的亲生女儿对他这样,他还在赔着笑脸,让他心里很不是滋味。

表姐很快吃完了,说一句你们慢慢吃就离开了桌子。她一走他觉得自己不能也三口两口吃完就走,就放慢了速度。继父跟他碰杯,祝他"工作顺利",他愣了一下。继父似乎有所觉察,解释说:工作就是事业,男人最重要的就是事业嘛!他觉得他这话虽说没什么错,听上去却有点怪怪的。

继父对他这么热情,他也不好意思对他太冷淡。他没话找话说,问他身体怎么样。继父笑呵呵地回答说:我现在还不错,两年前发过一次心脏病,多亏你妈妈及时打电话叫救护车把我送到医院,要不然我们这会儿也见不上面了。

继父一边说着一边拿起汤勺往他碗里舀了半碗汤,一路撒了不少。他说:你看,我就是手抖得厉害,年纪大了,浑身上下的零件都不怎么好使了。

他看继父不但手抖,头也摇个不停,整个人没有片刻能静止下来的时候。

两杯啤酒下肚继父的话多了起来,跟他讲起两年前发心脏病的经过。他讲得绘声绘色,他听着他说话,心里对他的恨意在不知不觉地消散,他甚至不能把眼前的这个继父和从前的那个姑父联系起来,就好像他们完全是两个人。从前的那个姑父是他的死敌,是他一辈子都不可饶恕的人,可是眼前的这个继父就是一个须发皆白的老人,两年前得过心脏病,九死一生,因为送医院及时捡回了一条命。他本能地对他同情起来,他甚至有点后悔来之前没有买点东西带给他表示一下心意。

继父还在不停地说呀说的,表姐过来毫不客气地打断他说:吃过饭你让同庆早点休息,他累一天了,你别跟他说得没完没了的。

老头儿笑着点头说:我晓得了。

表姐马上换了亲近的口气对小陶说:晚上我还是去医院陪你妈妈,不然她有事身边也没个人,喝水上厕所都不方便。

小陶正要说话,继父说:要不我去吧?

表姐说:算了吧,你再累趴了我更没法弄了。

小陶支支吾吾地说:要不我去吧?

其实他心里不想去,也不想说这句话,只是碍于情面觉得不这样表示一下似乎太不应该了,毕竟那是他的亲妈,可是真的要是让他去他根本就不知道该怎么面对她。好在表姐很坚决地说:不用,你不会弄,再说你一个小伙子在病房里也不方便。

他听了如释重负。

表姐一走家里的空气好像陡然之间凝重了,本来继父话还不少,突然之间就没话说了,精神也委顿了下去。他离开桌子坐到沙发上,招呼小陶也过去看电视。小陶没有跟他坐在一条沙发上,而是在他旁边的一只沙发上坐下来。

好一会儿继父叹着气说:人最怕生病,尤其是上了年纪的人。你妈妈这一病,这家里的日子都不知道怎么个过法了。

小陶想劝劝他,但找不到恰当的话说。他看他一脸的忧伤,两道眉毛耷拉着,眼皮也耷拉着,更加不知道说什么好。

发 烧

继父看了一会儿电视就呵欠连天,小陶看他那张老年人的脸在灯光下显得疲惫,比刚才兴奋地说话的时候更加沟壑纵横,想到他强打着精神陪自己心里有点过意不去,就说他不想看电视了。继父马上顺水推舟说那就早点睡吧。

小陶躺在黑暗的房间里,周围的一切都是陌生的,但是这里却也算是他的家,想到这点他心里觉得很怪异。他预感到这一夜自己很可能会睡不着,他有点后悔出门匆忙没有把安眠药带在身上,真要是失眠可就只能挺着了,他想自己肯定是不会去敲继父的门向他要安眠药的。他闭上眼睛,尽量让心里安静下来,找到睡觉的感觉。可是他越睡反倒越清醒。他听见继父在隔壁房间里咳嗽,听见他拖着脚步走路,他想象那是一只老刺猬在墙那边走动,心里莫名其妙地生出嫌恶。其实他从来没有听过刺猬走动的声音,也不知道自己怎么会把继父跟刺猬联想到一块儿。到半夜时分他总算迷瞪过去,可是却又被隔壁发出的声音吵醒。他听见继父在大声地叹气,一声一声带着哭腔叫妈,还大声地说话,他第一个念头以为是继父出了什么事在叫他,真想一骨碌从床上爬起来过去看看。可他仔细一听继父是在说梦话,继父的梦话不是一句两句就说完的,而是过一会儿说上一阵,就像一个绝望无助的人在向谁倾诉求救一样。他的声音悲凉、沉痛,有时他喊叫得很激烈,就像是被人追打。小陶从来没有听见过这样凄厉绝望的声音,尤其是在深夜,更加觉得瘆得慌。不过他心里更多的不是害怕,而是悲伤。

第二天一早他就起来了,整整一夜他几乎没有真正睡着过。他用冷水洗了把脸准备走了。

继父已经起来,正站在自己房间的窗户前扭腰。他听见声音回过头问他:同庆,你这么早就起来了?

他点点头说:嗯。

继父问:你要走?

他说:嗯。

继父又问:你去医院吗?

他说:不去了。

继父转过身,远远地看着他说:你不去再看看你妈妈吗?

他看着继父的目光投过来,又恳切又锋利。

他说:不,我不去了。

继父的目光就像火苗一样黯淡下去,他显得相当失望,不过没有再说什么。

继父把他送到楼下,两个人一前一后走着,都没有说话。继父还要送他去火车站,他坚决地拒绝了。

下了火车他直接去了班上,刚进药房表姐的电话就打来了。

表姐问他:你怎么说走就走了?

他实话实说:我不想再待了。

表姐轻轻一笑说:你走了也好,否则我看你也是受罪。

他问表姐:你怎么样?夜里睡了吗?

表姐说:睡了,前半夜有个人发病急救,一直有人走来走去,后半夜睡得还挺好,比我在家睡得还实呢。

他又问:情况稳定吗?

表姐显然明白他问的是什么,跟他说了上午医生会诊的情况,说眼下心脏没什么大事了,但是肝还要做甲胎蛋白等等的检查。

他问表姐现在在用什么药,表姐一五一十说了,他从用药上判断就是常规的调理,那些药当中他看不出有什么特别对症的。

表姐说:刚才我爸过来说你回去了,你妈说怎么这就走了?我爸说我还问了他去不去医院再看看,他大概赶着回去上班吧。你妈说我都没跟他聊聊呢,她好像挺失望的。

他一声不吭地听着,心里有点后悔自己一冲动就走了,可是要是再去一趟医院,他简直不知道如何去面对。

表姐说:其实你走之前要是再来看她一眼就好了。

他听了心里忽地一疼,觉得她又让自己的良心经历了一次折磨。

表姐马上话头一转说:不过有的是机会,你有空随时过来就是了。我也是这么跟你妈妈说的,她听了心情就好多了。都说病三分靠治七分靠养,尤其是这个岁数了,心情好特别重要。你妈妈其实是个明白人,我一劝她就转过弯儿来了,不是那种认死理的人,你要是跟她相处时间长一点就知道了。我一直没跟你说过,没出那件事以前家里人都很喜欢她,她也很会做人,没生你的时候她老是把我带过去睡觉,要说我跟她其实感情挺深的。当然,这几十年我对她是很有看法的,说恨也不过分,这你是知道的。她突然口气柔和地说：对了，刚才她还专门叫我给她冲了一杯昨天你给他买的红枣桂圆精，别人拿来这样的东西我没见她喝过。

他听了心里又是一阵难受，鼻子酸酸的，好容易忍住了眼泪。

表姐似乎感应到了他的情绪，赶紧用一种听上去挺欢快的声音说：看样子她在好起来，今天比昨天精神头又好了不少。

他由衷地说：多亏了你！

表姐不当回事地说：你跟我还说这样的话？又说：如果没有什么事再过一二天我也打算回去了，咱们的心意也算是尽到了对不对？

就在这天深夜，表姐打来电话，告诉他老太太突然呼吸困难送进急救室了，他听了莫名其妙地颤抖起来，连声说马上就过去。表姐劝他先等一等，看看情况再说。他接了这个电话之后心神不安，觉也没法睡了。他找到那半包早就干巴了的香烟抽起来，抽得满屋的烟雾，自己咳嗽不止。他模模糊糊地想着妈妈，嗓子眼儿里一阵一阵发紧。他后悔早晨没有去医院跟她打个招呼就走了，他想她该不会是因为心情郁闷病情加重了吧？想到这里他胸口一阵绞痛。

等了一会儿表姐电话还没有打来，他给她打过去。表姐说医生正在抢救呢，匆匆说了这么一句话就挂断了。过了半个小时她电话打过来了，告诉他医生说情况不是太好。他说那我马上过来，表姐犹犹豫豫地说：我想你还是等天亮再过来吧，也不知道这个钟点有没有火车。

他说：我查一下，没有火车我打车也赶过去。

表姐说：天这么黑，这么冷……又说：我都没有告诉老爷子，三更半夜的，怕吓着他，我想等明天再跟他说。

他打断她，急急地说：我马上来，等见面再说吧。

表姐没有再阻拦他。

四点半的时候他坐上了开往廊坊的火车。他从来没有在这个钟点去赶过火车，火车站空旷、冷清，完全不像平常那个拥挤热闹的样子，让他感到陌生和凄凉。他想到自己同样也很反常，回来还不到二十四小时又一次去了廊坊。他想自己原来不是坚决不跟她来往的吗？原来不是坚决不去看她的吗？原来不是相当勉强才去她病房里露一面的吗？可这会儿深更半夜急急匆匆登上火车完全是出于自觉自愿，不但没有人要求他这样做，而且拦都拦不住。

他望着车窗外一晃而过的黑乎乎的景物和远远近近闪闪烁烁的灯火，想着血缘那种奇怪而可怕的力量。他也是第一次意识到不管他承认不承认，乐意不乐意，那个躺在病床上的人都是与他息息相关的。原来他跟她好像隔着一座永远翻不过去的大山，现在那座大山说没有就没有了，他发现自己跟她竟然离得这么近。他心里突然明白这会儿自己这么火烧火燎地赶去并不是出于道义和责任什么的，而是因为心里有一股巨大的力量在顶着他，让他非去不可，不去不行，这是他生活中最最重要的事情，其他的所有事情都要为这件事让路——他自己都认为这个变化发生得实在是太不可思议了。

五点半不到他到达廊坊火车站。他走下火车，天还黑着，空气里有一股炸油饼的味道。多少年之后他只要闻到炸油饼的味道仍然会想起这个非同寻常的早晨，那股油烘烘的香味儿也成了这一天的特殊的记号，在他记忆里贮存下来。他一身热汗地赶到医院，远远地看见表姐面目模糊地从急诊楼里急冲冲地朝他迎面走来。

七点不到，妈妈抢救无效，永远地闭上了眼睛。他没有想到他匆匆赶到竟然就是跟妈妈见最后一面。他想如果自己等天亮再来，那连妈妈的最后一面也见不上了。他见到妈妈的时候她输着氧气，身上插着管子，床边放着监测心跳的仪器，已经不能说话。等到他再进去，那些管子、仪器统统都撤掉了，妈妈安安静静地躺在床上，就像睡着了一般。他上去握住她的手——这是他记事以来第一次主动去握她的手，她已经跟他阴阳两隔。妈妈的手尚有余温，并不像死人的手那样冰凉和僵直。他握着她的手，想叫她一声妈妈，可是他怎么也叫不出口。他心里钝钝地痛着，想哭却流不出眼泪。

母亲的死亡通知书上是他签的字，母亲的遗体是他和护士一起推进太平间的，母亲最后的医疗费是他去结清的，可是当他忙完这一切走出医院，他仍然无法接受母亲已经不在了这个事实。

办完丧事小陶就要离开廊坊，继父把他叫进房间说话。

继父坐在床沿上，下巴剧烈地抖动起来，抖了至少有三分钟，眼泪像珠子一样从他浑浊的三角形的眼睛里滚落下来。小陶从来没有看到过男人在自己面前流泪，他十分惊恐，心里的悲伤顿时被勾了起来，鼻子一阵酸胀，眼睛里蒙上了一层泪水。

继父的眼泪一直在流，他用衣袖去抹，抹了还有。他想说话，但是哽咽着说不出来。小陶心里难过得就像刀绞一样，他想妈妈这一走，留下最伤心的人就是他了。他发现就这短短的一个星期继父本来还是花白的头发全白了，眼皮也更耷拉了，脸上的老人斑也更深了，老态更明显了。

好一会儿，继父忍住哽咽说：你妈妈是一个好人啊！

他听着，没说话。

继父说：我一辈子没有见到过比她更热情、更开朗、更有主见的人。没生病以前她浑身上下有使不完的劲儿。

他听着，没说话。

继父说：她是个心宽的人，一般的事情从来不放在心上，放在一般人身上过不去的事情她也能过去，我从来没见她跟谁计较过。

他听着，没说话。

继父说：她对人好那真是一片真心，我对她说过：你的心是水晶做的。

他听着，没说话。

继父说：我还跟她说过，像你这样的人应该再晚点出生就好了，你根本就不是我们这个年代的人，你应该是后面年代里的人。

他听着，没说话。

继父说：你妈妈比我年轻十岁，倒走在我前头，我心里这个滋味，真是不好受啊！

他听着，没说话。

继父说：人活一辈子，快得很，太快了……我跟她一起生活了三十个年头，好像一眨眼工夫就过去了。好多事情我还记得清清楚楚，就像发生在昨天一样。我现在什么也不能想，一想就想起跟她在一起的情景，脑子里就像放电影一样，心里难过得没法说。不过要自己不去想她，这根本就做不到啊！

他听着，没说话。

继父说：这两天我一直在想你妈妈这辈子过得算怎么样，我想可能是有好有坏吧。到了这几年，有时候我看她一个人坐在那里出神，我问她是不是有什么心事，她说没有，每次她都这么说。我觉得她是有话不肯说出来，也就不问她了。她倒是什么都不瞒我，所以我想她就是不想说罢了。我觉得有时候她有点孤单，尽管我就在她旁边。你知道吗，我听她一言半语说起过这辈子最对不住的人就是你，我理解她的心情，我想她大概对当初我们那件事心里后悔吧，这是我猜的，她从来没有这么对我说过，我知道她那个人就是心里真那么想也不会对我说的,她就是这样一个人,宁肯自己忍着,也不肯让别人受委屈,我太了解她了。

他听着,没说话。

继父站起身去衣柜里翻腾了一阵,拿出一个尼龙绸的包,递给他说:你打开看看,这是你妈妈替你织的围巾,她没有说过是替你织的,但是她织好了不给我,我知道不是给我织的。她后来心事重重的样子,我都不忍心看了,也不忍心问了,你说我当时应该问她吗?我生怕问了反倒让她难过。其实不是我不关心她,就是怕她心烦。上了岁数之后她变了,不像年轻时那么开朗了,有事就闷在心里,不肯说出来,我都担心她会憋出病来。她的那些病我看就是这么一点一点憋出来的。人是会变的,她跟年轻时候变化相当大。我跟你说过吧,我从来没有看到过比她更热情更有活力的人了,年轻的时候她就像一棵生机勃勃的小树。年纪大了她就不是那样了,她话少了很多,对事情也不像以前那么有兴趣了。对了,你快看看围巾吧,这可是她一针一线亲手为你织的。她织围巾的时候其实眼睛已经不大好了,她说复杂的花样已经看不清楚不能织了。她坐在那儿织啊织的,我闭上眼睛就能看见她那个样子。一针一线,一针一线,我是亲眼看着她一点一点织起来的啊。

小陶心里酸酸的,眼圈瞬时就红了。

继父顿了顿对他说:你别难过,我说这些不是想让你难过的。你妈妈不在了,如果我不对你说,恐怕永远不会有人告诉你。她爱你,这个不用说。我想来想去还有一句话要对你说,我,应该说也包括你的妈妈,我们对不起你,也对不起上上下下这一家子人。你们的的确确是让我们害了,而且害得不轻。你们恨我们,我们也都能理解。我说的是真心话,你知道吗,这几十年我一直想说,但是真不知道对谁去说,也不知道怎么开口说。我知道这样的话什么时候说出来都是往伤口上洒盐,是让过去的伤口再次淌血,但是再不说可能这辈子都没有机会说了,我们两个已经走掉一个了……

继父哽咽得说不下去。

小陶从纸巾盒里抽了两张纸巾递给继父,继父没有接,也似乎根本就没有意识到要接。他挥舞着一只手,就像是演讲一样滔滔地说:现在说这些太晚了,真的是太晚了。当年我就是太爱你妈妈了,都爱昏了头。不瞒你说,那个时候我看一眼她的背影都心跳,听见她的说话声简直心都醉了。我活了这么大年纪,溜溜一辈子也有七八十年,我从来没有对另一个女人这样过。我对你妈妈说过,这大概就是前世里的因缘吧,不管好赖,这一世是要还的。现在她走了,我就像从一个梦里醒了。她把我的魂儿带走了,我的心里空空的。

他把一只手捂在胸口,眼神凄楚地望着小陶,嘴里喃喃地说:我心里空得就像一个洞,跟没有心差不多。

小陶嗓子一紧,眼泪再一次涌满了眼眶。他低下头,慢慢地从尼龙绸包里拿出围巾,发现不是一条,而是三条。三条围巾缠绕在一起，不过很容易就分开了。一条是烟灰色的，一条是咖啡色的，还有一条是草绿色的，织得都很密实，拿着手里厚厚的，茸茸的，他心里既感动又难过。他想这大概就是妈妈认为他会喜欢的颜色吧？他不知道妈妈怎么会想起来给他织这么多条围巾的，而且这些围巾的样子那么古老，就像电影里20世纪二三十年代的小青年围的。再说他从来不围围巾，再冷的天都是这样。他想要是妈妈活着的时候把这些围巾给他，他肯定百分之一百是不会要的。可是这会儿她人不在了，想到她千针万线辛辛苦苦织起来，想到她一边织一边想着他，他心里更加难受，连不想要这些围巾的话也说不出口。

他带着三条围巾离开了廊坊。风吹在他脖子里冷嗖嗖的，他不由把放着三条围巾的包抱得更紧了。他隐隐地觉得这三条围巾就像他不太愿意看到又无法回避的证据一样向他证明了他不知情也不想知情的那些属于母亲却跟他发生着联系的时光。他其实不想想到母亲，他从来没有像现在这样清晰地认定自己这么多年自卑、压抑、扭曲她是有责任的，甚至可以说是她一手造成的。他无法因为她不在了而原谅她。他想到她两眼一闭离开了这个世界，他就是想从她那里得到补偿也永远不可能再得到了，除了怨恨，心中还充满了委屈。

三年之后的一天，下班前小陶接到表姐的电话，表姐开门见山地问他：晚上你有空吧？没等他说话，她兴高采烈地说：我给你发现了一个，这一个长得要脸蛋有脸蛋，要身条有身条，年纪不大，性格又好，我已经替你相过了，对她印象很不错，晚上她有空，你跟她见见好吗？

他嘿地笑了一声说：你怎么又想起来弄这事了？

表姐说：什么叫又想起来呀？我一直就没有忘记过。你这件事就在我的心头上，一天不解决我一天也没法放下啊。又说：我答应过你妈妈，这件事我会管到底的。她问他：你不会不去吧？

他说：那我就去吧。

表姐笑着说：听你口气好像还很勉强，我跟你说呀，这回我可真是下了大工夫挑来挑去都挑花了眼才挑出来的，错过了我怕再找不到像她这样儿的了。

他鼻子里哼了一声说：这样的话我听你说过也不止一回两回了。

表姐口气认真地说：我跟你说的是真话，你见着了就知道我没有骗你。

他说：你是不是又从网上替我扒拉的？

表姐说：是我托朋友的朋友拐了几道弯儿替你找来的，人家是不是从网上扒拉的我就不知道了。你先别问那么多，见了人再说吧。

听她成竹在胸的口气，他忍不住笑起来。

表姐叮嘱他说：一会儿出门多穿点衣服，天气预报说寒流马上要来了,这倒春寒也挺厉害的。

他拿着电话站起身向窗外望去,地上的树叶纸屑垃圾被风卷成一团,正在院子里打转,所有的树枝都向一个方向弯过去,看上去风刮得很大。他想寒流大概已经到了。他嘴里答应着表姐,挂断了电话。

他已经好久不相亲了,几乎快忘了相亲这码子事了。这三年来他过得浑浑噩噩,也不能说不想找对象,可是跟谁也没处长过,基本是见一面就完,能见上两三面就算不错了,来往得最长的也没有超过三个月。他对自己灰心失望,觉得找对象就像是摆在面前的一道难题,抓耳挠腮也做不出来。他自问为什么自己就这么弱,连做个所谓的"正常人"都这么困难。他知难而退,想想与其隔一段日子就得打点精神出去跟素不相识的女孩儿寒暄扯皮没话找话说,还得请人家吃饭,送人家回家,还不如关起门来清清静静过自己的日子呢。好长一段时间他就是这么过来的。因为自己过得久了,他完全习惯了这样的生活节奏,觉得下了班随便吃口饭看会儿电视再看看晚报上床睡觉正好,简直有种应有尽有的感觉。他甚至连本能的冲动都没有了,就是有也是很快就自动过去了,所以更加地心平气和。可是表姐这么上心,他也不能拒绝,就是为了应付她一下,也得出去走一趟。最近表姐正闹更年期,情绪躁得不得了,时不常为了一点子鸡毛蒜皮的小事就发急上火,荷荷已经在电话里向他诉过好几回苦了,他不想惹她不高兴,更不想伤她的心,所以她叫干啥他都十分痛快地答应她。

他听表姐的话特意穿上了羽绒服,可是出了门发现外面并没有那么冷,风也没有那么大,相反重新又露出脸来的夕阳还给人一种金灿灿暖洋洋的感觉。街上没有一个人穿羽绒服,连他自己都觉得自己太夸张了,不过他懒得再回去换,穿着羽绒服挤上了公共汽车。

他在高高的电视塔下等着约会对象。他想起也是在这个地方,他等过浦虎妮。他清楚地记得那天正好也是寒流来,风刮得特别大,天冷得出奇,他在这里等她没一会儿就冻得透心凉。他心里算一算,已经五六年过去了。

离约定的时间还有十来分钟,他看见有个女的试试探探朝他这边走过来。按照事先约定,他们两个手里都应该拿一张晚报。他看那女的手里没拿报纸,就像特务接头暗号没有对上,也就不再看她。

那女的脚步踌躇,但还是走到了他的面前,停下来问他:请问你贵姓?

他不想回答她。

那女的又问:请问你姓陶吗?

他立刻反应过来这个人就是他等的。

他抬眼看了一下这个人,发现她长着一张瓜子脸,清秀的样子竟然有几分像李芸儿,心里不由得咯噔一下。他已经很长时间没有想起过李芸儿了,从她怀孕不久之后就再没见过她,现在她的孩子大概都上幼儿园了吧。他仔细打量她,发现她长着柳叶眉,杏核眼,尤其一笑起来脸颊两边一边一个酒窝儿,比李芸儿要漂亮得多。而且她人虽然很瘦,胸前却是波澜壮阔,一点不比浦虎妮逊色。

她向他自我介绍说:我叫章小洁,文章的章,大小的小,清洁的洁。她略带羞涩地微微一笑,轻声说:你知道的吧?随后她向他道歉说自己出来匆忙忘记拿报纸了。

她的声音细细的,就像一个娇弱的小女孩儿,他乍听有一点不习惯。在最初见面的窘迫过去之后,他发现她素面朝天,不像浦虎妮跟他第一次见面的时候那样浓妆艳抹。他心里想,她可能真的跟一般的女孩子不一样,难怪表姐一看就那么喜欢她。

他们面对面站着,两个人都没有说话。

他打破尴尬问她:你是第一次出来见面吗?

问完之后立即觉得这话说得不得体,至少不应该在刚见面这个时候就问,好像他计较似的,因此更加觉得尴尬。

章小洁老老实实地回答说:我不是第一次。她反问他:你呢?

他也老老实实地回答说:我也不是第一次。

章小洁又问:那你见过多吗?

他说:见过不少。

章小洁说:我也见过不少。

他忍不住笑了,章小洁问他:你笑什么?

她问得很直接，就好像他们是很熟悉的朋友。

　　他说：我在想这么说相亲这种事情成功率是很低的。

　　章小洁说：有成功的，我就认识通过相亲结婚的人，我最好的朋友就是相亲找到老公的。

　　他抓住机会夸她说：你还挺乐观的！

　　夸完之后生怕章小洁没听懂他的意思，再想解释，却又不知该怎么解释，一时倒说不出话来。

　　章小洁笑起来，一脸的纯真美好。他不由得想起了恋爱之初的李芸儿，当时她的笑容也是这般的纯真美好，他没想到这么多年之后还能在另一个陌生的女人脸上看到这样的笑容。他想就为看看这样的笑容出来这一趟也算值得了。

　　他做出决定请章小洁一起吃晚饭。

　　他刚把邀请说出来，章小洁就笑着答应了。他想这个女孩儿真是直爽，一点不扭捏。

　　他们说好坐车去餐馆，刚走出几步，章小洁突然说：我们还是别去了吧。

　　他问她：怎么啦？

　　章小洁说：我一起租房的室友出差了，她炖的一锅汤还没喝呢，要不去我那里吃吧？

　　他觉得第一次见面就上人家那里吃饭好像有点不妥当，但一看章小洁脸上毫不做作也没有一点要为难他的纯真表情他立刻就答应了。

他跟着她上了公共汽车。她走在前面,并不回头看他有没有上车。他站得离她很近,当心着不让别人挤到她。到这时他才顾上打量她的衣着,他发现她天蓝色的呢大衣里是一条银色的裙子,不知道是什么面料的,裙摆蓬蓬的,就像商店橱窗里的布娃娃穿的。他并不太懂时髦,但觉得真是挺好看的。他再仔细看她,发现她眼皮上刷着星星点点的银粉,嘴唇上也抹着一层银白的唇膏,并不像他第一眼看的那样真的是素面朝天。只是她的妆化得很淡,似有若无,不容易一眼看出来罢了。他心里暖暖的,觉得她精心打扮了出来是重视他。他忍不住微侧过脸,一次一次地悄悄看她。

她似乎有所感觉,眼睛望着窗外,脸上浮起一朵笑容。公共汽车拐弯儿的时候她垂着的手无意中碰到了他的手背,仅仅是短暂的一下,有一股电流穿透了他的心脏。他胆子大起来,把手向她的手移了过去。他轻轻地试探性地握住了她的手,她没有躲开。他看她,脸上的那朵笑容还在。几分钟之后她的手指温柔地跟他缠绕在一起,他心里涌起一股暖流。他想不管以后如何,至少眼下是快乐的。

2008.07.01 一稿
2008.09.27 二稿
2008.10.28 三稿
北京 莲花

后记

因为孤独，所以仁慈

程青

　　有句话说，人都是孤独的。我想这大概是孤独的人说的吧，或者，是某个深感孤独的人第一个说出来的，因为引起不少人的共鸣，所以流传了下来。在我看来孤独与喜悦、愉快、平淡、无聊、忧愁、悲伤、悔恨、恐惧、绝望等等一样伴随着人类的生命过程，是人生况味中无法过滤和去除的一种。和其它的情绪或者说感受不同的是，孤独带着晦暗不明和难以摆脱的特质，时而它像游弋在草丛里的蛇，你甚至已经嗅到了它非难的气息，其实它却与你无涉；时而它又像乌云席卷天空，令你无法躲避它的灰暗和绝望。它的那种与周遭格格不入的气味和带着韧性的阴郁的摧毁力，非常适合成为文学的母题。而一旦进入文学，就犹如蚌中的异物变成了珍珠，便有了另一番的形态和色泽，最主要的是它被赋予了值得反复言说，而且是经久不衰的意义。

　　我一直想写一本关于孤独的小说。我想写一个人带着与生俱来的孤独感，孤独地生活在人群之中，甚至是孤独地生活在亲人之中。他与他们彼此喜欢，却无法相爱；或者，他与他们彼此相爱，却无法相互喜欢。尽管我在生活中从来没有遇见过一个这样现成的标本似的人物，但随着年龄和阅历的增加，我发现其实这样的人比比皆是，从凡夫俗子到精英人物，无所不包。在面对孤独这件事情上，心智健全的人或许没有谁是幸运者。然而，要写一本关于孤独的小说，肯定不能仅仅凭借那些俯拾皆是的孤独的碎片和浮光掠影的表面化的东西，而必须是源自命运和心灵深处的孤独，以及由这种孤独转化的独特能量。

我大约是在2006年坐下来写《发烧》这本书的。时隔十年，我已经想不起最初是怎么想到小陶这个人物的。许多时候，我在确立一个长篇小说的主人公时是颇费踌躇的，因为这个人物不但要有自己能在小说中安身立命的强有力的逻辑和生发力，同时还得能串联起各路人马，来完成规定的和即兴的戏码。一句话，主人公除了要自己立得住，还要带得动其他的人与事，能促使其他人物在他这里交汇并发生转变。我想象中的这本关于孤独的小说的主人公必须是安静的，他与世无争，随波逐流，日复一日过着几乎一成不变的生活，做着雷同重复的事情。他的生活和他所做的事情至少在表面上对他影响不大，甚至几乎没有在他身上留下什么印记。他生性善良，尽管很少能看到他敞开心扉，他的心却时时都是在的。他不特别聪明，却心如明镜。他冷漠淡然，但心里也有一团火，只不过这团火就像岩浆一样，埋在很深很深的地方。他不是那种主动迎战命运的人，却也并非逆来顺受，他只是觉得生活就是那个样子而已，潮来他不惊动，潮退他亦无所谓，在别人眼里他算是一个好人，但他必定要遭受失败。他要经历一连串大大小小的失败，甚至是从头失败到尾，而所有的失败却又不能真正打倒和摧毁他，而且也不能改变他身上那种清冷淡泊无可无不可的禀性——显然这对我是一个挑战，而且是一个相当不小的挑战。

我把这个人物放置在一个小医院的药房里，药房一共只有三个人，另两位无疑都是女性。我觉得这应该就是我笔下的小陶非常合适的工作和生活环境。这个几乎是封闭的小环境就像一个理想的舞台，简洁而突出，它不但可以集中而凝炼地展开人物和剧情，同时还具备一种符合我想象的抽象的凝重与深邃。当这个主要的场景确定下来，这个小说的大部分构想已经在我心里悄然生成。

我写了整整两年才完成这个小说。在写这个小说的时候我仿佛进入到一个心理寂静期，那种内心的沉寂和冷静，令我十分自然地与人物达到了共振，我甚至不觉得自己是在无中生有地写一个小说，而好像是在演一个戏——剧本是现成的，我不过是按部就班将它演出来而已。我既是主人公，同时又是剧中别的人，甚至是那个时而安静时而嘈杂的小医院、药房的那个人来人往的小窗口、树叶上跳动的阳光、傍晚泛着幽蓝的空气、高大的围墙外车水马龙灰尘泛起的街道、一只古旧的八音盒以及墙角里的一把莴笋叶子……我不过是用文字恢复它们的声色、气味与形状，当然我始终没有忘记那个犹如果核一般的核心：孤独。

《发烧》这个小说与现实生活有关联的主要有这样两件事，一件事是早年我在婆家听到一则市井新闻，说某家的儿媳与女婿一起私奔了，闹出了在当地轰动一时的丑闻。另一件事是2004年我父亲病了，住进了北京协和医院。那一段我经常去医院探视，在充满来苏水和一些不知名的药物的气味的楼道里穿行，心里翻滚着面对命运和死神的无奈与哀愁。那段煎熬而焦虑的时光，让我体会到了从失望到绝望就是悬崖边上微乎其微的一点重心偏移,甚至微小到不易察觉。但它的威力却是巨大的,巨大到一眨眼工夫令世界崩塌。在协和医院我送走了父亲,除了痛失亲人的悲伤,我体会到的是一种冰冷而坚实的无能为力,和一种更加冰冷而坚实的秩序井然——不是不尽力,每一个人都尽力了,但是尽力的结果也改变不了生命的轨迹。一边是满目疮痍的溃败的世界,一边却是生机盎然的更新的世界——医生们仍然每天出诊,每天救死扶伤,每天面对生命垂危的人,每天送走生命走到尽头的人……我心里无法用震动和感动来形容,于是我把眼光投向了他们,我开始关注更多自己之外的人。

这两件貌似毫不相干的事情在我的小说里却以一种匪夷所思的方式融合到了一起,犹如精子和卵子结合,形成了一个鲜活而有力的生命。小陶的母亲和他姑父相爱私奔,年幼的小陶失去了母爱和家庭,他跟着表姐长大,并把对母亲的依恋全部投射到了表姐的身上,而寂寞的表姐也默默接受了他的这份幼芽般稚嫩的爱和眷恋。他们彼此相依为命,同时却又回避和谦让着别人,使得他们之间的这份情感既深厚饱满,又压抑扭曲。小说从表姐给小陶介绍女朋友起,到她给他介绍女朋友终,小陶始终都没能和女人建立起心心相印的亲密关系,也始终都没能和女人建立起正常和谐的婚恋关系,而表姐本人的婚姻也名存实亡,家庭缺乏温暖。除了他们,小说中其他人也同样是孤独的。小陶的母亲因为年轻时一个大胆的举动或者说一时冲动,从此她的生活脱离了原来正常的轨道,她在得到爱情的同时付出是一个母亲难以承受的沉重代价。在生前她和唯一的儿子之间几乎没有什么联系,在死后她的丈夫拿出三条她亲手织的毛线围巾交给小陶,小陶很茫然也很漠然,在他眼里母亲千针万线织就的围巾是他根本用不着的东西——这不是象征,就是他真实的感受。而她在织这些围巾的时候甚至不敢说出是为谁织的。她的负疚、自责、后悔和痛苦无法言表,而且也是不能说出口的,所有这些都像锋利的剑一样刺向的是她自己的内心;小陶通过相亲结识的女朋友浦虎妮离婚之后自己带着孩子,她明知小陶不是她理想的对象,却因为情路坎坷遇不到更好的人而想嫁给他;小陶的前女友李芸儿因为小陶的不冷不热,嫁给了自己并不爱的人,她在努力去做一个贤妻良母的同时心里却又放不下小陶;小陶药房里的两个女同事谢红和方芳也是一样,谢红暗恋筒医生,但她很清楚这不过是一份犹如眺望彩虹般的情感;方芳和医院的临时工老松发生婚外恋,老松被解雇之后她一个人面对意外怀孕和家庭变故,而老松离开前都没去向她道别。此外,小陶的继父也是孤独的,小陶的表姐夫也是孤独的,就连小陶的表外甥女,年纪小小的荷荷也是孤独的。荷荷是真正看透了自己与母亲、表舅与母亲关系的人,她这样对小陶说:"我一直以为她跟我不是一个世界里的人,现在我才知道,她跟你原来也不是一个世界里的人。"她的这一句童言无忌般的话,残酷而又真切地提示了小陶与表姐的关系。当小陶看见她在悄悄写日记,问她:"你觉得孤独?"她立刻用一种找到知音的眼神望着他,认真地点点头说:"当然。"我觉得这些人物演绎的不是故事,就是生活本身。

这个小说里我还写了两位事业有成的医生，一个是简医生，一个是李医生，他们都是医德和医术皆好的名医，但他们同样不能摆脱现实生活的困扰。他们被单位同事公认为"天敌"，在竞争副院长时被推到舆论的风口浪尖，而实际上他们都不是内定的人选，最后毫无悬念地双双落选。而这样一场不大不小的风波，却使他们的私生活成为周围的人茶余饭后的谈资。某次简医生和小陶下棋时聊起自己失败的婚姻，小陶劝他你不要这么悲观，简医生说："我不是悲观，我只是觉得孤独。"而对工作精益求精对病人体贴入微的李医生，是一个同性恋者，可想而知他所面临的世俗压力。简医生在和小陶谈到李医生时是这样说的："他是那种真正有自我的人，处处善待他人，很值得我学习。以前我不太清楚什么样的医生才是真正意义上的好医生，医术精湛，医学成就高，名气大，头衔多，上门来找的人多，吃香，有世面，挣的钱多，到底哪一项更重要？后来我想明白了，除了医术精湛和医学成就高，其他再怎么说都是外在的评判标准，而我认为在这一切以外，衡量一个好医生最重要的就是两个字：仁慈。李医生是一个仁慈的人，我自愧不如，这是我最钦佩他的地方。"小说中的这两位医生在我看来是这个孤独的世界上仁爱的化身，他们就像阳光一样照亮和温暖人心，而他们又是有血有肉的人，他们自己也同样要经历和忍受孤独。因此从某种意义上说，孤独也并非是毒药，有时它是清醒剂，它令人目光雪亮，能辨清生活中的是是非非，它令人头脑清醒，能看透人生的真相，它令人感同身受，对世界和人更加慈悲。

2016年10月16日

再版后记

我的四部长篇小说《今晚吃烧烤》《恋爱课》《成人游戏》《发烧》再版，对我来说无疑是一件非常高兴的事，我内心颇为庆幸的是至少说明这些小说出版至今还没有在时间里朽坏。

这四部长篇是我从20世纪末到2009年十年间写的。《今晚吃烧烤》（初版时名为《织网的蜘蛛》）是我的第一部长篇小说，这部长篇写得并不艰难，完全没有因为第一次写长篇准备不足而遇到茫然、不知所措，相反，写来颇为顺手。这部长篇在手稿阶段就已经被一家影视公司购买了版权，在当时可以说是一个天价。《恋爱课》是我和北京作家协会签约之后完成的第一个作品，对我来说，算是由此真正走上了职业写作的道路。虽说签约期满后我又回到新华社《瞭望周刊》上班，但那种职业写作的心态和状态一直没有改变。《成人游戏》也是我作为签约作家时期的作品，大概因为离开单位日久，因此对办公室政治写来毫无拘束之感，现在看来依然犀利、深刻。此书与十年之后我的另一部写媒体人卷入政治漩涡的长篇小说《回声》可以看作是姊妹篇。《发烧》是我写得十分辛苦的一本书，差不多写了整整两年，真正地费时费力。

我个人的感受是，每本书都有它自己的命运，它的受欢迎程度与内在价值或许不成正比，但如果是真正的好书，肯定会得到慧眼赏识。对作者来说，每部作品都是自己写作链条上的一环,如果没有这一本书,就可能没有下一本书,或者说,假如没有这样的一本书,就可能不会有下一本那样的书。对于我这种即兴创作的人来说尤其如此,每一本书都犹如溪水中的石头,它们在水里构成一座若隐若现的桥,尽管我不知道这座桥通往哪里,但我相信它有坚定的走向,它通向的地方就是我尽力想抵达的目的地。

这次,我花了两个月时间修订了《今晚吃烧烤》,校订了另外三本书,从写作至今我还从来没有如此集中、如此认真地阅读自己的作品,这是站在"现在"对"过去"的作品进行审视,说句心里话,这种审视令我内心忐忑甚至是不无恐惧。好在这四部小说幸运地经受住了我自己的考验,这一关算是顺利通过了。

记得马尔克斯说过,对一个小说来说,后一版总是比前一版更好,对此我得说是。自从过了写作的青春期,我的小说都是历经反复修改,再版时候自然更加认真和审慎。我认为这不仅仅是一个态度的问题,也不仅仅是一个自我要求的问题,这其实是一种飙高和炫技,是放烟花的机会,尽管这个过程可能并不轻松愉快,甚至绞尽脑汁痛苦不堪。

现在对我来说可以轻松愉快地忘掉这四本书了,就像把礼物送了出去,我心里希图的只是收到礼物的人能感到快乐。而我自己就是从新的地方开始,去寻找写作那种最私密、最自我的愉悦,去探索世界和人心的秘密。

程青
2016年11月23日于北京